◎思想之天

钦命福建巡抚部院大中丞徐继畬所著瀛環志畧畧曰按华盛顿异人也起事勇於胜广割据雄於曹刘既已提三尺剑开疆万里乃不僭位号不传子孙而创为推举之法几於天下为公駸駸乎三代之遗意其治国崇让善俗不尚武功亦迥与诸国异余尝见其画像气貌雄毅绝伦呜呼可不谓人杰矣哉米利坚合众国以为国幅员万里不设王侯之号不循世及之规公器付之公论创古今未有之局一何奇也泰西古今人物能不以华盛顿为称首哉
大清国浙江宁波府镌
耶稣教信士立石
咸丰三年六月初七日 合众国传教士识

徐继畬《瀛寰志略》中称颂华盛顿的话语刻成石碑嵌于华盛顿纪念碑内壁（资料图）

◎ 广袤之地

作者徐迅雷（左）与老同学陈秀雄（右）相聚在杭州（陶冬青／摄）

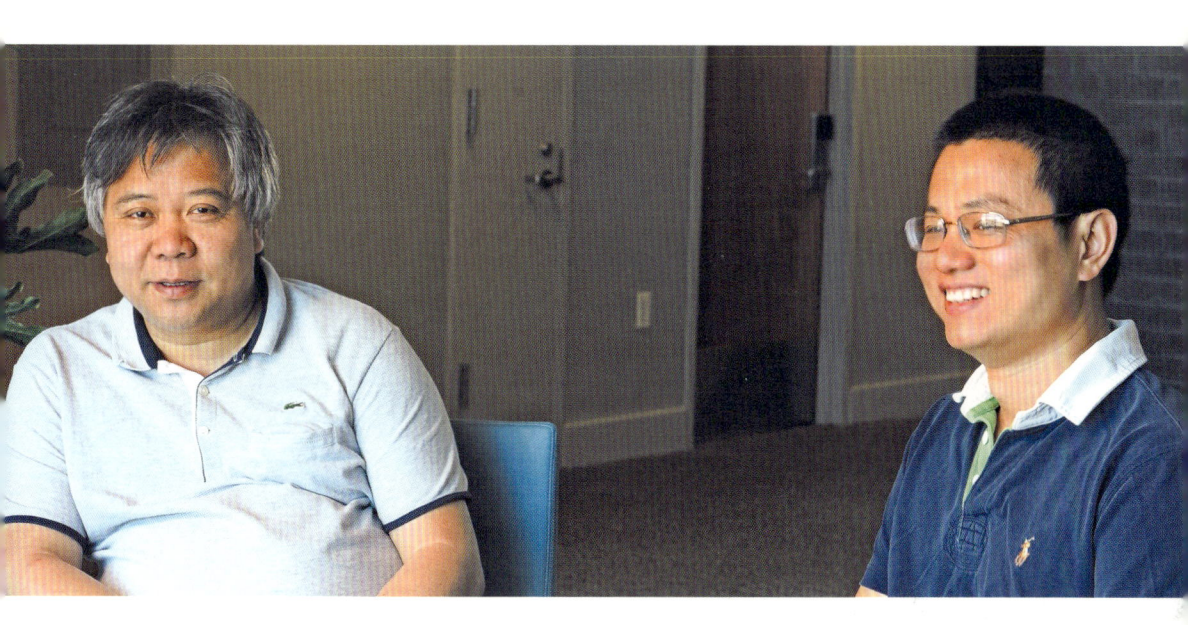

陈秀雄（左）与弟子王兵（右）（陶冬青/摄）

陈秀雄(右)与弟子孙崧(左)(陶冬青/摄)

◎缤纷之史

张载阳摩崖石刻"枕漱亭",已在时光中模糊(徐迅雷/摄)

置一職以資造就想誼屬
至交必能
推愛屋烏
鼎力成全也臨穎不勝盼禱之至專此奉懇敬頌
台安并候
玉復
附呈履歷一紙
愚弟 張載陽 謹啟 十月一日

润泉吾兄大鉴兹有恳者舍亲许岯在沪江持老大学政治经济系毕业前曾面恳台端介绍于浙江省会计处当以人已拥挤暂从缓议兹闻该处因战事关系离职者多杭绍等处皆需材助理弟本拟趋府面恳因俗事恳、返里必须一星期始可回杭用特专函奉恳务祈吾兄转恳程远帆先生向张处长恳商于该二处位

1937年11月1日张载阳写给金润泉的推荐信

◎ 翱翔之人

吴山明美术馆"造化为师"特展展出的吴山明作品（徐迅雷／摄）

吴山明美术馆与"不朽的遗产"特展（徐迅雷／摄）

巴特罗之家窗台外的曲线（徐迅雷 / 摄）

"五星出东方利中国"彩锦护臂全貌（资料图）

在丹丹乌里克遗址发现的"西域蒙娜丽莎"(资料图)

知新
INSIGHTS

天地立人

徐迅雷 著

广西师范大学出版社
·桂林·

天地立人
TIANDI LIREN

图书在版编目（CIP）数据

天地立人 / 徐迅雷著. -- 桂林 : 广西师范大学出版社,
2024.12. -- ISBN 978-7-5598-7608-9

Ⅰ.I267.1

中国国家版本馆CIP数据核字第2024YU2446号

广西师范大学出版社出版发行
（广西桂林市五里店路9号　邮政编码：541004　）
　网址：http://www.bbtpress.com
出版人：黄轩庄
全国新华书店经销
广西广大印务有限责任公司印刷
（桂林市临桂区秧塘工业园西城大道北侧广西师范大学出版社
　集团有限公司创意产业园内　邮政编码：541199）
开本：787 mm × 960 mm　1/16
印张：22.5　　插页：8　　字数：400千
2024年12月第1版　　2024年12月第1次印刷
定价：58.00元

如发现印装质量问题，影响阅读，请与出版社发行部门联系调换。

目 录

辑一 思想之天

魏源：为何是"制夷"而非"胜夷" …… 003
龚自珍：老天降雨和天公降才 …… 010
林则徐：那一篇遥远的外交檄文 …… 016
徐继畬：从"兀兴腾"到"华盛顿" …… 025
鲁迅：属于人类和世界 …… 032
周有光：112岁的人杰人瑞 …… 038
李泽厚：哲厚载厚李泽厚 …… 041
何兆武：思想的尊严 …… 049
沈昌文：一个极其爱书的人 …… 051
傅高义：知中国之高 懂改革之义 …… 057
高尚全：改革无止境 …… 061
厉以宁：学术与诗词 …… 064
胡福明：发出解放思想的先声 …… 069
罗翔：让法治的光芒穿透网络舆论场 …… 072
池田大作：池田再无大作 …… 076

辑二　广袤之地

袁隆平：种子的力量 ……………………………………… 085
钱伟长：为何突然成"网红" …………………………… 088
奥本海默：电影不沉默 …………………………………… 090
苏步青：牛背上摔下来的大数学家 ……………………… 099
陈秀雄：掘进在人迹罕至的地方 ………………………… 110
游修龄：冷板凳上坐出非凡 ……………………………… 115
屠呦呦：青蒿济世 50 年 …………………………………… 120
胡海岚：微笑着向抑郁进军 ……………………………… 122
杨士莪：在课堂倾听大海的声音 ………………………… 133
李铁风："浙大渔夫"的铁与风 ………………………… 137
颜宁：归去来兮 …………………………………………… 140
稻盛和夫：经营之神的中国影响 ………………………… 143
山姆·阿尔特曼："ChatGPT 之父" …………………… 150
马斯克：脑与机·神连接 ………………………………… 155

辑三　缤纷之史

王安石：千年的"瑰玮"与"卓绝" …………………… 161
郑和：驶向大海　浪花盛开 ……………………………… 170

张载阳：春日载阳鸣仓庚 ……………………………………… 174
史景迁：追寻现代中国 …………………………………………… 182
瓦西里·格罗斯曼：一本被逮捕的书 …………………………… 187
图图：仇恨没有赢家，宽恕没有输家 …………………………… 202

辑四　傲然之立

西奥·贝克：新闻的杠杆与辞职的校长 ………………………… 211
陆谷孙：时代燃灯者 ……………………………………………… 216
巴木玉布木："春运母亲"的如山肩膀 ………………………… 219
玛丽亚·索：活成文化 …………………………………………… 222
陈慧："度你"的菜场女作家 …………………………………… 227
梁江波：另一种"置黑暗而生孤勇" …………………………… 229
陈经纶：经纶济世 ………………………………………………… 233
方爱兰：最彻底的"裸捐"老人 ………………………………… 236
王泽霖：裸捐近亿　泽霖大地 …………………………………… 238
陆松芳：树要根好，人要心好 …………………………………… 241

辑五　翱翔之人

安妮·埃尔诺：社会自传与诺贝尔文学奖 ……………………… 247
约恩·福瑟：诺贝尔文学奖并不是"奖了个寂寞" …………… 252

米兰·昆德拉：玩笑笑忘录 ………………………………… 258

三毛：自由的精魂 ………………………………………… 269

杨苡：104岁的等待和希望 ………………………………… 274

张洁：玫瑰与枪炮 ………………………………………… 278

黄宗英：不落征帆丽人行 ………………………………… 281

秦怡：把苦难熬成美丽 …………………………………… 285

王文娟：天上多了个林妹妹 ……………………………… 288

黄永玉：生·老·死 ……………………………………… 292

黄宾虹、吴山明：大师的相聚 …………………………… 298

傅聪：赤子孤独了，会创造一个世界 …………………… 306

乔羽：难忘今宵 …………………………………………… 310

坂本龙一：音乐大师中国缘 ……………………………… 313

高迪：建筑艺术领域的伟大、杰出、非凡、永远 ……… 319

小岛康誉：中日友好的民间使者 ………………………… 325

林巧稚：定位在平凡 ……………………………………… 345

贝利：永远的球王，永远的贝利 ………………………… 349

郎铮："敬礼娃娃"，青春再出发 ………………………… 352

辑一　思想之天

【写在前面】

  本辑开始几篇文字，是写"近代以降的智识者"的，那是鸦片战争以来中国最早睁开眼睛看世界的先贤。筚路蓝缕，孜孜矻矻。近代中国转型期，遇上"三千年未有之大变局"，诸多知识分子成为智识分子，成为思想先驱，为社会的发展进步做出了特殊重要的贡献。

  这些篇章，大多分节刊发于《深圳特区报·理论周刊·观澜》。那是从2021年8月开始，我应编辑周国和先生之邀，开设了这个主题的专栏，钩沉打捞，以大历史视角，从小角度切入，书写智识者的思想与作为、困境与突破。《观澜》是学术性的专栏，不同于时评，我是观历史之澜，写作持续了一年。这里所录为原稿，比见报稿内容更为丰富。

魏源：
为何是"制夷"而非"胜夷"

为何是"制夷"而非"胜夷"

所有的人最终都会被时光打败，但伟岸的思想精神永不磨灭。

1841年7月，被革职决定发配新疆伊犁的林则徐，从驻防的浙江镇海前往扬州途中，好友魏源走出扬州絜园，跨越长江，赶往南边的京口（镇江）；两人相会，百感交集，心事苍茫，彻夜长谈——"与君宵对榻，三度雨翻蘋"。

这一对思想认知一致的好友，达成了中国思想史上一个重大决定：以林则徐组织翻译编撰的《四洲志》为蓝本，由魏源接续，由此编就之后闻名中外的巨著——《海国图志》。

1842年——清道光二十二年壬寅岁末，《海国图志》五十卷编成，以木活字版刊印，此为"道光壬寅本"，第一次把世界的真实面貌摆在国人面前。这一年，魏源49岁。也是在1842这一年，英军于7月进攻镇江，副都统海龄率4000余名将士殊死奋战，以保护南京门户，直至全部牺牲；8月，清政府被迫签订近代中国历史上第一个不平等条约——《南京条约》。

之后，魏源不断增益其所能，在1847年增补《海国图志》六十卷成；10年后的1852年，《海国图志》百卷本编就。我们今天在岳麓书社出版发行的《魏源全集》（全20册，2004年12月第1版）的皇皇巨著中，看见最为完备的魏源为经世致用而"睁开眼睛看世界"的伟大思想。

在《海国图志》原叙中，魏源开宗明义："是书何以作？曰：为以夷攻夷而作,为以夷款夷而作,为师夷长技以制夷而作。"这是振聋发聩的"创榛辟莽、前驱先路"。所谓"攻夷",是对抗,战斗之策;所谓"款夷",是对付,外交之策;所谓"师夷",主要是指学习西方资本主义各国技术上的长处,在《筹海·议战》中,魏源侧重指出军事技术上"夷之长技有三:一战舰,二火器,三养兵练兵之法"——这些都属于手段,而目的,则为"制夷"。

"师夷"之后怎么办?这是一个如同"娜拉出走之后怎么办"的问题。睁开眼睛看世界,向世界之先进学习,这是必须的。学了之后干吗呢?"师夷"之后,就是"制夷"。"制夷"是什么?"制夷"是对抗,反抗侵略,把对手压下去。如果永远是"制夷",那永远是对抗。自己强大后唯有"制夷",这个"终极目的"就有着历史局限性。

我有一个严肃的提问:彼时的魏源,为何想到的只是"制夷",而不是"胜夷"?相比于单一的"制夷","胜夷"的内涵显然更为广泛:如果有战争,可以战而胜之;如果是和平年代,那是竞争,可以竞争取胜。而战争之"制",与竞争之"胜",毕竟大不一样。那时魏源,为何不能想到将来可以是"他强由他强,清风拂山冈;他横由他横,明月照大江",以及"美美与共,天下大同"?

千百年来,以中原为原点,以中国为中心,远处往往变成了"镇远",所以挥之不去的是让你臣服的意识。但臣服是越来越看不到了,所遭遇的越来越多的是被征服。1840年前后,神州大地已是"万马齐喑究可哀",对外关系已由"朝贡体制"转换为"条约体制",而且面临着被"瓜分"的威胁;晚清已然日薄西山,抬望眼,一派末世征兆,智识者只有仰天长啸。

千古江山,难道真是"英雄无觅"?近代以降,历史的顿挫,迫使中国知识分子成为"智识分子",去承担起转型期启蒙的沉重使命。读书人在由"士"逐步转变为知识分子即"知识人"的几十年中,援引各种思想资源,以因应"中国向何处去"的根本问题。现代性的焦虑,又使他们在践行启蒙之时,通常表现得既惊疑又激进、既理性又情绪、既深刻又偏执——"师夷"的目的唯有成为"制夷",确实也不难理解。

然则,当时中国人竟然普遍不接受《海国图志》,尽管其目的是清晰的"制夷"。1851年，该书首次传至日本，日本人反而在短短两年内翻刻了21种。通过这本书，日本睁开眼睛看世界，觉得应该维新，应该开放，应该图强；该书对日本明治维新起了关键的思想启蒙作用。

历史的启思，就是这么深远：彼时的中国是封闭的，但有的人心灵开放；现实的境况，对比十分鲜明：今日的世界是开放的，但不少人心灵封闭。前者是历史的荣光，后者则是时代的悲哀。

"大梦谁先觉？平生我自知。"魏源不朽，《海国图志》永存。

魏源的"向往"朦胧还是清晰

所有的"落后而挨打"，本质上都是因制度落后而挨打。只学习技术，不学习制度，那是不行的。国之战争，非两人之斗，武器从来不是决定性因素，人，尤其是人心，以及顶层的制度设计，才是一切的关键。

在《海国图志》中，魏源提出"师夷长技以制夷"的振聋发聩的主张，对抗之际，"制夷"成为必然。那么，"制夷"之外，能否看到"夷制"——"夷"的政治制度呢？魏源难道只想到"师夷长技"，而没有想到"师夷优制"吗？

鸦片战争爆发前，魏源继承了先秦孟子"民贵君轻"的民本思想，秉承了清初黄宗羲激烈批判专制罪恶的理念，主张开明政治，力倡运用商业手段改革漕运、盐政之弊端；鸦片战争爆发后，各种矛盾更加尖锐。要打破落后的政制，魏源意识到，一定要内倡改革，外倡开放。

编撰《海国图志》，魏源不仅仅是讲外国地理，还涉及历史、政治、军事、司法、社会、宗教、教育、人文等。那么在书中，当年魏源对于欧美国家的政治制度，是"清晰的暧昧"，是"朦胧的向往"，还是"清晰的向往"？

"粤人称曰花旗国，其实弥利坚。"在《海国图志》100卷当中，魏源用5卷的篇幅（从59到63卷，见岳麓书社《魏源全集》第6册1585页至第7册1698页）来讲述美国（彼时称弥利坚）。以一声"呜呼"开头的《外大西洋墨利加洲总叙》中，他以极其激越的情感与笔触，讲述美洲的美国，让今人读之震颤。他是这样写的:"议事听讼,选官举贤,皆自下始,众可可之,众否否之,众好好之,众恶恶之,三占从二,舍独徇同,即在下预议之人亦先由公举,可不谓周乎!"今天谁能够用如此精练的语言,把民主选举交代得一清二楚?岳麓书社版的这一篇句末标点,几乎全部标注为感叹号,让人叹为观止,非此而不能表达魏源的激越情感也!

在后面的《弥利坚国总记》中,魏源一开始对美国和中国不相上下的地理纬度做了比较,可谓用心良苦。然后清晰地讲道:"国制,首领之位以四年为限,华盛顿在位二次,始末八年,传与阿丹士(今译亚当斯)。""事无大小,必须各官合议然后准行;即不咸允,亦须十人中有六人合意然后可行。本省之官由本省之民选择公举。""都城内有一统领为主,一副领为佐,正副统领亦由各人选择。""凡公选、公举之权,不由上而由下。"

而在介绍欧洲的篇章中,涉及政体的同样不少。比如说到瑞士,说它是"西土之桃花源""至于朝纲,不设君位""素不养军""共推乡官理事",等等。

由此可见,魏源对欧美的制度非常熟悉,其实他本身并没有去过欧美。他曾于1847年春从扬州启程南游,"粤吴楚越舟车马,岭海江湖雨雪风",曾到广州等地游览考察,访友赋诗,传播思想,最远到了澳门和香港。但是,他照样"思接千载,视通万里"。很清楚,魏源不仅主张"师夷长技",学习西方的先进技术,而且也很歆慕、推崇欧美国家的民主制度——他不仅看到了"长技",而且看到了"优制"。这是非常清晰的向往,不是"朦胧",亦非"暧昧";这是魏源的眼光,更是他的胆识。

向来反对专制黑暗的魏源,在《海国图志》中推崇民主政制,其实是顺理成章的。所以,《海国图志》不仅仅是地理之书、历史之书,也是人文之书、思想之书。历史的事实也已清晰地证明:清嘉道年间,经世思潮潮落潮起,使中国传统思想具备了向近代转型的可能性;所谓"近代转型",正是中国的政治体制试图从"王朝体制"到"共和体制"的转换。

知识分子向下退一步,就是"知道分子";知识分子向上升一步,才是"智识分子"。魏源和他的《海国图志》,绝非仅仅"知道"外面的世界多一点,我们要看到其中的"智识"，尽管在那个时代魏源不能直抒胸臆说成"师夷优制"，尽管那一代智识者所向往的理想根本无法实现。

扩万古之心胸

新旧交替，风云际会；中西碰撞，波诡云谲。西方文化、器物经济、列强大炮这三者同时出现，让近代中国的中西交往和文化碰撞产生了极端的复杂性。

烛千年之暗室，扩万古之心胸——这就是转型期智识者所谋所图的"志"！

思想家亦是文学家，"文质彬彬"的魏源本身是诗人，在他的名诗《寰海（十一首）》（见岳麓书社《魏源全集》第12册第680页）中名句迭出：

"功罪三朝云变幻，战和两议镂冰汤。"鸦片战争中，道光皇帝主意不定，时战时和，进退失据，如同在同一个锅子里放置冰块和热水，十分荒谬可笑。

"城上旌旗城下盟，怒潮已作落潮声。"敌人兵临城下，城上还树立着旌旗，城下却订立盟约，可战而屈辱求和，显然更加可耻。

在诗中抨击"和""盟"，那么魏源是简单反对"和谈""议和"吗？不是的，他嗤之以鼻的是荒唐的投降主义。在《海国图志·议款》中，他明确反对"款议失体""款于必不可款之时"。

款者，通也，交也，和也，是一种策略、方法、手段。魏源的"以夷款夷"，用现在的话来讲，就是"以夷和夷"，是他的一种"大外交"政策。"和夷"，是"议和""和谈"，不是投降，而是一种对外策略，是对等的外交谈判。在《海国图志》中，魏源多次用到"款"字，并非他意，正是"和"的意思，所谓"言款""求款"即"言和""求和"；鸦片战争前后，清廷以及当时的政治论坛上，谈及议和之事，均用"款"字不用"和"字，此乃天朝大国"面子"使然。

政治是妥协的艺术，没有妥协，也就没有和平。"和夷"是一种妥协；外交、外贸都离不开妥协的精神。相互妥协、相互让步，最终达成最大公约数，这恰是"扩万古之心胸"，是最务实的"经世致用"。

我将魏源的"以夷款夷"，视作他的"大外交"政策，盖因其中包含了军事、外交、外贸三大领域。战争形态,不外乎三——"战、守、和",如果你仅仅想到"以夷攻夷"肯定是不全面的,军事作为政治的延伸,其实最后往往有妥协,经由外交谈判,签订停战的和平协议。不仅仅是战争形态中的"议和""和谈",大外交政策,当然还包括了对外贸易。

魏源的《议款》,核心要务就是谈中外贸易,其"款夷"之策,是"听互市各国以款夷,持鸦片初约以通市",他希望对外贸易能够走上正规之道,从而让互市各国得利,但他非常明确要禁止害人的鸦片,他十分痛恨"本朝有之"的鸦片:"中国以茶叶、湖丝驭外夷,而外夷以鸦片耗中国,此皆自古所未有,而本朝有之。"

无论是战争、是外交,还是贸易,可以是"两国关系"——以彼之矛而攻彼、以彼和策而与夷议和,也可以是"三国演义""多国角力",不仅仅是"通过一国夷人使另一国夷人与我议和"。

尽管"和"是中国千百年来的传统思想,但国人向来最熟悉的是上下等级中服从的观念,最稀缺人人平等中的妥协意识。有战有和,有攻有款,才是完整的思想策略,魏源想到了。可是,到了那些具体落实者那里,竟然变成了举起双手的投降主义,真理跨出一步变成了不折不扣的谬误,魏源怎么能不失望呢?

"人生几度三千纪,海风吹人人老矣!"1854年(咸丰四年),已辞官的魏源61岁了,他寄居兴化,治佛学,修净业,不与人事。1856年秋,63岁的魏源,拖着病体,从大运河来到杭州,选择归隐。魏源老了,大运河也老了,但"沟通"的大运河终究是可贵的。南方熏陶下,是运河意识,沟通通达;北疆传统中,是长城方式,隔绝抵御。相信魏源本质上是喜欢"运河",并且能够有原则"讲和"的。

"梦里疏草苍生泪,诗里莺花稗史情。"在那个苍老的季节里,魏源最终归隐山林,把人生最后的驿站定在有灵隐寺的杭州。年轻时,因为龚自珍的介绍,魏源在杭州结识佛学居士开始学佛,是"以出世之精神,写入世之文章"。到了晚岁,他由学佛转到信佛,从哲学研究转向了宗教信仰。大凡皈依宗教的智识者,皆有大痛苦。晚岁的魏源,对清政府的失望,是彻底的失望。他早已看清了清王朝的不可救药，无力回天，人生最后的这一行动，何尝不是对专制黑暗的无声抗议！

皈依佛教，心胸澄明。也可以将魏源在生命最后时光的行为看成是与人生讲和、和自己妥协，但他在《海国图志》中所"图"的志不变。

一八五七年三月初一日酉时，64岁的魏源病逝于杭州西湖东园僧舍，归葬于九曜山方家峪。时光一度让魏源墓湮没在荒草乱荆间。进入新世纪，杭州的文史考古学者努力寻找考证，找到了墓地遗址，并对遗骸进行了DNA取样，于2017年4月将魏源墓修缮完成，此间距离魏源逝世的1857年，已经过去了整整160周年。如今这里林木森森，生机盎然。魏源目睹当今中国的开放，他可以由此含笑瞑目，而国人那一双双"睁眼看世界"的眼睛，再也不可能闭上。

"谁言隔海九万里，同此海天云月耳！"魏源来自湖南邵阳，时常让我想起湖北秭归的屈原，而我最后想说的是：

欲把魏源比屈原，海国更胜汨罗江。

龚自珍：
老天降雨和天公降才

彷徨时代的忧时呐喊

诗文与思想齐飞，剑气共箫心一色——我拟的这两句话，说的是龚自珍。

龚自珍和林则徐、魏源都是好友，他们是同时代人。加上徐继畬，这四位成为第一次鸦片战争前后最为杰出的先驱。一般都是并称"龚、林、魏"，但在我看来，龚自珍一个人是"前奏曲"，后三位"林、魏、徐"可并称，属于"三部曲"。龚自珍是属于思想领域的，他是启蒙思想家，是社会批判者，他最先发现并指出黑暗之所在，是"但开风气"者。

龚自珍，字璱人，号定庵（一作定盦），1792年（乾隆五十七年）8月22日生于浙江仁和（今杭州），1841年（道光二十一年）9月26日因病卒于江苏丹阳，得年50岁。"马坡巷外立斜阳"的杭州马坡巷（又名马婆巷）是他的出生地，祖屋已不存，如今在他家附近设有"龚自珍纪念馆"，那是幸存下来的一座清代旧宅，来访者并不多。

50年人生行止，证明龚自珍这个杭州人是一个典型的"杭铁头"。"杭铁头"是一种坚忍孤高、桀骜刚直、威武不屈的精神品格。

青年龚自珍虎虎生气，你可能想不到，1815年至1816年间，年方二十四五岁的龚自珍，就写出了名篇《乙丙之际著议第七》和《乙丙之际著议第九》；在前者中他大声疾呼："一祖之法无不敝，千夫之议无不靡，与其赠来者以劲改革，孰若自改革？"在后者中有著名的"衰世"发见："世有三等……治世为一等，乱世为一等，衰世别为一等。"

社会转型，离不开社会批判；社会进步，离不开问题导向；时代变局，离不开先驱思想。"衰世"是士大夫的彷徨时代，龚自珍作为一个具有人文思想解放性质的智识者、一个改良主义先驱，他胸怀天下，著书立言，发出剑气凛然的忧时呐喊，严厉批判宗法专制的没落腐朽，呼唤改革风雷，提出疗救之道，成为中国思想史发展到转型序幕拉开时的"前奏曲"。

龚自珍批判皇权，谓之"一人为刚，万夫为柔"，那时帝王为一方，社会各阶层人士和百姓民众为一方，两者是无形对立的。他批判官僚体制，让士大夫"尽奄然而无有生气者"。他批判社会陋俗，反对裹脚，提倡天然，因为缠足对女性来说简直是惨无人道的酷刑。他批判"病梅"式的人才观，将"手术刀"对准科举制度，因为那实质上是病态社会中对人才的束缚和摧残，由此表达了对自由和生机的向往……"但开风气不为师"，龚自珍开了社会批判之风气。

最能体现龚自珍有胆有识的，是他能够透过表面现象，清晰地看到背后的实质。他极其深刻地揭示了"衰世"的表面是"治世"："衰世者，文类治世，名类治世，声音笑貌类治世……"他看到了"蝉翼为重，千钧为轻；黄钟毁弃，瓦釜雷鸣"的荒唐扭曲。表面人声鼎沸，实则"异口同声"，只有一个"瓦釜"声音，那本质上就是万马齐喑——"万马齐喑究可哀"。

"不拘一格降人才"之前需要"不拘一格降人声"。发出声音的自由，高于言论的对错。而在万马齐喑中，知识界、思想界总得有一两个像龚自珍那样的智识者，能够发出忧时呐喊的声音，为一个时代的知识分子挽回一点面子。

老天降雨和天公降才

思想是社会转型的先导，先驱是社会转型的引领，人才是社会转型的内力。有思想有远见的先驱，站在人才金字塔的塔尖，需要众多人才的基础支持，否则其理想很可能会变成空中楼阁。

虽说"江山代有才人出"，但在宗法专制统治下的社会，往往半个世纪、一个世纪过去，都出不了几个优秀人才。龚自珍在其名篇《乙丙之际著议第九》中，极言彼时才人之匮乏："左无才相，右无才史，阃无才将，庠序无才士，陇无才民，廛无才工，衢无才商，抑巷无才偷，市无才驵，薮泽无才盗……"当时非但没有君子，连"盗亦有道"的小人都没了。剩下的是什么？只剩下了没有思想、没有品格、没有个性、没有廉耻的乌合之众，如同行尸走肉，这是如何万马齐喑的社会！

大地久旱，祈求老天降雨；俊杰稀缺，祈求天公降才。龚自珍历尽人生风风雨雨，更能看清过去、现在和未来，所以在一个契机触动之下，他迸发了思想灵感，写下了千古名篇，发出了"不拘一格降人才"的呐喊：

九州生气恃风雷，万马齐喑究可哀。
我劝天公重抖擞，不拘一格降人才。

这是《己亥杂诗》这座诗歌金字塔的塔尖之作。己亥是指1839年（道光十九年），时值鸦片战争前夜。这一年道光帝58岁，朝廷内外已早早开始为万岁爷六十大寿的庆典而忙碌了。也是这一年，48岁的龚自珍，不满官场的腐败与黑暗，愤然辞官南归。他一路上诗兴大发，写下了璀璨的"杂诗"多达315首。

龚自珍要回杭州老家，他路过镇江时，遇上一场祭拜仪式，那是祈求神仙赐福、希望天降甘霖。有道人请大名鼎鼎的龚自珍写一篇青词——所谓青词，是道士上奏天庭的符箓，词文用朱字写在青藤纸上。

在官场，龚自珍能超越官场；在道场，龚自珍更能超越道场。龚自珍自然不会祈求老天降雨，他要求天公降才。因为他看到，官场上病夫治国、蠹才当道、人才荒芜，社会上到处是断壁残垣，经济命脉则气息奄奄，如此"衰世"，哪能变成什么"盛世"？他清楚，高压政策愈演愈烈，对知识人才的束缚、管制和摧残已到极致，天才、地才一遇专制俱为奴才。他期待，人才俊杰能够辈出，即使在黑暗的制度环境中，也能够拒绝人身依附，保持独立人格，从而勇猛精进。

所有的社会转型进步，都有赖于人、人才的努力推动。在杰才、俊才、人才、凡才、庸才、奴才这个序列里，那时遍地都是擅长下跪、满嘴喊"嗻"的奴才，而像龚自珍那样的思想者，实在没有几位，他确实是很孤独的。他清晰地认识到，选拔人才的科举制度已越来越僵化、没落，培育的只是各种"病梅"，而且"新蒲新柳三年大，便与儿孙作屋梁"。他直指"八股取士"制度是对人才的严重摧残，尽管他没有要求彻底废掉科举，但他明确主张科举考试应当废除经义，改试策论，毕竟后者经世致用。

如果只有"学而优则仕"的科举，如果只能在自我封闭的循环里打转，没有西学东渐，没有科技教育，那么，哪有什么近现代人才的涌现，能够促进社会变革与发展？在龚自珍发出"不拘一格降人才"之声60多年后，在1905年，科举制度终于寿终正寝。而这一年，爱因斯坦在遥远的"泰西"欧洲，迎来了他的"奇迹年"，接连发表了5篇划时代的论文，提出了狭义相对论，成为最伟大的物理学家。

一种春声忘不得

作为诗人、思想家，龚自珍的著作不像有的人皇皇几十卷，其精华一册能收，可那是淬火过的金子，打磨过的钻石，不，那是一把"锋从磨砺出"的宝剑。笔不异剑，剑不异笔，这是置黑暗而生孤勇。在千年皇权"家天下"、愚民弱民统治的大背景下，出了个这么刚硬的龚自珍，也是一个奇迹。

真正的知识分子，并无"沉默的权利"。在时间的暗室中，龚自珍大胆批判社会时政的黑暗腐朽，他的万丈雄心就在于"报大仇，医大病，解大难，谋大事，学大道"。"下笔清深不自持"，在著名政论文《明良论》中，他列举了朝政的种种弊端之后，发出"奈之何不思更法"的感慨。"上医医国，其次医人"，这为的是"医国"。但龚自珍谦谨地说，"何敢自矜医国手，药方只贩古时丹"——我哪里敢自称是医国的能手，我只是贩卖古时的药方，"纵使文章惊海内，纸上苍生而已"。

"一种春声忘不得",龚自珍是在至暗的寒夜里发出春天般的声音。

然则,从来浊世并不待见批评者,危险的荫翳时刻笼罩着。包括魏源在内,龚自珍的许多朋友都担心他因文得祸,被寻章摘句,被罗织罪名,被开杀戒,所以劝他不要在酒酣耳热之际放言无忌,劝他将文章中锋芒毕露的观点删除——"常州庄四能怜我,劝我狂删乙丙书"。但,这显然是他不能够接受的。

"避席畏闻文字狱,著书都为稻粱谋",这是龚自珍著名的诗句。区区两句话十四字,将清廷高压政策的制度环境、文人士子噤若寒蝉的境况,表述得淋漓尽致。龚自珍当然深知文字狱的残忍与血腥,所以说"第一欲言者,古来难明言"。

有清一代,在高压政策之下,汉族知识分子经历了起伏。清政权稳固之后,文字狱持续了一百多年。康雍乾三朝,大小文字狱竟多达数百起,这是史无前例的对知识分子的广泛镇压,尽管三千年文祸一脉相承。

盛世大兴文字狱,庸愎最憎知识人。所谓的"盛世",让统治者有了更多的摧残"不听话"知识分子的能力动力和自信自负。文字狱牵连之广、处罚之重,匪夷所思。清初发生了浙江湖州府的"庄氏史案",关押在杭州狱中的就有两千多人,其中判"重辟"和凌迟的就有近百人。酷政之下,地方官也是宁严勿宽、变本加厉。这桩文字狱,对江南士子是一个沉重的打击,对文化生态是一个严重的摧残。同在浙江,杭州湖州距离不远,龚自珍当然深知文字狱的厉害,黑暗记忆是恒久的。

清廷日常对付知识分子,弄的是"约束之,羁縻之"那一套;对于那些记录知识分子思想言论的书籍,则是广泛收禁焚毁,禁书毁书数量之巨、范围之广,也是史上空前。什么是黑暗?黑暗就是看不到真相,辨不明真伪,见不到真人,听不到真话,摸不着真心,出不了真知,说不出真理。统治者最愿意看到的是知识分子吓破胆,苟且于现实现世,浑浑噩噩、庸庸碌碌度一生。时间久了,士人们也就渐渐进入"低层次认知闭环"。所以清代初叶和中叶,深刻的思想理论著述一片空白。直到进入19世纪,尤其到了道光皇帝这朝,清政府迎来"衰世",左支右绌,对思想文化的控制力大为削弱,才重新冒出龚自珍等智识者，他们的思想，透出了启蒙的理性光芒。

"著书慷慨识忧时"，像龚自珍那样特立独行的精神、批评批判的言论，才是璀璨的光。正如魏源所说的，"受光于隙见一床，受光于牖见室央，受光于庭户见一堂，受光于天下照四方"。

林则徐：
那一篇遥远的外交檄文

有利国家的《四洲志》

那些超越同时代人类知识、认知和智慧的人，即为智识者，他们是我们的先贤。

天上麒麟，人中骐骥。1785年8月30日，林则徐出生于福州。父亲想到南朝著名文学家、诗人、被赞誉为"天上石麒麟"的徐陵，给儿子起名为"则徐"。这个名字真是取得好啊！没有让父母失望，林则徐成为"苟利国家生死以，岂因祸福避趋之"的先贤楷模，光照万代名垂青史。

魏源在《海国图志》中提出"师夷长技"，这是近代中国人学习西方的起点，之后才有了洋务运动的实践、有了维新运动的试探。然而，如果没有林则徐，没有林则徐主持译编的《四洲志》，真不一定有《海国图志》。

《四洲志》是近代中国最早的"世界百科全书"。魏源名著《圣武记》中《道光洋艘征抚记》上篇，记叙"林则徐自去岁至粤，日日使人刺探西事，翻译西书，又购其新闻纸，具知西人极觑水师"（见岳麓书社《魏源全集》第3册第460页）。作为钦差大臣，林则徐是在道光十九年（1839）55岁之时离京南下的，春天抵达广州。他随即在自己的幕府中组织翻译机构，从而在中国翻译史上"开风气之先"，创下了虽然短暂却光辉的"林则徐译时代"。

其中很重要的译员是基督教徒、年轻的梁进德，林则徐招他入幕，成为自己的"翻译官"，口译笔译，双管齐下。林则徐组织领导的翻译小组，还有袁德辉等人。他们书报并进，一方面翻译澳门新闻纸（即报纸）以及《澳门月报》等，了解外情动态；另一方面就是译书，其中最主要的就是把英国人慕瑞的《地理大全》译编出来而成《四洲志》。

慕瑞是英国著名的地理学家和历史学家，他所编著的《地理大全》，厚达上千页。而《四洲志》择其要进行"编译""变译"，虽然只有11万余字，但属于"开山之作"。北京的朝华出版社出版有"清末民初文献丛刊"，规模极庞大，《四洲志》（2018年6月第1版）是其中之一，精装的影印本，是薄薄一册；《四洲志》最初应无单行本刊行，此系之后根据《海国图志》辑录，略有补充。在海峡文艺出版社出版的《林则徐全集》（2002年10月第1版）中，《四洲志》置于套装共10册的最后一册"译编"部分，亦可视为压轴之作。

林则徐自己其实并不谙熟英文，其间他曾随译员努力学习ABC，殊为难得。然而，主持翻译编撰《四洲志》，他悉心而努力，亲自进行改写、修正、补充、润色、编辑，并且融入自己的思想，加入自己的提法，他是真正的译编主角。林则徐当时这样做，显然是违反上规上意的，但他的理由无懈可击——为了"悉夷"，为了知己知彼，为了百战不殆，这不是"有利国家"那是什么？

《四洲志》介绍了世界各地34个国家和地区，让闭塞已久的国人在"里面的世界很无奈"之中了解"外面的世界很精彩"。林则徐表达了对于育奈士迭国（即美利坚合众国）等民主制国家的巨大好感。那时的英美等国，皆已实行和当今差不多的民主制度，林则徐一一予以介绍，而介绍美国的篇幅最长，三权分立、互相制约的情况皆有叙述，赞赏之情，溢于言表。他感慨地说："虽不立国王，仅设总领，而国政操之舆论，所言必施行，有害必上闻。事简政速，令行禁止，与贤辟所治无异……"（见《林则徐全集》第10册第139页）林则徐事实上就是"瞭望美国第一人"。

彼时，大清帝国举国上下沉浸在千百年来形成的"华夏中心论"和"天朝上国"的迷思中。可悲之处就在这里，对于清廷及其奴才臣子们来讲，他们哪里能想到"需要一次地理大发现"，需要一部《四洲志》或《海国图志》？

魏源不愧是林则徐的第一知己，他最了解林则徐"苟利国家生死以，岂因祸福避趋之"的爱国思想,也最能体会林则徐放开眼光、向西方学习的伟大智慧。我很愿意把林则徐和魏源一并称为"最早开眼看世界的双雄"。

与先贤"岂因祸福避趋之"的伟岸精神相比,当下那些只为追逐私利的"蝇营狗苟"真不算什么。今天的我们之所以有今天,正是因为我们的先贤曾经为我们披荆斩棘。回顾先贤林则徐的爱国事迹,我们如果仅仅记得一个"虎门销烟",那是远远不够、远远对不起我们的先贤的。

那一篇遥远的外交檄文

清朝的闭关政策和蒙昧主义,是当时最大的制度环境。鸦片战争之前,清廷没有设立专门的外交机构,只有"临时性"的行为,具有"惰性"的特点。不仅是对内的大事,对外的一切也都是皇帝一个人说了算,下面的官员提出建议,唯有"跪奏"。作为"政务官"的林则徐,先后在全国多地任职,宦海人生,从政40余载,他写得最多的是四种文体,其中奏折是大头,在《林则徐全集》中十有其四;然后是信札、公文和日记。

时在道光十九年——1839年8月3日,林则徐在日记中记载了"酉刻拜发三折、两片,俱由驿递"(见《林则徐全集》第9册第399页);这三个奏折中有一个就是《拟谕英国王檄底稿折》(《林则徐全集》第3册第171页),林则徐联合邓廷桢、瓜尔佳·怡良三人一起会奏,20多天后道光帝朱批"钦此";而著名的《拟颁发檄谕英国国王稿》长达1600多字,朱批为"得体周到"(《林则徐全集》第5册第221—224页)。彼时英国女王就是维多利亚女王,1837年至1901年在位,正是她任上英国发动了鸦片战争。

林则徐写这篇外交檄文,就有点按"国际惯例"办事的味道了。它既是给英国国王看的,也是给自家皇帝看的,所以并不好写。

檄文告知销烟情况,言明禁烟是天理,开头晓之以利弊——"利则与天下公之,害则为天下去之,盖以天地之心为心也","但知利己不顾害人,乃天理所不容,人情所共愤";中间不忘对女王赞扬一番,有"向闻贵国王存心仁厚,自不肯以己所不欲者施之于人"云云,把和平寄望于女王身上;结尾提出"夷商欲图长久贸易,必当懔遵宪典,将鸦片永断来源,切勿以身试法"的明确要求。檄文晓谕,无可辩驳,朱批"得体周到",评价较为准确。

禁烟是决绝的,销烟是绝对的。禁烟销烟和正常贸易,并行不悖;反抗恶行与师夷长技,齐头并进——此为真正的"苟利国家生死以,岂因祸福避趋之"。发檄文进行外交努力,这是智识者的眼光所在,尽管其中的冀望不切实际;若到"战败"才"求和",则变成了"事后投降者"。

然而,那篇遥远的檄文中,一句"况如茶叶、大黄,外国所不可一日无也",也说明了当时林则徐他们在"知彼"方面的缺陷,上上下下还真以为"茶叶、大黄,外夷若不得此即无以为命";直至战争开始,竟然普遍以为英兵"一至岸上,则该夷无他技能,且其浑身裹缠,腰腿僵硬,一仆不能复起",以至于道光说"众口一词,信然"。那时林则徐和所有中国人一样,"闭关自守的时代和封建意识却局限了他,他对于中国以外的世界,尤其是资本主义的世界,茫然无知"。对外国对手的不了解或一知半解,不知己更不知彼,无论和战,必定都会闹出笑话。

那么,面对"茫然无知",是继续封闭,还是努力去睁开眼睛看世界?史实证明他是努力睁开眼睛去看了,在清廷庞大的官僚体制内,他是头一个。然而,那时换作任何人都无法"一眼看透全世界"。作为近代史上第一位与西方列强正面交锋的清廷官员,林则徐是"智慧与偏见交织"的先行者。其实"时代局限"在任何时代都存在,今天亦然。

1840年1月,林则徐被任命为两广总督前夕,奉道光皇帝之旨,无奈宣布正式封港,断绝贸易——这样,鸦片战争的炮火就不可避免了。林则徐是禁烟,不是禁贸,"奉法者来之,抗法者去之"。道光帝崇俭倡廉勤政却非常平庸,但他自我感觉良好,什么都要自己来决定;他实施全面闭关,既因"天朝上国"的自大,亦因对西方世界的全然无知,这使得他做出了错误的判断与决策,以为"一刀切"闭关就能一了百了。而官员们组团忽悠,"九卿无一人陈时政之得失,司道无一折言地方之利病"。晚清朝廷千疮百孔,从政治到经济再到军事都是全方位腐朽落后,确实已百病缠身。

辑一 思想之天

禁毒的"销烟"是必须的,入侵的"硝烟"是罪恶的;国门打开、城市开埠是正确的、必须的,而用枪炮打开国门的方式必定要反对。事实证明,"鸦片务须杜绝,边衅决不可开"的后半句无法做到。那艘古老帝国的陈旧航船,不断驶向太阳沉没的地方——清廷最终迎来大败局。

家书里的家国情怀

考察历史人物,先要"见山是山,见水是水",继而可以"见山不是山,见水不是水",而最终仍是"见山是山,见水是水"。

"出门一笑莫心哀,浩荡襟怀到处开。"林则徐奉旨遣戍伊犁,是一个漫长曲折的过程,其中因为黄河在河南开封祥符段决口,有治水经验的林则徐,在1841年9月被令从扬州赴祥符修堤复河,"效力赎罪";翌年,与赴任抵达广州的季节一样,那也是一个春天,58岁的林则徐从祥符出发,动身西去,充军戍边。"西北望,射天狼"大抵已不存在了。一路辛劳,林则徐途经洛阳、西安、平凉、兰州、嘉峪关、乌鲁木齐,近岁末才抵达戍所伊犁惠远城。万里征途中,他写作大量诗文信札,抒发忧国忧时情怀。

信札中自有诸多家书。浙江省博物馆珍藏有5封林则徐家书,系原西泠印社社长张宗祥先生的家属捐赠。这些家书正是林则徐遣戍期间所写,有一封在1842年8月23日写于平凉白水驿,如今收录于《林则徐全集》第7册,书前图片插页有其影印件,是非常漂亮的行书。时光匆匆百余年,林则徐的日记和信札多有散失,但海峡文艺出版社出版的《林则徐全集》,仍能搜集编撰而成信札两卷、日记一卷,殊为可贵。

家书先言家事。林则徐刚刚接到家里寄来的喜信:"知是夜亥刻得举孙男,可喜之至。并知添养顺事,产后平安,尤深欣慰。计两三年来,惟此一事令人开颜耳。"生了孙子,当然是极高兴的,这是三子林聪彝得子,为林则徐长孙;可没想到,林则徐说这是他两三年来唯一开心的事,可见征途坎坷、心事浩茫,难得有赏心乐事。然后就是商讨给孩子取名字:"现行至平凉地方闻此喜信,拟取平庆二字,并祝军务作速平定。"林则徐在这里自然而然所想的,竟然是要祝军务作速平定——家和国就这样融在了一起。随后进而提到孩子的"满月礼",明确叮咛"满月送礼,总以不收为是",这是家风清廉的自然表现。

作为民族英雄、近代中国重量级人物,林则徐写起家书来,情感却是如此细腻,时时可见拳拳爱心、眷眷亲情,可谓字字珠玑。

接着是重要的一段:"今日又过去六百里廷寄,自系将前调预备之一千兵调去天津(顷闻去清江浦)。看来逆夷竟不歇手,不止据有江以南而已。究竟扬州、清江等夷情如何?如有的确信息,可即寄来。"无论是"六百里廷寄"还是民间传说的"八百里加急",都说明要紧。其实,到了1842年8月,第一次鸦片战争已至尾声,林则徐远在西北遣戍途中,即使知"夷情"亦是徒唤奈何了。

随后家书写道:"日来陕省铸炮之举有无头绪?可查访及之。"被贬的林则徐因病淹留西安期间,曾向陕西官方转送在扬州刊刻的《炮书》,希望陕西当局能如法制造新式大炮,所以有此牵念。

家国情怀中的"家书抵万金",盖因所言不仅是家中大事,更有国家大计。在途经兰州之时,林则徐还写了一封2400多字的长信,那是致好友姚春木、王冬寿的著名信札。信中言及"自亥年赴粤,早知身蹈危机",然后大篇幅分析了当时敌我形势,并提出学习西方技术、建造大炮、组建水军的构想,概括为"器良、技熟、胆壮、心齐"八字要言。后来史学家蒋廷黻在他的《中国近代史》一书中,言及这是林则徐的私函,说他"总不肯公开提倡改革","他让国家日趋衰弱",这个显然失之偏颇。

林则徐的信札家书,在历史上影响很大,于是多有作伪。其中典型的伪作,比如林则徐给四弟元抡(又名林霈霖)的"论禁烟"长信,还有寄示《谕英吉利国王檄》底稿的"家书"等。著名史学家胡思庸认真细致考证,辨明《清代四名人家书》(1936年广益版)中所收有林则徐家书40余件全系伪造,详论《林文忠公家书考伪》早在1962年就发表在《历史研究》第6期上,后收入《胡思庸学术文集》(河南大学出版社2013年10月再版)一书中。没想到今人却当了"真"。

严复曾引用朋友之言曰:"华风之弊,八字尽之:始于作伪,终于无耻。"林则徐一生中有认知不到位的地方，始终未能彻底摆脱传统夷夏观念的羁绊，那正是他的时代局限，但他是努力求真务实的，"有利国家"的家国情怀是他的"真山真水"。

从林译到林译

一代人有一代人的认知，一代人有一代人的责任，一代人有一代人的局限，一代人有一代人的光辉。

从林则徐的《四洲志》，到魏源的《海国图志》，再到徐继畬的《瀛环志略》，"睁眼看世界"的近代智识者，走过了"三步曲"，建构了"三部曲"。区分在于，林则徐是"被动的自觉"，后来者是"主动的自觉"。

从禁烟到销烟，从外交到战争，从上奏到译编，林则徐都是"在场"者。作为钦差大臣，他在1839年离京赴粤，随即招募译员，口译笔译双管齐下。相比于后来者，你可以说这时的林则徐只是"睁开半只眼睛看世界"，但毕竟也是睁开眼睛看世界了。

《林则徐全集》的第10册为"译编"，内涵丰富，其中包括《四洲志》《澳门新闻纸》《澳门月报》《华事夷言录要》《滑达尔各国律例》《洋事杂录》共6个部分。面对外贸的复杂局面，以及涉外刑事案件，林则徐组织翻译"各国律例"——国际法，这也是"天字第一号"。

在跨越了整整60年一甲子之后，1899年，林纾翻译的第一部小说《巴黎茶花女遗事》首版（畏庐版）在福州刊刻。林则徐时代为外交和战争所准备的翻译，至此变成了为精神文化的文学翻译，从此"林译"到彼"林译"，社会在悄然发生变化。

林纾，字琴南，在林则徐1850年辞世两年后的1852出生，逝于1924年。两人同为林姓，同出自福建福州，都住过"三坊七巷"。作为"译介西洋近世文学第一人"的林纾，翻译作品近两百种，蔚为大观，风靡一时。在我国近代文学史、翻译史与文化史上，林译小说都有重要位置。

林纾和林则徐有诸多相同之处。二林都有革新,也都有守固。在对外的反抗战争中,他们都是爱国者。1884年8月,法国舰队突袭停泊在马尾港的福建水师,结果福建水师大败,几近全军覆没,林纾闻讯,与好友林述庵在大街上相抱痛哭;林纾痛感时局之腐败,写下一系列讽刺诗。甲午战败后,林纾主张变法维新,认为改良运动是救国的唯一道路。

在译事方面,二林有个最大的相同点,就是两人都不懂外文,但为了知夷悉夷、开启官智民智,都踏上了翻译之路。若无翻译,不去了解域外,那么就没有可能走出封闭。林则徐是一人与多位译员合作;而林纾则是开创了"中述中译"一对一的合作翻译模式,其翻译"合伙人"多达19位。林译之选材,出于"译者启蒙的政治目的,这也正切合当时社会时局的要求",比如所译的《黑奴吁天录》;他努力做到"信达雅",语言古雅洗练,颇具桐城派的雅洁之风。

林则徐主持译编的《四洲志》,属于近代史首部"开眼看世界"、慨言"不立国王,仅设总领"的政体优于君主制的书,书中许多相关语句,是林则徐"编"上去的,是个人的深切体会。与此相似,林纾也会根据读者的接受状况,在翻译中灵活进行各种文化调适,不拘泥于字词一一对应。

林则徐对待翻译很认真,林纾除了晚岁因年纪大了翻译比较潦草之外,早中期的译笔也是很认真到位的,他对于书中的人名地名"不改动一音"。

和文学翻译不同,林则徐的译编与外交密切相关。外交无小事,和英国打交道,有关外交文告,中文要好,英文翻译也要到位。写作、翻译那篇要交给英国女王的檄文,林则徐十分认真严谨。1840年2月,《中国丛报》刊载檄文英文版,林则徐先请译员袁德辉英译,为了确保译文准确,他又请人将英译稿回译成汉文,予以审阅改进。

然而,林则徐万万没有想到的是,就在这一年的2月20日,英国外相巴麦尊向清廷发出照会正式宣战,照会由英国驻华翻译官马儒翰译成中文,他老兄将"To demand from the Emperor satisfaction and redress"一句误译为"求讨皇帝昭雪申冤",完全背离了"要求皇帝赔偿与匡正"的本义——兵临城下,人家是宣战要赔款,你却当成投诉要求道歉,这让道光帝满以为是手下两个人"闹架儿"

辑一 思想之天 | 023

找他来诉说冤屈了，只要贬斥惩处林则徐、解决他销烟引发的后果就好了。所以，林则徐后来遇到"奉旨遣戍"，也就可想而知了。

长期的闭关锁国，加上盲目的自信自大，翻译文本上出现这么大的误译也没能发现，闹出匪夷所思的笑话——这还真是让人笑不出来。直到二林的闽籍同乡严复出现，译事新局才得以开创。

徐继畲：
从"兀兴腾"到"华盛顿"

从"兀兴腾"到"华盛顿"

这是不言而喻的常识：有第一等的襟抱，有第一等的眼光，有第一等的学识，才有第一等的智识，才有第一等的远见，才有第一等的历史成就。

要拥有智识真知，首先得有基本知识认知。问一个问题：你知道"兀兴腾"是谁吗？是早期北方少数民族汉译名字？不对，他其实是"华盛顿"。"兀兴腾"之译名，始于先贤徐继畲。

徐继畲，字健男，号松龛，山西五台人，近代著名思想家、地理学家。美国学者德雷克（中文名龙夫威）著有《徐继畲及其瀛环志略》（任复兴译，文津出版社1990年7月第1版）一书，他称徐继畲为"东方的伽利略"。

生于1795年的徐继畲，和生于1794年的魏源相差一岁，是同时代人。在1840年到1861年之间，中国人写成有关介绍世界历史地理的书籍共有22种，影响最大的就是魏源的《海国图志》和徐继畲的《瀛环志略》。《海国图志》以博见长，优胜在主张"师夷长技"，一句名言震烁千古；《瀛环志略》以精取胜，优胜在"开眼看世界"，它突破了传统的华夷观念，不仅认识到器物经济、工商实业之重要，而且认识到民主制度之必要。

《瀛环志略》的初稿是《瀛环考略》，手写文本，手绘地图，殊为不易。《瀛环考略》问世于1844年（道光二十四年），比《海国图志》五十卷本迟2年；完备的《瀛环志略》出现在1848年，比《海国图志》百卷本早4年，所以前者有大量内容被后者辑录。也是在1848这一年,《共产党宣言》在伦敦问世,之后带来了"四海翻腾云水怒,五洲震荡风雷激"。

瀛,瀛海;环,环绕。瀛环者,环绕大海广阔无垠的大千世界也。1872年11月(同治十一年十月)在上海创刊的我国最早的文学期刊,亦即命名为《瀛环琐纪》。在封闭时代,有识之士一定会向往外面的大千世界。

徐继畬其实也不懂外语,他了解瀛环,进行写作,是访谈与研究相结合,首个访谈的重要对象,是美国最早一批来华的传教士中的雅裨理(David Abeel)。1844年1月,时任福建布政使的徐继畬,和雅裨理在厦门首次见面,于是有了一次历史性的访谈,徐继畬始知美国的共和政体和总统华盛顿。

在《瀛环考略》手稿本中,徐继畬将Washington之名译为"兀兴腾",诸如"兀兴腾既得米利坚之地","兀兴腾,异人也,起事勇于胜广,割据雄于曹刘,既已提三尺剑,开疆万里,乃不僭位号,不传子孙,而创为推举之法"等。

"兀兴腾"是个别扭的译名。彼时各人所译五花八门,有瓦声顿、瓦升墩、瓦乘敦、洼申顿、窪性吞等,不一而足。到了1848年《瀛环志略》出版时,徐继畬已将"兀兴腾"全部改为"华盛顿",这就是一种进步的侧影。

以蠡测海,管中窥豹。从无知到有知,从知其一到知其二,我们看到了徐继畬进步的追求和追求的进步。在《瀛环考略》中,徐继畬指称西方国家时,沿袭"旧制",用的都是鄙称"夷"字,书中反复出现;而在《瀛环志略》中,就不再使用这一叫法,"夷"字全删,比如"夷目李太郭"改为"英官李太郭"。这也是对"天朝上国""华夷之辨"的一个突破,时人"见者哗然",实可理解。

《瀛环志略》涉及欧美的许多名词的翻译,沿用至今,因为比前人和同时代人译得好,如波斯、印度、荷兰、瑞典、日耳曼、普鲁士、维也纳、伯尔尼等。其中译撰的"米利坚合众国之为国"一语,成为今译"美利坚合众国"之由来。

名称背后是实质。一边是专制皇帝"传之世乃至千万世"的体制,一边是"不僭位号,不传子孙"的政制,孰优孰劣,知而能辨。《瀛环志略》记载了当时世界以民主政体为主导的各类政体,宣扬了西方民主政治的制度体系和价值理念,赞叹美国"不设王侯之号,不循世及之规,公器付之公论,创古今未有之局"，看到把人民与政府有效地联系在一起的代议制是欧美强大的本源，从而在东方专制大国的至暗时刻点燃了幽微的民主烛光。

后来的事众所周知：1853年（咸丰三年），徐继畬《瀛环志略》中称颂华盛顿和美国的两段话，被辑录刻为汉字花岗岩石碑，由宁波府赠送美国，嵌于著名的地标建筑华盛顿纪念碑内壁高处，成为中美早期友好关系的里程碑。华盛顿纪念碑是座方尖碑，其实应该称为"塔"，因为内部可登高；塔内每个台阶高1英尺，每20个台阶有个平台算是一层，这块中文石碑高约130厘米，宽约105厘米，嵌在第十层平台西壁中部，即200多英尺高的位置，属于塔内所嵌190方铸文、石刻中最大的纪念石。

和"徐继畬(yú)"常常被错为"徐继畬(shē)"、"瀛环志略"往往被错为"瀛寰志略"相似，碑铭内容引述中屡屡见到版本误差，正确的加上标点后如下：

> 钦命福建巡抚部院大中丞徐继畬所著《瀛环志略》曰："按，华盛顿，异人也。起事勇于胜广，割据雄于曹刘。既已提三尺剑，开疆万里，乃不僭位号，不传子孙，而创为推举之法，几于天下为公，骎骎乎三代之遗意。其治国崇让善俗，不尚武功，亦迥与诸国异。余尝见其画像，气貌雄毅绝伦。呜呼！可不谓人杰矣哉。""米利坚合众国以为国，幅员万里，不设王侯之号，不循世及之规，公器付之公论，创古今未有之局，一何奇也！泰西古今人物，能不以华盛顿为称首哉！"
>
> 大清国浙江宁波府镌 耶稣教信辈立石
> 咸丰三年六月初七日 合众国传教士识

1998年，时任美国总统克林顿访华，在北大发表演讲时就郑重其事地专门提到这件好事。

1868年，73岁的徐继畬接受由驻华公使蒲安臣代表美国总统赠送的一幅华盛顿画像，在赠送仪式上作答辞，称华盛顿"已成为全人类的典范和导师"，《纽约时报》于1868年3月29日对此事做了详细的报道。美国国会图书馆也藏有徐继畲的画像。

世界一定多元，文明最需互鉴。如果连古人羡慕人家的好，今人都不能说不许说，那不是今人的自信，而是今人的愚蠢。"人类取得进步的关键就在于各民族之间的可接近性和相互影响。"美国著名史学家斯塔夫里阿诺斯说，"只有那些最易接近、最有机会与其他民族相互影响的民族，才最有可能得到突飞猛进的发展；而那些与世隔绝、缺乏外界刺激的民族，多半停滞不前。"识见非凡的先知徐继畲，就是突破"与世隔绝"、开辟鸿蒙的"接近者"。

大变局带来大胜局还是大败局

"此前中国，千年不变；晚清中国，十年一变。"从1636年皇太极称帝改国号"大清"算起，直到辛亥革命将其覆灭，中国历史上最后一个帝制王朝，国祚仅276年。从道光朝中叶开始，社会进入剧烈的转型期，人们将这一转型称为"三千年未有之大变局"。

最早提出"大变局"之说并产生很大影响力的，是徐继畲。在1848年刊行的《瀛环志略》的"凡例"中，时任福建巡抚的徐继畲指明："南洋诸岛国苇杭闽粤，五印度近连两藏，汉以后，明以前，皆弱小番部，朝贡时通，今则胥变为欧罗巴诸国埔头，此古今一大变局。"变者，时变、世变、嬗变、巨变。徐继畲在发凡起例之时，就突出直言"古今一大变局"，这是近代中国"大变局"之论的首创和原创，他成为晚清大变局的第一个明确预警者。"胥变"即"皆变""全变"，原因是欧罗巴西洋诸国扬帆东来，开启了东西正面之对局，尽管地域处于印度、南洋，但这已然成了其东进北拓的前进基地——"天下从此多事矣！"

鸦片战争一声炮响，宣告大清帝国对外封闭的政制与文化的藩篱被打破。大变局意味着大趋势，而这一趋势与潮流是不可逆遏的，"天朝上国"被卷入西方全球开拓的旋涡中，原本以大清帝国为中心的东南亚秩序正趋瓦解。及时感觉到大趋势与大变局并作出阐述，这就是徐继畲可贵的先觉意识，盖因他能以正眼看世界，拥有新的世界观。

长久以来,史学界盛称李鸿章"三千年未有之大变局",难得提及徐继畬。李的变局之论,时在1872年,比徐继畬晚了24年。在《复议制造轮船未可裁撤折》中,李鸿章的表达确实更为吸引人,但看看文本就知道,内容其实是化用、引申徐继畬《瀛环志略》的:"臣窃惟欧洲诸国,百十年来,由印度而南洋,由南洋而中国,闯入边界腹地,凡前史所未载,亘古所未通,无不款关而求互市……此三千余年一大变局也。"

作为地理学家,徐继畬对"大变局"的认知,基于对世界历史变迁、国际地缘政治变化的清醒判断。西力东渐,带来国际地缘政治与经济的巨变,由此极大影响了内政外交。美国知名历史学家马世嘉博士的专著《破译边疆·破解帝国:印度问题与清代中国地缘政治的转型》,从地缘政治学的视角,探讨了清代地理叙事中的"印度"和中印边疆如何从"边政问题"升级为"外交问题",原本的由远及近的礼序关系如何向新型外交关系转型,从而提供了观察大清帝国出现"现代性转变"的新视角。其中论及"徐继畬这位和魏源有着许多共同洞见的地理学家……详述了帝国主义在印度的历史,解释了英国与其他欧洲人先是买下沿海土地并建立码头……结果英国取下了最多的沿海土地,且胁迫其他印度国家服侍之……主要收益皆获自印度,借由把印度产品销往中国而筹集其资源……"(详见该书台湾商务印书馆2019年2月首版译本第429页)

面对大变局,关键问题在于"怎么办"。过去只以为天下是一元,只知道相互对抗之一法。大局在变,未来还要变,那么最终是变好,抑或变坏?今后的根本出路在于变法变革,从而避免"大败局",走出"大胜局",决不能再沉浸在"天朝上国""天下共主"的专制迷幻中不能自拔、自毁长城了!所以,徐继畬的"大变局"观,本质上是为变法改制张本的,他的思想激发了后来洋务派以及早期维新派的社会改造行动,拉开了中国近代走向自省自强变法变革之路的序幕。而当变革的步子跟不上时代,那么革命就会到来,无论时间在不在辛亥。

对徐继畬变局观研究最深入到位的,当属《撬动中国向近代转型的坚实支点——徐继畬"大变局"认识与涉外实务研究》(曾燕、涂楠著,四川大学出版社2012年9月第1版）一书。作者认为，徐继畬的新世界观念及其"大变局"论断，是中国近代思想生发、演进中的一个起点里程碑。正如该书书名所言，"大变局"思想意识是"撬动中国向近代转型的坚实支点"。

从条约翻译到同文教育

风起于青蘋之末，浪成于微澜之间，晚清转型期的外交和教育，都有这个特点。

2022年是中英《南京条约》签订180年。今人可能不知道，1842年签约时，中英文版本都是英方提供的，结果闹出了历史笑话。中文版当时由英方翻译官马儒翰翻译，他是著名传教士马礼逊的长子，中国通。而那些清朝官员，没有一个懂英文啊！条约一共13条，第2条中文版本说的是"自今以后，大皇帝恩准大英国人民带同所属家眷，寄居大清沿海之广州、福州、厦门、宁波、上海等五处港口，贸易通商无碍；且大英君主派设领事、管事等官住该五处城邑，专理商贾事宜"云云，"大皇帝恩准"的措辞，在表面上倒是给足了大清皇帝面子。可是，道光帝万万没想到，英文版的《南京条约》，与中文版本存在重大差异。

大时代的小细节，往往才是真相：两个版本中，不仅仅5个开放城市顺序不一（英文版厦门在福州前面），关键是：中文版规定英国人民只能住"港口"，只有英国的官员方可住"城邑"；而英文版中，与"港口"对应的是"Cities and Towns"，应译为"城镇"；与"城邑"对应的是"Cities or Towns"，应译为"城市或城镇"。结果却是，将前者的"城镇"译成中文时变成了"港口"——只是局限于居住口岸港区，这明显属于误译。这个"误译"很大可能是故意为之，因为封闭腐朽的清廷害怕"华洋杂处"，所以一直不许外国人进城居住，这个条约的中文版本就迎合上意，给足"面子"。"天朝上国"向来如此，"里子"似乎不要紧，永远是"面子"第一。于是，一个条约，两种版本，不同规定，闹了天大的笑话，也给后面留下了冲突的隐患。

在外交领域，国与国之间所签订的条约，其重要性不言而喻。但与洋人打交道的大清帝国官员没人识得 ABC，吃这个亏，也不是一天两天。痛定要思痛，没外语人才，那得培养；要培养人才，那得办教育；要办教育，还真是离不开有识之士。"1862年，文祥与恭亲王取得朝廷首肯，在北京设立了一所专事翻译的学校。该校规模不大，主要选拔年龄在十四岁左右的八旗子弟学习英文、法文，并向他们发放津贴。"2021年12月26日辞世的美国著名历史学家史景迁先生，在他的教科书《追寻现代中国》里如是有云。这所学校，就是同文馆，亦称京师同文馆，属于近代新式学堂。它能延聘外教，而且支付高薪，在当时殊为不易。

2022年恰是同文馆创建160周年。从1842年签订《南京条约》到1862年同治元年创立同文馆，过了20年之久，进步速度形同蜗牛。1860年第二次鸦片战争后签了《北京条约》，规定今后各国递交来的公文，只使用人家本国的文字，不再像《南京条约》还翻译了一个有差异的中文版，没有外语人才真是不行，甚至是不幸。

文祥和恭亲王奕䜣，都是开明的晚清名臣。奕䜣后来力荐徐继畬，上折要求饬派他为总管同文馆事务大臣。让徐继畬出掌同文馆，实乃明智之举。一方面，徐继畬学术能力一流，他的《瀛环志略》就是同文馆的教科书；另一方面，他热心教学教育，致仕之后，回到山西平遥办了超山书院；还有更重要的是，徐继畬具有开明的思想、开放的眼光，他能"正眼"看世界，而不是简单的"睁眼"。

1867年2月，徐继畬走马上任，成为同文馆第一任"校长"。1867年左右，同文馆增设了"天文算学馆"，学生不再是单纯学外语，还要学习天文、数学等自然科学课程，这是同文教育从量变到质变的体现。徐继畬成为中国近现代高等教育的主要开创者。

同文馆从"西文"转向"西学"，初创时，倭仁等守旧派反对之声声浪滔天。徐继畬以70多岁的高龄，坚持了2年多，尽管步履维艰，但总算把天文算学馆坚持了下来，带领同文馆度过了困难低谷。徐继畬一生跨越清朝嘉、道、咸、同4个时期，生逢社会演化关键转型期，在生命最后阶段，又一次璀璨闪光。

鲁迅：
属于人类和世界

  鲁迅是大先生，鲁迅是民族魂；鲁迅是世界的鲁迅，鲁迅是人类的鲁迅。

  鲁迅先生诞生于1881年9月25日，2021年9月25日是其140周年诞辰。9月26日，纪念鲁迅140周年诞辰座谈会在北京人民大会堂举行，座谈会由中国作协主办，鲁迅先生亲属和来自全国各地的作家、学者和社会各界代表100余人参加。中国文联主席、中国作协主席铁凝在致辞中说：一代一代的中国作家，行进在鲁迅和他的战友们一同开辟的文学道路上，想起鲁迅，我们都能够真切地感受到精神的烛照和历史的嘱托。……鲁迅手中的笔，总是能够点中时代课题的穴位、感受时代脉搏的跳动、灌注时代进步的能量……

  适逢"东亚文化之都·中国绍兴活动年"，浙江绍兴组织策划了纪念大会等系列纪念活动，向一代文豪致敬，共同聆听大先生的心跳，感悟民族脊梁的勇气。在绍兴的纪念大会上，鲁迅长孙、鲁迅文化基金会会长周令飞在致辞中表示，鲁迅作为"文化符号"，不仅是中国的，是亚洲的，更是全世界的，希望鲁迅作品和鲁迅精神可以成为各国文明交流互鉴的桥梁，携手呵护全球人民共同的故乡地球。

  鲁迅是一个巨大的精神存在，他是真正的世纪巨人。他的小说、杂文、散文、诗词都达到了很高的水平，他如果站在诺贝尔文学奖获得者的队伍中，也是毫不逊色的。他是中国旧时代文学的结束者，是新时代文学的开创者。鲁迅还是翻译家，"求新声于异域"，一生翻译了14个国家100多位作家的作品，印成了33个单行本，他译介外国文学的文字量，可比肩其原创作品。鲁迅亦是书法家，他的书法字体，如今也成了网络上流行的一种字体。鲁迅又是收藏家，藏书藏碑帖藏版画等。鲁迅且是平面设计家，他设计的书籍封面、北大校徽等堪称经典……以美术启蒙民众、唤醒国人，是鲁迅先生文学之外的另一蹊径。

学者林贤治说："鲁迅死于20世纪而活在21世纪。"作家莫言说："倘若我能写出《阿Q正传》，我宁愿我所有的作品都不要了。"钱理群教授说："鲁迅的作品是应该终生阅读的。"鲁迅不仅仅是"文化符号"，今天我们仍然需要"活着的鲁迅"和"鲁迅活着"。

鲁迅始终有着"立人"思想，尊个性而张精神。人立而后凡事举，文立而后万事畅——这是一种期待。鲁迅对中国的文化和传统理解最深刻，对国民性中的劣根性剖析和批判得最犀利。人们很容易看见他的"毒舌"，看见他的"一个都不宽恕"；所以很多人都说他"多疑""冷酷"，第一是冷，第二是冷，第三是冷。冷，确是鲁迅的"基础体温"，因为他"横眉冷对千夫指"；然而，还要看到鲁迅被寒冷躯体包裹着的暖，因为他"俯首甘为孺子牛"。

曹聚仁先生在《鲁迅评传》（详见复旦大学出版社2006年1月新版）的《社会观》一章中，引用学者张定璜名篇《鲁迅先生》的话，言及"讽刺家和理想家原来是一个东西的表里两面"，深以为然——"讽刺家"之冷和"理想家"之暖，并行不悖。

在鲁迅逝世前一年写就的青年学人李长之的重要著作《鲁迅批判》，是鲁迅研究史上首部成体系的专著，是唯一经过鲁迅披阅的批评鲁迅的专著，是迄今在研究鲁迅的学术领域中引用率最高的专著之一。那时的李长之还是清华大学学生，25岁左右。他在书中如是说："鲁迅在灵魂的深处，尽管粗疏、枯燥、荒凉、黑暗、脆弱、多疑、善怒，然而这一切无碍于他是一个永久的诗人，和一个时代的战士。"这个批评比较客观——一个时代的战士，"横眉冷对"；一个永久的诗人，"俯首甘为"，作者看到了鲁迅"含泪的微笑"。

我们如果只见鲁迅"横眉冷对"的冷，而看不到他"俯首甘为"的暖，那一定不会准确理解鲁迅。鲁迅其实是很暖的人，用今天的"暖男"一词来形容他都显得轻了。认为鲁迅"无须辩护"的著名画家陈丹青，在他的《笑谈大先生》（广西师范大学出版社2011年1月第1版）一书中说，"鲁迅先生长得真好看""鲁迅是我几十年来不断想念的一个人""是百年来中国第一好玩的人"。

鲁迅不仅是"怜子"——"怜子如何不丈夫"，而且永远站在底层平民一边，他热诚，温厚，慈悲，拥有的是真正的"赤子之心"。所以，他深情地说，"无穷的远方，无数的人们，都和我有关"。所以，他深长地说，"自己背着因袭的重担，肩住了黑暗的闸门，放他们到宽阔光明的地方去"。所以，他深挚地说，"我们还要发愿：要人类都受正当的幸福"。所以，他深切地说，"怯者愤怒，却抽刃向更弱者"。

读《野草》《朝花夕拾》，鲁迅先生那种爱与善的温暖，时时会洋溢出来。《野草》是鲁迅真正为自己而写作的，里头的篇什，《雪》《风筝》《秋夜》等，表面看也是好冷，读着读着就感受到地底下涌动的火山，不仅暖，而且热。《野草》通常被认为是散文诗，而我认为是"诗散文"——散文大约比诗更贴近凡人，更温和亲切地暖着人心，我觉得。

然而，鲁迅终究是大杂文家，是坚定的批判者。爱之深，责之切，而且"一笔入魂"。历史和现实给了鲁迅先生深切的痛感，而疼痛是有穿透力的。那是"灵魂的深"。他痛恨"想做奴隶而不得"和"暂时做稳了奴隶"的时代病，他绝不要"和光同尘"。当社会塌方塌陷足够大，大到看不到全貌，时间足够长，长到看不清历史，那么其中每一粒"沙石"都觉得自己很无辜，奴性也就从个体变成了群体——当奴性成为精神性、国民性之后，非得下大气力鞭挞批判，否则难以从根子上剥离消弭。

鲁迅是发现人世问题、诊断社会疾病的，所以，有学者曾说：病症，是鲁迅看得准。百年之后，鲁迅的话在当下仍然直戳人心，尽管批判的话语往往让人不爽。爱鲁迅，不仅爱其所爱，而且痛其所痛。在爱与痛之后，就能豁然开朗。1938年6月出版的首部《鲁迅全集》，是许广平和鲁迅先生纪念委员会耗时近两年所取得的成果，目的是"扩大鲁迅精神的影响，以唤醒国魂，争取光明"。初版参与编辑者之一胡仲持先生感叹："寂寞时读它，我就不寂寞了；情绪恶劣时读它，我就神清气爽了；糊涂时读它，我就知道自己是谁了；思想阻塞时读它，我就豁然开朗了。"

何以解忧？首先鲁迅。在鲁迅时代，杂文已形塑为一种"任意而谈，无所顾忌"的特定文体；他那时的杂文是"匕首和投枪"，现如今杂文是"银针和手术刀"，但绝不能变成"抓挠和按摩棒"。在大先生鲁迅面前，必须独立思考、自由思想。当今不少文字变成了"迷魂汤"，而鲁迅始终是"清醒剂"。不愿意发现问题，才是最大的问题，这真正体现了"鲁迅活着"的意义。

无论是文艺评论还是社会批判，要想"到位"，就得"批评到位"，真正做到"批评快乐"。现在有不少作品，其实是"宣传文学"，往往文学性很差，但自由批评似乎很难。不少人连"银针和手术刀"都不喜欢，认为自己什么病都没有。评论家们手中似乎只能拿"抓挠和按摩棒"了，抓挠抓抓就好、按摩按摩好像就舒服。没有了鲁迅的"批评精神"，疾病能够自愈？

近年来网上流传各种"鲁迅说"，其实大多数都不是鲁迅说的，这是一种新时代的网络虚拟修辞，这是人们想念鲁迅了。鲁迅曾说，"只要能培一朵花，就不妨做做会朽的腐草"，彼时的鲁迅也成了当下"鲁迅说"的"腐草"。如今网络上流行一句话："儿时读书觉得自己是鲁迅，长大后觉得自己像闰土，工作后才发现自己就是个猹。"这就有点鲁迅先生解剖自己的精神了。银针、手术刀终归是冷的，但"医者仁心"一定是暖的。

无论冷暖，鲁迅都在走向世界。每个国家都会有作家成为它的文化代表，如英国是莎士比亚，德国是歌德，法国是雨果，西班牙是塞万提斯，丹麦是安徒生……鲁迅当然是中国的文化代表——由于中国文化源远流长博大精深，你也可以将鲁迅看成文化代表之一。郁达夫写过《怀鲁迅》《鲁迅先生逝世一周年》《回忆鲁迅》《鲁迅逝世三周年纪念》等诸多文章，在《鲁迅逝世三周年纪念》一文中他说："鲁迅是我们中华民国所产生的最伟大的文人，我们的要纪念鲁迅，和英国人的要纪念莎士比亚，法国人的要纪念服尔德·毛里哀有一样虔诚的心。"

文学视域中的人物形象，同样也是国家的重要标识，比如约翰·克利斯朵夫之于法国、哈姆雷特之于英国、浮士德之于德国、堂吉诃德之于西班牙、好兵帅克之于捷克斯洛伐克等，那么，鲁迅笔下的阿Q，无疑是中国人物形象的头号标识。作家通过他们塑造的形象走向世界。

在19世纪后期形成的中外文化"单向交流"，到了鲁迅这里逐渐变为"双向交流"。先是"引进来",然后"走出去"。鲁迅负笈日本时,就曾节译雨果小说《悲惨世界》,取名《哀尘》刊于1903年6月的《浙江潮》上。之后,鲁迅和周作人兄弟俩合作翻译出版《域外小说集》两册,用的还是文言文,1909年印出后,每种只销售了20本左右,库存书还因为失火烧掉了。但鲁迅不气馁,在翻译领域也是坚持"韧的战斗",译著等身。长江文艺出版社于2011年出版的《鲁迅大全集》33卷中,创作编、译文编、学术编大致各占三分之一。"鲁迅的翻译目的体现了对愚昧的弱国子民的启蒙诉求。"2015年中国社会科学出版社出版了学者冯玉文的《鲁迅翻译思想研究》一书,作者直言:"鲁迅希望通过翻译'别求新声于异邦':实现国人的思想改造,催生自立自强、科学理性、平等博爱的新人。"

20世纪初处于新旧转型交替时期,鲁迅也成为第一位走向世界的中国现代作家。他的作品,成为一个时代里中国现代文化向世界传播的主体内容:

早在1926年,美国华侨梁社乾的《阿Q正传》英译本由上海商务印书馆发行。1926年3月2日,《京报副刊》发表柏生《罗曼·罗兰评鲁迅》一文,讲到法国大文豪罗曼·罗兰评鲁迅《阿Q正传》的一段话:"这是充满讽刺的一种写实的艺术。……阿Q的苦脸永远地留在记忆中。"1927年,美国作家、记者贝尔来特在美国《当代历史》上发表《新中国的思想界领袖鲁迅》一文,从思想史角度评析鲁迅的重要性,开了西方鲁迅研究的先河。

1936年7月21日,鲁迅为捷克斯洛伐克翻译家雅罗斯拉夫·普实克的《呐喊》译本作序,这是他的文字被翻译到"非主流"国家,他十分欣喜,直言"实在比被译成通行很广的别国语言更高兴"……近一个世纪来,鲁迅作品在域外的传播和研究呈现多元的格局。作家毕飞宇曾说:"一部中国的现代文学史,其实是由两个部分组成的,一个部分是鲁迅,一个部分是鲁迅之外的作家。"到了国外,这更是确实的情形。

与地缘有关,鲁迅的著作对日本、韩国的影响巨大,引发了非一般的共鸣。日本记者丸山昏迷,1922年在采访鲁迅之后,对鲁迅有很高的评价:"在现代中国,鲁迅的小说,无论是在文章的艺术魅力方面,还是在文章的洗练简洁方面,都远远地超过了其他许多作家。""他到哪里都怀着一颗彻底地不休止的心。

他是一位企求从根本上改革中国的斗士，年仅四十，有着充分的活力。"丸山昏迷（1894—1924）原名丸山幸一郎，又名昏迷生，日本长野人，因病英年早逝，1924年在家乡去世时年仅30岁。他1919年到北京，1922年起任《北京周报》记者，曾在北京大学旁听鲁迅讲课。作为鲁迅先生的好友，鲁迅在日记中多次记录丸山昏迷的活动，比如1923年4月15日的日记，记载"午丸山招饮，与爱罗及二弟同往中央饭店"，就是丸山昏迷设宴为乌克兰盲诗人爱罗先珂回国饯行，鲁迅等应邀出席。

诺贝尔文学奖得主、日本著名作家大江健三郎曾说："世界文学中永远不可能被忘却的巨匠是鲁迅先生。在我有生之年，我希望向鲁迅先生靠近，哪怕只能挨近一点点。这是我文学和人生的最大愿望。"与大江健三郎同时代的丸尾常喜，是日本战后第二代鲁迅研究者，他在《明暗之间：鲁迅传》（上海人民出版社2021年9月第1版）中说："在被公认为过渡期或启蒙期的时代里，总是会诞生一些堪称'巨人'的人物。一般来说，这些巨人关注的并不局限于某个狭窄的特定领域，而是指向整个社会与历史。鲁迅亦是如此。"

在这次绍兴的纪念大会上，中日韩三国代表围绕着鲁迅，以线上交流的方式探讨彼此的"精神故乡"。有学者说："在日本，鲁迅是一个不可替代、不可超越、不可复制的存在。"日本友人构成了鲁迅先生很大的一个"朋友圈"，许多友人将鲁迅作品翻译成日文在日本出版。

2009年北京大学出版社出版了学者王家平的《鲁迅域外百年传播史（1909—2008）》一书，追寻鲁迅于域外的传播足迹，进行了认真详细的梳理和研究。域外的鲁迅研究和鲁迅作品的译介，已成为一个世界文化现象。

从时空的两个维度看，鲁迅都是世界的鲁迅。鲁迅思考的，其实是人性以及人类的共性问题，外国人读懂鲁迅并不难。毫无疑问，周树人，是"世界人"。

真正的大家，是被世间和时间"千刀万剐"之后留下来的"艺术品"，无论是20世纪，还是21世纪，还是未来的世纪，我们，我们人类，幸好有鲁迅。

（原载于《东瓯》2021年第4期）

周有光：
112岁的人杰人瑞

2017年1月13日这天，我在微信、微博上说，今天是周有光先生诞辰，112岁！并祝贺周先生生日快乐，还引用了周先生的一句名言"上帝糊涂，把我忘掉了"；哪里想得到，就在第二天，也就是1月14日凌晨3时30分，周有光先生在北京家中逝世，告别了我们，告别了百年人生。

挥手自兹去，睿智留人间。老而弥坚，笔耕不辍，周先生脑子非常清楚，思维非常清晰，这样的智者，真当是人杰人瑞！

生于1906年1月13日的周有光先生，是江苏常州人；他体会过晚清、民国、中华人民共和国三个时期的生活，对此有评价曰："他成为一位伟大的书写者和见证者。"他是中国著名语言学家；他早年专攻经济，近50岁时参与创制汉语拼音方案，被誉为"汉语拼音之父"，尽管他并不领受这一"殊荣"。现在用拼音输入法的人们，当然应该感谢他；而思想界的人们，更是从他晚年一本本出版的著作中，感知到他的非凡。

我比较早就接触周先生的思想文字、道德文章。好多年前，我曾在《杭州日报》刊登过一篇有关《周有光百岁口述》一书的阅读笔记，谓之"百岁老人百年理"。周先生的书，我是见了就买，不久前还从台湾一家专卖大陆出版书籍的书店里，买了他的《常识》一书。在我的书架上，最完备的是十五卷本的《周有光文集》精装本，凡500万字，中央编译出版社2013年5月第1版；第一至第八卷主要是语言学、文字学、文字改革研究等专著和论文集；第九至第十五卷包含跨学科的研究成果及著作，其中最好读的作品为散文、随笔和杂文。当然，这部文集对于普通读者来说是巨大了一点，于是从中抽取部分内容编成一本《我的人生故事》以飨读者。

浙江大学出版社总编辑袁亚春，几乎每年都会在周先生生日时去看望他。不久前，浙江大学出版社出版了《逝年如水——周有光百年口述》一书，葛剑雄、易中天等学界名流鼎力推荐。这本书是文津图书奖获奖作品。周有光先生用随意、自然、活泼的语言，以智慧、乐观、幽默的叙事基调，从自己的家庭渊源开始谈起，细数从清末至今日的历史剧变，透过敏锐的眼光和超强的个人记忆，讲述曾经亲身经历或耳闻的大量有趣的情节和故事，集中表现了中国百年历史的各大关键时刻及由此带来的深远影响。"本书内容覆盖家庭、教育、国家、社会、战争、经济、文化、爱情、晚年生活等重要内容，其中涉及中外历史上有影响力的人物近200个，使读者了解到在必然历史中的吊诡和回转，是一部极为珍贵的历史读本。""书中也坦诚讲述作者作为一代杰出的知识分子的一生：从民国初普遍'左倾'、充满活力的年轻知识精英分子的一员，向一个力图保持清醒思考、在有限的条件下为祖国服务的独立知识分子转变的过程，也涉及他在极其困难的情况下如何保持乐观和探索精神的历程。"

无论何时，面对何人，周先生谈自己的人生经历，都是那么的冲淡、旷达、从容甚至飘逸。比如在一次对话中，他这样讲自己性命攸关的经历："是的，抗日战争是生死交关，日本人一个炸弹炸在我旁边，把我人炸到阴沟里去了，我旁边的人都死了，我没有死。后来人家问我为什么没有死，我其实是掉到阴沟里去了，那是个壕沟啊，有人说我命大……"真可谓"曲终奏雅"。

我在大学里讲课，每每讲到认知、谈到思想，一定会介绍周有光，推荐他写的书。他的思想小品最有意味，常常从一个个生动有趣的故事开始，包含着独特的观察、丰富的内涵、深刻的体悟、别致的情趣、豁达的态度、开阔的视野，那种透彻的参悟能力，非一般人所能达到。当然也推荐《合肥四姊妹》一书——合肥张家是近代史上的名门贵族，四姐妹都嫁给了名家：大姐张元和嫁给了著名昆曲演员顾传玠，二姐张允和嫁给了周有光，三妹张兆和嫁给了文学家沈从文，四妹张充和嫁给了德裔美籍汉学家傅汉思。两度见过爱因斯坦的周有光先生，同样具有睿智的大脑、渊博的学识、近乎完美的人格品质，而且家庭幸福美满、身体健康长寿，真当是让人"羡慕嫉妒爱"。

周有光和张允和,当年是在杭州谈的恋爱。那时年轻的周有光受朋友之邀,来到浙江民众教育学校任教两年,恰好张允和也到了杭州,在之江大学读书,于是就有了恋爱的"天时地利人和"。当年周有光还"客串"开了一门"新闻学"的课作为选修课,深受学生欢迎。

成为"百岁老人"后,周有光先生更为宁静、大气,他的善良、热诚不减,尤为可贵的是对一切都能保持平常心,淡泊名利、严己宽人。2013年,凤凰卫视"影响世界华人终身成就奖"原定颁给周有光——这个可爱的老头。本来就是个"民间奖项",颁发给他可谓实至名归;凤凰卫视"恭贺信"也发给他了,摄制组都到他那素朴的家里拍好片子了,周老也面对镜头发表"获奖感言"了,但各种原因,最后获奖者不是周有光。周老一向淡泊名利,对于得奖原本就无所谓,其实无论奖或不奖,他的"终身成就"就在那里。

名与利,对于周老来说算什么呢!他一直住在京城一个再普通不过的居民楼里,仄仄的书房仅9平方米,邻居说,他家从不装修,非常简朴。按他自己的说法是:我的天下小得不得了,只有一间破屋子!

伟大的作品,往往不是在庞大的房子里生产出来的。

周有光先生是"两头真"的代表,年轻时纯朴纯真,追求真理;年老后返璞归真,继续追求真理。著名学者许倬云如是有云:"先生以平心济世,是为素;以实行治事,是为朴;以理性为学,是为智;以直谏论政,是为勇。"素、朴、智、勇,耄耋老人有着思想的饕餮盛宴。他向来信息灵通,思维敏捷,眼界超前,绝无保守,笔耕不辍。他有一句认知水平极高的睿智名言:"要从世界看国家,不要从国家看世界。"而我也有一个说法:"胸怀世界,放眼祖国!"那天我读到他这句话,不谋而合,真当是眼睛一亮、精神一振、会心一笑!

我想用两句话记述我心中的周有光先生:

从世界看中国,朝闻道夕拾贝,思想启蒙两头皆真;
历百年创拼音,谈语文论常识,于物无求一生有光。

(原载2017年1月15日《一点资讯》、1月16日《杭州日报》)

李泽厚：
哲厚载厚李泽厚

泰山颓，哲人萎。当地时间2021年11月2日，著名美学家、哲学家、思想史学家李泽厚在美国科罗拉多逝世，享年91岁。中新社纽约11月3日电讯说：作为一名哲学家，李泽厚在海内外极具影响力；进入21世纪，他的哲学和美学体系持续影响世界。

李泽厚先生辞世，引发网络刷屏，诸多评论和回忆文章都是高阅读量。人民网11月6日转发《中国青年报》韩浩月的评论，谓之"李泽厚的通透与简单同样值得怀念"；人民文学出版社微信公众号，发表李泽厚先生著作的编辑李磊深情抒写的文章《思想启蒙的力量》；澎湃新闻刊发学者杨国荣的怀念文章，题为《世间已无李泽厚》；《新京报》发表快评，说李泽厚让美学真正走入生活；易中天在自媒体发出推文，敬献挽联致哀："天或有情，佛云不可说；人其无力，子曰如之何。"

有一份极简小传，是李泽厚早期自拟的："1930年6月生，湖南长沙人。1945年湖南宁乡靳江中学，1948年湖南省立第一师范毕业。任小学教师一年。1954年北京大学哲学系毕业。1955年分配至哲学研究所工作……"其中讲道，"文革"前四度下放，他"毁誉无动于衷，荣辱在所不计"，"沉默而顽强"……（详见《李泽厚散文集》，世界图书出版有限公司2018年3月第1版）

前前后后许多事，李泽厚自己其实没有讲到。1988年，他当选为巴黎国际哲学院院士，成为继冯友兰之后中国获此殊荣的第二人。也是这一年，他当选为全国人大代表，会上曾发言表达"过早抛弃新民主主义理论是一大损失"；

1993年成为全国政协委员,在无党派民主人士界别。1990年12月由社会科学文献出版社出版的《美学百科全书》,收有"李泽厚"等相关条目,评价"积淀说"乃李泽厚思想的核心论旨,它从阐释马克思的"自然人化"思想出发,揭示了主体实践的历史的具体途径与"自然向人生成"的感性成果。

1992年年初,退休后的李泽厚赴美讲学,在科罗拉多学院哲学系任讲座教授,他是正式开课的"访问教授",用英文讲授中国思想史、美学、论语等课程。1999年,他从科罗拉多学院荣休。旅居美国近30年,他常常回国讲学交流小住;虽然身处异国他乡,但他没有入籍美国,也无意"融入"欧美哲学界,他关切的重心始终在国内,他的身份一直是中国学者。

李泽厚"哲厚"亦"载厚",思想丰沛、著作等身。他的学术起步其实很早,在20世纪五六十年代,就打下一个基本的学术底子了,并没有为时代的局限所束缚。他早在1957年就由长江文艺出版社出版了《门外集》,1958年由上海人民出版社出版了《康有为谭嗣同思想研究》。

思想启蒙之光,能够照亮心田,他深刻影响了无数人。尤其是在20世纪80年代,他几乎是独领风骚的思想界人物。他说"启蒙就是唤醒理性"。启蒙是要开启民智,这着实不容易,因为有人喜欢愚民,害怕启蒙。时代的每一点进步,都是一步步努力取得的,"启蒙"功不唐捐,可贵;世道的一次次退步,也都是一步步实行的,"蒙启"处心积虑,可恨。李泽厚曾不客气地说:在我看来,如果"五四"那批人是"启蒙",那么现在一些人就是"蒙启":把启开过的蒙再"蒙"起来。

改革开放后,百业复兴,生机勃勃,年富力强的李泽厚可谓赶上了好时光。起初以美学研究名世,在学术界引领思想解放潮流。彼时他对大学生的影响尤为深厚,被青年人尊为"精神导师"。他的一位中国社科院的前同事,这样描述他当年受追捧的情景:"在哲学所,只要他上班那天,办公室就塞满了全国各地来拜访他的人群。和他一个办公室的同事都挤不进去。中午去食堂吃饭,他后面跟着一二十人的队伍,浩浩荡荡。"

名著《美的历程》于1981年出版,甫一面世就引起轰动,引发"美学热",

成为公众的美学启蒙读物，也成为美学经典著作，迄今众多出版社出版过众多版本。我在1982年入读丽水师范专科学校中文专业，教授我们古代文学的金子湘老师，一次课堂上拿出一本《美的历程》，爱不释手地用双手上下托扶着向我们展示，激情洋溢地向我们介绍这本佳作，那情景至今记忆犹新。

李泽厚认为，美是自由的形式，美的本质是自由。这正是他的价值锚点和逻辑锚点。由此出发，《美的历程》发前人之未发，写得美，写得生机勃勃，写得虎虎生气，其本身就是艺术品。在李泽厚笔下，龙飞凤舞、青铜饕餮、先秦精神、楚汉浪漫、魏晋风度、盛唐之音、宋元山水、明清文艺等，每一部分都是华彩乐章。《美的历程》让读者深刻感受到"美是上天赐予的最好礼物，美亦是人类创造的自由精魂"。

冯友兰先生评价说："《美的历程》是部大书（应该说是几部大书），是一部中国美学和美术史，一部中国文学史，一部中国哲学史，一部中国文化史。"李泽厚自己曾笑言："80年代的每个学生宿舍里，总能翻检出我的《美的历程》。"李泽厚曾与台湾美学家蒋勋谈及《美的历程》的孕育过程：写得很快，可思考的时间很长。例如，"'从感伤文学到《红楼梦》'这一部分，在50年代就已经思考过了……'盛唐之音'这一部分，是60年代开始的。那时候我下放到湖北，在农田劳动……'青铜饕餮'是在70年代，也就是'文革'期间写的。许多年断断续续的思考，许多年陆陆续续地写下来的笔记，在短时间里累积完成了《美的历程》。"

《美的历程》是随笔化的写作、大众化的表达，既有专业性，又可以雅俗共赏，所以受众极广泛。不过李泽厚自己并不认为《美的历程》是他的学术代表作，他生前曾说，湖南岳麓书社"当代湖湘伦理学文库"中的《李泽厚集》（即《伦理学新说述要》增补本，2021年），"算是我的心理主义的伦理学小结，其中包含告别任何政治宗教等论点"；还有《人类学历史本体论》和《由巫到礼 释礼归仁》两书可与《李泽厚集》并列。

易中天早年曾说：与一般意义上的专家、学者不同，李泽厚毋宁说是一位思想家，他拥有的财富不是"知识"，而是"智慧"；他从事的工作也不是"治学",而是"思考"……没错,思考,独立思考,是学者的生命。比如李泽厚思考儒学,他说:"生烦死畏,却顺事安人,深情感慨,此乃儒学。"他认为儒学是"半哲学",不重思辨体系和逻辑构造,孔子很少抽象思辨和"纯粹"论理,"表面看来,儒、道是离异而对立的,一个入世,一个出世;一个乐观进取,一个消极退避;但实际上它们刚好相互补充而协调……"

儒者,如也,我以为,"如"即一种适合。1991年10月28日,李泽厚曾来到浙江衢州,参加儒学与浙江文化研讨会并发言,该研讨会由中国孔子基金会、浙江省社会科学院和衢州市政府联合主办。他重申他的思考:"儒学作为中国文化的主流,主要还不在它有许多大人物,如孔、孟、程、朱、陆、王等等;而更在于它在历史上对形成中国民族的文化心理结构方面起了决定性的作用。"

如今人们喜欢各种"沉浸式"演出,李泽厚则是那种"沉浸中人",随时会沉浸于问题之中。他有大才、大胆、大识和大力,而且始终是理性思索。他非常喜欢"虽万千人,吾往矣"这句话。自20世纪90年代始,他多次阐发"要改良,不要革命","告别革命"思想系统逐渐形成。而在美学启蒙之外,还需思想启蒙。李泽厚认为,"启蒙要落实在制度上,才算完成",提出启蒙就是要让自由、民主、人权、平等这些理想最终得到实现。是的,中国的人权入宪,自由、民主、平等成为社会主义核心价值观,就是一种"以启山林"的进步。

李泽厚1992年赴美授课并继续研究,由此有了更广阔的世界视野,以及更深邃的中国眼光。作为学者,这是一种"入世",观点可以不同,思想需要表达:1992年1月,他写作《要改良,不要革命》,直言"民主不是为所欲为,自由不是随心所欲";2月,在美国丹佛市发表演讲《和平进化,复兴中华》,文稿后来收入《世纪新梦》一书时题目改为《从辛亥革命谈起》;7月写《"左"与吃饭》,批判"左"派思潮和"'左'疾先生们"——这与当年邓小平南方谈话所讲的"中国要警惕右,但主要是防止'左'"的名言精髓一脉相承。

杨斌著《李泽厚学术年谱》(复旦大学出版社2016年4月第1版)一书,对李泽厚这一年的学术活动记载颇为详细。12月,在香港中文大学中国文化研究所主办的"民族主义与现代中国"国际学术研讨会上,李泽厚两次发言,后整理增删成文,以《关于民族主义》为题,刊于香港《明报月刊》1993年2月号,提出的结论是:"提倡民族文化,反对民族主义。两者不但可以并行不悖,而且应该相辅相成,这才是未来的健康社会。"从金庸手中接过聘书出任《明报月刊》总编辑不久的潘耀明,在卷首语中向读者特别推荐了李泽厚的文章;后来在他的卷首语合集《一代人的心事》(江西教育出版社2017年5月第1版)一书中,读到他对李泽厚文章思想的屡屡推崇。

李泽厚在世界多所大学担任客座教授,他的成就更快更清晰地被世界看到。《文艺报》曾报道:2010年修订版的《诺顿文学理论与批评选集》,李泽厚的作品入选,他是唯一有作品入选的华人。该选集久负盛名,厚达2000多页,是世界上一部最全面、最权威的文艺理论选集;它以权威和标准严格著称,时间跨越2500多年,入选总人数仅148人,一同入选的作品有柏拉图、亚里士多德、休谟、康德、黑格尔等大哲学家的代表作。此前有关人士推荐了中国古人的著名文论,有陆机的《文赋》,刘勰《文心雕龙》中《原道》《神思》等若干篇,还有叶燮的《原诗》,都落选了。李泽厚此次入选的是《美学四讲》第八章《形式层与原始积淀》——"原始积淀"正是李泽厚的独创论述。

这本选集介绍李泽厚的文字如是有云:在融合东西方众多思想传统的基础上,李泽厚构建了他的哲学和美学体系,"而其著作的最深根基则是康德、马克思(他将之与马克思主义区别开来)及传统中国思想";李泽厚提出了一系列理论,其中最负盛名、最具独创性的就是他的"积淀"(或"文化—心理构成")理论。他从两个方向强调一种动态的拓展:一方面,人类人化了自然界,使之成为更适合生存的地方;另一方面,人类同时也人化了他们自己的身体和思维构成,从而拉大了他们与动物的距离。在美学领域,积淀是指人类普遍化的艺术形式的历史形成。在这里,李泽厚详细阐释了积淀的本质,阐述了艺术作品的三个层面:形式层、形象层和意味层,它们分别与三种积淀形式,即原始积淀、艺术积淀和生活积淀相联系……(详见《东吴学术》2013年第6期中余春丽《诺顿理论和批评选集:李泽厚》一文)进入21世纪后,李泽厚的学术重点落在哲学理论上,这极大增加了他在哲学学术上的厚度——我谓之"哲厚"。他有着更为明晰的"该中国哲学登场了"的看法。2013年10月,他的《哲学纲要》获得第二届思勉原创奖。哲学需要高度与深度,思想需要深远与深厚。在我看来,中国的哲学滋养心灵,西方的科学锻炼头脑,各有特色。在《李泽厚集》(《伦理学新说述要》增补本)中,他系统地阐述了伦理哲学思想,其要旨就是要回答人"如何活""活的意义"这些"斯事体大"的问题。在短序中,李泽厚谦逊地说:"承家乡学人盛情雅意,乃将敝帚自珍之近作一种略加增补并添附录长文一篇奉献'文库'……伦理学和政治哲学均庞大无边,论著千万,自己才疏学浅,衰龄颓笔,更不及细说,只好如此献丑学界,愧对家乡了。"

李泽厚为时代而写,从不盲目崇拜什么、迷信什么,对许多东西保持某种怀疑的清醒态度。

学者的学术成就当然都体现在著述中。李泽厚著作很多,我早年买的全套,是安徽文艺出版社在20世纪90年代末出版的那一套,包括《中国美学史》《世纪新梦》等,封面设计非常好,书名是书法体,让人过目不忘。而今他的著作有许多转成了亚马逊电子书,查阅更便捷。一般非专业读者不大读得过来,其实可以各取所需,选读若干就好。

喜欢美学的,可看《美的历程》《华夏美学》《美学四讲》(即"美学三书");喜欢哲学的,可看《人类学历史本体论》全三册,或《我的哲学提纲》,或《批判哲学的批判:康德述评》;喜欢思想史的,可看《中国古代思想史论》《中国近代思想史论》《中国现代思想史论》;喜欢文化史的,可看《由巫到礼 释礼归仁》;喜欢古典今读的,可看《论语今读》;喜欢教育的,可看其选集《李泽厚论教育·人生·美:献给中小学教师》(大夏书系·名家谈教育);喜欢散文的,就看《走我自己的路》《李泽厚散文集》;等等。李泽厚还长于对谈探讨,更喜欢用"自问自答"这种形式写作,中华书局2014年出版的《李泽厚对话集》是庞大的集子,全七册……

我最近读的是他的《中国近代思想史论》,该书明显留有可能让作者和读者不满意的时代痕迹,但他对历史人物思想的揭示,对"其兴也勃焉,其亡也忽焉"的变化现象规律之剖析,深意存焉。对于像我这样的非专业研究人员的普通读者,其实最推荐阅读精选精编的《李泽厚话语》,以及杨斌著《李泽厚学术年谱》(《东吴学术》年谱丛书·当代著名学者系列),精华要义皆在其中。

"我不喜欢人云亦云的东西,不喜欢空洞烦琐的东西",这正是李泽厚的学术风格。"文章宁肯拙点,拙点没关系,但要有重量",这正是他追求的思想的重量。他的宏观概括高屋建瓴,他的细节描述鲜明节制,他的剖析评价精准清晰。比如在1986年5月,他莅临杭州发表演讲《文化讲习班答问》,说:"我喜欢萨特这个人,他的哲学我并不太喜欢;我不喜欢海德格尔这个人,但对他的哲学更喜欢一些。"比如他在《读黑格尔与康德》一文中,这样评说黑格尔与康德:"他们两人给了我不少东西。他们给的不是论断,而是智慧;不是观点,而是眼界;不是知识,而是能力。"

还有,他评价周氏兄弟,说得很直接。对周作人:"我仍然喜欢鲁迅,喜欢陶潜、阮籍,也喜欢苏东坡、张岱,就是很难喜欢周作人。我总感觉他做作;但那是一种多么高超的做作啊。"而在《提倡启蒙 超越启蒙》一文中,他这样评价鲁迅:"鲁迅始终是那样独特地闪烁着光辉,至今仍然有着强大的吸引力,原因在哪里呢?除了他对旧中国和传统文化的鞭挞入里沁人心脾外,我以为最值得注意的是,鲁迅一贯具有的孤独和悲凉所展示的现代内涵和人生意义。"

"宠辱不惊,去留无意,但观热闹,何必住心。"特立独行,正是李泽厚为人为事的风格。他是"孤独的先知","独旷世以秀群",但他并不寂寞。他追求简单、自由的生活,不拘小节,在家里会客总是穿着睡衣,这是习惯,谁来都一样。"一生也算温良恭俭,以让为先,兢兢业业,但直道而行;虽然缺点很多,但从不敢心存不良,惹是生非。"他自我剖析,"我有三个先天性毛病,与此个性(不太喜欢与人交往)恶性循环:一是记不住面孔……二是记不住声音……三是记不住路。""由于性格孤僻,不好交往,便得罪了不少人。"我的一位阅历丰富的朋友这样概述:李泽厚是一个性格特异的人,一个手不释卷的人,一个整天活在思想中的人,一个极善于思考却极不善于交往的人,一个内心极丰富但表达时却近乎刚毅木讷的人……

狷介的李泽厚，向来有着倔脾气，但也通透豁达，友善真诚。《南方人物周刊》的卫毅是几度深入采访报道李泽厚的资深记者，他回忆2009年10月在李泽厚北京的居所第一次见到他："他已经79岁，家人对他的要求是，采访只能进行一个小时。我们从下午3点开始聊，谁知越聊越尽兴，一直聊到了晚上8点半，大家都忘记了吃饭……当我起身准备离开时，李泽厚从一个铁罐里拿出许多巧克力，使劲往我手里塞，直到两只手都塞满为止。这让我感到意外，没想到他会有这么热情的时候。"

　　"放弃理想社会，却不能放弃社会理想。"追求自由是他的人生态度，他说"自由"这个词贯穿于自己生命的始终。他说："我很喜欢剧烈运动，骑马、冲浪、蹦极……"可真是"静如处子，动如脱兔"。他还说"静悄悄地活着，静悄悄地写，静悄悄地逝去最好"——这就是他自由自在的人生愿望。

　　李泽厚在美国小镇家屋后面有"三棵半"树，那三棵是松树，还有一棵断了一半，也是松树。如今劲松全折，斯人已逝，"世间已无李泽厚"！

　　使命如同生命，此生无愧人生。2020年7月第20期《南方人物周刊》，发表记者卫毅对年届九秩的李泽厚的"最后专访"，提问的最后一个问题是："您还有哪些话要向读者讲？"李泽厚回答："我想引用我比较喜欢的自况集句联：'悲晨曦之易夕，感人生之长勤（陶潜）；课虚无以责有，叩寂寞而求音（陆机）。'"前者出自陶潜名篇《闲情赋》，悲叹那么快就从晨曦到了日暮时分，感慨漫漫人生勤苦艰辛；后者出自陆机的经典《文赋》，意谓从虚空里责取实有，于无声处索求乐音……这，正是李泽厚一生厚载、载厚一生的写照。

　　厚载载厚，地厚能载万物，人厚也一样！

（原载于《东瓯》2022年第2期）

何兆武：
思想的尊严

人有物质能生存，人有思想成人生；每个知识者，展开的是一幅幅不同的思想地图。而人的全部尊严就在于思想——优质的思想。

2021年5月28日，著名历史学家、思想文化史学家、翻译家何兆武先生在京逝世，享年99岁。在何兆武先生身上，我们看到：百年清华，百岁学人，思想璀璨，文化丰沛，联通中西，观照当今。

何兆武1921年生人，原籍湖南岳阳，在北平读小学和中学，1939年考入西南联大，先后就读于土木、历史、哲学、外文四系。1956年至1986年，任中国社会科学院历史研究所助理研究员、研究员；1986年后，任清华大学思想文化研究所教授。

"思想"二字，正是何兆武先生的关键词。何先生家中窗台上，有一个小牌子，上面写着"独立之精神，自由之思想"。若要深入了解这样一位大学者的思想，最直接的通途，就是读其著作。

何兆武先生口述的《上学记》、翻译的帕斯卡尔《思想录》，以及"何兆武思想文化随笔"丛书（共四种，分别为《必然与偶然：何兆武谈历史》《触摸时代的灵魂：何兆武谈读书》《冲击与反响：何兆武谈文化》《从身份到契约：何兆武谈哲学》），等等，都因思想资源之丰沛，影响了无数读者。

《上学记》（文靖执笔）曾获2007年第三届国家图书馆文津图书奖、2006年度华语图书传媒大奖，被誉为"浓缩了20世纪中国知识分子的心灵史"。和《周有光百岁口述》（李怀宇撰写）一样，出版后都是洛阳纸贵，影响深远。这两位

"两头真"的老人,将一生的经历,用生动洒脱的语言,娓娓道来;他们反思历史,元气十足,可谓是近百年来中国思想发展史的缩影,"思路之清晰,判断之明确,丝毫无衰老之象,这真是人间一大奇迹"。

《上学记》所回顾的,是何兆武的求学生涯和成长历程,其中主要篇幅在于西南联大七年。何先生以哲学史的哲学睿智、以思想史的思想底蕴,以谦和学者的率真姿态、以亲历历史的深切感受,讲述在特殊年代尤其是抗战烽火中,一代人的青春和理想、知识和风雅、思想和成长。《上学记》一直谈到1949年为止,是一本打开历史之门、思想之门乃至真理之门的启蒙之书。后半本回忆录定名为《上班记》,遗憾的是尚未出版,先生就驾鹤西去。

"人只不过是一根苇草,是自然界最脆弱的东西;但他是一根能思想的苇草。""思想——人的全部尊严就在于思想。"帕斯卡尔《思想录》中的名言尽人皆知。芸芸众生,可划分为两类:有思想的人和没有思想的人。作为思想家、大学者的何兆武先生,不仅具有"独立之精神",具有"自由之思想",还具有"启蒙之行动";他一生淡泊名利,有着超越世俗的纯真与虔诚,保持独立的学者人格,不趋炎、不附势、不媚俗、不违心,"治学不为媚时语,独寻真知启后人",直接体现了"人的全部尊严就在于思想"。

唯优质思想经久耐磨,永远流传不磨灭。一个人,绝不能在愚昧落后的思想思维上停留过久,否则就会成为它的俘虏。"人是生而自由的,却无往不在枷锁中。"一个人,如果不能在自己的国土上流露、表达自己的思想,那是另一种流亡——无形的流亡。让思想影响思想,让影响彰显思想——何兆武先生的优质思想资源,通过他的诸多著作静静地传递给了我们,不能错过。

(原载于2021年5月31日《杭州日报》)

沈昌文：
一个极其爱书的人

一个人，一个极其爱书的人走了。

2021年1月10日，著名出版家、文化学者沈昌文先生在睡梦中安然辞世，享年90岁。

归去来兮！"今朝折得东归去，共与乡间年少看。"

沈昌文1931年9月26日生于上海，父亲是上海人，母亲是宁波人。他最早在金银首饰店当学徒，是个"小伙计"。1949年考入著名新闻教育家顾执中创办的上海民治新闻专科学校，因白天要做工谋生，所以读的是夜班，二年级肄业。事实上，那段时间他前后上了14所补习学校，学了多种技能，尤其是学了英语、俄语、世界语等多门外语。1951年他从出版社校对员起步，1986年1月出任生活·读书·新知三联书店总经理兼《读书》杂志主编，直到1996年1月退休，一直跟书打交道。

这个"小伙计"个子不高，他的一生是被书给垫高的。

知道"沈从文"的人多，知道"沈昌文"的不多。从文者著文，昌文者兴文。沈昌文爱笑，一直是个好玩、快乐的人，始终有乐子、找乐子。

照片上沈老的形象，你说他是一个进城打工的老农民也可以，一个退休的老工人也可以，一个城市的个体户也可以。但他是一帜独树的出版家、编辑家，是中国出版界的灵魂人物，他以生活·读书·新知三联书店"一把手"和《读书》杂志主编名世，是一个真正极爱书的人。

刚出道时，沈昌文做校对员之后不久，曾犯了一个大错误。1952年，还在抗美援朝呢，他拿到的《新华月报》校样中，把"抗美援朝"误排成"援美抗朝"，他初校时没有校出来，老领导范用给了他教育，他等着受严重处分呢，但没有。

爱书，编书，写书。1986年1月1日生活·读书·新知三联书店恢复独立建制，让沈昌文去领衔。

于是，他"向后看"，返本开新，一头扎进美国作家房龙那里，把他的书一本本找来，找人翻译出版，居然本本能销，"特别是《宽容》，初印就是15万册。那时'文革'刚结束，大家向往宽容"。他扎来扎去，他钻来钻去，他千方百计找"外国旧书"。于是，美国人富兰克林、奥地利人茨威格、英国人吉朋和霭理士等的著作，还有瓦西列夫的《情爱论》、托夫勒的《第三次浪潮》等，都给抓了来，成为出版社初创时期的"摇钱树"，"第一桶金"就是从这样的树上落下来的。

沈昌文有良好的社会感知和市场嗅觉，他敏锐地预感社会时事的变化和走向，预知民间读书的时尚与风向，这样就能够做好选题策划、组稿约稿，出版的书籍、编辑的杂志，就广受读者欢迎。那时，沈昌文还有一个大手笔，就是请一位香港作家修书一封，然后攥在手里跑了一趟香港，专门拜访金庸先生，一谈而成，出版了金庸的武侠小说全集。彼时他还最早出版了台湾蔡志忠的漫画，一口气出了近40种，书籍风靡一时，出版社喝了"头口水"，收获了很大利润，以至有人笑言沈昌文让出版社翻身靠的是"卖菜（蔡）"。当然，最开心的是读者。

30多年过去，生活·读书·新知三联书店成为中国最好的人文类出版社之一，沈昌文有奠基之功、新创之功、开拓之功。

沈老退休以后，常去国外探亲，纽约的书店、图书馆成了他的心头肉，去那儿不干别的，找书找书还是找书，引进、翻译、出版，好多书就这样进了他喜爱的"新世纪万有文库"中。这就是：找书向后看，梦寐怀所欢。

与前辈范用相比，沈昌文的编辑出版风格迥然不同：范用不主张对作家的稿件进行删改，沈昌文很喜欢删改书稿，尤其是翻译的书；而对于书的装帧，范用不断要求改进,而沈昌文则是不改,美术家怎么设计就怎么做。

沈昌文接手主编的《读书》杂志,创刊于1979年4月,那时,"解放思想、实事求是"是时代最强音。

创刊号带头篇目是李洪林的《读书无禁区》,许多读者见了封面上"读书无禁区"5个字,就惊为天人。《读书无禁区》开篇就说:"在林彪和'四人帮'横行的十年间,书的命运和一些人的命运一样,都经历了一场浩劫。""几乎所有的书籍,一下子都成为非法的东西,从书店里失踪了。""几乎所有的图书馆,都成了书的监狱。能够'开放'的,是有数的几本。"……

一篇读书稿,在沉闷多年的思想界激起巨澜,成了经典名篇。定价0.37元的创刊号极畅销,一时洛阳纸贵。沈昌文后来很多次写到、谈到创刊号和《读书无禁区》。

《读书》杂志创刊时,生于1966年的我还在浙南极偏僻的山村学校读初二,那时当然不会看到这本杂志。我后来看到创刊号上躲在很后面角落里的低调的"编者的话",其中说道:"我们这个月刊是以书为主题的思想评论刊物……希望能够做到新颖、鲜明、生动、活泼……我们主张改进文风,反对穿鞋戴帽,反对空话套话,反对八股腔调,提倡实事求是,言之有物。"大音希声,说得言简意赅、实实在在。

《读书》是书籍的评论,是文化的评论,更是思想的评论。在《读书》创刊30周年之际,生活·读书·新知三联书店选择30年之精粹,按思想评论(《启蒙之星辰》《现代的悖论》)、文化艺术评论(《旧锦翻新样》)、书人书话(《一灯风雨》)、笔谈(《灵蛇之珠》)、美文(《星斗焕文章》)五个门类共六册编辑成书出版,《读书无禁区》收在《启蒙之星辰》中,仍然是30年选粹的"带头篇"。

《读书》初期倡言"思想解放",继而主张"文化开放",从而成为一代人的精神家园。《读书》讲真话、说人话,关怀文化现状,关切时代命运。1981年第1期《读书》,又发表了一篇重要文章《实现出版自由是重要问题》,作者于浩成,曾任群众出版社总编辑。文章总结了当时出版的主要弊端,并指出那样"既不能充分实现人民的言论、出版自由,又非常不利于出版事业的发展和繁荣"。

沈昌文长期执掌《读书》，追的是"扎实的根基"，求的是"透辟的研究"，爱的是"货真价实的学问"。《读书》既有学术文化的前沿思考，又坚持轻松活泼的大众化风格，亦庄亦谐，亦大亦小，亦杂亦精，雅俗共赏，被称为"不是书评的书评""不是学术的学术""不是文化的文化""不是消闲的消闲"。《读书》的版面设计，也是"大大方方，干干净净，整整齐齐，老老实实"，自成一格。

沈昌文遍阅文字的万水千山，在他的贡献下，《读书》成为中国读书类杂志的范例，延续了一代人的精神追求和文化梦想。那个年代，也真是杂志的好时光。当年我曾说："北有《读书》，南有《随笔》。"我那时订《读书》杂志是订一式两份的，一份阅读，一份收藏，就因喜爱。

沈昌文在《读书》中娓娓道来的"编后语"，相当素朴，相当实在；后来汇集成《阁楼人语：〈读书〉的知识分子记忆》（作家出版社2003年11月第1版，海豚出版社2018年3月再版）一书，这是他的第一本著述，是思想的睿语、精神的集萃，当年我第一时间买了，爱不释手。沈先生喜欢把出版人形容为"阁楼里的单身汉"，"他从阁楼的窗子里往外看，而窗外的人也看到窗里的灯光"。

在沈老退休之后，《读书》杂志一度变得曲高和寡，略感遗憾，我"一式两份"的订阅也就此打住了。读书无禁区，写作渐辣然；琴盖合上后，此曲成绝唱。

写书，最无声的创造；读书，最安静的自由；编书出书，则是最无私的摆渡。董桥曾说，好的翻译是"男欢女爱"，坏的翻译是"同床异梦"——这是讲原著和翻译之间的关系，那么，出版方与作者何尝不是这样？

沈昌文爱书爱作者，把一大批作者拢在身边。他"以食会友"，常常主持饭局，骑上一辆自行车咯吱咯吱就出发；他不是独自"日日深杯酒满，朝朝小圃花开"，独乐乐不如众乐乐，多少人由此对沈昌文有了丰盛的记忆。饭局上的老作家新作者，思想和美食一起"落胃"。在这里，不存在"湖蟹看不起溪蟹，溪蟹看不起河蟹，河蟹看不起江蟹，江蟹看不起海蟹，海蟹看不起湖蟹"。

他还经常买书送作者，拎来一袋，你自己挑。他心心念念的是，组稿比编稿更要紧。

沈老老了之后仍然是个"老顽童"。他与《论语》里子夏所说的君子之风"望之俨然,即之也温,听其言也厉",明显有差别,可谓是"望之和,即之温,听其言也趣而乐"。

比如,他竟然把一生的编辑出版经验总结为这样20个字:"吃喝玩乐,谈情说爱,贪污盗窃,出卖情报,坐以待币。"

——"吃喝玩乐",是老要请作者吃饭,讨得作者欢心。

——"谈情说爱",是"有情有爱"地跟作者建立良好关系,组到最好稿件。

——"贪污盗窃",从作者身上看到最新研究成果,挖掘无形资产,拟定出版计划。

——"出卖情报",是把自己掌握的信息资源充分利用起来,帮助出版界同行。

——"坐以待币"就很清楚了,报销应有的费用,写稿有稿费单飞来。

沈老1996年1月退休,做了两次白内障手术,视力从0.04恢复到1.2。这可开心了!晚年他虽然听力有障碍,但思维清晰,表达照样生动有趣。

他是闲不住的人。临近退休前,他建议创办《三联生活周刊》;退休后又提议创办《万象》杂志,支持出版"新世纪万有文库"。2000年,他开始为台北大块文化出版公司服务,那是台湾著名的出版机构。

退休后的沈老,成为"业内临时工",去做一个对社会有"副作用"的人。

沈先生爱书,用过去上海人的讲法,大概可以说是"爱得死脱"。

作为文化学者,沈昌文虽无等身著作,但也有多部著作面世。除了前面提到的《阁楼人语》一书外,主要的还有:

《师道师说·沈昌文卷》(东方出版社2016年11月第1版),是"中国文化书院八秩导师文集"之一,是一部自选集,分为"纪事""怀人""杂感"三辑。我印象很深的是,书中有多篇写陈原先生,真切,难忘。沈昌文最精彩的"忆文大全",是《也无风雨也无晴》(海豚出版社2014年8月第1版,精装本)一书,书名来自苏轼著名的《定风波》,题字是海外学者庄因先生,字写得很好。全书以时间为序,记录了一个"小人物"的成长史,同时也是中国当代出版史的一个缩影,由一个个短篇连缀成一本书,写得很真很诚很好看:第一章《二十年上海生活》,第二章《从校对开始的翻身》,第三章《"文革"中的记忆》,第四章《"二主"之下的一把手》,第五章《十年总经理》,第六章《"退休"后的天地》,第七章《"脉望"的故事》。

沈昌文一生与时代同行,作为文化人,在时代的起伏变化中,该经历的也都经历过了。书中附录的大事年表表明,他参加过炼钢队,下河南农村搞过"四清",被同事贴过严厉攻击的大字报,曾两度下放到"五七干校"劳动……

沈昌文口述、张冠生实录的《知道》(花城出版社2008年4月第1版)一书,是沈昌文的口述自传,呈现了"沈昌文式"的积极之态。其中的"知道",不是寻常意义之"知道",而是知"道"。

先后出版的《师承集》《师承集续编》,是沈昌文与学者、作家与作者通信的影印集,从中可见他的悉心用心诚心。另外他还《八十溯往》,做《书商的旧梦》、吃《最后的晚餐》,通过翻译去《控诉法西斯》(季米特洛夫著)……

沈昌文,其人如文,其文如人。他的"读书"妙笔、他的"昌文"篇章,总是那么真实真诚、旷达冲淡、飘逸流动。

"唯有王城最堪隐,万人如海一身藏。"沈昌文的一生,静静地"以书昌文",一如其名;他尽心竭力,一步一步前行,简直就是老牛犁地一样的传统。"以影响影响影响",这就是在文化领域、在出版界耕耘了一生的沈昌文。

"天之生人也,与草木无异,若遗留一二有用事业,与草木同生,即不与草木同腐。"这是清末民初实业家张謇说过的话。出版当然是"有用事业"之一,出版人要想不与草木"同腐",就得做到最好最优秀,不被框框给框死。2010年9月14日,著名出版家、生活·读书·新知三联书店原总经理、《读书》创始人范用先生逝世;更早之前的2004年,商务印书馆原总经理、《读书》首任主编陈原先生作古。如今一生从事出版的沈昌文先生也走了——老一辈的出版人虽然逐渐凋零,但是他们的风范依然是后学的标杆。

(原载于《文学自由谈》2021年第3期)

傅高义：
知中国之高　懂改革之义

"中国发展这么快，我没有想到，恐怕没一个外国人能想得到。"傅高义（Ezra Feivel Vogel）曾用一口流利的中国话，连说了几个"没想到"……这位哈佛大学教授、著名的"中国通"，因手术导致并发症，于当地时间2020年12月20日在美国马萨诸塞州剑桥去世，享年90岁。

傅高义先生尽管九秩高龄，但身体一直挺好，11月26日，他通过视频连线，在《财经》年会上畅谈中美关系；12月1日，在北京香山论坛视频研讨会上，他表示美国应该承认中国对世界的贡献，公平地对待中国……真没想到忽然就传来了他辞世的消息。

傅高义是谦谦君子，德高望重，有思想，又温和，总是面带谦和亲切的微笑。他被称为哈佛的"中国先生"；他是著名的中国问题专家，是美国学界对中国最友善的"中国人民的老朋友"。外交部发言人汪文斌和中国驻美大使崔天凯都表达了最深切的哀悼。

1930年7月，傅高义出生于俄亥俄州一个小镇的犹太裔家庭；1958年获哈佛大学社会学博士学位，1972年作为费正清的继任人，成为哈佛大学东亚研究中心第二任主任。在美国，东亚研究东亚学一直受重视，可谓是显学。2000年，他从哈佛荣休。

作为社会学家、政治学家、历史学家、汉学家的傅高义，向来头脑冷静、思维清晰、视野开阔、仗义执言、坚守节操，一直是受中国政府重视的中国问题专家。早在20世纪60年代，他就通过香港对广东社会经济情况进行了观察研究,写出《共产主义下的广州:一个省会的规划与政治(1949—1968)》一书,这是他研究当代中国的第一部专著,鞭辟入里。"风从南边来",改革开放之后,他深入广东实地调查,写就《先行一步:改革中的广东》,这是外国学者研究、报道中国改革的第一部著作,属于开拓性之作。广东人民出版社先后出版了两书的中文版。

2000年退休后,傅高义教授致力更深入地研究"当代中国的基础是如何从1978年开始奠定的",他访谈了300多人,走访了邓小平曾生活过的许多地方,"十年磨一剑",写出了享誉世界的巨著《邓小平时代》一书。"了解亚洲的关键是了解中国,而了解中国最重要的是了解邓小平。"傅高义说,"我尽力客观地对待邓小平的言行,也没有掩饰我对邓小平的钦佩。我认为他对世界有着巨大的影响……我相信,没有任何一个国家的领导人,对世界的发展有过更大的影响。"

2011年,《邓小平时代》英文版在美国一问世,就引起轰动,获奖无数。傅高义的目的达到了:"告诉西方,一个真实的小平。"2013年1月,生活·读书·新知三联书店出版了《邓小平时代》中文简体字版,傅高义由此在中国家喻户晓。《邓小平时代》完整回顾了邓小平的一生,全景式地描述了中国改革开放之路,通过一系列重大事件,深入分析了邓小平的个人执政风格及其开创的时代。该书比一般的传记更具思想的高度、深度和厚度,不仅写了邓小平跌宕起伏的一生,更是对中国惊险崎岖的改革开放之路进行了全景式的描述和剖析。

《邓小平时代》是研究邓小平的"纪念碑式"著作,无疑也是传世之作。傅高义思存高远、意在笔先,立场客观、持论公允,观点鲜明、分析严谨,理路明晰、叙述鲜活,他力图使人物言行符合历史情境,对改革开放的历史进程亦有独特看法,引人深思、发人深省。全书视角独特、大文广阔,资料丰沛、取精用宏,线索清晰、层次分明,细节生动、跌宕起伏,这是扛鼎之作,是权威的解读,读之引人入胜,让人手不释卷。即使简体字版有所删节,但也处理得不错。邓楠曾对傅高义说:"我们都看了香港出版的《邓小平时代》,没有想到一个外国人能这样了解爸爸、了解中国,这是非常不容易的。"她还买了20本书让傅高义签名，要送给她的朋友。

《邓小平时代》中译本为什么发行量巨大，那么轰动、那么受当今中国人关注？可资比较的，是英国前驻华大使理查德·伊文思的名著《邓小平传》。傅高义在《邓小平时代》中提到伊文思这部著作："此书主要涉及邓小平1973年以前的经历，为受过良好教育的读者提供了一个文笔极佳的概述。"伊文思的《邓小平传》重心在改革开放开始之前，而傅高义的《邓小平时代》重心在改革开放开始之后，时空距离更贴近，同时代人会有更多共鸣；前者比较中规中矩，属于"意料之中"，而后者读之，会常常有"大出意料"的惊奇、惊喜和兴奋，所以殊为难得。

《邓小平时代》一书从写作到翻译，都是花了真功夫、下了真功夫的。"我的确非常仔细，我担心很多事情我不理解，也可能写错了，所以希望别人来帮我看，这样也可以提高水平。我也知道不会有别人下这么大力气写一本书，所以我也不着急。"傅高义让中文译者冯克利把书稿给一些研究中国当代史的学者看，他们提了很多很好、很详细的意见。傅高义进行了二次修改，翻译量也比较大，当时香港中文大学出版社社长甘琦又找了一批人帮助进行译校。比如书里提到邓小平在某个场合说了什么话，他们就找到原文，用原文来代替翻译，这样就更准确。"我很多中国朋友也说这本书翻译得好"，冯克利是国内公认一流水准的翻译家，是山东大学政治学与公共管理学院的博士生导师。港台繁体字版，用的也都是冯克利的译本。

《邓小平时代》中译本题签为"献给我的妻子艾秀慈和那些决心帮助一个外国人理解中国的中国朋友们"，可见傅高义先生的诚心诚意。他的妻子艾秀慈是人类学教授，同样是中国和东亚问题研究专家，能讲一口流利的粤语，曾长期在美国波士顿地区、中国香港和内地，研究衰老的文化塑成和个体经验，著有《孝道：当代东亚社会的实践与话语研究》《财神再临：中国城市向市场经济的转型》等。她一直身体力行地支持丈夫的考察研究工作，在《邓小平时代》一书的写作过程中，她始终是丈夫的"思想伴侣"。傅高义说："她以最大的耐心，为一个身不由己的工作狂提供了平衡及精神支持。"

傅高义还精通日文，被认为是美国唯一一位对中日两国事务都精通的学者。他研究日本其实比研究中国起步更早，撰有《日本新中产阶级》《日本第一：对美国的启示》《日本还是第一吗》《中美日关系的黄金时代（1972—1992）》《中国与日本：1500年的交流史》等著作。1979年，也就是在日本社会经济腾飞的前夕，他发表了惊世之作《日本第一：对美国的启示》，立马引起轰动；之后时间和实践都证明了傅高义识见之早之高。是第一，得承认；是先进，就学习。傅高义说："读过我书的人知道，我说'日本第一'，意指日本的社会模式在许多方面都十分成功，所以日本堪称第一。举例来说，日本有着世界上最低的犯罪率以及最高的人寿比例。作为一个大国，日本还有世界最好的教育水平。"

傅高义活到老、学到老、做到老。他原计划还要完成两本书：一本是关于胡耀邦的书，一本是自传。他写胡耀邦，同样是"改革"这个主题。他曾去胡耀邦的故乡湖南进行了考察访问，他说："我的目的不是谈矛盾，我的目的是多了解胡耀邦是什么人、他想做什么、体制内有什么问题。他的一些思想，现在一些知识分子还尊敬他，有的人觉得他的道德、他的人情味是应该继承的。"

2013年3月23日，第五届世界中国学论坛在上海展览中心举行，傅高义被授予"世界中国学贡献奖"。傅高义既注重学术研究，也注重现实实务。2019年7月初，他作为5位执笔人之一，起草《中国不是敌人》联名信在《华盛顿邮报》发表。他一直坚持在哈佛组织关于中国的系列讲座，帮助美国人更好地了解中国。君子谦谦，重友善之好。

"有思想的人，无须前呼后拥，他自己就是千军万马。"这句话用来形容傅高义先生是再恰当不过了。可以说，傅高义是"最知中国之高、最懂改革之义"的研究中国问题的外国专家。中国高度，傅高义心中最有数，他在著作中不任意拔高，也不回避历史的"历失"，而是追求客观公允；中国改革，傅高义深谙其重要性，他通过自己的著作告诉读者，中国社会发展的道路，从哪里来，该向何处去。

（原载于2020年12月22日中国网）

高尚全：
改革无止境

"改革是无止境的，是一项长期的任务，改革永远在路上，因此，解放思想也无止境，还需要不断推进思想创新和理论创新。"说这番话的高尚全，是一位老当益壮的改革者，2021年6月27日辞别了人世，享年92岁。

高尚全是著名经济学家，原国家体改委副主任、中国经济体制改革研究会原会长。他是见证并深度参与20世纪80年代改革制度设计的改革者，他一直坚持市场化改革方向，深受各界尊重；他毕生心系改革，曾说改革是他一生的追求，也是他一生的牵挂，"搞好改革是我的责任"。

"就我的一生而言，毫无疑问，贯穿其中的是'改革'二字。"在《高尚全学术自传》（广东经济出版社2020年9月第1版）一书中，生于1929年9月的高尚全在自序里说："我出生在上海嘉定，年幼失怙，本来大概是要以学徒或某种不起眼的职业终老乡间，所幸因为学习勤奋，得到一位族亲的支持，完成了大学学业。"那是1952年，高尚全毕业于上海圣约翰大学。"我踏上工作岗位之后，就迅速与'改革'结下了不解之缘。20世纪50年代，我经过观察、思考，写了《企业要有一定的自治权》调研报告，发表在《人民日报》上，那是我对改革研究早的起步……"

在此郑重推荐《高尚全学术自传》一书，该书扉页印着一句话——"一生为改革鼓与呼！"全书以时间为序，分为六个部分，每部分的关键词都离不开"改革"二字。高尚全深刻体会到：中国无数改革者、建设者"摸着石头过河"，每一点成功都离不开思想的解放。所以他在序言中气势磅礴地讴歌"解放思想"：

"正因为解放思想,我们打破了'两个凡是',开启了改革之路;正因为解放思想,党的十二届三中全会通过了《中共中央关于经济体制改革的决定》,讲出了前人没有说过的话;正因为解放思想,我们构建并不断完善社会主义市场经济体制,取得了前所未有的成功……"

1982年,高尚全奉命调往国家经济体制改革委员会工作,此后他投身于波澜壮阔的伟大的中国改革开放,一直致力为经济体制改革与发展建言献策。那时的国家体改委成为我国经济改革的"参谋部",高尚全参与了中央诸多重要文件的起草工作,将"劳动力市场""自由""人权""对市场经济内涵的完善""所有制理论的创新"等意义非凡的词句写进中央文件之中。

那是不可忘却的朝气蓬勃的改革时代。改革不是修修补补,改革是突破,是创新,是重塑。民主政治、市场经济、法治社会、自由个体,成了改革开放生气勃勃的关键元素。政府是创造良好环境的主体,企业和老百姓则是创造财富的主体。经济体制的改革,是突破计划经济的藩篱,是建立市场经济,而且面向世界、面向未来。历史证明,国门打开多大,改革的步子就有多大;公众从事经济的自由度有多大,改革的成果就有多大。

"可以自豪地说,中国的改革开放事业取得了不可磨灭的成就。"改革开放40周年献礼之作《40年改变中国:经济学大家谈改革开放》(全二册,北京联合出版有限公司2018年8月第1版),是高尚全写的序言,题为《改革开放:中国特色社会主义的伟大实践——中国改革开放40年的回顾和思考》,这是一篇以改革为主旋律的宏论,集中体现了高尚全的改革思想。"从计划经济转向社会主义市场经济,是我们党的伟大创举,为发展中国特色社会主义奠定了经济基础。""改革开放推动国家从人治走向法治。""坚持市场化的改革方向不动摇。改革开放40年的历程,也是市场作为资源配置手段的地位不断提升的历程。"这是鼎力支持改革的睿智之论,坚定坚决理性平和,锐志改革声音铿锵,至今振聋发聩。

高尚全始终认为,民本不只是民营,也不是私有,而是以民为本,即民有、民营、民享(人民共享)的经济,是立足于民、以民为本位、以民为主体的经济。

悲哀的是，多少"理论家"以本本为依据，批私有化，否定改革成果。特别是在"国进民退"呼声极高的时期，高尚全坚定不移地坚持主张发展民营经济，从而引起了"极左派"学者的长期批判，但他不为所动。

如今改革已经进入深水区，在高尚全看来，剩下的都是难啃的"硬骨头"，比如如何将"市场在资源配置中起决定性作用"这句话落到实处，如何为企业创造平等竞争的环境，包括平等占有生产资料、平等展开竞争、平等受到法律保护等，以及如何实现产权的保护，如何发挥企业家的精神等。此外，还要掌握核心技术，在这一过程中，动力、活力、创新力、执行力和竞争力，五力并举。"这些都涉及一系列繁重的任务，还要冲破既得利益者的阻力，不是光喊几句口号就能成功的。"

高尚全先生还有一个重要身份是教授。他是北京大学、南开大学、浙江大学、上海交大等学校的兼职教授、博士生导师，他还荣任美国密苏里大学斯诺教授，是哈佛大学、斯坦福大学访问学者。浙江大学四校合并后，他出任管理学院首任院长，带领管理学院快速发展。在该院建院40周年庆祝大会上，他接过"浙江大学管理学院功勋奖"奖章，寄语师生学子"学习是无止境的，改革是无止境的，创新也是无止境的"。

是的，改革无止境，永远向前进！谁如果忘记改革的历史，谁必然会迷失改革的方向——这就是"改革老人"高尚全留给我们的常识性的启示。

（简版原载于2021年6月28日《杭州日报》）

厉以宁：
学术与诗词

"岁月无穷日，清流自向东。春来借得一帆风，四海三江何处不相通。"年轻时写下这诗句的厉以宁先生，以九秩高龄辞别了人世。

厉以宁先生因病医治无效，于2023年2月27日19点31分在北京协和医院逝世，享年92岁。他的诸多身份闪闪发光——

他是中国共产党党员、民盟中央原副主席；他是全国人大财经委员会原副主任、法律委员会原副主任，全国政协经济委员会原副主任；他是著名经济学家，杰出的教育家，北京大学哲学社会科学资深教授，北京大学光华管理学院创始院长、名誉院长；他是"改革先锋"奖章获得者，经济体制改革的积极倡导者……

厉以宁是江苏仪征人，1930年11月22日生于南京。1951年考入北京大学经济学系，1955年毕业留校，历任资料员、助教、讲师、副教授、教授、博士生导师、北大经济管理系系主任、北大光华管理学院院长。

厉以宁是中国经济学界的泰斗，是曾深度参与中国经济改革的学者，是以学术促进经济社会发展进步的典范。他身居高位，声名远播，影响着中国的经济政策，然而又那么和蔼可亲、平易近人；他提出了著名的"股份制"，推进了中国的改革发展，然而又埋首书斋、"板凳要坐毕生冷"；他学富五车，自己就是一匹奔跑的千里马，然而又坚守三尺讲台、乐于教书育人；他研究经济学，著作等身，然而又爱好赋诗填词，诗词集一版再版……

厉以宁的成就，与改革尤其是经济改革的历史密不可分。他曾经真挚地说，他人生中最美好的阶段，是从改革开放后开始的；事业中最好的阶段，是在邓小平南方会谈之后，因为改革的步伐加快了。

他敢于坚持真理，敢于大胆理论创新，勇于摆脱路径依赖。他的理论对实践影响最大的，主要有两个领域：一是众所周知的股份制改革理论，这个重大理论突破是奠基性的；二是对所有制改革提出了一系列重要论述，他指出经济改革成功的关键，在于所有制的改革。以学术促进经济社会发展进步，是学者之福，更是社会之福。

厉以宁是改革的"在场者"，他最先发出关于建立股份制的声音，从此有了"厉股份"的称号；他无数次为国有企业股份制改造大声疾呼，成为"国有企业股份制改革理论之父"。

《股份制与现代市场经济》（商务印书馆2020年12月第1版），是厉以宁关于股份制改革最早的启蒙思想的体现，书中论及市场经济与通货膨胀之间的关系、市场经济条件下的收入分配、市场经济与市场规则、市场经济与产权改革、产权改革与市场主体行为的规范化、国有股流通问题的探讨、股份制与企业家的作用等。

早在400多年前，著名的荷兰东印度公司就实行股份制了。欧洲的大航海时代，催生了英国东印度公司与荷兰东印度公司，小国荷兰正是由于股份制，方才募集到足够的资金从而"扬帆远航"，成为能够生存近两百年的"百年老店"。

这是不言而喻的常识：市场是人类自由发展的前提，产权是人类权利保护的基础。发展市场经济、保护财产权利，都离不开"股份制"这个"钢筋水泥"。"股份制是一种符合商品经济发展的企业组织形式"，厉以宁力倡的"股份制"是他的"标识"，但厉以宁的贡献远不止于股份制改革，这在同样由商务印书馆出版的《厉以宁论民营经济》《社会主义政治经济学》《中国经济改革的思路》《资本主义的起源》等著作中可见一斑。

站在改革领域的经济学家，本质上是相同的。与"厉股份"交相辉映的另一个语词是"吴市场"，著名经济学家吴敬琏力倡"让市场在资源配置中发挥决定性作用",要建立"好的市场经济",警惕滑入"权贵资本主义"的泥坑。

吴敬琏和厉以宁是同龄人,都生于1930年,吴敬琏只是大几个月。随着厉以宁的辞世,世上再无"厉股份"——不,世上永存"厉股份",因为它和"吴市场"一样,都是改革的一个代名词。

厉以宁说:"改革要深化,发展要再接再厉,改革和发展都不可半途而废,否则可能前功尽弃。"在改革之路上,我们每一位改革支持者,都是一块铺路石,而厉以宁则是一座跨越大江大河的大桥。

"中国经济往何处去,答案只有一个,继续改革,彻底改革。旧体制的苦,我们已经尝够了,不改革只能使我们永远停留在贫穷落后的境地,唯有继续改革,才能使我们摆脱困难、战胜困难。"1989年2月在香港大学讲学时,他讲道,"我们这一代人已经豁出去了,改革与我们共命运,不管改革遇到什么样的困难,既然我们已经把自己交付给改革事业,那么改革的命运就是我们这一代人自身的命运,还有什么可以顾虑的呢?"30多年过去,"继续改革,彻底改革"依然迫切。

因为知"不足",所以发声呐喊。厉以宁为光华管理学院题字,"学"字上面只有两点,故意少了"一点",意在提醒所有光华人牢记自己还差"一点",要永远谦虚谨慎,不断精进。

"我首先是一名教师",尽管事务繁忙,厉以宁却始终把讲课放在"本职工作第一位",他的讲堂,总是座无虚席、人气爆棚。这就是"花落愁生莫凭栏,无怨无求守杏坛"。我特别钦佩他这一点,因为如今有些"名牌教授"并不爱教书,而是热衷当顾问、追项目、拿经费、跑江湖。

当看到报道中这个细节时,我会心一笑:厉以宁曾把自己的经历总结为"读书、教书、写书",而"教书"是最重要的"中间环节";因为我也很早就把"三书"当成是自己的追求:"读书、写书、教书",只是"教书"属于业余所为。

厉以宁教授的讲课深入浅出,比如讲到尊重规律,他这样说:"道家管理哲学的要点,是尊重客观规律,顺应客观规律,不做任何违背客观规律的事情。凡事都要站得高些,看得远些,待人要宽厚,缓流总比急流宽,这样,处理大事时就总会留有余地。"课讲得好,学生们、听众们总是佩服得紧。

学者本质是诗人。厉以宁是最具诗人气质的经济学家。由商务印书馆出版的《厉以宁诗词全集》(2018年1月第1版),收集了厉以宁1416首诗词,包含格律诗、词、自由体诗等内容。每首诗歌后都有附注,或解释作者的写作背景,或是作者对诗韵本身的注解。从这些诗歌中,能看到厉先生对工作、对生活的热爱与执着,也是他文学创作的一个真实缩影。

诗为心声,厉以宁的诗词并非天马行空的"宏大叙事",而是大多从所见所闻入笔,抒写所感所思,视角小而视野宽,写得清新自然。在经济学家中,有这般深厚诗词功底的,大约只有厉以宁一人。这是他为社会做出的文化贡献。

他的"生日诗"特别有名,那种发自内心的真挚情感,与时代环境相结合,特别能够引发共情与共鸣:

1970年40岁生日,他在江西鲤鱼洲填词《相见欢·四十自述》:"几经风雨悲欢,志未残,试探人间行路有何难。时如箭,心不变,道犹宽,莫待他年空叹鬓毛斑。"

1990年60岁生日,他写下《浣溪沙·六十自述》:"落叶满坡古道迷,山风萧瑟暗云低,马儿探路未停蹄。几度险情终不悔,一番求索志难移,此生甘愿作人梯。"

2016年86岁生日,他写的《江城子》依然意气风发:"当初岂敢少年狂,下沅江,出湖湘,负笈京华,治学识同窗。早遇恩师勤指点,知正误,永难忘。而今学子已成行,著书忙,似垦荒,虽过八旬,敬业在课堂。试问平生何所愿,青胜蓝,满庭芳。"

1979年,那是一个春天,厉以宁到杭州参加《政治经济学辞典》审稿会,他写下了一组佳作《七绝·杭州九溪十八涧》,共有四首,其一:"正是采茶扑蝶时,漫山花放小桃枝。钱塘两岸家家乐,只怨东风来太迟。"其二:"可叹东风来太迟,人生一次少年时。不堪回首当初事,待把心潮化作诗。"其三:"何故东风来太迟,阴森寒夜长如斯。苍天无意留冬住,原是人间颠倒之。"其四:"莫怨东风来太迟,春光已在绿杨枝。亡羊之鉴须牢记,教训永存后代知。"经历过"十年浩劫",东风迟来,毕竟已来,百废待兴,改革前行……

  解放思想永无止境,改革开放永无止境,追求学术进步也永无止境。高山仰止,后学当继续好好学习厉以宁先生。

(原载于《东瓯》2023年第3期)

胡福明：
发出解放思想的先声

"经过了一些事，我更坚定自己的一贯主张，就是要独立自主地思考，要坚持实事求是。"这是印在胡福明《我的学术小传》封面的一句话，言近旨远。

2023年1月2日，《实践是检验真理的唯一标准》主要作者之一胡福明辞世，享年87岁。胡福明是"真理标准大讨论的代表人物"，曾任南京大学哲学系教授。2018年，党中央、国务院授予胡福明"改革先锋"称号，颁授"改革先锋"奖章；2019年，胡福明获"最美奋斗者"个人称号。

胡福明1935年生于江苏无锡农家。1952年17岁时，考入无锡师范；1955年9月，考入北京大学中文系，就读新闻专业；1959年9月，转入中国人民大学哲学研究班学习；1962年毕业后，分配到南京大学政治系任教。"艰苦求学20年""艰难任教20年"，这是胡福明对自己前半生的概括。后半生他服从组织安排，"书生从政"，1982年调至江苏省委工作，曾任省委常委、省委党校校长、省政协副主席等职。

作为思想敏锐的学者，胡福明一生最大的贡献，就是成为《实践是检验真理的唯一标准》主要作者之一。他可贵就可贵在最早提出来，发出解放思想的先声：

"我在寻找的阻挠我国发展的根本问题、阻挠拨乱反正的根本问题就在这里，批判、否定'两个凡是'，恢复实践第一、一切从实际出发、实事求是的观点，就是总开关。想清这一点，我很兴奋。""找到了'两个凡是'否定真理的实践标准这个根本错误后，我就把'实践是检验真理的标准'作为题目，把'只有实践才是检验真理的标准'作为基本论点,与'两个凡是'针锋相对,揭发批判'两个凡是'的唯心论先验论和形而上学本质。"(详见胡福明《我的学术小传》第85—88页,江苏人民出版社2018年8月第1版)这是一个著名的历史细节:1977年7月初,胡福明的妻子因病住进江苏省人民医院做手术,他每天晚上都到医院陪夜。于是,他把《马克思恩格斯选集》《列宁选集》《毛泽东选集》陆续拿到医院,在走廊灯光下翻阅,寻找有关实践标准的论述,前后找了近20条,仔细阅读、排列后,开始列提纲……1977年8月下旬,文章写成,约8000字,他寄给《光明日报》哲学组编辑。初稿偏重于哲学,时任《光明日报》总编辑杨西光看了"哲学"专刊的大样后,决定对此稿作重大修改加工,作为重点文章在《光明日报》头版发表。

后来见报的这篇杰作,是集体智慧的结晶,许多人参与了讨论与修改。其中中央党校理论研究室孙长江副研究员对文章贡献最大。当时他正按照中央党校理论研究室主任吴江的布置,在撰写《实践是检验真理的唯一标准》一文,最后由他负责,将《光明日报》送来的稿子和理论研究室原已写出的稿子,"捏在一起",进行了提升和升华,形成了《实践是检验真理的唯一标准》这个文稿。尤其是标题,加了"唯一"二字,成为"点睛之笔"——这个判断句,更准确,更果敢,更决绝,更铿锵有力。文章最后一部分"任何理论都要不断接受实践的检验",胆识非凡,是文稿最重要的一部分,由孙长江所加。文章没有直接针对"两个凡是",则是一种政治智慧。

最后,胡耀邦同志审定的《实践是检验真理的唯一标准》,于1978年5月10日由中央党校内部刊物《理论动态》率先发表;1978年5月11日,《光明日报》发表了署名为"本报特约评论员"的《实践是检验真理的唯一标准》,立刻轰动全国。

这篇宏论的发表,拉开了真理标准问题讨论的序幕,从而促进解放思想、改革开放,具有深远的历史意义。文章主体内容分为四个部分:"检验真理的标准只能是社会实践""理论与实践的统一,是马克思主义的一个最基本的原则""革命导师是坚持用实践检验真理的榜样""任何理论都要不断接受实践的检验"——今天读来，依然振聋发聩；不朽篇章，依然价值非凡。

"人民早晚要站出来说话，如果当时我不站出来，也会有其他人站出来。"后来胡福明谦虚地说，"实践是检验真理的唯一标准，是个平凡的真理，是适应时代的要求、人民的要求提出的，仅此而已。"

解放思想、改革开放，是尊重常识、尊重规律，是尊重事实、尊重实践，是尊重人心、尊重人性。泽被后世！先辈们做出的努力和贡献，后代们永远不可忘却。

（原载于2023年1月4日《杭州日报》）

罗翔：
让法治的光芒穿透网络舆论场

普法"段子手"，刑法"小王子"——这说的是中国政法大学教授、刑法学研究所所长罗翔。

腾讯新闻与单向空间联合出品的《十三邀》，第五季第一集是许知远访谈罗翔，在2020年12月25日发布，很快点击量超过千万。

在对谈中，罗翔老师承认自己不够勇敢，认为"在人类所有的美德中，勇敢是最稀缺的"；他承认自己的局限性，还自揭小时候结巴。他谈道德的自律、法律的他律；谈在程序中达到一种正义，一种可接受的、有瑕疵的正义；谈正义靠"行侠仗义"这种途径去实现，那一定导致更大的不正义；谈往往是善良的愿望把人们带入人间地狱；谈清末法学家沈家本的《历代刑法考》和中国古代的酷刑……一个细节给我深刻印象：罗翔家乡湖南耒阳方言说"昨日、今日、明日"，发音分别是"差日、艰日、良日"。

《十三邀》前四季，许知远侧重对谈文艺界人士，比如第一季的李安、贾樟柯、白先勇，第二季的蔡国强、罗大佑、姜文，第三季的张艺谋、毕赣、黑木瞳，第四季的陈冲、于谦、徐峥。学术界也有少数，比如许倬云、陈志武等。这是头一回对谈顶级流量的法学教授。

罗翔是中国政法大学刑法学硕士、北京大学刑法学博士，是"中国政法大学十大最受本科生欢迎老师"和"法大首届研究生心目中的优秀导师"。2020年12月4日——国家宪法日那天，罗翔荣获CCTV"2020年度法治人物"荣誉称号。颁奖词写道："做一束微光，也要点亮漫天的星火；做一涓细流，也要汇成奔涌的江河。你目光冷静，却引爆了法的热度；你步履颠簸，却呵护人们稳稳的生活；做喜欢的事，你忘记了时间，却让幸福盛开在每时每刻。"

评上中国年度法治人物，主要是罗翔通过网络视频进行普法，取得他人难以比拟的成就。简称"B站"的哔哩哔哩（bilibili）网站，是年轻世代高度聚集的文化社区和视频平台；罗翔3月9日受邀请入驻，半年时间粉丝量就突破千万。他的视频呈现方式其实很简单，就是他一个人讲，真可谓是"内容为王"；背后是"厚大法考"四个字，那是免费的全国法律教育共享平台。法考视频如此"出圈"，使他拥有了更大的法治"讲台"。

罗翔正直而善良，他具有深厚的法学素养，非同凡流的认知水平，以及博大的人间情怀。这个世界，法律之外，还要有情怀与良知，"用良知驾驭我们之所学，而不因所学蒙蔽了良知"，这就是罗翔。更为难得的是，他讲课，真性情、有个性，风趣幽默、生动形象，能把法律讲成"相声"和"段子"；"理性，而不失温度；感性，而不失高度"。罗翔讲得津津乐道，观众听得津津有味；由此让法治的光芒穿透网络舆论场，那满屏的弹幕，就是极高的褒扬。

看一个例子：2020年12月26日，我国"刑法修正案（十一）"获得通过，其中第十七条的修改引人注目，"已满十二周岁不满十四周岁的人，犯故意杀人、故意伤害罪，致人死亡或者以特别残忍手段致人重伤造成严重残疾，情节恶劣，经最高人民检察院核准追诉的，应当负刑事责任"。未成年人犯罪出现低龄化趋势，这对我国的法律实践带来了新挑战，引进普通法系"恶意补足年龄"原则是适当的。12月27日，罗翔在哔哩哔哩网站的视频，对此进行"为什么"的阐述，他结合自身的经历，讲得风趣生动，笑声不断，一天下来，浏览量近百万。

亚里士多德定义法治的基本内涵有二：良法而制、普遍遵守。罗翔普法，何尝不是为了"制良法、守良法"？"真正的知识一定要走出书斋，要影响每一个愿意去思考的心灵。"罗翔，不仅讲讲讲，而且写写写，他出版了多部普及法律的著作。

"我们画不出那个完美的圆，但它是存在的。"2019年，罗翔出版了《圆圈正义：作为自由前提的信念》一书，提出希望更多的法律人能够为法治的进步从事写作，"用一个个微小的文字为法治助力"。书中说道："如果把理想中完美的'圆'比作正义的应然状态（应该如此），那么现实中所有的不那么完美的'圆'就可以看成正义的实然状态（实际如此）。"所以我想，为法治而写作，就是在追求相对完美的"圆"。

2020年下半年，罗翔更是一口气出版了多本适合大众阅读的法律科普书籍，其中有《刑法学讲义》《刑法罗盘》《刑罚的历史》《刑法中的同意制度：从性侵犯罪谈起》等。

《刑法学讲义》，通过分析真实刑法案件、"张三"的犯罪行为，激发读者用独立、睿智的法学思维去看待生活，提高法律感知能力。这是罗翔的"普法故事会"和"身边的法律宝典"，他希望人人都能拥有法学智慧。该书有句推介语挺有意思："林肯、奥巴马、笛卡儿、雨果、海子、泰戈尔、金庸……他们都出身于法学院，刑法培养超强的事实归纳能力、逻辑能力、语言能力甚至数学能力，这本书教你像法律人一样思考。"这本"讲义"的发行也很可观：上市即销售5万册，首周发行突破20万册。

《刑法罗盘》，书名很妙，这是罗翔的"罗盘"；他开宗明义就说自己要做"法治的笨牛"。罗翔这头"笨牛"，直视人性深处的幽暗，所以才能把"法治之光"带到人们的心里脑中。"笨牛"有"笨牛的经验"，一如"法律的生命不在于逻辑，而在于经验"。事实上，大约也只有"笨牛"的"笨经验""笨办法"，才能在方与圆之中，一步一个脚印，永不放弃地走下去。

《刑罚的历史》，历数古代五花八门的酷刑，讲述刑罚从残酷走向人道的过程。酷刑把人当作纯粹的工具，是对人的物化；刑罚当然要惩罚犯罪人，但是必须把人当作人来惩罚，犯人也是人，也有其基本的权利。如果我们把"法"看作一种权利要求和整个制度，把"律"视为刑律和惩处，那么，我国古代是缺"法"而重"律"的，其主要后果就是刑罚，甚至导致酷刑泛滥，法外之刑也是五花八门。

《刑法中的同意制度：从性侵犯罪谈起》，全面审视"性同意"标准，以及包裹在"性"周围的权力、道德和文化，向读者传递自我保护的法律力量。"清楚认知法律中的同意制度，对男女双方都是纠偏的过程"：正确表达不同意，是每位女性自我保护的关键；尊重她人的"不"，也是每位男性行为自由的边界。

"法律是他的武器，真实是他的铠甲。"罗翔说法，是"法治之光"，而背后的本质是"思想之光"。与其说罗翔是在进行法律知识的普及，不如说是进行法律思想的启蒙。在《十三邀》中，罗翔说得好：知识分子的一个重要特点，就是要像苏格拉底所说的，"做城邦中的牛虻"；法律人则是"双向的牛虻"——一方面是城邦的"牛虻"，警惕权力；一方面是民众中的"牛虻"，提醒界限。

这，就是法律人的法治信仰；这，更是知识分子的人生使命。

（简版原载于2020年12月28日《杭州日报》）

池田大作：
池田再无大作

把青春之美比作樱花、将老年之美比作红叶的池田大作先生，辞别了人世。
2023年11月18日，日本广播协会（NHK）网站报道：日本创价学会名誉会长池田大作，已于11月15日夜间在东京新宿因年迈逝世，享年95岁。

池田大作先生是一位思想家、佛教哲学家、和平运动家、教育家、摄影家、作家和诗人。

作为思想家的池田大作，站在世界看国家看人类，站在未来看历史看现在，有高度有深度有远见，一生贡献的"大作"良多。

A

和平思想，是池田大作的核心"大作"。

池田大作1928年1月2日出生在东京一个贫穷家庭，家中以紫菜业为生，他排行第五。在中文报道中，很早就看到过他讲述的一个故事：大哥退伍回到日本家乡，含愤给我讲，战争绝不是什么好事。日本军队太残暴了，中国人实在是很可怜。不久，大哥再次应征入伍，去了缅甸战场，阵亡了。战争结束两年后才接到通知书。"母亲浑身颤抖地呜咽，那身影印在我心中……"

从此，池田大作踏上了一条为世界和平而奔走、为中日友好而呐喊的道路。和平的思想，是池田大作最重要的核心思想。

池田大作1947年加入创价学会，1960年担任第三任国际创价学会会长，他是一位杰出的宗教思想家。创价学会成为池田大作传播、实践和平思想的最重要的平台。

创立于1930年的创价学会，是一个以佛教的生命尊严思想为根本，祈愿人人幸福、世界永久和平的宗教团体。创价学会的哲学基础是佛法和生命哲学，它致力推进和平、文化及教育，在全球190多个国家都有代表处。池田大作长时间担任创价学会会长，他还创办了创价大学，是"永远的师匠"；作为创价学会的最高领导人，他扩大了创价学会的规模，并将其发展成为日本最大的宗教组织，人们评价他是创价学会的"中兴之祖"。

1964年，池田大作以创价学会为母体成立了公明党。直至今日，创价学会仍是公明党的支持主体。

池田大作是和平使者，也是世界公民，"池田效应"享誉全球。世界上有70多个城市授予他"名誉市民"称号；他获得的名誉博士和名誉教授称号超过330个，可见他受欢迎的程度。

他反对与根绝一切暴力与战争，倡导积极的和平主义，追求绝对的和平主义，奉行彻底的和平主义，这是独特的世界和平观。他获得各类"和平奖"众多：

1983年，获联合国和平奖。1989年，获联合国难民专员公署的人道主义奖。1990年，获中国颁发的中日友好"和平使者"称号。1992年，获中国颁发的"人民友好使者"称号。1999年，获爱因斯坦和平奖……

池田大作首创"精神丝绸之路"的崭新概念——这是促进文化交流之路、联结民众心灵之路、人间变革革命之路、通向世界和平之路。"精神丝绸之路"的思想与实践，为21世纪世界和平与人类发展提供了视角独特的理论指南。

B

中日友好，是池田大作的杰出"大作"。

池田大作被誉为"中国人民的老朋友"。回望20世纪的中日关系，真不能没有池田大作，或者说，幸好有池田大作。

1968年9月8日，在近两万人参加的创价学会第十一届学生部大会上，池田大作挺身而出，发表了长达70多分钟的著名讲演——《光荣归于战斗的学生部》，表现出超凡的勇气和远见卓识。这在中日关系史上，被称为"池田倡言"或"日中邦交正常化倡言"——他主张日本要正式承认中国政府的存在，恢复中国在联合国的合法席位，广泛地推进中日经济、文化交流等。

这一倡议立即由当时的驻日记者刘德有电传中国，引起周恩来总理和中国政府的关注。池田大作这一功绩，彪炳中日关系史册。为此，他当时也不免遭到种种"非议"。但是池田大作"我行我素"，率领公明党的政治家们多次访华，和中国的领导人建立了亲密的友谊，为中日两国政府搭建桥梁、疏通渠道。

1972年9月，中日实现邦交正常化。1974年5月，池田率团首次访华，此后几十年间多次率团访华。

1974年12月5日，病中的周恩来总理会见池田大作，这是一次超越时空与意识形态的历史性会见，建立在双方对于和平价值、民众价值的认同基础上，而亲历战争的反省、尊重差异的思想、胸怀世界的站位、面向未来的前瞻，无疑是形成价值认同的重要因子。

池田大作事后回忆：周总理在展望未来时说，"20世纪的最后25年，对世界是最重要的时期。中日要彼此站在平等的立场，互相合作，共同努力"。周总理还以充满气魄的声音明确地说："希望能早日缔结《中日和平友好条约》。"

"大江歌罢掉头东，邃密群科济世穷。面壁十年图破壁，难酬蹈海亦英雄。"周恩来总理是非凡的思想家、杰出的外交家，就中日关系问题，他曾多次提到"先复交、后缔约"的"两步走"设想。缔结《中日和平友好条约》，是他在中日复交谈判时向日本提出的。他清晰地提出：中日友好不是权宜之计，不是单纯受当时形势的影响，将来形势好了也要友好，而且要世世代代友好下去。

1975年，池田亲自做保证人，使新中国首批6名公费留学生，得以顺利前往他创办的创价大学求学。遥想20世纪初，秋瑾、鲁迅、周恩来这一代中国人，大批东渡日本留学，那可是欣欣向荣的向先进学习的留学热潮。

1997年，池田大作获"中国文化交流贡献奖"。2018年9月，中国人民对外友好协会授予他"中日友好贡献奖"。

池田先生曾说:"中国是日本的文化大恩人。而日本对中国却恩将仇报,侵略中国,给中国人民带来极大的苦难。今后不仅我个人,还要带领创价学会全体会员从事日中友好活动,让日中友好世世代代传下去。"是的,中日两国是无法移走的永久近邻,已成日益紧密的利益和命运共同体;两国唯有和平友好,没有其他岔路可选择。

C

文化艺术,是池田大作的闪光"大作"。

2023年9月16日,日本华侨报网报道:今年是《中日和平友好条约》缔结45周年,也是创价学会名誉会长池田大作先生提出中日邦交正常化倡议55周年,同时也是东京富士美术馆开馆40周年,"世界遗产大丝绸之路展"在该馆隆重开幕。

1983年11月,池田大作在东京八王子地区创办了东京富士美术馆,如今该馆收藏有3万多件作品,藏品跨越东西方。池田大作的建馆愿望是"创立一个可以讨论世界美术,以交流为目的,并透过艺术、文化的交流,达到对促进世界和平有帮助的美术馆"。文化艺术、世界和平,是清晰的关键词。

"礼乐先传,真道后通。"名誉馆长原田稔在致辞中,回顾了始终站在人文主义交流最前沿的池田大作先生,与被誉为"敦煌守护神"的敦煌文化研究所所长常书鸿以及其夫人的深厚情谊。

在诸多对谈录中,《敦煌的光彩——常书鸿、池田大作对谈录》比较独特,围绕敦煌艺术及东方文明展开,涉及广泛的内容。2022年6月,湖南文艺出版社出版了该书的中文版新版。

"敦煌守护神"常书鸿(1904—1994),是著名画家、敦煌艺术研究家,是中国敦煌学的奠基者、敦煌文化事业的开创者。这部对谈录共有五章,两位大师的对谈纵贯古今,由敦煌而起,但不仅仅是谈敦煌的前世与今生,还延伸至中外艺术史、文化遗产保护、东方文明、世界和平等更深远的主题,远见卓识,令人叹服。

池田大作是周恩来总理生前会见的最后一位日本友人,书中专门有一篇是《对周总理的回忆》(详见第173—180页),池田大作讲道:周总理对艺术有很深的理解。他曾强调过保护和研究敦煌宝贵的民族艺术遗产,他也曾指出"推陈出新"的重要性,并强调"我们一定要将这种古代文化像对待自己的生命一样珍惜它、保护它"。

文明可互鉴,文化须交流。2023年5月,来自东京富士美术馆的"西方人物绘画400年"大展,在中国上海展出,57件西方人物绘画是甄选出来的珍贵藏品。能够回顾从文艺复兴时期到现代主义的西方绘画四五百年历史变迁的美术馆,在日本极少,东京富士美术馆做到了。

池田大作还是一位摄影家,一生寻求对话的他,以爱心与自然对话,达到了"我见青山多妩媚,料青山见我应如是"的天人合一的境界。他于1997年5月拍摄的《富士山》,是空中俯瞰的富士山画面,让人过目难忘。

2017年5月,"与自然对话——池田大作摄影展"在中国广东举办。这个展览自1982年开始,曾先后在日本各地,以及法国、美国、俄罗斯、古巴等世界41个国家和地区,包括中国的北京、上海、深圳、桂林、云南、乌鲁木齐等地举办。

"摄影,是无言之诗。美丽的自然光彩,没有国界。"池田大作说,"透过摄影,若能扩展出超越国境、超越时间的和平与友谊大道,对我而言,这是无上的喜悦。"当今世界,有良好摄影技术的摄影家有不少,有世界级思想高度的摄影家不多,所以池田大作弥足珍贵。

D

等身著作,是池田大作的不朽"大作"。

池田大作本身是一位思想丰沛的作家、诗人,著作等身,曾获世界桂冠诗人、世界民众诗人等称号。他的作品内容丰富，题材多样，包括教育、和平、文学、艺术、佛教哲理、社会问题等；著作体裁也十分广泛，有讲义、对话集、学术论文、演讲稿、小说、散文、诗歌、童话故事、倡言等。据不完全统计，世界各国已用各种语言翻译出版了他的著作170多种。

大陆和香港、台湾地区，合计翻译出版了池田大作的著作有300多种，平均每个地区出版了100种左右，其中有繁简不同字体的重复种类。

大陆出版的第一部池田先生的著作是《我的履历书》，由赵恩普、过放、赵城3人联合翻译，吉林人民出版社1984年出版。该书是池田先生的自传，成书于1975年，是在池田先生自认为"自己现在还没有踏上可以向他人谈论的人生"之时写的，是他早期思想的体现，有独特的价值。

从此之后，池田大作的《展望二十一世纪——汤因比与池田大作对话录》《二十一世纪的警钟》《走向21世纪的人与哲学》《我的世界交友录》《第三条虹桥》《社会与宗教》《四季雁书》《走在大道上——我的人生记录》《人生箴言》《人性革命》《我的人学》《我的佛教观》《我的释尊观》《我的天台观》《青年抄》等作品相继翻译出版。

对于中国像我们在20世纪80年代读大学的这一代人，池田大作的影响尤其大。年轻时读过池田大作写给青年的书籍与篇章，难以忘怀。池田大作关心青年、颂扬青春，他说："自然、世界、宇宙都是一刻也不停顿的。从失去了向上心那一瞬间起，人生就已经开始走下坡路了。不断地开辟、创造自己的人生，永远前进，我认为这才是真正生活的证明，也是青年的特权。"他对青年的期待是："青年啊，不论在什么时候、什么地方，你们都要像灿烂的太阳那样明朗，像天空翱翔的年轻的雄鹰那样阔达，像大海那样具有丰富的包容力。当时机到来，就要毅然奋起，像疾风怒涛一样同邪恶作斗争。"

池田大作的不朽大作，不仅仅是他这一系列等身的著作，还包含有他的精神、理念、交流、行动等。他长期活跃于国际社会，不断与世界上著名的有识之士对谈，就是为了世界的和平与人类的幸福，通过相互理解，实现共存共荣。

1984年，日本圣教新闻社出版了《展望21世纪——汤因比与池田大作对话录》，之后又出版了另一部对话录《关于和平、人生与哲学——池田大作与亨利·基辛格对话录》。

池田大作与英国著名历史学家汤因比的对话对谈，是经典中的经典。《展望21世纪——汤因比与池田大作对话录》中文版在1985年甫一出版，就引起轰动，成为我喜爱阅读的书。

全书分为《人生与社会》《政治与世界》《哲学与宗教》三部分，论及问题极为广泛。两位"国际智者"纵贯古今，横跨全球，追溯过去，着眼当代，展望未来，从宇宙天体、生命起源、宗教哲学、道德伦理、政治制度、国民经济、社会福利、科学技术、文化教育、医疗卫生、环境保护、军备竞赛、和平战争等，一直到未来的世界大同，几乎探讨了人类社会、当代世界所有最迫切的问题，并对未来世界做了预测和展望，还谈了中国在未来世界中的作用。

"历史上，每当一个民族失去信仰时，他们的文明就会崩溃。"最重要的是，这本对话录，对当年的中国人来说，极大地开阔了眼界、启迪了思想。

E

仁者寿。95岁的池田大作先生，作为一位跨世纪老者，辞别人世了。我感叹："池田再无大作。"

然而，以中国人"立德、立功、立言"的"三不朽"视角来看，池田大作先生完全符合"三不朽"的标准，他不仅全做到了，而且做得很好，已无遗憾。

思想家是干什么的？思想家是以天下为己任、为人类点明灯的。池田大作就是这样的思想家。

（原载于2023年11月20日日本华侨报网）

辑二　广袤之地

袁隆平：
种子的力量

稻田守望，情留稼穑功著神州，种子有力量，喜看稻菽千重浪；

春秋润德，爱洒人间名垂青史，心中下半旗，芙蓉国里尽朝晖。

2021年5月22日13时，"杂交水稻之父"、"共和国勋章"获得者、中国工程院院士、国家杂交水稻工程技术研究中心主任袁隆平，因病在长沙逝世，享年91岁。24日上午，袁隆平遗体送别仪式在长沙市明阳山殡仪馆举行，无数民众自发前来吊唁。遵照袁老遗愿，丧事一切从简。

遥想当年，袁隆平是湖南偏远地区普通农校的一名老师，可就是这么一名默默无闻的老师，竟然"初生牛犊不怕虎"，敢于站出来挑战国际权威！正是"毛头小伙"袁隆平，不管当年国际上提出的"水稻杂交无优势"之论，毅然进行杂交水稻试验。正是袁隆平，面对历史上特殊时期的政治冲击，不畏压力，孜孜矻矻地坚持自己的田间试验，终于取得实质性突破。也正是袁隆平，不仅打破了所谓国际权威的论断，且一次次将杂交水稻产量升级提高……

稻可道，非常稻！这就是用一粒种子改变世界的人——袁隆平！袁隆平是真正的"稻田守望者"，始终用他坚实的脚步丈量稻田，"量尽山田与水田，只留沧海与青天"，在他身上直接体现了"种子的力量"。袁隆平不幸逝世的时候，我恰好第一次从杭州来到湖南旅行，我有意识地询问当地的百姓，每一个我问到的人，都发自内心地说，没有袁隆平，当年肚子还真是饱不了！然而，没有想到的是，连袁隆平这样能够改变人类生存状态的人，都引发所谓的"争议"——这让我想到屠呦呦获诺奖所引发的"莫须有"的争议，屠呦呦发现青蒿素治疟疾的秘密，多少人在她身上"找到"了似是而非的"理由"，认为功劳不该归于她一人……我对青蒿素治疟疾没有感受，但袁隆平的杂交水稻，20世纪80年代初让生长于农村的我，第一次深切感受到杂交水稻带给我家丰收的喜悦；都说袁隆平的研究成果"把无数人从饥饿中拉了出来"，我就是其中之一呀！

在今天，在当下，我们该用什么来纪念袁隆平？我认为好好学习袁隆平，才是对袁隆平最好的纪念。

我们首先要好好学习袁隆平的人格品格。袁隆平是具有人生大格局的人，他良善、质朴、正直、勤奋。在科学家中，袁隆平的品格是一流的，甚至是超一流的。你如果看过《东方魔稻之父——袁隆平传》《袁隆平：中国神农的世界传奇》《追逐太阳的人：杂交水稻之父袁隆平》等著作，或者你多看看有关袁隆平的报道，你一定不会有异议。正是袁隆平，面对杂交水稻背后巨大的经济利益，毫不犹豫地选择了放弃，将杂交水稻献给了全世界全人类，他只有一个希望：让杂交水稻造福全人类，填饱更多人的肚子！

我们还要好好学习袁隆平的人文精神。对历史，袁老敢说真话；对人类，袁老倾情奉献。我先后写过多篇有关袁隆平的评论，收在我的《太阳底下是土地》等书籍中，在我看来，袁隆平的价值观层次，是真正的求真、求美、求善，是真善美的完美统一。在袁隆平身上，不仅有从中国古典士人精神中延伸出来的忧患意识，同时拥有一种全人类的哲学精神，有着矢志不移地追求真理的信念和人文情怀。

我们更要好好学习袁隆平的科学精神。1961年，在安江农校实习农场早稻田中发现特异稻株——"鹤立鸡群"，随后根据其子代的分离与退化现象，推断其为天然杂交稻株，进而形成研究水稻"雄性不孕性"的思路。1964年，在安江农校大垅试验田洞庭早籼稻田中发现"天然雄性不育株"，从此迈出了关键的第一步，在中国首创水稻雄性不育研究。1966年4月15日，英文版的《科学通报》发表了袁隆平先生的论文《水稻的雄性不孕性》，这是杂交水稻的"开山之作"……中国杂交水稻从无到有，随着研究实践与理论的结合，逐渐形成了一门前所未有的新的学科。

追溯中国杂交水稻的历史开端，袁隆平是从一个人孤军奋战开始的，后来才不再是"一个人在战斗"。袁隆平甘为人梯，他致力培育一代代杂交水稻的科研人才，从"种子"到"人才"，不断更新换代，才能让中国杂交水稻有生生不息的生命力。世界国际水稻研究所所长、印度农业部前部长斯瓦米纳森博士对袁隆平的评价很准确："我们把袁隆平先生称为'杂交水稻之父'，因为他的成就不仅是中国的骄傲，也是世界的骄傲，他的成就给人类带来了福音。"

"一条大河波浪宽，风吹稻花香两岸……"凡吃大米的，都应该是袁隆平的粉丝，我就是"米粉"之一。科学与人文兼备，这就是袁隆平！

【补注】 2021年11月15日，袁隆平追思会暨灵骨安放仪式在长沙市唐人万寿园陵墓举行。墓碑上，镌刻着他生前写下的一句话："人就像种子，要做一粒好种子。"如水稻般金灿灿的墓盖上，放着一碗稻谷、一碗米饭，碗上写着"愿天下人都有饱饭吃"。

（简版原载于2021年5月25日《杭州日报》）

钱伟长：
为何突然成"网红"

可能谁都没想到，著名物理学家钱伟长突然成了"网红"！

2021年4月17日"央视新闻"报道：一篇发表于2002年5月的论文《宁波甬江大桥的大挠度非线性计算问题》，因"参考文献"的第一句"本文不必参考任何文献"，最近火了，论文作者是钱伟长。

因为这个论文来自实践，而且是开创性的，压根儿就没有参考文献，它是被人家作为"文献"来"参考"的。

都知道出自杭州临安的吴越钱氏家族太厉害，五代十国时期吴越国的开国国君钱镠的优质基因极其强大，其子孙代代有名人，遍布各领域，个个名字如雷贯耳，脑子里随便一过就是一大串名单：钱大昕、钱均夫、钱玄同、钱基博、钱穆、钱思亮、钱锺书、钱学森、钱伟长、钱三强、钱其琛、钱煦、钱永健……尤其在学术领域，无论文科理科，都是备受尊敬的佼佼者。

在我国当代科技界，"航天之父""导弹之父"钱学森、"力学之父"钱伟长、"原子弹之父"钱三强，被周恩来总理称为"三钱"。

钱伟长1912年出生，青年时代的经历很独特。跟"伟长"的名字大不一样，当年考入清华园时，他的身高只有1.49米。他是文科高才生，文史考了双百；但他是一个理科盲，数学、物理、化学合计才考了25分——合计总分225，名列第7。"像钱伟长这样以文理悬殊的成绩进清华的，在清华大学早有先例。钱锺书1929年报考清华时，数学成绩是15分；吴晗1930年报考清华时，虽然中文和英文都是满分，但数学却是0分。可以说，正是清华的不拘一格造就了中国文化史上一颗又一颗的明星。"（见柯琳娟著《钱伟长传》，江苏人民出版社2009年8月第1版）"九一八"事变后，为了科学救国，钱伟长毅然决然弃文学理，成为清华学生中的"拼命三郎"。

在成长期，钱伟长受到了良好的学术训练。从抗战时期的西南联大，到后来留学加拿大多伦多大学，再到美国加州理工学院，成为国际航空航天领域杰出元老冯·卡门团队的成员，钱伟长的学术研究都是一流的，严谨而富有开创性。抗战胜利后，钱伟长归国，再进清华园，成为教授。尽管后来历史变化起起伏伏，甚至一度被划为"极右分子"，撤销一切职务，教授职称由一级降为三级，但他悄悄地成了"地下科学家"，矢志努力不曾改变。改革开放春回大地之后，他成了走在实践第一线的"万能科学家"，"以国家需要为专业"。2002年他发表有关甬江大桥的那篇论文时，已经是90岁高龄。你可以看不懂论文，但要能够看得懂背后的科研精神。

那一代学人的治学精神，"昔"非"今"比。生于1923年的徐朔方先生，是我国著名的古代文学研究专家，是老杭州大学泰山北斗级的教授，也有类似的"轶事"。浙江大学人文学院楼含松院长告诉说：早于钱伟长的2002年，大约是1996年，杭州大学科研处动员徐朔方先生申报国家社科基金项目，徐先生同意以"明代文学史"为题申报，但不愿意填写3000字的课题论证，只写了一句话：本人研究该课题已30多年，无须论证（大意）。科研处觉得不妥，希望徐先生能再写得具体一点，他毫不理会，最终就这样报上去了。最终"明代文学史"被评为国家社科基金重点项目；著作出版后，被誉为"迄今所见明代文学史著中学术性最强、特色最明显的一部"，"将明代文学的研究向前推进了一大步"。

是时候得让教育科研的昏花老眼刮蒙去翳、豁然一亮了。学术项目行政化，学术研究金钱化，学术论文考核化，都是实实在在摆在面前的问题。杰出的科研，离不开拔尖的人才，而学术人才的培养，则是大大背离了教育成长的规律。

如今钱伟长突然成"网红"，这着实是个好事，既是启示，又是警示。

（原载于2021年4月18日《杭州日报》）

奥本海默：
电影不沉默

A

由大导演克里斯托弗·诺兰（Christopher Nolan）执导的历史传记电影《奥本海默》，在2023年暑期档压轴亮相，迅速成为9月中国电影市场的首位"扛把子"，极富冲击力。截至9月8日，《奥本海默》已连续8天拿下单日票房冠军，总票房有望达到5亿元人民币；而全球总票房已达9亿美元，超越了诺兰大片《盗梦空间》的8.38亿美元。

《奥本海默》是诺兰的第12部电影长片，使用70毫米胶片IMAX摄影机拍摄，上映后豆瓣评分高达8.9分，延续了诺兰导演在中国电影市场的好口碑，可谓是艺术和商业双成功。

作为英国的导演、编剧，诺兰其实早已美国化了。诺兰曾说："我每次拍一部新片，都必须相信自己正在制作有史以来最棒的电影。"此前我比较喜欢他的《盗梦空间》《星际穿越》《敦刻尔克》，那都是进入电影史的名作大片。

《奥本海默》聚焦"原子弹之父"罗伯特·奥本海默（Robert Oppenheimer）复杂的内心世界，展示了这位重要历史人物的跌宕人生。

面对大历史，电影不沉默。全片充满了戏剧张力，可谓是"核裂变"与"核聚变"的融合体。洋溢着宇宙感的音乐，几乎始终贯穿全片，让你瞪着眼睛的同时竖着耳朵。这就是《奥本海默》的冲击力。

诺兰无愧于影迷给的"诺神"称号。

B

1904年4月22日，奥本海默出生于美国纽约市一个德国裔犹太家庭。他的父亲朱利叶斯·奥本海默，于1888年从德国移民到美国，他是一位成功而富裕的商人；母亲埃拉·奥本海默，是一位美丽的德裔美国画家。

奥本海默是一位物理学的天才。他1922年进入哈佛大学学习，1925年提前毕业；公众可能想不到，他在哈佛大学学的竟然是化学，而这并不是他真正喜欢的专业。

随后他到英国剑桥大学留学，进入著名的物理实验室——卡文迪什实验室（Cavendish Laboratory）学习。奥本海默的天才脑袋，擅长于思考研究理论物理，而不是做物理实验。他与导师布莱克特关系紧张，在电影里，奥本海默在一只青苹果中注入氰化物想毒死导师，幸好他醒悟了，回到导师办公室，从导师的访客——大咖波尔的嘴边夺下了那个毒苹果。

为什么会这样？其实这时的奥本海默，已是严重的抑郁症患者，焦虑和抑郁时不时困扰他，这在电影里没有充分的表现，而在《奥本海默传》一书中则有清晰的描述。书中分析了这一细节，讲到了奥本海默当时的精神状况，但从他没有被学校开除这点看，应该只是在苹果中放了一些只会让人身体不适的东西：

> 奥本海默的精神状态每况愈下，这让他的家人和朋友非常担心。他看上去对自己出奇地没信心，而且始终闷闷不乐。他的烦心事之一是他和自己的指导老师帕特里克·布莱克特不合。奥本海默喜欢布莱克特，并急切地寻求他的认可，但是作为一位惯于动手的实验物理学家，布莱克特不断要求奥本海默做更多他不擅长的实验室工作。布莱克特也许没有多想，但是这让本来就躁动不安的奥本海默感到无比焦虑。
>
> 1925年秋末，奥本海默干了一件愚蠢至极的事情，他简直像是在故意证明自己已经被痛苦压垮。当时，自卑和强烈的嫉妒吞噬了奥本海默，他用实验室的化学药品在一个苹果里"下了毒"，并把它放在了布莱克特的桌

子上……所幸布莱克特没有吃那个苹果。

　　……根据接下来发生的事情来判断，这似乎不太可能是事实。更有可能的情况是，奥本海默在苹果里放了一些只会让布莱克特身体不适的东西。

（详见该书中译本第61页）

　　《奥本海默传》这部普利策奖的获奖传记，权威全面、翔实真实，作者是凯·伯德和马丁·J.舍温，他们从采访准备直到写就，历时25年。中译本长达700多页，还不包括"扫码可查电子版"的注释；译者是汪冰博士，中信出版社在2023年8月推出，几乎与电影同步上市。我买到书籍拆开塑封发现里头夹了一张可作书签的电影胶片，以及那张广为传播的电影海报。全书分为5个部分，每部分前面都附有诸多黑白老照片。

　　这部传记著作，就是诺兰导演的灵感来源和拍摄基础。"正是这样一座不可思议的宝藏，让我得以动手创作一部第一人称视角的剧本。"诺兰说，"因为是这部传记给我带来的启发，我不仅对奥本海默感同身受，而且还能窥见他头脑中的所思所想。"

C

　　奥本海默1926年转到德国学习，1927年就以量子力学论文获得哥廷根大学博士学位。1929年夏天，他回到美国，之后进入加州大学伯克利分校任教。

　　如果世界都是和平的，那么奥本海默就可以专注于讲坛与科研。但是，纳粹德国"崛起"，二战爆发，人类大面积进入苦难。先进的武器，对于战争的取胜至关重要。1939年夏，爱因斯坦写信给美国总统罗斯福，陈述了铀核裂变有可能被用来制造威力空前的炸弹。1939年10月11日，罗斯福总统采纳了爱因斯坦等人的建议，决定成立一个顾问委员会来抓此项工作。

　　1941年9月底，德国物理学家海森堡来到丹麦物理学家波尔的家，对波尔炫耀德国研究原子弹取得了"突破性的重大进展"，希望波尔参与合作。波尔是现代物理学"哥本哈根学派"的领袖,当年与爱因斯坦并驾齐驱,因为量子力学的杰出成就获得过诺贝尔奖。这个信息让波尔非常震惊,他意识到同盟国必须抢在纳粹德国之前制造出原子弹。

同是犹太人的波尔,受到了纳粹的迫害,他最终逃出了已经沦陷的祖国,逃出了希特勒的魔爪。《奥本海默传》一书中记载了他惊险出逃的经历,英国派出一架小型的"蚊"式轰炸机来营救波尔,坐在弹舱里没戴氧气罩的波尔,在飞往英国途中因缺氧而昏了过去,差点丧生……波尔最终辗转来到美国,加入了研究原子弹的团队。

在人类危机倒计时中,美国紧锣密鼓加快研制原子弹的步伐。1942年8月13日,秘密启动研制原子弹的"曼哈顿工程",核心基地设在新墨西哥州的洛斯阿拉莫斯,具体的领导人就是奥本海默。

"曼哈顿计划"集中了全美最优秀的核科学家,动员了10多万人参加这一工程,历时3年,耗资20多亿美元,终于在1945年7月16日成功试爆,而纳粹德国没有研制成功。

诺兰直言:"对我来说,更戏剧性和令人兴奋的是,科学家们确实知道自己在做的事情的严重性。如果他们不建造这个装置,纳粹将建造它并且会用它对付他们。"面对大事件大人物,诺兰不沉默,电影就是最好的表现手段。

值得一提的是,美籍华裔著名核物理学家吴健雄,当年是奥本海默的学生之一;她在博士在读期间就参加了"曼哈顿计划",解决了连锁反应无法延续的重大难题。她还通过实验验证了李政道、杨振宁提出的"宇称不守恒",是"世界物理女王"。

被命名为"三一试验"的原子弹试爆成功的同时,美国按计划制造出两颗实战用的原子弹,众所周知——投在了日本的广岛和长崎,从而彻底终结了第二次世界大战。

原子弹轰炸广岛、长崎的有关场景,电影里没有任何呈现,不是空镜头而是无镜头,我觉得诺兰这样处理很好。观影时我脑子里闪过电影《广岛之恋》的镜头,自然地想象了一回。

在电影里，杜鲁门总统面对奥本海默的愧疚，只是轻描淡写地说："没有人会记得是谁发明了原子弹，只知道是谁下令投放了它。"

一试验、两实战，都很成功，奥本海默由此成为"原子弹之父"。

然而"潘多拉魔盒"一旦打开，就再也关不上了，"盗火者"最后控制不了火。

"核裂变"的原子弹，是足以毁灭世界的致命武器，它正是人类困境最形象的隐喻。

当奥本海默看到原子弹投入实战造成惨重的伤亡后，他为自己的作为感到焦虑，以至于对接下来研制"核聚变"的氢弹提出了质疑，成为"反对派"。

D

奥本海默想起了印度经典《薄伽梵歌》中的一句名言："现在，我成了死神，世界的毁灭者。"

而这句话在电影里，被放在了他与左派女友琼的激情场景中。那是"神性"与"人性"的博弈与交融。

1948年11月，奥本海默登上美国《时代》杂志，图片中的他，神情是忧郁的。

奥本海默曾被三次提名诺贝尔奖，但没有获奖。获奖不获奖，其实并不重要。可奥本海默万万没想到，由于之前他与美国左派人士的接触，以及他反对继续研制氢弹，在美国1950年代初期的"麦卡锡主义"浪潮中，成为最著名的受害者之一。

被誉为"氢弹之父"的是爱德华·泰勒，匈牙利裔美国理论物理学家，也是犹太人。他是著名物理学家杨振宁的博士论文导师，当年在洛斯阿拉莫斯实验室是奥本海默的同事。正是奥本海默让泰勒去做一个小组的组长，专门研究氢弹，最后取得了成功。后来在一次听证会上，泰勒对奥本海默作出具有争议性的证词，他的一段"总结陈词"非常有名："我不认为奥本海默博士是不爱国的，可是，他的一些言行我不理解，所以假如美国的安全事业不放在奥本海默手上，我更感觉安全。"从此，他在科学界变得不受欢迎。

科学家知道世界之外的世界,但是现实世界无不牵扯着这些科学家。不过爱因斯坦似乎有所不同,他从不参与这种政治性的游戏,"他做梦也不会想到要政府给他颁发安全许可",他天生不喜欢接近当权人物,从不会与那些有权有势的人谈笑风生。1950年3月,在爱因斯坦71岁生日那天,他对奥本海默说:"一旦人们受命做某件明智之事,之后的人生对他而言就异乎寻常。"这话很含蓄,也意味深长,后来他有句话说得很直白:"奥本海默的问题在于,他爱上了一个不爱他的女人——美国政府。"

人类造出武器但不能使用武器,这是人类世界最大的悖论之一。奥本海默致力遏制核威胁,这是一位科学家的另一种睿智。其实波尔也坚决反对在战争中使用原子弹,始终坚持和平利用原子能的观点。

奥本海默贡献了一份国际原子能管制计划,被誉为"迄今为止,这仍是核能时代保持理性的杰出范式"。他不仅睿智地申明了核弹的危害,也充满希望地提及了核能的潜在益处。由此可见:他领导研发原子弹,有雷霆手段;他努力遏制核扩散,有菩萨心肠。

冷战的铁幕降下,美苏争霸。1949年8月29日,苏联在哈萨克斯坦一个与世隔绝的试验场,秘密引爆了一颗原子弹。连杜鲁门总统都不愿意相信这一事实。奥本海默很形象地说:"我们的核垄断,就像在太阳底下融化的冰激凌蛋糕……"

奥本海默当然最清楚,核武器就是最致命的"撒手锏":"原子武器的钟表嘀嗒声,越来越快。我们可以预见到,两个大国都有能力终结对方的文明和生命,哪怕冒着危及自身的风险。我们可以把美苏两国比作瓶子里的两只蝎子,每一只都有能力杀死另一只,但要这么做,就不得不冒着生命危险。"

奥本海默有一位坚定的支持者,他就是乔治·凯南,两人建立起了亲密的友谊。作为一位驻苏联的外交家,凯南成为美国对苏遏制政策的鼻祖。

在厚厚的中译本《凯南日记》(曹明玉译,中信出版社2016年11月第1版)中,凯南于1946年如是有云:"我们的努力方向,是必须让苏联人信服,他们是为了自己的利益心甘情愿解除武装,并接受国际原子能机构监督的。"凯南认为,"核武器的出现，可以消除爆发毁灭性战争的可能性；毫无疑问，我们不可能对苏联发动摧毁性或毁灭性的战争。要与之对抗，我们必须开展一场政治战争，一场为了特定目的而进行的消耗战……我们必须像豪猪一样。"（详见该书第187—188页）

而奥本海默始终忧心忡忡："这不是一个炸弹的问题。它会变成十个、一百个、一千个，然后一万个，甚至可能达到十万个。我们有充分理由认为，这不是一万吨的问题，而是十万吨、一百万吨、一千万吨，甚至可能是一亿吨的问题。"

让奥本海默担心的，不只是大规模战争，还有核恐怖主义。《奥本海默传》中记载了这样一个细节：在一次参议院的闭门听证会上，有人问他："三四个人是否就能将原子弹偷运到纽约并炸毁整座城市？"奥本海默回答说："当然可以，他们可以将纽约夷为平地。"一位大吃一惊的参议员追问道："你会用什么仪器来找出藏在一座城市里的原子弹呢？"幽默的奥本海默打趣道："一把螺丝刀。"因为一把螺丝刀就可以撬开每一个货箱或行李箱。对核恐怖主义没有任何防范措施，而且奥本海默认为永远不会有。（详见该书第412页）

奥本海默在时间中抗争，诺兰在时间中创造。电影《奥本海默》所表达的，正是奥本海默为制造原子弹所做出的艰苦努力的过程，以及在漫长的听证中为自己辩诬的痛苦经历。

面对大冲突，诺兰的电影不沉默。

E

现实中，在1953年、1954年的那些听证会上，奥本海默的反对者们抨击了他的政治倾向和专业判断，诋毁他的人品和价值观。是的，这一过程也暴露了奥本海默个性的诸多方面："他野心勃勃又没有安全感，他才智超群又幼稚可笑，他果断坚决又惶恐不安，他坚忍淡泊又充满困惑……"

我们来看看《奥本海默传》全书开篇的一段描述：

1953年圣诞节前4天，罗伯特·奥本海默的生活突然陷入失控的旋涡，他的事业、他的名誉甚至他的自我价值感都岌岌可危。他坐在疾驰的车里，一边盯着窗外，一边感叹道："发生在我身上的这些事真令人难以置信！"……就在当天下午，美国原子能委员会主席刘易斯·斯特劳斯毫无预兆地交给他一封指控信。信中声明，重新审查奥本海默的个人背景和他提出的政策建议后，他被认定为危及国家安全的"危险分子"，信中还列出了34项指控，其中有些不可理喻，比如"据报告，1940年'中国人民之友社'的资助者名单上出现过你的名字"，有些涉及政治，比如"从1949年秋开始，你一直强烈反对研发氢弹"。

说来也奇怪，广岛和长崎的原子弹爆炸后，奥本海默就隐约有种不祥的预感，似乎自己将大祸临头……（详见该书第1页）

事实上，早在1941年，二战正酣的时候，奥本海默就已经被美国联邦调查局列为可疑的激进分子，一旦国家发生紧急情况，他将会被拘留。

10多年后的所谓的"安全听证会"，成为奥本海默一生的至暗时刻。他差点走向崩溃的边缘。他非常爱国，那些时刻，还真是让人想到一句话：你爱国，国爱你吗？好在那些反对者，毕竟并不真正代表国家。

《奥本海默传》译后记中有一段话分析得很到位："奥本海默没有宗教信仰，但他有一个宗教般的信念：不计一切代价也要拥有独立思考和发声的自由。在他看来，勇敢地指出事实真相才是爱他的国家，为他的同胞负责，可是当他的独立思考与国家意志相悖时，当科学家的求真与内心良知和政治风向相左时，他竟被当作叛徒攻击和审判，成了被流放的弃子。"（详见该书第712页）

天才总是要受苦的。诺兰用蒙太奇的方法，让观众走进了奥本海默被核弹"分裂"的内心。

电影中最多的镜头，就是小房间里的质询听证，不断出现，不断闪回。诺兰所擅长的，正是随时跳进跳出的双线叙事，他特意选用彩色与黑白的不同画面，对应两条时间线。如果要把这部电影删掉一刻钟，我觉得可以拿这些质询镜头下剪刀。

F

奥本海默的一生，有起有落，有巅峰有低谷，有雄心有失意，有努力有挣扎，极为丰富和复杂。

他在哈佛求学时，爱读诗爱写诗，曾经写下这样的诗句：

当日光沦为一片贫瘠，
当烈焰将我们摇醒，
我们发现，
每个人都身处自己孤独的监狱里，
而交流的渴望变得既珍贵，
又渺茫。

这仿佛就是他自己一生的注脚。

奥本海默如果活到今天，他会看见什么？

9月1日，在《奥本海默》电影热映之际，传来一个消息：俄罗斯国家航天集团公司总裁鲍里索夫表示，"萨尔马特"洲际弹道导弹已投入战备执勤。当下俄乌战争进入持久战，"扔煤气罐"——动用核武器的威胁一次次传来。

所以说，诺兰用心拍摄的这部电影，在今天富有现实意义：避免战争、和平发展，永远是人类的第一选择。

（原载于2023年9月11日日本华侨报网）

苏步青：
牛背上摔下来的大数学家

要是问你，提到中国著名数学家，你会想到谁？大概率会想到苏步青、陈景润。但你可能不知道，陈景润是苏步青的学生的学生。

2022年9月23日，是大数学家、被誉为"数学之王"的苏步青120周年诞辰。纪念苏步青先生120周年诞辰座谈会，在苏步青家乡浙江温州平阳举行。复旦大学举办了"苏步青先生诞辰120周年纪念展"，由该校档案馆编撰的《苏步青画传》首发。

1902年9月23日，苏步青出生在平阳县腾蛟镇带溪村卧牛山下的一户农家。整个村子的人都讲闽南话，这是因为，几百年前，他们的祖宗是从福建厦门同安逃荒而来的，所以村子里一直保留着闽南的语言和风俗习惯。

小时候，苏步青只念过很短时间的私塾。因为私塾散了，他成了一个放牛娃。他喜欢骑在牛背上，但屡屡从牛背上摔下来，父母心疼他，决定不再让他放牛，而到百里外的县城念小学。

苏步青著的《神奇的符号》是一本非常精彩的"小书"，是"大科学家讲的小故事"丛书之一，曾获第四届"国家图书奖"，由湖南少年儿童出版社于2010年1月出版第1版，我手头这本是2021年7月第40次印刷的。书中写道："母亲得知我从牛背上摔下来的事，心神不安，和父亲商量之后，决定将我送到县城高小念书。"（见该书第6页）民国时期，小学一年级到三年级是初小阶段，四年级到六年级为高小阶段。在那个大众文化水平普遍不高的年代，能够读完"高小"，算是有文化的人了。

这就是从牛背上摔下来而摔出来的上学机会。可是，这样的机会，苏步青却因学习太差，差点丢了，差点又要回到牛背上。

　　如今有很多人喜欢说"不能输在起跑线上"，事实上人生输赢绝不是虚拟的所谓"起跑线"所决定的，硬要说什么"起跑线"，那么，苏步青就是典型的"输在起跑线上"。

　　尽管到了县城高小念书，但他实在太顽皮、太不爱读书，起步时就是典型的"学渣"。第一学期，成绩是全班倒数第一。当时每学期成绩都是张榜公布的，最后一名像把前面所有的人都背在背上，这个叫"背榜"。第二学期，继续"背榜"。第三学期，仍是"背榜"，至此，高小3年已经一半过去了。老师把他父亲喊来，建议把孩子领回去学种田，一年还能省下两担米。

　　还好，苏步青的父母真是好父母，没有"一怒之下"让儿子回家继续放牛，而是让这个"学渣"儿子转到镇上一所新办的小学，继续"混着"——他照样"不爱读书，四处乱逛"。

　　苏步青开始遇到的这些小学老师，还真是太一般。他本来国文课还有点功底，毕竟在私塾里认过字、牛背上背过诗，可有一次，教国文的谢先生不认为苏步青这个"学渣"交来的作文是自己写的，把他喊来训斥："抄来的文章再好，也只能骗自己而已，想骗我？你还能作出这样的文章？哼！"

　　坏的教育，能一下子将孩子的学习兴趣打到谷底，按苏步青自己的说法就是："学国文的兴趣，一下子降到了零点，上国文课也成了我最反感的事，我还常常把头扭到一边，以示抗议。"

　　早早就进入了"叛逆期"的苏步青，如果继续这样下去，最多念完高小，幸好，苏步青遇到了改变他人生命运的第一位启蒙老师。

　　在五年级下学期，小学里来了一位新教师，名叫陈玉峰，50多岁。第一堂地理课，他在黑板上挂出一幅世界地图，向学生介绍七大洲，四大洋，名山大川，还有英、法、美等国的地理位置。"我每一次在课堂上周游世界，兴奋得眼睛都不眨一下。宇宙之神妙，世界之大观，远胜过小镇上的街景和老虎灶的鸡蛋花，我迷上了地理课，也特别喜欢陈玉峰老师。"

陈玉峰老师能够倾听学生的心声，对苏步青循循善诱、谆谆教导："别人看不起你，就因为你是背榜生。假如你不是背榜生呢？假如你考第一呢？谁会小看你？"他给苏步青讲牛顿小时候的故事，牛顿也长在农村，到城里读书，成绩不好，同学们都欺侮他。一次一个同学又无故打他，他忍无可忍，奋起还击，同学怕了，只好认输。牛顿由此想到了一个道理，只要有骨气，肯拼搏，就能取胜。从此他努力学习，不久成绩就跃居全班第一，后来他成了闻名世界的科学家。

苏步青一下子就开窍了："我听完陈老师讲的故事，心里非常激动，奋发向上的信心一下子增强了许多。"他决心以牛顿为榜样，发奋努力。接下来连续三学期，他都考了"头榜"。"这一切使我对陈老师更加崇敬，他的一席话，可以说是我人生的一个转折点。"

遇上好老师之后，这个不爱读书、成绩倒数第一名学生，人生求学由此开挂。1931年，他在日本获得理学博士学位后回乡探亲，来探望的人络绎不绝，"我一眼看出，站在远处头发花白的是陈玉峰老师。我叫着恩师的名字，恭恭敬敬地把他请到上座"。临走时，苏步青还特地雇了一乘轿子，请陈老师上轿，自己跟在后面，步行30里地，把老师送回家去。

高小毕业，重要的是得考上当年温州最好的中学——浙江省第十中学，即现在的温州中学。1914年夏天，省十中发榜，榜首就是苏步青。而根据该校的规定，成绩第一名的学生，在校4年的学费、膳费、杂费全免。

在省十中，语文老师喜欢苏步青，因为他的作文很好，而且许多古文名篇能够"倒背如流"。比如老师让他背一遍《左传》的《子产不毁乡校》，他背得果然一字不差。老师还说："你好好用功，将来可当文学家。"

历史老师也很喜欢他。古代中国本来就是文史哲不分家，苏步青对历史兴衰的许多问题也有自己的见解。历史老师有意培养一位未来的史学家，还把书柜里一长排《资治通鉴》借给他看，他很快就入了迷，产生了博古通今、当历史学家的憧憬。

不承想，在中学二年级时，省十中来了一位教数学的老师，名叫杨霁朝，刚从日本东京留学归来。他满腔热血，一身热情，第一堂课就对学生慷慨激昂地说："要救国，就要振兴科学；发展实业，就要学好数学！"这堂课使苏步青彻夜难眠，终生难忘："杨霁朝老师的数学课，却让我把个人的志向和国家兴亡联系起来，我动心了……"本来对文科更感兴趣的苏步青，轰然打开了数学大门，杨霁朝成了他的数学启蒙老师。

数学是"智力体操"。杨老师的数学课深深地吸引了他，"那些枯燥乏味的数学公式、定理一经他讲解就变活了，那一步步的推理、演算、论证，就像一级级台阶，通往高深、奇妙的境界"。杨老师还带领学生测量山高、计算田亩、设计房屋，这些生动活泼的形式，学生们喜欢得不得了。

杨老师出了许多趣味数学题，让学生竞赛，每次苏步青都取得好名次。有一回杨霁朝老师将一本日本杂志上的数学题拿给他做。有的题目确实很难，苏步青发了犟脾气，一个人坐在严冬深夜像冰窖一样的教室，"不得出答案，决不回宿舍"；苦思冥想中，思路突然打开，兴奋得两颊通红……

省十中4年，整整8个学期，苏步青以门门90分以上的成绩名列头榜。"温州最繁华的五马路，离学校仅1里路，我却从来没去玩过。……除了生病，整整4年我没有在10点钟以前上床休息过。"当年的苏步青，对数学太有兴趣了："我留下了厚厚的一摞练习本，里面足足有1万道题。"

读三年级时，学校调来一位名叫洪彦远的新校长，他同样是留学日本的"海归"，原是日本高等师范学校数学系的毕业生，所以兼授几何课。有一次证明"三角形的一个外角等于不相邻的两个内角之和"这条定理，苏步青用了24种大同小异的解法，演算了这道题。洪校长大为得意，把它作为学校教育的突出成果，送到省教育展览会上展出。

试想，如果苏步青的中学数学老师不是日本留学归来的杨霁朝、洪彦远，他哪里能够开启数学王国之门？在两位老师的影响下，中学4年毕业之后，苏步青决心去日本留学。此前，洪校长已经调到教育部工作，调任前他交代苏步青，有困难就找他。苏步青写信告诉洪校长，准备去日本留学。洪校长不仅回信鼓励他到日本留学，而且还寄来200块银圆，"我捧着白花花的银圆，激动得流下了热泪。没有洪先生的资助，我此后的足迹很可能不会像今天这样了"。从更大的历史背景看，如果当时的中国还是像大清帝国一样闭关锁国，哪有苏步青去日本留学的机会，哪里能够让他今后成为杰出的数学家？

青衿之志，履践致远。1919年，那是一个秋天，"穷学生"苏步青怀揣着洪校长给的银圆，更带着求学的梦想，从上海登上了去日本的外轮，来到了东京。一开始照例是要先学日语，天资极其聪颖的苏步青，为了节省学费，只是跟随房东老妈妈学，3个多月就过了语言关。1920年初春，刚满18岁的苏步青，考进东京高等工业学校电机系学习；这是一所学制为4年的大学，到1924年毕业之前，每学期苏步青的成绩都是第一名。

"当我埋头在数学公式里的时候，是我最感幸福的时刻。"没想到，1923年9月1日，东京发生了震惊世界的大地震——关东大地震，震级为8.2级。这场"亘古未有之大地震"，是日本历史上最致命的地震，造成14.3万人死亡，20万人受伤，50万人无家可归。之后"9月1日"成为日本的国家防灾日。

大四学生苏步青，在这场地震大浩劫中，是同学救了他一命，也是数学救了他一命。在《神奇的符号》一书中，苏步青有着清晰的记述：

> 9月1日中午，我还在寝室里埋头钻研一本世界有名的解析几何著作，越看越有劲，不觉忘记了时间。一位同学吃完饭，用筷子敲着饭盒走进来，看到我还在纸上演算，就催我快去吃饭，否则食堂要关门了。我这时才把书往桌上一推，急匆匆拿起饭盒冲向食堂。
>
> 刚从食堂出来，一股强烈的气浪把我冲倒在地，传来一阵喊声："地震了！"我才意识到遇上了大地震。真是地动山摇，一分钟之内，东京高等工业学校的校舍全部倒塌，大火从平地上蹿起来，一时火光冲天，烈焰腾空。我们这些幸存者赶快跑到附近的一个公园躲避，生怕再来余震。
>
> 学校一切都毁了，几百名学生死亡，包括催促我去吃饭的同学在内。他的一句催促的话，把我从死神那里解脱出来，自己却陷入劫难。这场大灾难把我的衣物、铺盖统统化为灰烬；课本、笔记本、参考书一本也没剩。

这对我是一个沉重的打击。我整天神情恍惚，终于生了一场大病……（详见该书第25—26页）

如果苏步青不是废寝忘食地钻研数学，那他那天大概率会和同学一样准时到食堂吃饭、准时回到寝室，然后和同学一样遭受劫难；如果不是同学吃完饭回到寝室喊他赶紧去食堂吃饭，他也可能会被死神捕获。人生之命之运，就是这样，神奇到难以言说。

1924年从东京高等工业学校毕业后，苏步青报考了日本的名牌大学——东北帝国大学的数学系，这里会聚了一批日本的数学家，"他们不但是日本一流的，在世界上也有很高的声望"。此前，浙江同乡、来自绍兴的陈建功，就是通过考试进入东北帝国大学数学系的，后来也成为著名的数学家。

这次录取名额只有9个，共有十几个国家90名报考者参加，仅有苏步青1个是中国人。两场考试，第一场考解析几何，第二场考微积分，按规定每场3小时，苏步青都是1小时就考完离场，得了满分200分，名列第一，作为唯一的中国留学生被录取。

在日本东北帝国大学，苏步青又遇到了好导师。洼田忠彦教授是著名的几何学家，对苏步青的训练极其严格。有一次，遇到一道几何难题解不出来，苏步青便去向洼田先生求教，教授看了他一眼，冷冷地说"请你去看沙尔门·菲德拉的解析几何著作"。苏步青马上跑到学校图书馆查到该书，不禁连声叫苦，原来这是一套德文原版书，厚厚的三大本，近2000页。

当时，苏步青除了母语中文，只懂日文、英文、法文，对德文一窍不通。他赶紧开始学德文，边学边啃原著，一个学期下来，硬是啃完了这套书，"这套书不但解决了我的疑难问题，而且使我的解析几何知识系统化，掌握了终生有用的基础知识"。

在钻研数学的过程中，苏步青发现意大利的几何学是世界闻名的，可他不懂意大利文，于是下决心学意大利语。他找到了一位已在日本多年的意大利神父，天天晚上到他家上课学习，神父还真以为这个小伙子是一位虔诚的"新教徒",认真教他;3个月后,学成告别之时,苏步青才道出本意,神父对他说:"每个人都有自己的宗教,你把数学当作自己的宗教。孩子,你去努力吧!"

至此,苏步青已掌握了5门外语,之后又自学了西班牙文,到了20世纪50年代,因工作需要,又学会了比较难掌握的俄文——这样,一共掌握7门外语。"60年代我有机会出访欧洲几国,我既是团长、秘书,还兼任翻译,可见学好外语真是好处不少啊!特别是处于改革开放的今天,更应该学好外语。"

2022年9月23日,教育部网站公布对全国人大代表"关于增强文化自信增加中国文化内容教学改革和降低英语教学比重的建议"的答复:根据规定,外语课时占比为6%—8%,明显低于语文、数学、体育、艺术等学科;外语是学生德智体美劳全面发展的重要组成部分,有助于培养和发展学生语言能力、文化意识、思维品质、学习能力等核心素养,培养学生中国情怀、国际视野和跨文化沟通能力;"现阶段外语统考安排是按照中央对高考改革顶层设计确定的"。苏步青曾担任过多届全国政协委员、全国人大代表,做过全国人大常委会委员、政协全国委员会副主席,对于当今"降低英语教学比重"之建议,他若地下有知,不知会有如何感想。

在日本留学时,苏步青一度生活难以为继,著名数学家、数学系主任林鹤一,决定每月从自己的薪水中,取出40元给他作生活费,开玩笑说:"等你发了财还我。"不久,林鹤一主任决定聘请苏步青担任代数课的教学工作,聘任很快被批准,职称为讲师,酬金每月为65元。此前,在东北帝国大学的校史上,还没有一个外国留学生兼任过讲师。

"为学应须毕生力,攀登贵在少年时。"苏步青一边教学,一边搞研究。"到了1928年初,我在一般曲面研究中发现了四次(三阶)代数锥面,这是几何中极有意义的重大突破。学术论文一发表,便在日本和国际数学界产生反响,有人称这一成果为'苏锥面'。这样一来,我也获得研究生奖学金,每月40元。据说,在东北帝国大学校史上,这一奖学金从来没有授予过外国留学生。"在《神奇的符号》一书中,苏步青有一章专门以《苏锥面》为题(见第38页),介绍了这个载入世界数学史册的成就。

到1931年初，苏步青已经有41篇仿射微分几何和射影微分几何方面的研究论文发表在日本、美国、意大利的数学刊物上，有人说他是"东方国度上空升起的灿烂的数学明星"。这一年，29岁的苏步青被授予理学博士学位，是中国人在日本获得这一称号的第二人，第一位是比苏步青早两年毕业的陈建功。

在日本，苏步青还遇到了终身伴侣松本米子，她是教授的女儿，才貌双全，温柔贤惠。嫁给苏步青后，改名为苏松本。苏步青此前与陈建功约定，学成归国，到浙江大学去，回家乡去，白手起家，培养中国的数学人才。1931年3月，苏步青先期回国一趟，妻子和两个孩子暂时留在日本。夏天去日本接妻子孩子到中国，深爱丈夫的苏松本，坚定跟随苏步青回中国。"就这样我们一家人回到了西子湖畔的杭州城。从那时候起，夫人就生活在中国的大地上，为教育孩子，支持我的教学和科研，奉献了一生。"

抗战期间，在竺可桢校长率领下，浙大西迁，谱写了一部伟大的"文军长征"史。当时苏步青夫人果断地说："我跟你走！"铁了心与丈夫同甘共苦。在贵州湄潭，苏步青一家，与著名生物学家罗宗洛一家，合住在一个破庙里，生活极其困难。放牛娃出身的苏步青，买了把锄头，把破庙前的半亩荒地开垦出来，种上了蔬菜。"半亩向阳地，全家仰菜根"，否则，一个八口之家，月薪只有350元，真是难以维持生活。他的一个小儿子，因营养不良，不久就夭折了；还有一个儿子因为抗战期间从未吃过糖，抗战胜利后第一次吃到白糖，竟惊奇地问："爸爸，盐怎么会是甜的呢？"

在浙大，苏步青遇到的是好领导、好校长竺可桢。有一天傍晚，竺校长到湄潭县分校视察，特地到苏步青家看望。了解到苏步青一家生活如此困难，他特意交代，让苏步青两个在附中念书的儿子由学校管饭；第二年，竺校长又将苏步青作为"部聘教授"上报教育部，获得批准后，工资增加了一倍，从而解决了生活困难。竺可桢是真把教授当宝贝。

英国著名的科学史家李约瑟，于1942年和1944年两次抵达贵州浙大考察研究，参观了浙大数学系，与苏步青交流，称赞浙大是"东方的剑桥"。有竺可桢、苏步青这些教授的浙大，与西南联大相似，在极端艰苦的岁月，创造了中国教育奇迹。苏步青和他的同事们，创立了国际公认的微分几何"浙大学派"。

不仅有好校长，还有好同事——数学教授陈建功，两位浙江的老乡数学家一起，筚路蓝缕，开创了浙江大学数学系，他们俩每人开设4门课。他们上课都极其认真，陈建功曾对苏步青说："教师给学生上一节课，和军人在战场上打一场仗差不多。"

创始之初，浙大数学系每个年级不足10人，师生之间关系非常融洽。"春秋假日，我们跟学生一起登山远游，南高峰、北高峰、玉皇山、黄龙洞，杭州四郊的山山水水都留下了我们的足迹。"他们培养的首届毕业生方德植，是温州瑞安人，后来也成为著名数学家，在厦门大学任教期间，培养出了卓越的数学家陈景润。

抗战胜利后，苏步青曾与陈建功等3位教授一起，于1945年10月被派往台湾，接收台湾光复后的台北大学，台北大学后来发展成为台湾大学。苏步青会闽南话，这成为一个重要的便利条件；完成接收任务后，于次年春天返回大陆，"破浪期他日，乘风快此行"。杭州解放前夕，苏步青和陈建功教授、竺可桢校长一起，选择留在大陆，而没有去台湾，这也得到他夫人苏松本的支持。

1952年10月，因全国高校院系调整，苏步青被分到复旦大学数学系任教授、系主任，之后历任复旦大学教务长、副校长和校长。"旦复旦兮，日月光华。"在日复一日的努力中，苏步青毕生培养了众多数学家，其中院士就有8位。他却谦逊地说："休夸桃李遍天下，但盼光风润大千。"

苏步青也由著名数学家，成为著名的教育家、社会活动家。1951年，苏步青在杭州加入民盟。1959年，加入中国共产党。1979年他当选为中国民主同盟中央副主席，连续担任两届。

作为一位"大家"，苏步青非常乐观旷达。在《神奇的符号》一书中，有《在动乱年代里》《数学的运用》两章（见第102—110页），讲述的是特殊年代的经历。为此，苏步青写下诗句："老来尝尽风霜味，始信人间有鬼狐。"

他把数学知识应用于造船，建立"计算机辅助船体建造系统"，从而大大缩短了造船周期，提高了船体建造的质量。这也印证了：数学是一个卓绝的工具，数理是自然科学的基础,如果没有基础科学,科技创新就会寸步难行。

之后,进入了拨乱反正。为恢复高考,作为社会活动家的苏步青也做出过贡献。1977年8月4日至8日,邓小平主持召开科学和教育工作座谈会,邀请了30多位著名科学家和教育工作者参加。重启关闭10年之久高考之门的序幕,就在这次会议上拉开了。座谈会上,一些高校代表说,不是没有合格人才可以招收,而是现行招生制度招不到合格人才。苏步青是来自复旦大学的代表,他第一个发言,第一个建议恢复招生考试制度和研究生培养制度。之后武汉大学的查全性教授发言最强烈,要求必须立即改进大学招生办法。这些发言引起邓小平的高度重视,他果断决定,恢复高考招生制度就从当年开始。

苏步青文理皆精,科学精神和人文精神兼备。他说:"深厚的文学、历史基础,是辅助我登上数学殿堂的翅膀,文学、历史知识帮助我开拓思路,加深对数学的理解。"苏步青的古体诗词写得又多又好,在他看来,数学和古体诗都十分重视想象,读写旧体诗能起到"窗外看雁阵"的作用,可避免头脑僵化。有道是,"想象力是人类能力的试金石,人类正是依靠想象力征服世界",诗歌与数学确是这样征服世界的;有人说,"数学是无声的音乐、无色的图画",诗词同样也是"音乐"与"图画"。

遗憾的是,迄今没有出版《苏步青全集》。1991年8月《苏步青文选》由浙江科技出版社出版,成为该社为浙籍科学家编选的首部文选。我看过多部有关苏步青的传记书籍,都不如他自己所著的《神奇的符号》一书写得生动精彩。在倡导科学精神和人文精神的今天,我们需要一部像《爱因斯坦全集》那样的《苏步青全集》。

苏步青兴趣广泛,他的书法也很棒,他学习苏东坡的字,颇具苏体神韵。他说:"多年来的经验告诉我,练书法、写条幅,有助于集中思想,排除各种干扰。"他平常临摹最多的,是苏东坡的《赤壁赋》。

"身健未愁双鬓白,夜寒犹爱一灯明。"苏步青还爱好许多项运动,"争胜好强的性格,使我特别喜欢那些对抗激烈的体育项目";锻炼身体要长期不懈,他到75岁之前,不管春夏秋冬都用冷水沐浴。但他唯独不敢骑马,因为小时候骑在牛背上摔下来过，"差点送了命，牛马同类，使我望而生畏"。

不敢再骑牛骑马不要紧，重要的是，他从牛背上摔下来，已"摔"成了大数学家。

数学的事业，美丽的事业。在英国哲学家、数学家、文学家罗素看来，"数学不仅具有真理，而且具有至高无上的美……人们在数学里将找到真正意义上的快乐，这是一种使我奋发向上的东西，是一种超尘脱俗感，这正是最高美德的试金石"。苏步青就是在数学里找到真正快乐的人。

百岁为学多幸遇，一生风雨任几何。2003年3月17日，苏步青在上海逝世，享年101岁。苏步青的一生，遇到好父母、好老师、好伴侣、好学校、好同事、好领导、好学生，加上他的非凡的天分与努力，成为我国微分几何学派创始人、国际公认的几何学大师、名副其实的数学泰斗。先哲有言："在这个世界上所能掌握的知识里，能够伴随我们一直到天国的，就只有数学这一项了。"数学家在天国，数学在人间！

（原载于《民主与科学》2022年第6期）

陈秀雄：
掘进在人迹罕至的地方

数学，定义了他们的人生。

对于一个潜心学术的人来说，发现一个新领域、出现一个新成果，是如此激动人心。

不承想，我国数学家成功证明微分几何学两大核心猜想的新闻，也会刷屏，激动了无数国人的心。2020年11月8日，人民日报新媒体转发新华社电讯：中国科学技术大学教授陈秀雄、王兵，在微分几何学领域取得重大突破，成功证明了"哈密尔顿－田"和"偏零阶估计"这两个国际数学界20多年悬而未决的核心猜想。日前，国际顶级数学期刊《微分几何学杂志》发表了这一成果，论文篇幅超过120页，从写作到发表历时11年。

菲尔兹奖获得者西蒙·唐纳森称赞说，这是"几何领域近年来的重大突破"。而网友说："不明觉厉！"该成果入选"2020年中国十大科技进展新闻"。

过不久，又一个突破性成果出现：陈秀雄与合作者程经睿证明了"凯勒几何两大核心猜想"，入选《科技日报》梳理的2021年中国科技十大突破！这个突破，解开了数学界60多年的"悬案"，是在偏微分方程和复几何领域的里程碑式结果，他们解出了一个四阶完全非线性椭圆方程，成功证明强制性猜想和测地稳定性猜想，解决了若干有关凯勒流形上常标量曲率度量和卡拉比极值度量的著名问题。两篇论文发表于国际著名刊物《美国数学会杂志》。审稿人评价："陈－程的突破性工作原创性极高、技术艰深，不仅解决了凯勒几何中的重大难题，也为此类非线性方程提供了深刻的洞见。可以预见，这一系列论文将成为几何与偏微分方程领域的经典之作。"

陈秀雄教授恰是我高中时的同学，我们都是在1982年从浙江青田中学毕业考上大学的，那是最后一届两年制高中。我们是好友，深夜我连线在美国的陈秀雄和他夫人陶冬青，近一个小时的越洋电话，让我感佩。陈秀雄说："这个成果是2014年做出来的，背后的故事可以拍电影。当然是呕心沥血之作，几经磨难，几度绝望……"论文篇幅极为浩繁，从投稿到如今正式发表，就经历了6年多时间。它是顶尖的，这世界上看得懂的人大约也没几个，审稿人也需要足够多的时间去弄明白其中的新概念、新方法。

"钻研数学——这是一种需要全部灵活性和无比刻苦耐劳的智力体操。"美国数学家、控制论创始人维纳如是有云。艰苦的研究，最需要具备一种执着的"渡河"精神，不辞辛苦，义无反顾，不怕堕河，不惧牺牲。汉乐府《箜篌引》所唱的是："公无渡河，公竟渡河！堕河而死，其奈公何！"叫你不要涉水渡河啊，你却一定要涉水渡河！没有渡过却掉河里淹死了，拿你怎么办呢！但陈秀雄和王兵闯过去了，成功"渡河"。

在介绍这项成就时，王兵形象地说："就像在写一篇小说，不同之处在于，靠的是逻辑推导而不是故事情节推动。"在科学中，一般而言，真理不是绝对的，它是一个不断改进的近似序列，但具体在数学上，真理是绝对的，因为数学是一种逻辑。逻辑是不可战胜的，因为要反对逻辑还得使用逻辑；逻辑是可以推导的，也是可以等待、可以追求的，因为它是永恒的。

陈秀雄是从浙江走出去的世界顶尖数学家。当年他以全市第一名的成绩被中国科技大学数学系录取，1987年就读中国科学院研究生院，1989年赴美在宾夕法尼亚大学攻读博士，是著名数学家尤金尼奥·卡拉比教授的最后一位博士生。之后他在斯坦福大学读博士后，在普林斯顿大学、威斯康星大学麦迪逊分校等校任教。2010年至今任纽约州立大学石溪分校教授，被学校授予最高学术头衔——首席教授。他亦是中国科技大学"吴文俊讲席教授"、长江讲座教授、中科大几何与物理研究中心创始主任、上海科技大学数学科学研究所创始所长。

陈秀雄主要的研究领域是微分几何学。微分几何学起源于17世纪，主要用微积分方法研究空间的几何性质，对物理学、天文学、工程学等产生了巨大推动作用。苏步青是我国微分几何学派创始人，首位华人菲尔兹奖得主丘成桐解决了微分几何的许多重大难题，证明了著名的"卡拉比猜想"。陈秀雄在微分几何学领域不断探索掘进，先后获得多项世界级数学奖。他带领弟子孙崧，和英国数学家唐纳森合作，证明了"丘成桐猜想"，由此共同获得维布伦奖；他还获得了西蒙斯学者奖，入选了美国数学学会会士。

徒弟王兵，来自安徽巢湖一中，1998年至2003年在中科大少年班学院学习；后赴美求学，是陈秀雄的首位博士生。在导师引领下，他为数学的优美所倾倒，沉浸在数学难题的艰难研究中。师徒之间，相互信任、相互合作。师娘陶冬青是陶渊明后人，识见过人，大方豪爽，她像母亲一样给予独自赴美的王兵生活和精神上无微不至的关爱，一直喊他"兵兵"而不是"王兵"。王兵由此能够一心一意集中精力攀登数学高峰，孜孜矻矻，筚路蓝缕，以启山林。

英国史学家吉朋说："数学以其独特的特性而著称，那就是它总是随着时间的进程而发展进步，决不可能后退。"在取得诸多研究突破之后，王兵与妻子经济学教授王潇一起，于2018年携手回国，双双出任中国科学技术大学教授。该校当年是为"两弹一星"事业而创建的。陈秀雄也有很多时间回国，回母校以及上海科技大学教学，不断培养弟子。

陈秀雄和我一样，都是农家子弟出身，他的老家在青田县山口镇，是石雕之乡中的石雕之乡。母亲河瓯江（旧称慎江）静静地流淌，温润而美好。陈秀雄曾有《回乡》诗句："雨季孤身别慎江，转头已是鬓如霜。"徐迟在《哥德巴赫猜想》中写生于1933年的陈景润的童年，"当他降生到这个现实人间时，他的家庭和社会生活并没有对他呈现出玫瑰花朵一般的艳丽色彩"。事实上我们境况也差不多，陈秀雄家和我家都是五个兄弟姐妹嗷嗷待哺，他回忆："那时候大家都穷，我们家也很困难，主食是番薯丝饭，记忆中经常吃不饱。"然而，要通过读书"读出头"的执念，总是顽强地冒出来，推着我们不断地往前走。

陈秀雄的成长，得益于遇到好老师。他的数学启蒙老师是青田中学的熊松仙老师，熊老师20世纪50年代——那时正是世界上几何学与拓扑学最辉煌的时代——毕业于杭大数学系。启蒙老师的"启蒙",很重要的是引发兴趣,尤其是引发有天赋者的兴趣。如今陈秀雄说:"兴趣,是能够一直坚持做下去的内驱力;要像保护自己眼睛一样保护自己的兴趣。"2014年,熊老师在83岁时辞世。熊老师的女婿叶燕钧说:"陈秀雄人品好,岳父去世时他刚好在国内,除亲临致哀、亲撰唁联外,还写了专文怀念。"到美国留学时,陈秀雄的授业恩师是卡拉比教授——一位数学界的传奇天才,他是仙风道骨的谦谦君子。"我1990年拜入先生门下,从此以后几乎每日四五个小时,先生手把手教我数学。"陈秀雄说,"先生对我无比忍耐,听不懂他就再讲一遍,再讲一遍。同样的问题,讲第几遍他也是一如既往兴奋,就像是第一次讲。"卡拉比告诉过陈秀雄:不是你记住的东西就不是你的;如果你不能在脑海中重复整个论证过程,那么它就没有成为你的一部分。

在成为教授、博导之后,陈秀雄悉心育人,培养了一批优秀的数学博士,王兵与孙崧都是佼佼者。孙崧来自安徽怀宁中学,也是中科大少年班毕业,2006年19岁时赴美读博。陈秀雄说:"我们是给他们师兄弟提供一个温暖的家庭,都是孤身在外,就像我们自己的孩子。"孙崧先后获得斯隆研究奖、维布伦奖、科学突破奖·新视野数学奖,现在加州大学伯克利分校任教。

对于科研,陈秀雄说需要"不屈的意志,宗教式的信仰",需要"漫漫长夜中留驻光明,无边的折磨中保有人性的温暖"。他带给弟子们最好的学术环境,与他们一起思考、一起切磋,一次次碰撞出璀璨的火花。科研无疑是极其辛苦的,劳心又劳力,不怕已知的"有形的累",最怕未知的"无形的累",可不能有"双重的累",而温暖自由的环境无疑是最不累人的。

自然科学的皇后就是数学。"最优秀的人学习数学。"数学是人类大脑进化和智力发展进程的反映;数学不靠实验,不是实验室里做出来的,它是人类大脑的智慧比拼。数学世界实在太宏阔,无论是已知的还是未知的。研究世界上最顶尖的数学难题,需要天赋,更需要忘我的投入,所以注定是无比孤独的。陈秀雄常常说自己是热爱数学的"老顽童",他带领的研究团队,坚韧掘进在人迹罕至的地方,从事最基础的数学研究;不为名利,纯粹为了兴趣,为了研究,为了贡献。也只有在那人迹罕至的地方，风景才是如此精彩，如此独一无二。

"哪里有数，哪里就有美。"希腊哲人、数学家普罗克洛斯说得华彩非常："数学就是这样一种东西：她提醒你有无形的灵魂，她赋予她所发现的真理以生命；她唤起心神，澄净智慧；她给我们的内心思想添辉；她涤尽我们有生以来的蒙昧与无知。"数学之美，高山仰止；追求不渝，景行行止。一个国家的科学发展、科技进步，一定是"千里之行，始于足下"——而这个"足下"，就是基础研究、原创科研。数学是自然科学之基础，有了良好的基础才有可能如虎添翼。数学这样的基础研究，最具魅力之处，就在于它是不可预测的，谁一旦把天窗打开，那一定是无边美丽的风景。

陈秀雄跟我说："在被轻视侮辱时保持平静，在荣誉加身时灵台清明。"真正的数学家对世界难题的真正破解，才会永葆芳华。美国数学家莫里斯·克莱因在名著《古今数学思想》一书中说得好："数学的每一分支都打上了它的奠基者的烙印，并且杰出的人物在确定数学的进程方面起决定性作用。"

陈秀雄不仅是热爱数学的"老顽童"，也是热爱羽毛球的"老顽童"，他羽毛球打得可好了——他来杭州，唯有这时我们可以"一起上场"了！

（简版原载于2020年11月10日《杭州日报》，中国科大新闻网转载；详版原载于2020年11月10日《杭＋新闻》）

游修龄：
冷板凳上坐出非凡

103岁的游修龄先生去世了，在2022年9月11日那天。

温州人游修龄，是著名的农史学家，曾任浙江农业大学（浙大前身之一）的教授，也当过浙农大的教务处处长、图书馆馆长。他是《中国大百科全书·农史分卷》《中国农业百科全书·农史卷》《中国农业通史·原始社会卷》的主编兼撰稿人。

1972年，余姚河姆渡遗址出土了诸多文物，其中有极为珍贵的炭化稻谷和稻米。游修龄前往鉴定，证明了中国是迄今为止世界最早的水稻发源地——那可是7000多年前的稻谷！中国和世界的稻作历史由此改写，这引发了国际农业界和考古界的高度关注。

进入改革开放的时代，游修龄集中精力研究稻作历史。他踏入"稻田"，"没想到一脚陷下去，就再也出不来了"。他先后出版了《稻作史论集》（1993年）、《中国稻作史》（1995年）、《农史研究文集》（1999年）、《中国稻作文化史》（2010年）等重要学术著作。

游修龄是词学大师夏承焘原配游淑昭的弟弟。2021年11月，浙江古籍出版社出版了《夏承焘日记全编》（12册），当时是夏承焘日记所涉及人物在世年龄最长者。

游修龄一生的阅历极其丰富，著作等身。他还是博物学家、科普作家，文理兼修，古文字学、语言学、民俗学、民族学、地理学，他都能信手拈来，融入著作。游修龄在冷板凳上坐出非凡，把"冷门"的学问变成了"显学"。

游修龄有一本非常适合大众阅读的"丰收"之作《中华农耕文化漫谈》(浙江大学出版社2014年1月第1版),知识极为丰沛、内容非常丰沃、思想十分丰硕、语言相当丰美。结合书中的作者的自述,介绍一下游修龄无比丰满的人生历程:

游修龄1920年生于浙江温州,他洋溢着温州人的聪明睿智。1939年高中毕业于省立第十中学(温州中学前身)。1937年全面抗日战争开始不久,杭州沦陷,浙江省政府迁金华,省里唯一的浙江大学内迁贵州湄潭;1938年,经浙江省政府决议,省立战时大学开始筹备,1939年5月定名为浙江省立英士大学,取名"英士大学"是纪念革命先烈陈英士(1878—1916)。陈英士即陈其美,辛亥革命初期与黄兴同为孙中山的左右手,后遭暗杀身亡,孙中山赞扬陈英士是"革命首功之臣"。

英士大学下设工、农、医三个学院,农学院下设农艺系。游修龄是农艺系1943年首届毕业生,毕业后留校任助教,负责实验课。1949年5月,金华迎来解放,游修龄等10余位教师,被选中转到浙江大学任教,其余遣散回家。1949年新中国成立后,他们又都被召回到各省农业院校任教。农学院当时有一门公共必修课"农业概论",介绍"大农业"的基础知识,这与《中华农耕文化漫谈》一书有潜在的因果继承关系。

"1949年新中国成立之初,英语教学被停止,我改学俄语。尴尬的是,苏联的外语却是英语!进口的都是英语书刊。改学俄语,却没有俄语师资和教材。我只能通过上海华东广播电台广播俄语教学节目,听广播自学。"游修龄写道,"一年后,去上海参加俄语口试和笔试,成绩及格拿到华东俄语广播学校的毕业文凭。回校以后,在教学业余时间讲授俄语,并且担任俄语教研组负责人。直到三年后,才退出俄语教学,回到农学系。"

游修龄写道:"教师靠边站,却有了可以自由支配的时间,于是我申请创办内部刊物《农业科技译丛》,翻译西方最新科研成果,后获准出版,并和兄弟单位交流,受到欢迎和好评。"在此期间,为了培养、扩大外语翻译人才,他写了一本《农业科技翻译讲座》,配合举行课堂讲解,也很受欢迎。

"'文革'结束,改革开放迎来一派大好形势,学术领域也欣欣向荣。"游修龄的著述呈现井喷之势,他的著作《中国稻作史》《稻作史论集》《人口、优生和稻米》《我国水稻品种资源的历史考证》等,都是获奖之作;他在学术性刊物上发表论文共200余篇,另有英、俄文翻译农业科技书多种。业余还写作出版了非专业散文集《鸡肋集》《敲键乐》《华池随想录》等。

  游修龄学问之大之博,从一个举轻若重的细节可见一斑:曾经有一年,韩国有几位学者拿着一张"三万年前的出土稻谷"照片,跑到学校找到游修龄,意思是韩国才是稻作起源地。游修龄对他们说,水稻应该起源于温暖的地方,韩国纬度这么高,不太可能是稻作的起源地;而且,如果有稻谷出土,也该有相应的农具或陶器等东西,可你们什么也没有。随后游修龄在《中国文物报》上发表了看法,韩国再也不作声了。

  黄河与长江,共同孕育了中华文明,其中的农耕文明,源远流长。稻作文化,在长江流域尤为丰富。在《中华农耕文化漫谈》一书中,游修龄拿数据说话:"最近统计,长江中下游稻作遗址已达123处,占全国稻作遗址156处的70%。各地稻作遗址的年代距今10000—4000年,时间跨度约6000年。其中距今7000—4000年的最多,共116处。最早的遗址是浙江萧山跨湖桥遗址,距今8000年;湖南澧县梦溪八十垱等遗址距今9000—8000年,这些新遗址的陆续发现,丰富了长江流域原始稻作文化的内容。"

  游修龄认为:栽培稻在农民的辛勤照顾下,经历了上万年的"播种—收获—播种"的反复的生命周期,累积起数以万计的农家品种,成为极其宝贵的遗传资源,这是传统农业的伟大成就。明末科学家、农学家徐光启曾言:"农事修,则食用赢,衣用裕,器用精,财用饶,而生养遂矣。"

  "绿水青山就是金山银山。"历史上也有对环境产生严重破坏的"大开发",游修龄对此有深刻的剖析反思:汉唐时期,开发西北,变牧草地为粮仓,繁荣了西域和中国的交往,在历史上留下了汉唐盛世的美名,"但从历史的长河来看,汉唐盛世也只是片段的数百年兴旺而已,其导致的后果却是水源枯竭,沙漠扩大,楼兰古国,如今安在?敦煌原也是青山绿水的环境,如今却黄土飞扬"。

  北魏贾思勰在《齐民要术》中说道:"人家营田,须量己力,宁可少好,不可多恶。"从保护环境的角度看,颇有道理。游修龄曾对记者说这个典例:水稻研究所曾经有人在泡沫塑料板上开孔，在孔中插植稻秧，然后把塑料板漂在水面上。试种成功了，塑料板水稻产量很高。一位中科院院士算了一笔账，说如果在中国的湖泊都种上水稻，就可以解决中国的粮食问题，还说这是破天荒的创举。"可是，在生态学家眼里，这就很荒谬了。因为，湖泊是个完整的生态系统。水面要是被泡沫塑料板填满了，水里的氧气和养分都被水稻吸收了，会导致别的水生动植物死亡。"

随着现代农业科学的发展，农业逐渐变成了高科技产业。游修龄提出："传统的循环农业与现代科技兼顾，发展和保护兼顾也许才是正确之道。"他反思大棚栽培的"反季节蔬菜"："由于受到大棚内光照不足、通风不好等因素影响，这些蔬菜成熟后虽相貌好看但营养成分与风味均下降，即中看不中吃。显然，食物的气和味只有在当令时才能得天地之精气。大棚里出来的菜多是徒有其形而无其质。如夏天的白菜，外表可以，但味道远不如冬天的；冬天的番茄则大多质硬而无味。这实在是令人遗憾的事！"

游修龄的许多著作雅俗共赏，富有科普意味。《奇妙的语言文字》（浙江教育出版社2010年10月第1版）一书，是一本奇妙的文字学、文化学著作，用科普的笔法写出，让人大开眼界。比如其中有一篇《野生菰变野生稻》，结合稻作文化史，谈"菰"说"苽"。北美洲印第安人的菰米，蛋白质含量远超过稻米和粟米，"我国的水稻育种专家，曾设想引入美洲菰米，通过生物技术，提取菰米的DNA，将菰米的高蛋白含量和抗寒性两大优点，转移到水稻身上去"。

游修龄分析说，其实中国也有菰，而且历史悠久：菰在古籍上又名"苽"，中国古代称禾、黍、麦、稻、菽为"五谷"，加苽则称"六谷"。但苽常称为"雕胡"。中国的菰和印第安人食用的菰是同属不同种。中国古代从长江上游的四川到中游的两湖及下游的太湖流域，都分布着大量野菰。浙江的湖州在2500多年前（春秋时期）因到处生长着菰，被称为"菰城"。那么，中国古代为什么称"菰"为"雕胡"？"雕胡"即"雕苽"，"胡"和"苽"同音，可以互用。雕是杂食的猛禽，也喜食菰米，故"菰"被称为"雕苽（胡）"。《管子·地员篇》则称"菰米"为"雁膳，黑实"。说菰米是雁很喜欢的谷物，子实黑色，十分正确。

作为百岁老人，游修龄阅历非凡、阅读丰富。他与英国近代生物化学家和科学技术史专家李约瑟博士、著名史学家何炳棣教授、日本水稻遗传学家冈彦一，都有交往切磋。其实，游修龄也是一位杂文家，只不过没有"名声在外"。他观察思考的内容相当广泛，他的散文集《默言集》《鸡肋集》《敲键乐》《华池随想录》，多为夹叙夹议的篇章，都可以看成是杂文集。读他的这些书，脑海里常常会冒出另一位百岁老人——在112岁上辞世的周有光老先生。

游修龄有许多犀利的篇章，看得人面红心跳。

在《默言集》里，《闻过则喜和闻过则讳》《仇智后遗症》《如此国库开支》《厕所文明的思考》《生育率下降的隐忧》《人不如狗》等篇章，都透着浓浓的杂文味。书中同时还有许多文化随笔，比如《境象的艺术精神和实质》《鸦片烟》《秦桧和油条》《难忘的温州唱词》《瓯江江心寺对联漫谈》等。对于家乡温州，他的文化思考富有意味。

在《鸡肋集》中，他谈《礼记》，谈《红楼》，谈白居易，谈科教兴国，谈学术腐败，谈高考，谈翻译，谈基因技术，谈二氧化碳，谈健身，谈养猫，谈钓鱼，还谈"云计算"……他被称为"老顽童"，更是"真君子"。

游修龄还被称为"农史潮翁"，他外表沉静，内心激越；他的兴趣也太广泛了，永远乐于尝试新事物；他以86岁高龄开博客写博文，甚至当上了BBS的版主；迈入90岁高龄后，他更是与键盘鼠标为伴，写出两本40多万字的书。家住华家池畔小二楼，他的日常生活富有情趣，还常常下厨房烧饭炒菜。3年前，100岁的他，边弹钢琴边唱《送别》，可厉害了。他在藏书上签名，会写空心字。

当然，游修龄是大学里的大教授、大学问家，最为可贵的就是，他科学精神与人文精神兼具。在2022年西湖大学开学典礼上，施一公校长以《大学，何以为大》为题致辞："这个'大'在于要有大学者，在于要做大学问，在于要成就为学、为事、为人的大先生，归根结底在于要培养'大写的人'！所谓'大写的人'，就是既要有勇担家国重任的脊梁，也要有托起民族命运、人类未来的臂膀。"甘于寂寞做学问、人品治学两楷模的游修龄，就是有大学问的大学者，一个"大写的人"。

（原载于《东瓯》2023年第3期）

屠呦呦：
青蒿济世 50 年

致良知求济世利天下，因真理得科学以服务。

2022年4月25日，"青蒿素问世50周年暨助力共建人类卫生健康共同体国际论坛"在北京举办。屠呦呦通过视频与会，介绍青蒿素助力全球抗疟。

50年前的1972年，以屠呦呦为代表的中国科学家，经过不懈努力，率先发现并成功提取青蒿素，开创了疟疾治疗新方法，显著降低了疟疾患者死亡率，为人类提高健康水平做出了杰出贡献。屠呦呦因此荣获2015年度诺贝尔生理学或医学奖。

4月25日，正是世界防治疟疾日。世界卫生组织将今年的主题定为"利用创新减少疟疾疾病负担，拯救生命"，呼吁通过投资和创新，加快全球抗击疟疾的步伐。世界卫生组织将疟疾、艾滋病、癌症列为世界三大死亡疾病。在青蒿素问世和推广前的20世纪60年代，我国每年感染疟疾人口高达数千万，全世界每年约有4亿人次感染，至少有100万人死于此病。

因为有屠呦呦，那一株可提取出青蒿素的青蒿，成为"影响世界的中国小草"。当年屠呦呦在研究中医药古籍时，发现了一段有关疟疾治疗的记载；数百次实验失败后，终于发现了对疟原虫抑制率高达100%的青蒿提取物，青蒿素由此成为当之无愧的救命药。

医药科学，来不得半点马虎。屠呦呦研发青蒿素，科学而精准。1972年，42岁的屠呦呦带头参加青蒿提取物人体试验，以身试药；继而开展了30例"恶性疟"与"间日疟"的临床验证。其间，她的课题组先后分离得到多种青蒿素结晶，年底通过鼠疟试验，确认了其中最有显效的结晶——原先称为"青蒿针晶Ⅱ"，后定名为"青蒿素"。这种精益求精的实证科学的态度与精神，在什么时候都不过时。

在世界医药史上，屠呦呦是一个绕不过去的坐标。但她自己一直静默质朴得像一株小草——犹如著名歌曲《小草》所唱的："没有花香，没有树高……从不寂寞，从不烦恼，你看我的伙伴遍及天涯海角……"

人类的疾病是相通的。青蒿济世50年，帮助中国完全消除了疟疾。而今疟疾的感染和死亡者，主要集中在撒哈拉以南非洲地区，他们只因用不起"贵药"。而青蒿并不珍稀高贵，所以青蒿素成了极便宜的"神药"。截至2021年底，中国累计向全世界提供青蒿素药品数十亿人份，加上人员培训、技术援助、援建抗疟中心等，挽救了全球特别是发展中国家无数人的生命。青蒿素，成了整个中华民族的"良心药"。

"回顾历史，人类与传染病之间的斗争从未停止。"当新冠疫情肆虐之时，屠呦呦曾说，在全球化时代，没有人可以独善其身；她呼吁全球科研和医务工作者，要以开放的态度和合作的精神，投入传染病防治中去。

为了人类的健康，在医药科学领域，还需要更多更大的人力财力投入。我们研究开发新药、消除疟疾等重大传染病，需要大力投入；我们同舟共济、打赢新冠疫情阻击战，需要精准投入；我们着眼未来，助力完善国际卫生治理体系，尤其是帮助发展中国家对抗各种传染病，需要持续投入。唯有勠力同心共建人类卫生健康共同体，世界才能真正赢得更美好的明天！

（原载于2022年4月27日《杭州日报》）

胡海岚：
微笑着向抑郁进军

女性，本来就是科学研究的在场者。荣获"世界杰出女科学家成就奖"的胡海岚教授，带领她的团队，又获得重要的科研新成果。

A

这项与几亿患者相关的科研成果，在北京时间2023年10月18日刊登于国际顶级期刊《自然》上。浙江大学胡海岚教授团队，继2018年在《自然》发表长文之后，在这里又一次发表进一步的研究成果，为氯胺酮为何药效特别持久的问题提供了答案，也为未来抑郁症治疗临床用药和新型药物的设计提供了新思路。（据浙江大学微信公众号10月19日报道）

胡海岚是论文的通讯作者，她的博士生马爽爽和博士后陈敏为共同第一作者。这项基于药代动力学和药效学的研究，揭示了氯胺酮独特的药化特征。团队通过实验验证了：因为氯胺酮卡在谷氨酸受体NMDAR中，影响了它的解离，所以躲开了肝脏中代谢酶的作用，因此可以持续地发挥作用……胡海岚说："未来我们也许能通过调控氯胺酮'卡'在受体里的时间，来延长氯胺酮的药效，进而减少重复给药。"

在众多精神疾病中，抑郁症是一种全球常见病，严重影响着人类健康。在众多抗抑郁药物中，氯胺酮作为近些年崛起的新型抗抑郁药获得了巨大的关注，它起效迅速同时药效持久，被科学家们认为是"临床精神病学领域近半个世纪最重要的发现"。

胡海岚，1973年生，籍贯浙江。浙江大学医学院教授、博士生导师，浙江大学脑科学与脑医学学院院长，浙江大学神经科学中心执行主任。她是九三学社社员，现任九三学社浙江省委会常委。她于2022年6月荣获"世界杰出女科学家成就奖"，是全国三八红旗手标兵。

胡海岚说："科研就像不知道终点在哪里的马拉松，你要调整好自己的节奏，有时候快，有时候慢，有时候有同伴一起，有时候也要一个人孤独地坚持。虽然不知道终点在哪里，但总能让你充满希望。"

B

北京时间2022年6月24日凌晨，法国巴黎联合国教科文组织总部，胡海岚教授获颁"世界杰出女科学家成就奖"。这一奖项被称为"女性诺贝尔科学奖"，每年只颁给全球5位女性，此前有6位中国科学家获奖，胡海岚是本届最年轻的获奖者，也是该奖项全球年轻的获奖人之一。

联合国教科文组织在此前发布的评奖信息中说，胡海岚"因在神经科学方面的重大发现而获奖，她的工作促进了新一代抗抑郁药物的研发"。（详见6月24日新华网报道）

胡海岚致力研究社会行为和情绪的神经编码和调控机制，特别是在抑郁症的基础及转化研究中取得了创造性、系统性的成果：她和她的团队发现了社会竞争中"胜利者效应"的脑机制；从分子、细胞和系统等多层面对抑郁症这一重大疾病的成因提出了新的阐释。

胡海岚这次到巴黎领奖，穿着一身漂亮的紫色礼服，优雅而大方，展现了中国女科学家的风采。

世界杰出女科学家成就奖，由联合国教科文组织和法国欧莱雅集团在1998年联合设立，每年授予从全球各大洲遴选出的5位为科学进步做出卓越贡献的女科学家，旨在表彰她们的杰出成就，并为她们的科研事业提供支持。

这次另外4位获奖的女科学家中，匈牙利裔美籍生物化学家卡塔琳·考里科是杰出代表，她和德鲁·韦斯曼一起荣获了2023年诺贝尔生理学或医学奖，因为她们发现了核苷酸基修饰，从而开发出针对COVID-19的有效的mRNA疫苗。

另外3位，分别是古巴传染病学家玛利亚·古斯曼、卢旺达公共卫生专家阿涅丝·比纳瓜霍、西班牙胚胎学家安赫拉·涅托。

从疫苗到黑洞，从胚胎发育到数据加密，女科学家们研究的跨度极其广阔。在颁奖仪式上，联合国教科文组织总干事奥德蕾·阿祖莱致辞说，科学必须从教育和职业生涯的关键时刻开始，更多、更好地向女性开放。

"世界需要科学，科学需要女性。"女性科学家，无须"标签化"，但更多地奖掖女科学家，重要且必要。

C

居里夫人说得好："科学的探讨和研究，其本身就含有至美，其本身给人的愉悦就是酬报——所以我在我的科研工作里寻得了快乐。"

美丽的科研事业，能把科研中的人变得更美，胡海岚就是其中一位。

1973年，胡海岚出生于浙江杭州，祖籍是"博士之乡"浙江东阳。1991年，她从杭州第二中学毕业，以浙江省物理竞赛第三名的成绩保送至北京大学生物系。北大毕业后，前往美国加州大学伯克利分校读博，2002年获得神经生物学方向博士学位。胡海岚曾在美国著名的冷泉港实验室从事博士后研究工作；2008年岁末学成归国，入选中国科学院"百人计划"，赴中科院上海生命科学研究院神经科学研究所担任研究员。2015年5月，胡海岚入职浙江大学。

爱微笑的胡海岚，研究的是痛苦的抑郁症。2018年，她与团队在《自然》上同期刊发两篇研究长文，揭示了快速抗抑郁分子的作用机制，为抗抑郁药物提供多个崭新的分子靶点，从而促进新一代抗抑郁药物的研发，有科学家评价这项研究"突破世界性难题"。

胡海岚的介绍是专业化的表达：两篇文章中，在三个方面取得了原创性的突破：第一，首次揭示了抑郁症的形成和大脑中的一个反奖赏中心——缰核的簇状放电方式密切相关，并提出了全新的快速抗抑郁机制，即通过阻断簇状放电从而释放对奖赏中心的抑制；第二，针对阻断簇状放电的思路，为开发新型的快速抗抑郁药物提供了多个崭新的分子靶点；第三，首次发现胶质细胞调解神经元放电方式的特殊结构——功能关系。

"我们发现大脑当中有一个很小的核团，这个核团非常小，但是它在介导负面情绪当中起了非常大的作用，我们也把它叫作大脑中心的'反奖赏中心'。"在抑郁状态下，这个小核团内的活动产生了异常，或者是进入了特别高的放电状态。而这样的一种"反奖赏中心"的过度激活，它的后果就是对大脑奖赏中心的过度抑制，而奖赏中心是产生多巴胺、五羟色胺这些"核快感""心快感"，以及奖励感受相关的化学物质的源泉。所以，这可能是人进入抑郁状态的原因……

抑郁症是一个世界难题。由人民日报健康客户端等单位联合打造的《2022年国民抑郁症蓝皮书》表明：

中国成人抑郁障碍终生患病率为6.8%，其中抑郁症为3.4%，目前全国患抑郁症人数9500万，每年大约有28万人自杀，其中40%患有抑郁症。

世界卫生组织统计，全球约10亿人正在遭受精神障碍困扰，每40秒就有一人因自杀而失去生命，低收入和中等收入国家的自杀人数占全球自杀人数的77%。

抑郁症是一个千年难题。古希腊时期的亚里士多德，将伟大的能力与抑郁联系起来，率先提出有关"忧郁天才"的概念，认为"哲学、政治、诗歌和艺术领域的杰出人士，很多人显然都是抑郁者"。

不少才华横溢的人往往与焦虑症、抑郁症相伴。美国学者朱立安·李布和杰布罗·赫士曼所著的《躁狂抑郁多才俊》一书，列举分析了贝多芬、凡·高、牛顿、海明威等20多位历史名人罹患双相情感障碍的典型表现，他们可都是具有伟大想象力的杰才。看过著名电影《至暗时刻》都知道，英国前首相温斯顿·丘吉尔饱受抑郁症折磨，他曾把抑郁症比作一条一有机会就咬住他不放的"黑狗"。

抑郁症也被称作"世纪病"。抑郁症发病群体呈年轻化趋势。当今中国青少年抑郁成为全社会的问题，严重影响青少年的学习和成长，需要全社会支持寻找整体解决方案。青少年抑郁症患病率为15%—20%；18岁以下的抑郁症患者占总人数的30%，50%的抑郁症患者为在校学生，其中41%曾因抑郁休学，更有46%的学生没有寻求任何帮助……在2022年全国两会上，全国政协委员、新东方教育集团董事长俞敏洪提交提案，呼吁重视青少年抑郁预防和治疗。

"预防"和"治疗"，这是两个准确而明晰的关键词。预防需要社会化，治疗有赖科学家——医学和药学的科学家们，重任在肩，责无旁贷。公众的期待是：一切坚固的顽疾，在科学研究前面，都将一步步土崩瓦解。

探讨更有效的新兴治疗方式，科学家尤其是医学科学家一直在努力。不久前有报道上了热搜：32岁、罹患重度抑郁症16年的吴晓天，经过上海交通大学医学院附属瑞金医院功能神经外科主任孙伯民的手术，在大脑里植入两根直径1.25毫米的电极——这种方法叫作脑深部电刺激，即"脑起搏器"，用以切换情绪，减缓抑郁症状。

然而，那么多抑郁症患者，都要花费重金做这样的"开颅手术"，并不现实。药物治疗更为普适，这是必经之途。

胡海岚团队有关研究的关键发现，与氯胺酮有关。"对挽救病人的生命来说，这药非常重要。如果使用传统的药物，我们需要几周的时间来改善试图自杀的人的想法，太慢，太晚。"而耶鲁大学的科学家在临床上意外发现俗称"K粉"的氯胺酮，在低剂量下对于抑郁症可以快速起作用，被认为是精神病学领域近半个世纪最重要的发现。氯胺酮在4年前被美国药监局批准作为新型抗抑郁药物上市。而胡海岚团队的贡献在于揭示了氯胺酮抗抑郁的机制——它能够很快地阻断大脑"反奖赏中心"过度的放电，释放了对"奖赏中心"的过度抑制，从而起到快速改善情绪的作用。"因为氯胺酮本身会有副作用，我们基础研究的一个重要意义，就是通过理解它的作用原理，去发现同样更有效但副作用更低的药物。"

D

当年在未名湖畔读大学时，胡海岚读到史蒂夫·库夫勒和约翰·尼科尔斯合著的《神经生物学——从神经元到脑》一书，第一次意识到大脑当中的信号是以电信号的方式传播的，这些信号可以被观察、被记录，被改变！她豁然开朗，决定选择脑科学作为将来的主攻方向。

所以在申请读研时，生物化学和分子生物学专业的胡海岚，选择了转向神经科学、脑科学方向。到美国读博士，她首选方向是研究神经发育过程中的轴突导向问题。在博士毕业时，她认识到这个领域中开创性的工作已经基本完成；于是在从事博士后研究时，胡海岚毅然进行了第二次转向，研究情绪的脑机制。

2015年5月19日，浙江大学为胡海岚博士的加盟举行了"浙大欢迎您"仪式。"海归"胡海岚，重回西子湖畔。如果说浙江大学引进胡海岚是远见，那么，致力发展"脑科学"则是卓识。

2019年8月，浙江大学提出"意识、脑与人工智能"十大科学问题：一、意识的生物学基础是什么？二、"人工意识"是否可能？三、机器如何理解人类的情感表达？四、强人工智能的心理机制是什么？五、意识的信息机制是什么？六、脑机融合能否实现超级智能？七、情绪情感的脑机制是什么？八、学习的生物学基础是什么？九、潜意识的脑科学机制是什么？十、人类决策的脑处理机制是什么？

2019年12月27日，浙江大学医学院脑科学与脑医学学院宣布成立，下设生物学（神经生物方向）和临床医学（神经精神医学方向）两个本科专业，填补了国内"脑科学"本科专业的空白。21世纪是生物学的世纪，更是脑科学的世纪。在胡海岚看来，大脑是自然界最神秘最复杂的结构之一。这个领域不仅有太多的挑战，更有太多的未知。她的科研目标，就是要揭开脑神经脑机制的秘密。

胡海岚带领她的团队，每天深入"脑袋瓜"，求解未解之谜。"虽然脑神经的奥秘一直是'未解之谜'，但相信终有一天，基于对精神疾病背后的神经机制的理解与认知，人类能创建解决方案，让精神疾病的患者摆脱痛苦。"具体到氯胺酮，她希望在分子结构上予以改造，保留它抗抑郁的作用，去除它的成瘾性等副作用；同时做靶点的拓展，至少能有一个分子靶点和氯胺酮的靶点是在同一个通路里面起作用。

英国科学家约翰·贝尔纳在《科学的社会功能》一书中说："科学既是人类智慧的最高成果，又是最有希望的物质福利的源泉。"基础科学的研究，最终可以推动临床医学的进步。胡海岚团队开拓性的研究成果，革新了人们对于心理精神健康的认知，破解了人类情绪的"密码"，为抑郁症的创新疗法和新药开发提供了理论基础，为今后研发新型抗抑郁药物起到了极大的推动作用。

从思境到悟境，从"想干什么"到"干出什么"，从提升认知到理解机制、破解"密码"，是科学研究的必经之路。有朝一日，如果抑郁症的新药开发和创新疗法像屠呦呦的青蒿素那样，能够造福于巨大的群体，那真是功德无量。

E

所有的科学研究，制度环境、组织架构、仪器设备等等都是重要的，但最重要的是人，是科学家，是研究者团队。任何一个国家，不管钱多钱少，一流的科技是买不来的。技术产业上"卡脖子"，本质上是科学上的"卡脑子"，而科学上的"卡脑子"，本质上是科学人才上的"卡脖子"；如果没有一流的基础科学研究的人才，缺乏一流的科学家，那就不会有一流的科学研究成果，最终"脖子"必然会被别人给"卡"了。

达·芬奇说过："科学是将领，实践是士兵。"然而，实践是艰巨的事，实践中出来的真知，并非唾手可得。生命科学可谓最"玄奥"的学科，生物类的科研探索中，遍布着未知的迷雾和失败的死胡同。科研"开挂"往往是表征，背后则是他人难以想象的挫折与艰辛。在浙江大学紫金港校区的实验室里，胡海岚每天70%以上的时间，都在面对实验的失败——失败其实是常态。

但是，要破解"情绪密码"，自己可来不得"情绪"。"身体总是求快乐，灵魂总是经苦痛"，抑郁症给一个人的身体带来巨大的痛苦，而研究抑郁症的科学家们，自己忍受着一次次失败的苦痛，为的是最大程度上解决病痛，给人类带来最大的快乐。人生与科研一样，都需要望远镜的"看远"，放大镜的"看细"，显微镜的"看透"，还有就是太阳镜的"看淡"，如果必须面对挫折与失败，大约最需要的就是"看笑"的哈哈镜。

其实，科研就是这样，如果实验的50%都是预期的结果，那这个课题基本就可以放弃了，因为它"不够创新"。然而，对于胡海岚来讲，由于有着浓厚的科研兴趣，那日复一日的研究，并不让她感觉到这是一个枯燥难受的事情。她说："在我们看来，科学家是世界上最好的职业，这是国家和社会资助你，让你去做自己真正感兴趣的职业。"何况她这个研究方向，既是兴趣又是社会责任。

时光非不语，寂静亦成花；岁月多温柔，执着也成诗。科学的道路从来不是平坦的，"百折不挠"是一种最可宝贵的品质；所以，韧性的坚持尤为重要——诚如胡海岚所说的，"韧性的锻炼，也是科学家的基本功"。

有道是，"宁听智者哭泣，不听愚者歌唱"，"低级的欲望放纵即可获得，高级的欲望只有克制才能达成"。人生是一场马拉松，科研也是一场马拉松，往往很长时间都要忍受无人鼓掌喝彩的"长征"，急不来的。一个例证是，2010年，已是85岁高龄的剑桥大学罗伯特·爱德华兹教授，终于荣获诺贝尔生理学或医学奖——爱德华兹是"试管婴儿之父"、《人类生殖》杂志创办人；在他获得成功之前，曾经长达14年没有任何成果。

越是攀登高峰，越要放慢脚步。急功近利，事实上恰是学术科研的大敌。胡海岚坚持的"板凳要坐十年冷"，本身就是合乎科研规律的。

F

在人类世界上，有几种力量是值得相信的：时间的力量，思想的力量，种子的力量，向善的力量，科学的力量……

胡海岚的科研之路，走得坚定且坚实，充分显现了科学的力量：

——加入浙江大学前，胡海岚于2012年获国家杰出青年科学基金。

——2015年加入浙江大学后，她率领团队，破解神秘的快速抗抑郁分子，提示新的抑郁模型，发现多个新的药物靶点，在脑科学前沿方向取得了一系列系统性原创成果。2015年，荣获"中国青年女科学家奖"；2016年获得"中国青年科技奖"。这一年，胡海岚还获得"谈家桢生命科学奖"，成为中青年科技创新领军人才、教育部"长江学者"特聘教授。

——2017年7月，她的研究组在《科学》杂志上发表研究长文《胜负经历重塑丘脑到前额叶皮层环路以调节社会竞争优势》，首次揭示大脑中存在一条介导"胜利者效应"的神经环路，通过激活脑神经细胞使实验鼠从最后一名实现逆袭变成第一名，为认知等神经环路更深入的研究提供了新的靶点脑区。

——2018年，胡海岚与团队在《自然》上同期刊发两篇研究长文，揭示氯胺酮的抗抑郁机制。同年荣获首届"臻溪生命学者奖"。

——2019年2月，"揭示抑郁发生及氯胺酮快速抗抑郁机制"被评为科技部"2018年度中国科学十大进展"。7月，获得国际脑研究组织颁发的第十二届凯默理国际奖。根据奖项官网的信息，这是该奖自1998年设立以来于第一次颁发给了欧洲和北美洲地区以外的科学家。11月，荣获何梁何利基金"科学与技术进步奖"之"生命科学奖"。

——2021年11月，胡海岚团队在《神经元》(Neuron)在线发表研究论文，进一步揭示背内侧前额叶皮层不同抑制性神经元和作为皮层信号主要输出的锥体神经元之间的连接与调控关系，以及在小鼠社会竞争行为中的不同功能。

——2022年，胡海岚获颁"世界杰出女科学家成就奖"。此外她还成为十人之一的"全国三八红旗手标兵"，获得"最美巾帼奋斗者"称号，入选2022福布斯中国科技女性50强名单。

这一切成就，都还是"万里长征第一步"。伏尔泰曾说："科学的成就，是时间和智慧独创性的事业。"时间一定站在智慧者一边。

科研是教育的延伸，科研也与教育相伴。作为博士生导师，胡海岚也致力带好、培育好她的学生。在她的团队中，有博士后崔一卉、杨艳、桑康宁，有博士生董一言、倪哲一、马爽爽等，平均年龄不到30岁，很有勇气和冲劲。他们为了一个共同的目标走在一起,有"同温层"的默契,常常在一起头脑风暴,"三个臭皮匠顶过一个诸葛亮"。胡海岚说:"要给年轻人自由探索的空间,这能够解放学生探索的主观能动性和积极性,鼓励和引导学生的兴趣。"带好团队、培养好青年人才,才能取得最大的"胜利者效应"。

用努力,致青春;用科研,致未来。对于年轻学子,胡海岚认为"好奇心、努力、自信"三个关键词很重要:正因为有宝贵的好奇心,人类在科学技术上才取得了一系列成就;除了仰望星空,也要脚踏大地,不断努力;要善于从生活小事中汲取自信,培养强大的抗压能力,走向连续成功的良性循环……

微笑着向抑郁进军的智者胡海岚,带给我们的启示与启思,深长而久远。

G

关注抑郁症,是我多年来写作的一个侧重点,发表过一系列文章,其中有多篇收入我的《慈行三部曲》(广西师范大学出版社2023年3月第1版)之《人生慈行》中。

抑郁症的研究、诊断、治疗,以及药品的研发生产,都是很严肃的医学科学。抑郁症首先是生理性的疾病,和遗传基因有关,和大脑功能有关,不能简单地将其看成是"心理"疾患。许多抑郁症患者思维非常清晰,有的还是"微笑抑郁症"患者,外人看不出有什么不正常,头脑里却常常冒出自杀念头。而像胡海岚教授这样的科学家们,正是希望通过她/他们持续不懈的努力,最终帮助患者摆脱抑郁症的死神纠缠、恢复身心健康。

胡海岚也希望公众能了解,从基础研究的突破到一个具体药物的成功通常有10—20年的时间间隔。药物研发,和基础科学不同,它涉及药物的安全性、副作用、化学基团的设计优化、大量临床数据的采集,这些都需要时间。"我们不能违反药物研发的规律,急于求成,急功近利;但我们同时也应保持乐观,因为理解疾病的机制,就是跨出了万里长征的第一步。"

胡海岚荣获"世界杰出女科学家成就奖"之时,正逢2022年中国"高考季"。

浙江省高考语文作文题，恰是有关青年人才的培养、创新与发展，不知道有没有学子写到胡海岚，尤其是她的杭州第二中学的学弟学妹们。高考成绩揭晓，高分的学子备受关注，最期待优秀青少年才俊当中，能够涌现出胡海岚第二、第三……

  在"微笑着向抑郁进军"之路上，胡海岚在不断地持续前行。泰戈尔有句话说得又美又好："不要一路流连着采集鲜花保存起来，向前走吧，因为沿着你前进的路，鲜花将不断地开放。"

（原载于2023年10月19日日本华侨报网）

杨士莪：
在课堂倾听大海的声音

做人做事做学问，为师为生为家园；心无它欲乾坤静，胸有水声大海宽。这，说的是院士杨士莪。

又到大学开学季。2022年9月19日央视中文国际微信公众号报道：91岁高龄的中国工程院院士杨士莪，近日照例走上哈尔滨工程大学的讲台，为本科生新生开讲专业第一课，这一幕赢得无数网友的敬意。

杨士莪院士是我国水声理论的学界泰斗，他刚刚获评"全国教书育人楷模"。事迹简介中说道："他扎根水声学科教育72年，20世纪50年代从苏联学成回国后，创建了中国首个理工结合、覆盖全面的水声专业，参与培养了中国首批水声专业骨干和青年教师队伍，开创了中国水声教育的新格局。作为中国水声定位方法最早的提出者和技术决策者，他带领团队开展水声定位系统研制，为'蛟龙'号载人潜水器定位系统研制等重大项目奠定了坚实基础。"

杨士莪，河南南阳人，1931年8月9日出生于天津市英租界马场道五官胡同。一门两院士，父亲杨廷宝是著名建筑学家，中国科学院首批"学部委员"——即院士的前身。中国建筑学界有"北梁南杨"之说，"梁"是梁思成，"杨"即杨廷宝。杨廷宝早年留学美国，生前是南京工学院教授；他被誉为"中国20世纪的建筑巨匠""近现代中国建筑第一人"。

杨廷宝、杨士莪父子二人，体现了中国知识分子"立德、立功、立言"的最高境界。父亲给他取的名字里有"莪（é）"，莪是一种生于水边的朴素低调、生命力顽强的草本植物。《诗经》有云："菁菁者莪，在彼中沚。既见君子，我心则喜。"此可理解为"乐见育才"——得天下英才而育之，人生一大快乐。《诗经》有注本曰："菁菁者莪，乐育材也。君子能长育人材，则天下喜乐之矣。"后世常用"菁莪"指称"育材"。上善若水，杨士莪与水有缘，更与人才培养有缘。

20世纪50年代，水声学科在我国属于空白，军事需求迫切，国家决定选派4个人到苏联进修，杨士莪就是其中一员。进修期间杨士莪发现，苏联科学院声学所有个奇怪的现象：声呐设计和舰船噪声这两个研究室的门，对外始终是紧紧关闭的。这给他的内心以强烈的冲击——在国防技术关键领域，人家是不会把关键技术教给你的，得自力更生。学成归来，杨士莪怀着一腔报国之情，刻苦钻研，编著了中国最早的水声理论著作，填补了空白。开辟鸿蒙的杨士莪，最终成为我国"水声科学的先驱"和"战略科学家"。

杨士莪的人生命运，与国家的变化发展同频共振。1966年4月，哈军工退出军队序列，全院军人集体转业，杨士莪结束军旅生涯。1968年4月，三子杨本昭出生。再过了一个月，杨士莪被关进"牛棚"隔离批斗，罪名是"苏修特务"，因为他曾到苏联进修过。1969年5月，杨士莪等多位教员被派往北大荒，参加"边宣队"，与老乡同吃同住劳动，曾经习惯拿粉笔的手拿起了镰刀与锄头，过起了面朝黄土背朝天的农村生活……

1977年，恢复高考。1978年，杨士莪再次站上讲台，他也成为系里首个研究生导师。这一年的6月，他赴法国马赛，参谋引进水声技术设备，这是负笈苏联20年后，杨士莪再度跨出国门。1979年，杨士莪晋升为教授；1980年11月，他成为中国首批博士研究生导师；1995年6月，当选为中国工程院院士。

40多年来，杨士莪一直为本科生、硕士生、博士生讲课。他上课时从不坐着，所以被称为"一站到底"的院士。杨士莪讲课，总是中气十足，声如洪钟；既一丝不苟，又简洁易懂；总是亲切幽默，总是生动活泼。只要站在讲台上，他从不知道累，每次都是滔滔不绝，半天课程，先讲一个半小时，休息20分钟，然后再讲一个半小时。

喜欢讲课、擅长讲课的老师，真是好老师啊！通过他的课，新生们知道了，原来超声除了探测，还可以用来钻孔、选矿、混融和粉碎；原来轻音乐可以提高粮食的产量、促使奶牛增加奶产量；原来声学还与心理学和建筑学有关……作为院士，杨士莪教授要参加外场试验、各种学术会议、顾问咨询活动等，日程表排得满满当当，但他从未因为工作忙而耽误教学工作。

一直追随杨士莪读硕士、读博士的朴胜春，一讲起自己的导师，就充满着敬意：

> 杨教授上课的认真劲儿让人很感动。我读研一时上"水声传播原理"的课程，是杨教授的主要研究领域，由于该研究方向的研究生很少，所以上课的就只有我自己一个人，但是每堂课杨教授都是工工整整地将板书写满整个黑板，从头到尾、几十学时的课程下来一直这样认真。那是我上得最"累"的课，一点儿不敢偷懒，因为每堂课杨教授都会提前赶到教室，在那里等着我去上课。（见《杨士莪传》第295页）

杨士莪教水声学，他和年轻学子一起，在课堂倾听大海的声音，默默地把"海洋情结"传递给每一位学生。中国有近300万平方公里海洋国土面积，需要爱护、守护、保护。杨士莪经常对学生说："海洋是人类的最后一道防线，关注它、利用它、保护它是当务之急。"他把学生看成是大海的"后浪"："希望我们的后浪，在国家的支持下，为中国海洋事业、水声事业做出更大贡献。"正如苏联著名教育家苏霍姆林斯基所说的："真正的教育者，不仅传授真理，而且向自己的学生传授对待真理的态度。"

杨士莪教授一大把年纪，却喜欢骑自行车到课堂给学生讲课，这成了哈工大校园里的一景。他把自行车说成是"风火轮"，甚至在下雨天，他穿上一件很大的雨披，照骑不误。他那个老式公文包，就搁在车筐里。

杨士莪把学生看得很重，即便再忙，对待教学、对待学生从不敷衍应付。他知识渊博、思维敏捷、视野宽阔，解决问题的思路常常独辟蹊径。学生请他审阅修改论文，都能第一时间得到反馈。学生与他聊天，从没有"压迫"感。他培养了硕士、博士研究生110多名，受教弟子更是无数。他不仅受学生尊重，更受到学生爱戴。有道是:"别人尊重你,你以为是自己很优秀,其实别人尊重你是因为别人很优秀——优秀的人对谁都会很尊重、很宽容——宽可容人,厚可载物。"杨士莪院士正是这样尊重他人的人。

"我很幸运,年轻时遇到许多好老师。我深知良师对于做学问的人的重要性,所以更要教好青年学子。"当年在清华大学物理系读书的杨士莪,常常念及青年时期受到的良好教育。他曾对记者说:"发展水声专业,离不开国家的重视和支持,也离不开一代代研究人员的孜孜以求、刻苦攻关。我还会继续坚持,为水声科学领域储备更多人才。"

培养水声科学人才,进行水声科学试验,当然离不开大海。"大海变幻莫测,坐在家里搞研究肯定是不行的。"出海做试验,艰辛难以预估,时间长了甚至会淡水告罄,渴了没有办法,就把压载水舱里漂着油污的水烧开了喝。有一次出海,试验未结束,几乎已断粮,仅剩下一点米和盐,杨士莪带领大家白天做试验,晚上捕鱼,以盐水煮鱼为食。

杨士莪是个"帅老小伙子",有着乐观幽默的天性。他夫人谢爱梅晚年身体不太好,因为脑出血,不得不靠轮椅代步,他就亲自为夫人推轮椅。有一次,遇到他的学生想帮他把夫人推进电梯,杨士莪幽默地问:"你有驾照吗?"学生一时间没听懂,一下愣住了;杨士莪自己推着夫人走出电梯,说:"看,还是老司机好吧!"真是可爱!

如果说老师的幸福是"得天下英才而教之",那么对于学生来讲,"得天下最佳教师来教之",就是更大的幸福。

(简版原载于2022年9月19日《杭州日报》)

李铁风：
"浙大渔夫"的铁与风

以青春之名，赴科技之约；用最初的心，走最远的路。因为一条"鱼"而获得2022年"中国青年五四奖章"的李铁风，是浙江大学航空航天学院的教授、博导，是生于1986年的青年才俊。

"大不自多，海纳江河。"李铁风带领团队，从深海狮子鱼"头部骨骼分散融合在软组织中"这一生理特性中获得仿生灵感，设计发明了全软体、全透明人工肌肉驱动的"机器鱼"，成功实现在马里亚纳海沟万米海底操控实验，并在南海3224米深处实现深海航行。这一项目入选"2021年度中国科学十大进展"。

马里亚纳海沟位于西太平洋，是已知的海洋最深处，水压高、温度低、含氧量低、完全黑暗，被称为"地球第四极"。2020年11月10日，我国著名的"奋斗者"号载人潜水器，在马里亚纳海沟成功坐底，深度达10909米，刷新了中国载人深潜的新纪录。在这个地球上环境最恶劣的区域之一，仍生存着多种物种，狮子鱼就是其中的典型代表。

生物学研究发现，狮子鱼骨骼细碎分布在凝胶状的柔软身体中，能承受近百兆帕的压力，相当1000个大气压强。在我们的习惯认知里，机器人是冷冰冰的钢铁；而常见的机器人，确实大多是由刚性结构组成的，但刚性机器人在各种复杂环境执行任务时会受到各种限制。而仿生狮子鱼做成的机器鱼是柔软的，它形似一条深海狮子鱼，长22cm，翼展宽度28cm，大约为一张A4纸的长宽。

这是典型的"以柔克刚"，其特性是"适应"而非"抵抗"，不再用"钢筋铁骨"来抗压；控制电路、电池等硬质器件，像骨骼般分散融入凝胶状的软体中，通过这样的"刚柔相济"，实现内应力调控，而无须耐压外壳，就能适应深海高压的极端环境。这样的创新突破，是全人类的首个。

2019年12月，仿生软体机器鱼首次成功在马里亚纳海沟坐底，在2500毫安时单节锂电池的驱动下，按照预定指令拍动翅膀，扑翼运动长达45分钟，成功实现了电驱动软体机器鱼的深海驱动。2020年，团队又克服了新冠疫情和极端恶劣天气的影响，进行了多次海试。

深海特种装备与智能机器人研发，是世界性的科技难题；李铁风成为致力研究软体机器人、机器鱼的先驱者。李铁风笑称自己是"浙大渔夫"，他说："我们的研究目标，就是以全新技术路线，实现深潜器的小型化、柔性化、智能化，大幅降低深海探测的难度和成本。"

鸟有翅膀，在空气中飞行；有的鱼其实也有"翅膀"，能在水中前进，比如蝠鲼和狮子鱼。此前在2017年，年仅30岁的李铁风，就从海洋生物"魔鬼鱼"蝠鲼那里获得灵感，从生物启发研发智能机器，设计了一款软体机器鱼，不仅"耐压"，而且还会"游泳"，加上他提出的一种全新的电驱动理论，从而带来全球最快的游动速度，潇洒地实现了"可下五洋捉鳖"。

一如其名，李铁风教授是科学实验之"铁"与智慧思考之"风"的极佳两结合。而"刚柔相济"的软体机器鱼，恰是内在骨骼之"铁"与外部软体之"风"的两结合。

2021年3月，李铁风课题组在国际顶级学术期刊《自然》发表了研究成果，成为该杂志的封面文章。"TOP数据库"显示，这是浙江大学2021年度的第2篇正刊。这是前沿交叉学科，依靠团队诸多科研人员通力合作完成。李铁风为本文通讯作者，之江实验室智能机器人研究中心的高级研究专员李国瑞博士为第一作者。通讯作者由权威研究人员或团队负责人担任，属于关键的科研人士，承担最主要的责任与风险，并且负责与编辑部的通信联系、接受读者的咨询。

李铁风出生于湖南永州，受家庭环境影响，他从小动手能力就特别强。高中毕业后，他进入了浙江大学，在浙江大学自由多元的学术氛围中，专业表现优异。在浙大顺利获得博士学位，读博时在导师的支持下到哈佛大学进修、学习。在哈佛留学期间，正是软体机器人研究的萌芽时期，他以浓厚的兴趣投身其中。2012年从哈佛大学学成归国后，他加入了浙大，开始了"鹰击长空、鱼翔深底"的科研生涯。

2016年，李铁风教授团队的软体机器鱼项目，入选G20杭州峰会"中国方案"项目。2018年度，李铁风入选《麻省理工科技评论》"35岁以下创新35人"榜单。2019年，李铁风喜提"科学探索奖"，50位获奖人每人300万元奖金。2021年，软机器人在马里亚纳海沟万米深海驱动实验与"天问一号"探测器成功着陆火星等项目一起，入选年度中国十大科学进展，同时荣获浙江大学年度突出学术贡献奖。有关评价说："该研究大幅降低了深海机器人的重量及经济成本，推动了软体机器人在深海工程领域的应用。"这些年来，李铁风已在国际期刊上发表论文60余篇，论文被引用2000余次。

李铁风感慨："理想的火焰要经得起'泼冷水'，我们经历了十年的'能推公式能搬砖，睡过地板晕过船'的生活，当最终我们看到纸上公式变成真，海底机器动起来时，真是喜极而泣。"在浙江大学2019级本科新生开学典礼上，李铁风代表教师发表讲话，他说："何谓求是？竺可桢老校长说'只问是非，不计利害'。若你只会被动地接收知识，未来可能还竞争不过手机……成长的路上，学会坚持与拼搏。"

科学解决"为什么"的问题，技术解决"怎么办"的问题。牙医可以区分好牙与蛀牙，但那不是寻找"新相对论"，无法推翻爱因斯坦的"老相对论"。科学技术的每一项进步都是确定的，它当然不是"奇技淫巧"，李铁风也笑言他可不是在实验室里捣鼓"机器人女友"。真正的科研，就是让科学家们的才智自由流动，最终喷薄而出。

"管他几岁，青春万岁！"2022年，时值中国共青团成立100周年。奋斗者，正青春。总是向前方进发，总是向高处攀登，总是向深处挖掘——这，就是青年科学家李铁风的"习习铁风"！

（原载于2022年5月5日杭州政协网）

颜宁：
归去来兮

2022年11月1日，第六个"深圳人才日"。这天在2022深圳全球创新人才论坛上，著名结构生物学家颜宁宣布，即将辞去普林斯顿大学教职，出任深圳医学科学院创始院长。这是近年来深圳市重磅引进的又一高端人才。这一新闻，当天冲上热搜第一！

颜宁1977年11月出生于山东章丘一个普通家庭，父母都是工薪阶层。2000年，颜宁本科毕业于清华大学；2004年，博士毕业于普林斯顿大学；2005年至2007年，她在普林斯顿大学分子生物学系从事博士后研究。2007年，未满30岁的颜宁，即从普林斯顿回到清华任教，成为清华大学最年轻的教授。

颜宁主要从事的研究，是与疾病相关的重要膜转运蛋白、电压门控离子通道的结构与工作机理，以及膜蛋白调控胆固醇代谢通路的分子机制。她的科研成果，令世界瞩目：自2009年以来，她以最重要的"通讯作者"身份，在国际最有影响力的顶级学术期刊《自然》《科学》《细胞》上发表了19篇论文，其中两篇被《科学》"年度十大进展"引用。

2017年4月，因为种种原因，颜宁辞别工作了10年的清华大学前往美国，成为普林斯顿大学分子生物学系首位雪莉·蒂尔曼终身讲席教授——这样的头衔，在美国教授序列里是独一无二的。2019年4月，在美国的颜宁当选为美国国家科学院外籍院士。

两年后的2021年4月，依然是中国国籍的颜宁，当选为美国艺术与科学院院士——这次共有8位华人学者当选，里头有7位都是女性；其中在中国任教的一位是男性,他是中国科学技术大学地球和空间科学学院沈延安教授。由此可见,当今世界上的女性学者教授,是如何的厉害。

作为美国"双院士"的颜宁,不仅才华横溢,而且富有个性,是"勇敢做自己"的人。

颜宁向来爱阅读,富有好奇心和想象力,从小就很仰慕屈原、李白、杜甫、苏轼、李清照,中学时代最喜欢的是文科,有着特别宝贵的"天真"。她曾说:"我小时候读那么多书,它会把我的想象力给激发出来,然后就会忍不住去想,为什么会这样?为什么会那样?有没有那种可能?读《西游记》,我自己就会想,孙悟空七十二变,他如果能把自己不断变小,如果变成了一纳米高、十纳米高,这么大的一个他看到的世界是什么样子?"正是小时候有着非一般的好奇心和想象力,奠定了她后来做结构生物学的一个最原始的基础。

鲁迅先生曾说:"天才可贵,培养天才的泥土更可贵。"比对应试教育的疯狂刷题做作业,颜宁小时候的作业并不多,"我现在看到网上说所谓的教育焦虑,小孩子们有多累,我就觉得跟我们小时候特别不一样,我小时候,现在回想起来是一种被放养的状态"。一个清晰的启示是:教育如果不重人文素养,缺乏求真务实,只是一味补课刷题,一路扼杀孩子们的好奇心、想象力和学习力,那最终是很难培养出杰出的科学家的。

开放的思想思维,是颜宁当年选择出国求学的关键:"当时在清华生物系,大家出国的氛围也比较浓,也就跟着申请出国,觉得说世界这么大,我想出去看看。"到了普林斯顿之后,她进了施一公老师的实验室,"发现做科研这么好玩,这么有趣",于是沉下心来做科研。施一公就是著名的结构生物学家,是中国科学院院士、美国国家科学院外籍院士、美国艺术与科学院院士、欧洲分子生物学学会外籍会士,1998年至2008年他在美国普林斯顿大学分子生物学系任教,如今是我们西湖大学的校长。

颜宁富有情感情怀,她曾说:"将来我做科研的脑瓜不灵了,就把精力放到两件事上:一、绿化;二、给民工的孩子们办学。总觉得我们每一个过着还算体面生活的人都直接或间接地欠着这些收入与付出远不成比例的劳动者。"

如今颜宁归来，体现了她的家国情怀。对于世界顶尖的科学家，需要的是最顶尖的尊重，而不是一般意义的"用好人才"。

引领改革开放风气之先的深圳，是"人才之城"。新创的深圳医学科学院，作为市政府创办的事业单位，不定编制，不定级别，主张"健康优先、关注前沿、共建共享、先行先试、依法办院"，实行社会化用人制度，院长面向全球招聘。

该院雄心勃勃：深圳市政府印发的《深圳医学科学院建设方案》表明，深圳医学科学院将按照全新机制的要求，力争到21世纪中叶，建设成为全球著名的医学研究机构，使医学科学的竞争力、创新力、影响力能够达到"全球卓著"。该院将聚焦解决"以健康为中心"的重大科学和关键技术问题，主动布局医学科技重点领域和关键技术，主要建设整合型医学科技协同创新平台、开放型医学科技资源管理平台、引领型医学科技基础支撑平台、创新型医学科技人才培育平台、智慧型医学科技战略研究智库。

"功以才成，业由才广。"培养造就大批德才兼备的高素质人才，是国家和民族长远发展大计。要促进人才区域合理布局和协调发展，着力形成人才国际竞争的比较优势，就要加快建设国家战略人才力量，努力培养造就更多大师、战略科学家、一流科技领军人才和创新团队、青年科技人才、卓越工程师、大国工匠、高技能人才；就要深化人才发展体制机制改革，真心爱才、悉心育才、倾心引才、精心用才，求贤若渴，不拘一格。

生活给科学提出来目标，科学照亮了生活的道路。先哲有言："对于全人类来说，只有一种共同利益，那就是科学的进步。"如今的颜宁，自己是青年才俊，但她特别关心关注青年人才："未来还是依靠于年轻人……希望他们能有更大的勇气，不断地去打破边界，把人类文明继续向前推进。"

欢迎杰出的科学家颜宁归来！希望颜宁的归来，能够在一个开放改革的环境中，发挥其非凡的能力以及潜力，诚如英国著名哲学家休谟在他的《人性论》中所说的："能力永远和它的发挥有关，不论这种发挥是现实的或是很可能会实现的。"

（原载于2022年11月3日《杭州日报》）

稻盛和夫：
经营之神的中国影响

2022年8月30日，一个消息刷屏：据日本放送协会报道，日本著名实业家、京瓷名誉会长稻盛和夫去世，享年90岁。

从报道中得知，稻盛和夫是24日早上8时25分在自己家中告别世界的，公布去世消息时已是"头七"。丧事由三个女儿一起悄然操办，保密许久，也许是怕打扰到大家。

温良敦厚的稻盛和夫先生，是著名的中日友好人士，2009年中国举行国庆60周年庆典时，稻盛和夫受邀在观礼台就座；他曾被中日友好协会授予"中日友好使者"荣誉称号。

稻盛和夫生于1932年，出身贫寒。他老家在日本鹿儿岛市，他从鹿儿岛大学工学部毕业，是个典型的"理工男"。

因着经营企业的巨大成就，稻盛和夫被誉为日本"经营之神"。他创办的两家企业，都进入了世界500强——一人办成了两家世界500强企业，这在世界上迄今都是"唯一"：1959年，27岁的他创办了京都陶瓷株式会社，起初仅有员工8人，专注于陶瓷材料领域，十年后京瓷成为世界500强公司；1984年，52岁的他创办了第二电电株式会社（KDDI），从事电话电信业，2007年也进入了世界500强。

其实，比这个更厉害的是，稻盛和夫在2010年临危受命，以78岁的高龄出任日本航空株式会社会长，重整问题重重、濒临破产的日航。仅仅一年就扭亏为盈，日航实现年度利润2049亿日元，这是当年全世界航空企业中的最高利润；

之后日航在2012年11月重新上市。

在日本，有四大经营大师，除了稻盛和夫，还有松下公司创始人松下幸之助、索尼公司创始人盛田昭夫、本田公司创始人本田宗一郎。而稻盛和夫又被单独誉为"经营之神"。

做企业家不算难，但成为企业家中的哲学家可不容易——稻盛和夫是哲学思想丰沛、著作等身、影响深远的一位。"稻盛和夫出身是科学家，出名是企业家，但本质上是一位哲学家。"他的经营理念、哲学思想，极大地影响了中国的企业家。

目之所及，稻盛和夫的著作中文译本，有《活法》《干法》《心法》《心：稻盛和夫的一生嘱托》《六项精进》，有《阿米巴经营》《京瓷哲学》《日航的奇迹》《经营十二条》《经营与会计》《活用人才》《创造高收益》《稻盛和夫语录100条》，有《斗魂》《匠人匠心》《母亲的教诲改变我的一生》《稻盛和夫如是说》《人为什么活着》《领导者的资质》《赌在技术开发上》，还有《稻盛和夫自传》以及最新的《敬天爱人：从零开始的挑战》等，累计属于"千万量级销量"，其中《活法》在我国的销量就超过了500万册。

"在《活法》这本书中，我表达了自己的人生观——人生的目的就是提高心性，磨炼灵魂。"在《心：稻盛和夫的一生嘱托》的自序中，稻盛和夫说，"在这一人生观的根底处有我的信念。就是说，人生中的成功也好、失败也好，所有一切，归根结底，要看我们能不能提高自己的心性，让它变得更纯粹、更美好。换句话说，要看我们能不能把自己的'利他之心'发挥出来。"

人类的经济行为，无疑和人的动机、情感、欲望紧密相连。在东方经营哲学里，有"利他"才有"利己"，有"舍"才有"得"，这不仅仅是儒家、儒商的"私德"，很大程度上是环境使然。

而在西方的经济哲学中，"看不见的手"引导和平衡了"利己"与"利他"，经济学家与哲学家兼具的"经济学之父"亚当·斯密，强调自由市场、自由贸易以及劳动分工，认为个人动机经过各种社会机制的细致平衡，会使"利己"不至于和他人强烈地对立，从而在"利己"的追求中考虑"利他"——每个人在追求自身利益时，都会"被一只看不见的手引导着去达到并非出于其本意的目的"。这其实是更宏观意义上的"利己利他论"，集中体现于亚当·斯密的《国富论》与《道德情操论》中，正所谓"不读《国富论》，就不知道怎样才叫'利己'；读了《道德情操论》，才知道'利他'是问心无愧的'利己'"。

"利他"是问心无愧的"利己"！人生的"活法"，很大程度上决定了经济经验的成败。"在八十余年的人生中，我不断地思考人生的意义，就是人的正确的'活法'，也就是人应有的生活态度。"稻盛和夫说，日航重建成功的秘诀，无非就是《活法》这本书所阐述的"活法"，无非就是东方圣贤们所倡导的正确的为人之道。"自古以来，中国人就一贯真挚地追求这种为人之道，追求做人应有的姿态。在中国古代的典籍中有许多这样的智慧，这种智慧感化了世上的芸芸众生。因此，我认为，继承了中国优秀传统的现代的中国人，对于本书所阐述的观点，一定会有更深刻的理解和感悟。"

"稻盛哲学"，集优秀文化之大成，有两大来源：一是实践，实践出真知，那就是他在亲身经历的过程中产生的；二是中国的哲学思想，其经营哲学的核心是"敬天爱人"，这一思想就源自中国，被发扬光大后回过来又影响了众多中国人，尽管"敬天"不易、"爱人"亦难。

500多年前，中国有"阳明心学"；400多年前，日本有"石门心学"；而稻盛和夫终生追究的问题，也是"心"的问题，这集中体现在他的《心：稻盛和夫的一生嘱托》这本著作中。通过该书，他向世人发出郑重的嘱托：只要凭着利他之心、感谢之心、谦虚之心、知足之心、强韧之心，坚持贯彻正道，时刻培养美好心根，积极实践，没有人不可以获得自己想要的幸福。

哲学本质上是人学。稻盛和夫的著名的"阿米巴经营"，体现着他的经营哲学思想，其形式上是一种把企业组织划分成若干个小组织的经营管理方法，核心则是一种"能够将人的潜力无限地激发出来的经营手法"，而"人的潜力"正是企业巨大发展变化的原动力。

稻盛和夫有个公式化的表达：人生与工作成就＝思维方式×热情×能力。由于稻盛和夫讲人生与经营哲学，总是讲得通俗易懂，深入浅出，也有人认为他在灌"心灵鸡汤"。网上流行有"稻盛和夫经典三言"的三句话："苦难不会没完没了，当然幸运也不会永远持续。得意时不忘形，失意时不消沉，每天每日勤奋工作，这比什么都重要。""眼睛可以眺望高空，双脚却必须踏在地上。梦想、愿望再大，现实却是每天必须做好单纯甚至枯燥的工作。""你所遇到的压力与挫折，恰好是自我修行的最好机缘。"

其实在《稻盛和夫语录100条》（曹岫云译，机械工业出版社2015年2月第1版）中，收录了更多让人过目难忘的名句，通俗易懂，雅俗共赏，充满哲理，比如："始终以光明正大、谦虚之心对待工作，敬奉天理，关爱世人。热爱工作，热爱公司，热爱国家。""动机善，又无私心，那么就不必追问结果了，结果必定是成功。""不断地用'作为人，何谓正确？'来扪心自问，拿出勇气，把正确的事情贯彻到底。""珍视自己，一天一天、一瞬间一瞬间，极度认真地过好，你的人生即刻就会呈现灿烂的景象。"

由于稻盛和夫对中国读者有着巨大的影响，所以他在中国有众多的"稻盛迷"。任正非曾感叹："稻盛和夫的京瓷拥有着全球一流的化学家与物理学家，我们赶不上他，我自愧不如，只能追随。"雷军曾感悟："我可能无意中使用了稻盛和夫说的，世界上最高明的经营诀窍——拼命认真地工作。"曹德旺曾感佩："稻盛先生讲的没有错，你开始尊重人、施舍人、帮助人，就会得到别人的帮助，别人的尊重，别人的爱，利他的利润就会从这里来。"

"我对稻盛先生一直很敬仰……很多事情是我近一两年才想清楚的，但是稻盛先生多年前就已经想清楚了。"马云这样感慨，"2008年在日本跟稻盛先生的交流令我受益匪浅。回来跟同事也经常沟通。对我来讲，做企业从一种乐趣、到今天变成事业、就像做人一样，一路上来，学到了很多……真正好的价值观是人性向善的标准，是普遍的，不是独特的。无论低科技企业还是高科技企业，无论是中国、美国还是欧洲，人类向善的这些价值体系应该是一样。"

1995年春，稻盛和夫曾应邀来到杭州，考察了良渚遗迹，惊叹于中国古人加工玉器的技术。这事记述在《稻盛和夫自传》（曹寓刚译，东方出版社2020年4月第1版）中，写得生动形象、挺有意思，这里完整引述这一片段：

探寻中国的长江文明则是一次充满梦幻色彩的经历。梅原猛先生是位于京都的国际日本文化研究中心所长，他想请我出资赞助日中联合开展的有关长江文明的学术调查活动。据梅原猛先生介绍，有学说主张，长江流域要早于黄河流域1500年，拥有了建立在稻作农业基础上的高度都市文明。如果对其正式调查的话，人类文明史有可能被大大改写。但是，由于中国经济快速发展的影响，这些遗迹和文化遗产已经岌岌可危。所以，他想由日本出资尽快开展学术调查。我认为此举能促进两国的友好关系，当即表示同意。

　　1995年春天，我受梅原先生邀请，前往浙江省杭州市近郊的良渚遗迹群。从上海出发，坐火车和汽车大概经过4个小时才到达那里。那一带是遍布桃梨果园的丘陵地带。粉红的桃花和白色的梨花竞相开放，宛若世外桃源一般。我对于考古学是个外行，徜徉在这片遗迹之中，却意外发现了一件以翡翠作为原材料的玉器出土品。这件玉器加工技术之高超，是现代技术所无法企及的。我将毕生奉献给了陶瓷技术的开发，深知该项技术发展的无限可能性。我相信，能代替产业革命以来铁器文明的，一定是陶瓷，在21世纪，"新一轮的新石器时代"必定会到来。

　　可是，即使是利用目前最尖端的科技，也无法达到这个5300年前的玉器制作水平。这到底是怎样的文明啊！弄清楚这些玉器的加工技术，一定会大大有助于陶瓷技术的开发。我拿着放大镜，仔细观察玉器，作为一个技术员，面对这个古代技术的谜团，百思不得其解。之后的发掘调查进展非常顺利，不断有刷新考古学历史的重大成果出现，例如调查发现了世界上最早使用烧制砖建造的王宫等等。

　　"中国的经济取得了惊人的发展，中国已经成为领先世界的经济大国。"稻盛和夫曾真诚地说，"中国自改革开放以来，经济高速增长，现在作为毫无争议的世界第二经济体，作为引领国际社会的国家之一，存在感大大增强。另一方面，在高速发展的同时，中国也遭遇了现代文明共有的诸多问题，比如环境问题和伦理道德问题。诸如此类的问题，是我们所有的现代人必须直面的社会的病患，没有可以轻易治愈的特效药。但是，追究其病根，那就在于只要自己好就行的、不知餍足的利己之心。今后，为了让现代文明能够存续，抑制这种不好的利己之心、把价值观转换至以利他之心为本，这是非常必要的。"

稻盛和夫退休后，于1983年和京都一部分青年企业家一起，创办了"盛和塾"，志愿担任"盛和塾"的塾长，致力培育经营人才；于1984年创立了"稻盛财团"，同年创设"京都奖"，被誉为"亚洲诺贝尔奖"。"盛和塾"，取自事业隆盛的"盛"、人德和合的"和"，这两个字又恰与"稻盛和夫"名字中间两字相一致。"盛和塾"在中国也开设了多家分塾。中国首家"盛和塾"是"无锡市盛和企业经营哲学研究会"，于2007年设立。当年7月2日，稻盛先生率领日本"盛和塾"120位企业家来到无锡，举办了开讲式。

2009年6月，稻盛和夫先后到清华大学、北京大学发表讲演，受到了极大欢迎。2010年，由稻盛和夫亲自提议，稻盛和夫（北京）管理顾问有限公司正式成立。该公司开设的微信公众号，以"稻盛和夫"为名，主旨是"学习、践行稻盛经营哲学与实学，提高心性、拓展经营"，如今影响也不小。2016年，在稻盛和夫经营哲学沈阳报告会上，发表"把萧条看作再发展的飞跃台"的主题演讲，清晰表达了他的成长型积极思维——"要以积极开朗的态度去突破困境"，提出应对萧条的五项对策是：全员营销、全力开发新产品、彻底削减成本、保持高生产率、构建良好的人际关系。

日本亚洲通讯社社长徐静波撰文悼念稻盛和夫，说道"有幸在稻盛先生担任日本航空公司董事长期间，对他做过一次采访"，评价说，"在我眼里，稻盛先生是一位圣人，他燃烧了自己，照亮了别人。他的身躯是否存在，其实已经变得不再重要，因为他的思想和灵魂，已经成为影响世界的'人生指南'，已成为一份'世界遗产'"。文中还提到：1998年，为了让日本人更多地了解中国，稻盛和夫跑到北京见到中国领导人，建议中央电视台节目在日本落地。为此，他联合了日本最有影响力的媒体和企业共同出资，支持旅日中国纪录片女导演张丽玲成立了"大富"电视台。"如今，'CCTV大富'频道已经走进了90%

以上的日本酒店旅馆和许多日本人家庭，超过CNN成为日本最大的外国电视频道，成为完全由日本企业支持的中国在海外的最大'传声筒'。"日籍华人张丽玲，生于1967年，浙江丽水云和县人，是我的大老乡；她曾经在87版《红楼梦》中饰演丫鬟"娇杏"；后赴日留学，现任日本大富电视台董事长。

文明因交流而多彩，文明因互鉴而丰富。物质文明与精神文明都是如此。2006年，稻盛和夫接受中国新闻社采访，称自己觉得中日两国人民都爱好和平，也有发展双边关系的强烈愿望，所以中日两国的经贸关系会越来越密切，他对此充满信心。

斯人已逝，思想长存。稻盛和夫说："生命的意义在于走的时候，灵魂的高度比来的时候高了一点。"我们应该不断地向稻盛和夫学习，从而把我们的企业经营得更好，把经济发展得更好，而不是只喝一碗"心灵鸡汤"。

（原载于2022年8月30日《杭＋新闻》）

山姆·阿尔特曼：
"ChatGPT 之父"

【篇一】火爆的 ChatGPT：创新无极限

横空出世！忽如一夜春风来，ChatGPT 刷遍全网，成为热搜，万众瞩目。

2023年2月8日财新报道：ChatGPT 火爆，相关概念股自1月末开始持续上涨。2月7日，中国多支人工智能视觉、语音识别、自然语言理解相关公司的股价表现分化，但一周内均收获较大涨幅。

目前还没有一个正式中文译名的 ChatGPT，由 OpenAI（美国人工智能研究公司）开发，在2022年11月30日发布，推出仅两个月，就席卷全球；他们利用先发优势，在2月2日推出了20美元/月的订阅服务。至2023年1月末，月活用户数量就已突破了1亿，成为史上用户增长速度最快的消费级应用程序。之前是抖音海外版 TikTok，用时9个月。比尔·盖茨认为，ChatGPT 的出世，"不亚于 PC 或互联网诞生"。

OpenAI 公司的创始人是山姆·阿尔特曼，一位人工智能领域的天才，他被誉为"ChatGPT 之父"。他是犹太人，是俄罗斯的移民，在大二那年选择退学创业。

作为"生成式 AI 对话大模型"，ChatGPT 的工作原理是：输入日常使用的文字，它利用自然语言理解能力，将其转换为电脑指令，从海量的网页中找到素材，基于大数据集成内容，输出人们能懂的回答。它会深度学习、强化理解，不断丰富自我、改进自我；使用者只要给它若干关键词，它就给出成篇文案；

它能够与你对话、互动，协助用户完成回邮件、做翻译、写代码、编视频脚本等一系列任务，大大提高学习和办公的效率，仿佛"给我一日、还你千年"，而且它会越来越靠谱，这就"厉害了"。

创新无极限，尤其是在互联网科技界。谷歌、微软、苹果等科技巨头纷纷加紧布局，谷歌2月7日突然发布了下一代对话AI系统Bard；同一天，中国的百度也官宣了正在研发文心一言（ERNIE Bot）项目，计划在3月完成内测，随后对公众开放。除了开发，使用方面，水滴公司正在内部测试类ChatGPT应用，让智能对话机器人能够以文本或语音的形式，独立完成解答客户问题等工作；研究方面，浙江大学继续教育领域已筹备开出"ChatGPT在金融领域的运用"等相关课程，预计近期可上线。互联网世界，可以迅速让世界"无边界"。

创新是一种流变。相比于"元宇宙"，ChatGPT的优势是"简单化趋势"，而一年多前互联网世界半路杀出的"元宇宙"，是"复杂化趋势"，从研发到使用，都比较麻烦。对于使用者而言，简单方便快捷最受欢迎，你要戴一个智能"头盔"和目镜看"元宇宙"，总是不太方便，难以常态化；这就像拿一双筷子吃饭是最简单最方便的，拿十八般兵器吃饭那就很麻烦。"元宇宙"至今的结果是：由Facebook改名而来的Meta，一年烧掉了137亿美元，市值烧亏了2/3，尚未成功；而布局"元宇宙"的微软，似乎也耐心耗尽，开始大量裁员。

科技创新就是这样，可能成功，也可能不成功或一时不成功，更何况人类在很多领域的发展变化，既有"一代胜过一代"，亦有"一蟹不如一蟹"；互联网创新变革，"高潮未到就退潮""泡沫还没吹起来就破了"完全是可能的，但是拥抱变化、不断探索、勇敢进取才是最重要的。今日观之，火爆的ChatGPT确实如同"一夜春风"，但这个风最终是不是能把猪吹到天上的"大风口"，这需要时间的验证。"风口"自然意味着"风险"，但不能因为有风险就裹足不前。

ChatGPT不是让"机器"来引导人类，仍然是人类引导"机器"。不久前，以色列总统艾萨克·赫尔佐格在一个网络安全会议上，发表了部分由ChatGPT撰写的演讲，成为首位公开使用ChatGPT的领导人，但他随后表示"人工智能AI不会取代人类"。当然，越来越发达的人工智能，也早已不是传统意义的"机器",而是"智器"——智慧机器。

从"机器"到"智器",这是人类发展的必然。"智器"之"智",一定是无极限的。如果需要同 ChatGPT 一边喝酒一边聊天,那应该是小儿科,发展这个功能应该也不难,你可以实在喝酒,对方可以虚拟喝酒;两者可以碰杯,都一口气干掉;你喝醉了,对方可以跟着你"醉"。

不过,机器工具往往是"双刃剑",亚马逊员工已开始使用 ChatGPT 写代码,而亚马逊则表示并不支持这一做法;高校也担心学生通过 ChatGPT 写论文,自己就"省时省力"可以偷懒躺平,那可不是真正的学术研究。

新领域,新开拓,新创新。历史早已一次次告诉我们:拥抱现代文明,必须具备的不是那些早已落后于时代的暴力革命,而是刻不容缓的观念革命、创新革命。我们要以开阔的胸怀,开放的姿态,关注世界,抢抓机遇,既不盲目跟风,又要跟上步伐。

(原载于2023年2月9日《杭州日报》)

【篇二】"ChatGPT 之父"的天才历程

美国人工智能公司 OpenAI 近期推出的 ChatGPT,迅速成为炙手可热的新一代人工智能产品。OpenAI 的掌门人,美国"85后"企业家山姆·阿尔特曼,被誉为"ChatGPT 之父"。(据《环球时报》报道)

ChatGPT 推出两个月,用户超1亿,这是典型的"火出圈"而不是"火在圈"。OpenAI 创始人之一、首席执行官山姆·阿尔特曼(Sam Altman,简体中文有的干脆译为"奥特曼"),是俄罗斯移民的后代,1985年4月22日出生于美国芝加哥一个条件优渥的犹太家庭,是位典型的"85后"。

阿尔特曼是个天才,是"天选之子",是让人羡慕的"别人家的孩子"。在人生的成长之路上,有许多重要的"关节点"。阿尔特曼的第一个重要"关节点",是他8岁生日时,获得了重要的生日礼物——一台电脑,由此他对计算机和互联网产生了浓厚兴趣。当然，他不是拿电脑玩游戏，而是弄编程，从小做代码就做得很漂亮。

2003年，18岁的阿尔特曼被著名的斯坦福大学录取。斯坦福作为美国的一所私立大学，被公认为世界上最杰出的大学之一，它邻近硅谷，受科技创业氛围影响很大。2005年读大二的时候，阿尔特曼迎来第二个重要"关节点"：放弃学业，创业办公司。多少位后来取得巨大成功的"大咖"，都是辍学去创业的？乔布斯、比尔·盖茨等都是"辍学创业的先贤"。阿尔特曼并不是"东施效颦"兴之所至，而确确实实是兴趣所在。他致力开发一款基于用户位置的社交网络应用程序。到了2012年，公司估值曾达到1.75亿美元，但并未获得很大成功，最后他把公司低价出售了。

创业起起伏伏是很正常的。到了2015年，阿尔特曼迎来第三个重要"关节点"：他和特斯拉CEO马斯克等人一起，创办了OpenAI公司。没错，是大名鼎鼎的马斯克。遗憾的是，2018年马斯克宣布退出。彼时的阿尔特曼和OpenAI距离成功还很远。

到了2019年，OpenAI重组为一家"有限营利企业"，那个时候，当被问及如何盈利，阿尔特曼答："诚实的回答是，我们不知道。"也正是在2019年，阿尔特曼迎来第四个重要"关节点"：OpenAI接到微软10亿美元的巨额投资；发力研发ChatGPT——彼时被称为"生成式人工智能"……后来，就是众所周知的ChatGPT火爆了全世界。

阿尔特曼是人工智能领域的天才，在思想理念方面也是"一等一"的。"你需要建立一个难以复制的企业——这是一个非常重要的想法。"他是这么想的，也是这么做的。"如果你能学会先考虑市场，你会超过大多数创业的人。"他是坚定的"市场派"创业创新人士，他清晰地表达："只有当你做出了市场想要的东西，你才能得分。在错误的事情上努力，没人会在意。""如果你没有向市场提供足够好的产品，任何增长技巧、绝妙的营销想法或一流的销售团队，都成不了救命药。"

天才不走寻常路。富有创新思维、探索精神的阿尔特曼，从求学到创业，都是不走寻常路。天才往往有这样那样的"缺点",需要家庭、学校、社会的普遍宽容,这一切阿尔特曼都遇到了,所以才不会"半途而废"。

  教育,助力人才成长,顺便"带出"天才。天才的成长,最需要"活的"教育环境。无论是基础教育还是高等教育,最怕就是被"锁死":知识被"锁死",那就是退化;思维被"锁死",那就是固化;智慧被"锁死",那就是蜕化;想象被"锁死",那就是冥化;创新被"锁死",那就是石化……教育的"锁死"和"锁死"的教育,带来的只有"太菜",绝不可能有"天才"。

  天才爱因斯坦说得好:"每个人都是'天才',但如果用爬树的能力来评断一条鱼,它将终其一生只能认定自己是个笨蛋。"阿尔特曼就是人工智能领域的一条"鲸鱼",还好,他没有被要求去爬树。

(原载于2023年2月20日《企业家日报》)

马斯克：
脑与机·神连接

A

从0到1的技术突破，相比于从1到10的技术进步，要来得艰难。

2023年5月25日，美国企业家埃隆·马斯克旗下的脑机接口公司"神经连接"公司（Neuralink）宣布，已获得美国食品和药物管理局（FDA）批准，将启动脑植入设备人体临床试验。（据新华社洛杉矶5月25日电）

国人对于马斯克的"神经连接"公司并不很熟悉，连有关译名都五花八门，有的译作"神经连接"，有的译作"神经链接"。

央视财经5月27日报道说："神经连接"公司成立于2016年，目前正在研发一种名为"Link"的脑机接口设备，设备内有64根极细导线，遍布1024个电极。这一设备被植入大脑后能够读取大脑活动信号。研发人员希望利用这类植入设备帮助治疗记忆力衰退、颈脊髓损伤及其他神经系统疾病，帮助瘫痪人群重新行走。

马斯克也在推特上转发了这条消息，并且表示"恭喜Neuralink团队"。此消息刚出，"神经连接"公司还没开始招募志愿者呢，很多美国网友已经自告奋勇，纷纷表示愿意成为"小白鼠"，参与试验。

美国食品和药物管理局一向要求严格，7年来眼睛一直盯着马斯克的"神经连接"；马斯克也曾多次预言将获批启动人体试验，事实上"神经连接"公司的申请曾在2022年初被拒绝，原因当然就是对"人脑植入试验"安全性的担忧。人类对脑机接口技术（Brain Computer Interface，BCI）的研究开发，已有几十年历史，迄今没有任何一家获批投入商业应用。

这次获批的也仅仅是"人脑植入"的"试验"，但这是要突破"0到1"的关键一招，具有里程碑意义。一旦成功，前途无量，将会造福人类，给那么多有关的患者或残障人士带来福音，尤其是瘫痪者若能重新站起来行走，那就是"重生"啊！相比于当年助听器的发明，这是人类更巨大的科技创新进步。当然，如今助听设备的研发应用也越来越智能化了。

我们知道，整个脑机接口系统，是微观世界里一个非常复杂的体系，其难度恐怕不亚于上个月试射失败的重型运载火箭"星舰"；当时马斯克面对失败，照样表现出了强大的信心。

B

此前，"神经连接"已用猴子、小猪进行过测试。2019年7月16日"神经连接"公司举行了首场发布会，做了基本的演示；2020年8月28日，再次举行发布会，马斯克通过在线直播，演示了植入脑机接口设备的3只小猪实时神经元活动，展示了脑机接口技术的实际应用过程。此次脑机接口设备的尺寸大幅度缩小了，植入的难度也大大降低。小猪在植入设备又取出设备的过程中，表现都健康正常，与普通小猪并无差异。

这种可植入装置，含有芯片，可无线充电，能将导线捕捉到的大脑神经活动无线传输给应用程序，由程序"解码"分析出大脑意图。一个形象的说法是：脑机接口就是人脑和外界设备之间的"桥梁"，桥上通行的不是汽车而是微电流，传递脑电信号。

英国学者贝弗里奇曾经说过："科学家必须具备想象力，这样才能想象出肉眼观察不到的事物如何发生、如何作用，并构想出假说。"他还说："对于研究人员来说，最基本的两条品格是对科学的热爱和难以满足的好奇心。"马斯克尽管不是直接的科学家、研究者，但他真当是具备了非一般的好奇心与想象力、向往与热爱，所以别人"肉眼"看不到的，他的"天眼"能看到。

人类世界在这一领域的研究，当然不只是马斯克Neuralink团队一家。

两年前，比尔·盖茨和亚马逊创始人杰夫·贝佐斯等投资的脑接机口公司Synchron，就已率先获批进行了人体试验。他们称植入大脑的、类似于血管支架的微型设备为"解锁大脑的自然高速公路"。2021年12月，一位澳大利亚渐冻症患者，在植入脑机接口后，无须打字过程，成功发出了全世界第一条用意念生成的推文，译成汉语是："你好，世界！短推文。巨大的进步。"

不久前，瑞士洛桑联邦理工学院研究人员在《自然》杂志发表研究成果：他们引入了一种全新的、基于人工智能的算法，通过脑机接口，可以高精度捕捉到动物大脑的动态。他们让50只老鼠观看一段30秒的电影片段，观看9遍，然后用他们开发的一种新型人工智能工具，重建了老鼠所看到的内容，并可以预测下一个画面，准确率高达95%。这不算"读心"，但可算作"读脑"吧！

在中国，多家单位也在这一"硬核"技术领域孜孜以求。5月4日，南开大学段峰教授领衔的团队进行了一次成功的试验，通过国产脑机接口让猴子用意念实现取食，这成为全球首例：猴子双手被绑住，想吃食物时产生了伸手的冲动，这个意念（脑电信号）操纵了机械臂，成功把食物送到了自己嘴里。而与众不同的是，其使用的"介入式"脑机接口，不用脑袋钻孔，只需把颈静脉刺个小口，通过导管将装置送入大脑运动皮层脑区的血管中，通过血管内壁采集脑电信号。

C

脑机接口技术，可用在医疗、教育领域，未来也有可能应用在军事领域，甚至外太空领域，其科技价值和经济价值都难以估量。中国电子技术标准化研究院公布的《脑机接口标准化白皮书（2021版）》预测：脑机接口技术的潜在市场，很快将达数百亿元。

有人甚至预测，脑机接口产业将火过处于人工智能风口的ChatGPT。

马斯克曾谈到，脑机接口技术在治疗多种神经系统疾病方面有巨大潜能，但他更大的梦想，则是希望将来能开发一种可以实现人类与人工智能"共生"的设备，这个就更厉害了。

马斯克其实是挺担心人工智能对人类的"威胁"的，创办这个公司的"源动力"，就来自对人工智能未来发展的"恐惧"。他曾预测，在2025年之前，人工智能将超越人类，如果不能开发出"人脑连机""人机交互"的技术，未来人工智能可能会像对待宠物一样对待人类。

对于人工智能，苹果公司CEO库克倒是比较乐观，早在2017年的第四届世界互联网大会上，库克在发表演讲时称：我担心的是人类像机器一样思考，不担心机器像人类一样思考；做事不能丢了人性，产品中要注入人性。

与一般的"非此即彼"不一样，马斯克的想法是：人类不能战胜人工智能，那就加入人工智能。这是一种很先进的理念与思维。让人脑与计算机融合，成为"半机械人""准智能人"，让人类与人工智能实现共生，甚至成为"现实超人"——这样的马斯克，你能不佩服吗？

当然，那是难以准确想象的未来情景。有人给出一种最简单的、形象的说法：今后你用不着寒窗苦读，就可以向大脑内直接灌输任何知识；甚至可将你大脑中所思所想的任何东西，都储存在云盘里，实现"意识永生"。

马斯克的大脑，充满着为人类创新的想法，借助新创的外部科技和机器，实现他的非凡目标。这就是"改变人类"的马斯克。

"做这些事不是为了让自己更加富有，我也没有过奢靡的生活。"马斯克曾经坦荡地说，"做这些事情对未来很重要，人活着，必须有鼓舞人心的事让你铭记于心。"这让我想起了中国教育家陶行知说过的话："科学的使命，是要造福给人类社会，不造福给个人。"

科学的源泉，永不枯竭；科学的容量，永远无限；科学的目标，永无止境。我们应该期待那一天的到来："神经连接"真正成为"神连"——造福人类的"神连接"！

（原载于2023年5月29日日本华侨报网）

辑三 缤纷之史

王安石：
千年的"瑰玮"与"卓绝"

A

名高一世，学贯千载；变法若干，争讼千年。2021年12月18日，是北宋著名政治家、改革家、思想家、文学家、诗人王安石1000周年诞辰。全国多地举办纪念活动：

——王安石家乡在江西抚州临川，这位王荆公、临川先生是汤显祖的老乡。抚州举办系列纪念活动，其中包括学术研讨会、"王安石杯"系列赛事等，致力挖掘研究王安石改革精神的当代价值。

——王安石与南京有着特殊的关系，南京是他钟爱的古都，1086年他在66岁上辞世，归葬于当时的江宁——今日的南京。王安石写南京或在南京写的诗词有600多首，南京正在明孝陵博物馆举办纪念王安石1000周年诞辰书画展。

——王安石和杭州有缘，他在1041年21岁时，曾从南京来到杭州探视长妹王文淑，在余杭法喜院短期读书、养疾，并有题诗；1050年他与弟王安国于杭州拜谒范仲淹，得到礼遇……而今杭州举办"理想与山水——纪念王安石诞辰1000周年"系列活动，第三场在飞来峰进行。

——浙江宁波鄞县（今鄞州区）是王安石早期主政的地方，是他变法思想的策源地，现在东钱湖畔有王安石纪念馆，当下在进行一系列活动，"王安石诞辰1000周年"个性化邮票在此首发；同时通过拍摄6集大型人文纪录片《王安石》、出版"王安石县政治理研究丛书"等，深度发掘"王安石与鄞州"的关系，从而进一步推进宋韵文化建设……

B

王安石是唐宋八大家之一，诗文成就，彪炳千秋。1050年3月，王安石知鄞任期满后，从宁波经绍兴至杭州归临川故里，一路赋诗，在绍兴飞来山写下千古名篇《登飞来峰》："飞来山上千寻塔，闻说鸡鸣见日升。不畏浮云遮望眼，自缘身在最高层。"还有："爆竹声中一岁除，春风送暖入屠苏。千门万户曈曈日，总把新桃换旧符。""春风又绿江南岸，明月何时照我还？""墙角数枝梅，凌寒独自开。遥知不是雪，为有暗香来。"如此朗朗上口的优美诗句，不是天才大家是不可能写出来的。王安石诸多脍炙人口的诗句，尽管流传版本不一，但可以肯定的是，一定能够永远流传。

苏轼高度评价王安石："瑰玮之文，足以藻饰万物；卓绝之行，足以风动四方。"而且，王安石兼通儒释道三家，独自构筑起被后世称为"王学"的学问体系。了解王安石，《王安石年谱长编》（中华书局2018年1月第1版）是捷径，该书由青年学者刘成国以极大热情和力量编就，煌煌6大卷，是迄今最为详尽的王安石年谱长编，也最为客观公允。

C

纪念王安石千年诞辰，公众关注的核心是"变法"二字。王安石以"王安石变法"名世。其变法尽管最终失败了，但对北宋王朝乃至整个中国历史产生了深远影响，甚至影响到历史走向。

彼时大宋王朝危机重重，官府阮囊羞涩，刚当上皇帝的青年宋神宗，想着要革除弊政、重振国威，至少不能让手头紧巴巴。于是有同样理念而且才华横溢的王安石，登上了变法舞台——因缘际会，舍我其谁。

变法以财经改革为核心，兼顾军事与科举改革等。以《易中天中华史·王安

石变法》(浙江文艺出版社2017年3月第1版)一书梳理的大事年表为准,变法的主要时间线是:

1069年(熙宁二年),以王安石为参知政事,开始厉行改革,史称"熙宁变法"。设制置三司条例司,行均输法和青苗法。1070年,行保甲法和免役法。司马光反对新法被贬,王安石任宰相。1071年,定科举法。苏轼被贬。1072年,行市易法、保马法、方田均税法。1074年,郑侠上《流民图》请废新法,王安石被贬。1075年,王安石官复原职。1076年,王安石辞官,变法失败。

变法是觉醒,变法是探索。王安石不想"独守千秋纸上尘",早在1058年,他就上"万言书",对当时的内外形势、朝廷弊政、社会问题、人才之关键、改革之迫切等方方面面,都进行了相当深入的分析,提出变法主张,力倡"变更天下之弊法",推行富国强兵的"国策",从而改变"积贫积弱"的局面。

变法变革是必须的,不变是没有出路的,但怎么变、向什么方向变,则是关键。王安石强化了政府对商业的干预,并试图借助金融资本扩大农业生产、增加财政收入,以实现国家利益与民生的"双赢"——当然是以国家利益为主,民生利益为辅。他的"理财"观,亦可看成是局部的"以经济建设为中心",以图解决国家社会的"发展"问题,将"礼制国家"变为"财政国家"。变法尽管取得了一定的阶段性成效,但并未实现富国强兵的终极目标,甚至很大程度上演变成"与民争利"。更让王安石想不到的是,变法失败之后没多久,到了1127年,北宋就被金人"革了命"——"靖康耻,犹未雪",北宋亡,南宋始。

D

对与错?成与败?千百年来,思考王安石变法、反思变法失败原因的文字可谓汗牛充栋。

在最新版的《辞海》(上海辞书出版社2020年8月第7版)中,"王安石变法"词条如是云:"所行新法在财政方面有均输法、青苗法、市易法、免役法、方田均税法、农田水利法;在军事方面有置将法、保甲法、保马法,及设置军器监等。此外，又罢诗赋及明经等科，以经义策论试进士，并立太学三舍法，修撰《三经新义》，以改革科举和学校制度，为新法培养人员。由于新法触犯既得利益者权益，且推行太急，官吏又奉行不善，产生不少问题，遭到韩琦、司马光、文彦博等的强烈反对……变法使国家财政情况有所好转，军事实力也有所加强；但王安石的'摧制兼并'推进乏力。元丰八年（1085年）神宗死，子哲宗即位，高太后（宣仁太后）听政，起用司马光为相，新法除置将法外，全部被废。"

梁启超名著《王安石传》，是改革家眼中的改革家，变法者眼中的变法者。他开篇就高度赞赏王安石"其德量汪然若千顷之陂，其气节岳然若万仞之壁，其学术集九流之粹，其文章起八代之衰，其所设施之事功，适应于时代之要求而救其弊，其良法美意，往往传诸今日莫之能废"。书中用上下两章阐述"新政之阻挠及破坏"，其中说道："一言蔽之，则当时于熙丰所行之事，无一不罢；于熙丰所用之人，无一不黜而已。"这是强调外部因素。

变化是自然的规律，改革是时代的要求，求新是众生的使命，而变革失败的原因确实错综复杂。李健华、侯小明的《王安石全传》（华中科技大学出版社2012年3月第1版），有一章标题是《日落西山终归败，一人之力终归小》，直言"王安石在变法中的激进做法，把这些主张采取缓进式改革的大臣，推到了对立面"。

刘成国《变革中的文人与文学：王安石的生平与创作考论》（钱江学术文丛，浙江大学出版社2011年11月第1版）中《王安石与曾巩交疏辨》，揭示"王安石与曾巩政见上的分歧，在二人早年的交游中即已初现端倪"。同为唐宋八大家的曾巩，也是王安石的老乡。曾巩坚持认为行政之初应当"先之以教化""待人以久"，而王安石"却针对当时官吏因循苟简的现状，更加重视严明吏治法度"。

学者崔铭新著《王安石传》（天津人民出版社2021年11月第1版），是继《苏轼传》和《欧阳修传》（两书同为王水照、崔铭合著，人民文学出版社2019年5月第1版）之后，"巨人三传"的收官之作。在作者心目中，苏轼是智者，欧阳修是达者，王安石是勇者。《王安石传》试图抛开固有的习见，从王安石的全部作品入手，考察同时代人与他的交游，展现颇具特色的熙宁变法改制图景，还王安石本来的风度和丰采。作为改革家，王安石理性、独断，唯目的性；作为文学家，王安石感性、深情，重审美性。"《王安石传》越写越崇敬，崇敬中充满无尽的心疼。"书中写到，变法派内部矛盾也公开化，因"市易务法案"，闹得沸沸扬扬；然后就是郑侠决定拼死一搏，为民请命，向皇帝呈上了《流民图》……巨大的骆驼终于被最后一根稻草给压倒了。就苏轼和王安石两位大家的关系而言，作者认为，在王安石眼中，苏轼不过一介书生；而苏轼直指王安石"求治太急，听言太广，进人太锐"。王安石变法，确实急于求成，完全忽视反对派中那些合理的、中肯的意见，却依靠才德浅薄、急功近利的小人推行新法，必然会事与愿违，使新法本身潜藏的弊端过早地恶性发展，导致变法运动的最后失败。学者陈胜利在《当改革遇见王安石》（清华大学出版社2018年8月第1版）一书中说："中国古代历代变法均是自上而下的改革，君主的态度成为改革成败的最关键因素之一。"并且言明：王安石试图弱化"祖宗家法"，但变法同样遇到了"祖宗家法"的困扰。这是政治和文化层面的问题，所以变革其实需要极高的政治智慧，并非一腔热血就能行。

日本学者三浦国雄在《王安石：立于浊流之人》（上海人民出版社2021年6月第1版）一书中评价王安石："他犹如彗星一般显现于十一世纪中国的天空，其前无古人的大改革企图将旧有的社会制度连根拔起。只是不待克尽全功，王安石却又倏然从历史的天空消失了。"作者认为司马光的《资治通鉴》是王安石变法的映像；王安石的天性与现实格格不入，他心中的理想世界与现实世界永远无法调和，他主持的新法就是从"不调和"中孕育出来的，这是王安石一生命运的悲剧，也是他的魅力所在。这是个性性格的视角，让人想起"性格决定命运"之说。

E

在王安石千年诞辰前夕，上海人民出版社还出版了《宋代中国的改革：王安石及其新政》一书，这是海外宋史领军人物刘子健半个世纪之前的名作，该书集王安石变法研究之大成，重新审视士大夫政治的宿命，剖析王安石官僚理想主义失败的根源，叩问传统中国政治体制改革的底层逻辑，深刻揭示新政改革堕落为弊政的必然后果。

该书将王安石描述为一位制度的改革者，"他不仅尝试改变，同时也意图建立新的政府体制，以指导和形塑官僚与民众的行为"，但是王安石的理想主义"基本上是官僚主义的"，所以他总是"把他所诠释的国家利益置于其他一切之上"。作者认为，作为官僚理想主义者，"富国强兵"其实并非王安石变法的首要目标；其理想是实现儒家的道德社会———一种"至治之世"的完美的社会秩序，王安石希望通过改造、建立新的官僚体制以实现这一理想。而变法逐步背离理想主义初衷，比如募役法（即免役法）改由钱币缴纳免役钱，税负沉重，新政带来国家财政的改善，远超过带给民众的利益。

王安石新政的失败，是由官僚体制所依附的君主专制政体命中注定的。刘子健在书中深刻揭示："宋代政府运作的一个重要特点，是中央集权不断增强的趋向……宋代政府的运作也受到专制主义倾向的深刻影响。"不论政府官员享有多大的权力，"它都只是一种派生的权力，是君主让渡的"，而王安石"进一步强化了专制主义"。

……

F

变什么法？法怎么变？易中天《王安石变法》一书提出一个根本性的大问题：变法是革新旧政，还是维护祖宗家法？由此带出一个"小问题"：王安石、司马光、苏东坡，一群聪明正直的政治家，为何却让变法成为一场拉锯混战？在书中，易中天专门用一章《教训所在》，系统地反思了变法失败的种种原因，可谓着墨最多，用力最深，剖析最透。其中《目的是个问题》一节直言："王安石就是要竭尽一切可能，把财富和人力都集中到国家手里……因为王安石是一个国家主义者。"

崇尚国家主义，自然会认为国家利益至高无上，相信政府万能。"重天下"

与"重民生",真是有霄壤之别的;"富国强兵"和"强国富民",两者毕竟差距很大。北宋时期,商品经济其实已经有了初步发展。可那时的王安石当然不知道700多年后英人亚当·斯密的《国富论》,不知道政府"有形的手"之外,市场调节的"无形的手"更厉害,不知道"国富论"的本质是"民富论",民富了国才能强,而不是倒过来。

易中天在书中说:"在他心目中,国家利益是高于人民利益的,更高于个人利益。因此,即便其新法确有利民和富民的考虑,那也是次要的。民众就算得了方便和好处,也是搭便车。首要目的,是富国强兵。既然如此,王安石当然不会在乎民众的满意度了。"对比一下新中国的改革开放,发轫于农村基层,最终层层推进取得伟大成就,恰恰是因以赋予民众自由度、解放生产力为主轴,以"人民满意不满意、拥护不拥护"为衡量准星。

G

"普天之下,莫非王土;率土之滨,莫非王臣。"王安石变法自上而下,本质上是在"计划经济"和"计划政治"里头打转,最终口惠而实不至,其深化变革成了纸上谈兵,甚至适得其反。不能说王安石变法的出发点,就是"涸泽而渔",就是剥夺民众、与民争利,他也是想"放水养鱼",这一点基本智识还是有的。比如他在知鄞时期就实验过的"青苗法",在农业为主的时代,本意是希望在春秋两季农村青黄不接时,由政府提供普惠金融,为百姓发放贷款,以免遭受高利贷盘剥;政府直接参与经济可以多多获利,老百姓多少也得些好处。没错,发放贷款,本来就是让民众扩大再生产。然而,"政府万能"、非市场化的做法,落实下去,必然会演变成"运动化"的强制行为,到了下头很快变味,明令禁止的"强制摊派"结果在各地盛行,大家得"奉旨贷款",不能由民众自愿。

即使变革愿望很好,执行起来也会弊端不断。大清帝国的官僚,上面要求他们的,是"服从"与"执行",而非反思与纠偏。官僚群体的视野,永远只是停留在行政和执行层面。变法时期选拔、成长起来的官员们，普遍只是习惯了不折不扣乃至变本加厉地完成上面交下来的任务，做出"政绩"；同时，还不忘让自己获利，他们有本事把"青苗法"的低息贷款演变成官府垄断的高利贷，不仅利息高，告贷还得审批，每道程序都要交"好处费"，结果可想而知：老百姓增加了负担，地方官增加了收入，"改革帮了腐败的忙"。甚至这样的情况也会发生：有腐败官吏趁放款时，诱使借到青苗贷款的农家子弟前来嬉戏玩乐，使其花光借款，欠下一屁股债。

性格执拗的王安石被称为"拗相公"。他执着的变法改革，正一步步走向自己都想不到的反面。避免变革"变味"甚至演变成一场灾难，在任何时代都是必须的。非凡的改革通常都是往简单里改，而不是往复杂里改。但是在具体落实的层面，往往又是很复杂的。用今天的话来说，经济社会的变革发展，是一个相互关联的复杂系统，既要防止"合成谬误"——避免局部合理政策叠加起来造成负面效应，也要防止"分解谬误"——避免把整体任务简单分解，更不能层层加码，导致基层无法承受。

H

变法变革，需要良好的环境，也就是要"众心思变"，而不是"唱独角戏"或是"演二人转"。曾与王安石同朝为官的思想家张载，倡导渐进的革新方法，属于"温和派"，他并不赞同王安石的"激进派"做法。而以司马光为代表的一批人士，是很坚定的"反对派"，无论是变法之初尚未看到问题出现，还是后来看到不良后果初现；理念不合道不同，他们群起而攻之，司马光"无时无地不力加反对"，王安石两度罢相。司马光其实是王安石的老朋友，只是政见始终不合而已。有"反对派"的制衡，本来也是好事，可结果演变成"斗争哲学"：出于反对变法的立场，"反对派"势力对王安石变法有很多不实叙事，不仅夸大"新法"弊端，甚至会无中生有；王安石的拥趸，比如沈括是支持"新法"的，他受到重用，这老兄第一个从苏轼诗中摘出"讽刺朝政"之意，进献给神宗皇帝，进行告发，说"词皆讪怼"……没有想到的是，相对独立而不成"派"的理智的苏东坡，结果在新旧两边都不讨好，还差点因"乌台诗案"而丧命，这就是历史与时代的悲剧了。

日本启蒙思想家福泽谕吉曾说，一个民族要崛起，要改变三个方面：第一是人心的改变；第二是政治制度的改变；第三是器物经济的改变——这个顺序绝不能颠倒，如果颠倒，表面上看是走捷径，其实是走不通的……从秦肇帝制，到大清覆亡，中间这两千年，如何变革都是帝制内部的风暴，不是真正的"大变局"，别说有没有"人心思变"，政治制度的改变几无可能，所以器物经济变革的失败，其实是很好理解的。

I

论者有言："变法虽然失败，但王安石没有失败。"王安石是独抗时流、立于浊流之人，其"矫世变俗"的抱负，"经世致用"的实践，"天变不足畏，祖宗不足法，人言不足恤"的勇气，清廉自守的品格，寄情山林的本色，以及卓著的经学造诣、文学成就，就是"瑰玮"与"卓绝"，令他与历代文人、与政治人物拉开了距离，历经千年，"没有失败"。

（简本原载于2021年12月16日《宁波日报》，全文原载于《芝田文学》2023年第2期）

郑和：
驶向大海　浪花盛开

【篇一】驶向大海　浪花盛开

"出发之前，永远是梦想；上路了，才是挑战。"这是很现代的达卡汽车拉力赛发起人萨宾的名言。而在600年前，在1405年7月11日，当中国航海家郑和意气风发地从苏州府太仓刘家港起锚的时候，"梦想"就这样"上路"了。这样的"自我挑战"，让今人都要瞠目：那海上特混舰队有大小船只200多艘，每次人数都在2.7万人以上，七下西洋累计长达28年。

郑和率领的船队，虽是一支庞大的海军队伍，但从未用于侵略扩张，而是致力播撒友谊和平的种子，他们调解缓和国家间的矛盾，平息冲突，消除隔阂，消灭海盗，保障安全。郑和船队本身，就是海洋蓝色文明的一种象征。

大海的胸怀是广阔的。雨果在《海上劳工》中这样描述大海："海也是很复杂的；在我们看得见的波浪下面，有我们所看不见的动力的波浪。它是无数因素形成的。在一切混合的物体里，海洋最深奥，最不可分割了。"这样的海洋，其实与人类之海有异曲同工之妙——如果说大海是"深蓝"，那么人类就是"更深的蓝"。因为在人类之海的波浪下面，有着更强大的看不见的"动力的波浪"。过去，郑和下西洋，就有这种强大的"看不见的动力"在助推；今日，我们在与海洋的蓝色文明交融中，同样有这种"看不见的动力"在涌动。就是在纪念郑和下西洋600周年的文化行动中，也有那种内在的强大动力，比如我们看到，凤凰卫视的"凤凰号"单桅帆船远航，载着4位勇者，从太仓出发，一路追寻郑和当年的足迹，历时8个月零8天，甚至经历了印度洋的大海啸，航行1.2万海里抵达非洲，从而成功上演了一出现代版的海上"西游记"。

"凤凰号"远航者说，过了马六甲海峡再往西，郑和的踪迹已经很难找到了；因为600年前，郑和在亚非地区展现了中华民族强大的实力，但他并没有改变当地人，强迫他们接受中华文化，"这也充分证明，强大的中国向来是个爱好和平的国度；找不到郑和的足迹，反而更让我们骄傲"。由此我们看到，尊重各民族文化的多姿多彩，与恪守人类的共同价值，完全可以并行不悖。

蓝色文明体现了多元性、开放性、进取性，而向往蓝色文明，意味着外向的、大气的、积极的姿态。从今年起，我国将每年7月11日定为"航海日"，这就是一种梦想的扬帆。"面朝大海，春暖花开"是不够的，我们需要"驶向大海，浪花盛开"。英国史学大师汤因比曾说过很深刻的话："文明是一种运动，不是状态，是航海而不是港口。"郑和航海下西洋，就是文明的创造与行进，就是大陆文明与海洋文明的一种交融。文明的理想状态，当然是融合而非冲突。

海洋文明拿什么来依托？那当然是大陆文明。我始终坚信两者是相辅相成的，因为没有"大陆"，就无所谓"海洋"。"蔚蓝拍岸"的美好意境，离不开"海"，也离不开"岸"。

谨此纪念郑和下西洋600周年。

（原载于2005年7月10日浙江博客网）

【篇二】郑和之"和"

郑和再一次进入公众的视野。

2015年11月22日下午，李克强总理驱车前往马六甲州，开始他正式访问马来西亚的第一站。总理专门参观了这里的郑和文化馆——中国卓越的航海家郑和七下西洋，曾五次驻节马六甲。文化馆里的船具、瓷器等展品众多，场景、人物造型栩栩如生，生动再现了郑和下西洋时的壮阔场景，以及向当地民众传播农业、渔业、纺织业等方面先进生产技术的鲜活画面。

李克强仔细观看并签名留念。他说，郑和的"和"字代表了和平、和谐、以和为贵，是中华民族崇尚和平、亲仁善邻的生动写照。600多年前，郑和的船队带着和平、友谊来到这里，开展互利的商业文化交流，并帮助维系当地的和平与安宁，是和平交往、互利友好的使者。

"和"，中华民族所奉献的人类的共同价值观。"和平、发展、公平、正义、民主、自由，是全人类的共同价值"，这里带头的正是一个"和"字。和而不同、兼收并蓄，人类文明才能交流、融合、进步；和谐共存、相互尊重，这个世界才会姹紫嫣红、欣欣向荣。

郑和下西洋，谱写了一幅不同文明交流、互鉴、融合的宏伟画卷。带队下西洋，郑和当然是最合适的人选：他不但航海知识丰富，还久经战争考验，军事素养很高，性格坚毅顽强，而更重要的是他具有"和"的精神品格。在马六甲海峡的一个重要据点，郑和的船队一度被迫停止，因为船员有百余人被当地的"西王"杀害。郑和的士兵十分愤怒和激动，决心要送"西王"上西天，但被郑和制止。郑和告诉下属，决不能开战，因为我们负有更大的使命——和平的使命，如果攻打的消息传到西洋各地，各国就会怀疑我们的来意，我们的使命就真的无法达成了。"和"，才是真正的大局！以和为贵、和而不同、和谐包容——这就是郑和的智识；他播撒的是和平、友谊的种子，结出的是和谐、包容的果实。

在鸿篇巨制《世界文明史》中，美国学者威尔·杜兰特说："文明就像是一条筑有河岸的河流。河流中流淌的鲜血是人们相互残杀、偷窃、争斗的结果，这些通常就是历史学家们所记录的内容。而他们没有注意的是，在河岸上，人们建立家园，相亲相爱，养育子女，歌唱，谱写诗歌，甚至创作雕塑。"人类具有分隔与和合的双重特性：一方面，人类的现实世界基本上是分类性的、壁垒性的，民族、宗教、地域、语言之不同，让"划分"变得天经地义，国境线遍布地球；但人类是需要交往交流交融的，唯有和平之交，方能打破"零和游戏"，相互学习、取长补短。文明之间要融合，不要排斥；文明之间要交流，不要取代。文明因交流而多彩，文明因互鉴而丰富。郑和下西洋，"和"成了旗帜；一路行来，一路留下许多友好交往的动人佳话；纵观人类发展史，从来都是几大文明交替融合、共同推进的，郑和就是这样的推进者。

领导着庞大船队的郑和，正是因为具有"和"的思想和品格，才能一次次顺利"下西洋"，否则很可能就是寸步难行，恐怕一次都完成不了。十多年前，英国学者加文·孟席斯发表研究成果《1421：中国发现世界》，提出：发现美洲大陆的人不是哥伦布，最早实现环球航行的人也不是麦哲伦！他认为，郑和第六次下西洋时，部分船队绕过非洲南端的好望角，到达北美等地；另有部分船队跨过太平洋，到达澳大利亚，实现了最早的环球航行。这都早于哥伦布、麦哲伦。孟席斯的惊世新论之所以引起轰动，除了增添了许多新的证据，他还运用了人类学、考古学、历史学、语言学、地图学、航海学、星象学、现代遗传信息技术等多学科的研究资料，并且根据当代欧洲地图记载、中国的星图和考古发现，认为中国在1400年初期已经绘制了世界地图，绘制者就是郑和。学者论点可以商榷，郑和精神永不磨灭。

郑和之"和"，理应世代永续。今天的人类，更应合作共赢，同心打造命运共同体。

（原载于2015年11月24日《杭州日报》）

张载阳：
春日载阳鸣仓庚

在"暄庐用笺"上，张载阳用非常工整的小楷，给杭州银行家金润泉写推荐信，为大学毕业生许屺求职。那是1937年11月1日，张载阳已从军政岗位上退隐多年，他正潜心于书法。许屺毕业于上海持志大学（民国时期私立大学，上海外国语大学前身）政治经济系，是张载阳的亲戚。此前已有过推荐，因岗位没空，自然就耽搁了下来；如今抗战（即全面抗战）爆发，因战事离职者较多，张载阳再次写信，举贤不避亲。

这一手札，现珍藏于浙江省档案馆，既是书法小品，亦是书法精品。

"春日载阳，有鸣仓庚。"《诗经》名句，恰是张载阳的写照。仓庚即黄鹂鸟，寄托着整个春天的灵性——仓庚知春而鸣，应节而趋时，尤为喜人。

张载阳（1874—1945），字春曦，号暄初，是光复会会员——光复会宗旨是"光复汉族，还我山河，以身许国，功成身退"。1922年10月至1924年10月，张载阳出任浙江省省长，兼浙军第二师师长，授陆军上将军衔。

纵观张载阳的一生，在位时，他是著名的廉政典范；退隐后，他更以书法大家名世。

武备第一

张载阳与张啸林这"二张"，在杭州南星桥码头相遇之前，谁也不认识谁。

清光绪二十四年，即1898年的春天，24岁的张载阳打南边来，北渡钱塘江，在后来成为"浙江第一码头"的南星桥上岸，他到杭州是为了考学。张载阳是浙江新昌人，1874年生于诚爱乡张家店村——从村名可知，张姓在那儿是大姓。

另一位姓张的年轻人，那时还叫张小林，后来才改为张啸林。"虎啸山林"的张啸林，比"春日载阳"的张载阳小3岁，生于1877年，他是浙江宁波人，地域都属钱塘江南边。20岁上，张小林和哥哥张大林离乡背井，来到杭州，在拱宸桥一带谋生存之机。张小林不愿正经干活，游手好闲，成为地痞。后来的"张啸林"众所周知——他变成了上海滩赫赫有名的青帮头子，与黄金荣、杜月笙并称"青帮三大亨"。

张载阳来杭，考的是浙江武备学堂。清王朝的武备学堂，主要是为培养下级士官的。出身农家的张载阳，仪容修伟，膂力过人；他不爱科举，立志从戎。从南星桥码头上岸，张载阳刚从一大群人中挤出来，放下行李喘口气，几个混混儿就用脚踩住了他的箱子，要他"放两块龙洋出来"，给你搬运行李。年轻力壮的张载阳哪里理他这一茬，可对方仗着人多，就动起手来。正当张载阳寡不敌众时，有"江湖义气"的张啸林正巧出现，路见不平，出手相助，帮了张载阳一把，是另一种意义的"不打不相识"。

后来的戏剧性故事是，张载阳动员张啸林一起去报考武备学堂，结果双双考中，他俩自此成了同窗好友。1901年，张载阳以正科第二名毕业，开始了军事生涯，直至成为上将。张啸林则走上了完全不同的道路：武备学堂肄业后，他走上了江湖；上海沦陷，他一心想的是要与日本人"共存共荣"，还梦想坐上汪伪浙江省省长的宝座，跟"大哥"张载阳一样，弄个省长当当；结果在1940年8月被锄奸，是充当他保镖的林怀部一枪送他上了西天。而张载阳被称为"一代廉吏"，他面对日本鬼子的诱惑，更是不为所动，铮铮铁骨力保民族气节。

杭州于1937年12月24日沦陷，头天晚上，张载阳携全家星夜渡江返回新昌老家。他又一次踏上南星桥码头——这码头先前是胡雪岩在此设立了义渡；北伐胜利后，作为杭州知名人士的张载阳和金润泉等一批人，出面组织募捐，用善款添置了轮船、改建了引桥。由于码头过于繁忙，有识之士于是有了建造钱塘江大桥的设想，并很快付诸实施，邀请茅以升设计施工；然而，刚建成通车不久，大桥不得不在杭州沦陷前一天无奈炸断，以阻日寇。

清廉第二

　　张载阳返回原籍新昌，开始住在县城下市街老宅，后来又迁居至家乡张家店。当时全家老幼三十多口，他量入为出，省吃俭用，生活相当拮据。"三十多口之家"与"三口之家"，负担迥然相异；一生廉洁的人跟一生忙于敛财的人，家境截然不同。

　　张载阳的廉洁自持，到了不可思议的境地。从浙江武备学堂毕业后，他长期从戎，勤学治军，带兵有方，升迁有序；民国元年，他就已经是旅长了。有的人至此已腰包鼓鼓，可张载阳一直公私分明、不染一尘。

　　办事要"严正廉洁，非理不取，见利思义"，张载阳常以牟山湖营房工程为例，教诫子孙，如何做事为人：他负责该营房的建造，工程包价40余万元，没有任何水分；他对承包人和保证人明确交代："官场作事，雷声大雨点小，说话愈严事体愈好办，只看'礼物'送得多少。我则不然，工程包价如数付清；工程质量按规定验收，不能取巧，如有丝毫差错，必须限期拆建，那时，就不能怪我过于认真了。"他到工地去勘验工程，真当是一丝不苟，连伙食也是自己备带的。不免有人说他过于认真，甚至迂腐。施工接近尾声，因物价上涨等因素，预亏大约20万元。张载阳审核后，认为承包人即使破产也不能如数赔偿，诉诸法律同样也补救不了；他将实情禀告了上司，最后经核实无误，上司同意压缩工程，可减用13万余元，承包人感激非常，其余款项自愿认贴。

　　张载阳在1922年10月被北京政府任命为浙江省省长，上任伊始，他就致函省议会，表明"载阳以浙人服务民政，力图治理，决不稍图私利"。决不稍图私利——他最终兑现了自己的承诺。而每遇公益事业，他都是慷慨解囊。补抄文澜阁《四库全书》，向浙江籍人士劝募，张载阳捐赠500元。1923年9月1日，日本发生了死亡14万人的关东大地震，这正是张载阳当省长的时候，他带头捐款,江浙沪成了中国募款救灾的主力。

张载阳的父亲叫张德怀,诚厚为人,勤俭持家,并以此教育子女,使张载阳从小养成"敦穆诚敏""勤劳俭朴"的品质,此可谓"童年影响一生"。在六十寿辰时,张载阳写就告诫子孙的著作《暄庐家训》。"暄庐"是张载阳在杭州浣纱路井亭桥的寓所。家训分序言、教诫两大部分,约万余字,由新昌张九如堂藏版——今见旧书网上有售,售价高达3000元,不知是否正宗古本。《暄庐家训》中的教诫部分,分为43篇,多为严格的自律:第一篇谈伦常,提出伦常之道,束身贵严,而后一家大小知所爱敬;第二篇谈修身,约言一个"正"字,以正存心则身修,揭示这是"心地上"的功夫,"余生平不敢稍用欺诈手段";第十四篇谈洁身,直言"不洁之行,每起于贪";第十六篇谈恤贫,倡言"应以人民饥渴为怀","恤贫之道,尤当本敬爱之心,不可稍存骄矜之色";第二十五、二十六、二十七、二十八篇,分别说的是戒色、戒赌、戒嗜好、戒奢侈;尤其是第三十二篇,谈"不取非义之财",叮嘱"临财莫苟得",直斥"清末政府腐败,陋规成例"……由《暄庐家训》可知张载阳的清廉是深入骨髓、融入灵魂的,这是一本廉洁从政的历史好教材;今日多少"大老虎",远不如90年前的省长张载阳。

张载阳返回新昌老家后,时任浙江省政府主席的黄绍竑得知他家境穷困,想直接给钱资助一把,被张载阳谢绝;又想给一个"议员"之类的轻松职务干干,以取报酬补贴家用,张载阳亦不受。后来,随着时间的推移,整个制度环境和社会环境都在发生变化,到了比张载阳晚出生20年的宋子文成为掌权高官的时代,国民党悄然迎来了"金子、房子、票子、车子、女子"的"五子登科"盛况,权力腐败成了必然结果。

省宪第三

20世纪20年代,有4人相继出任浙江省省长:沈金鉴,张载阳,夏超和陈仪。沈金鉴是浙江吴兴人,张载阳是浙江新昌人,夏超是浙江青田人,陈仪是浙江绍兴人，各人做了两年左右的省长。到了1927年7月张静江来浙江当"一把手"时，已改称为"省政府主席"。

1921年，浙江省发生了宪政史上的一个重要事件：《中华民国浙江省宪法》，简称"浙江省宪"，于9月9日正式发布，习惯上则称之为"九九宪法"。这是中国境内最早公布的一部地方性的"根本大法"。今天来看，它的文本依然漂亮。它是"自治"运动的产物，反映了"浙人治浙"的梦想，是联邦思想的现实映射。那时，浙江武备学堂办了若干年，培养了一批军事人才，清政府本意是加强统治，结果却适得其反，他们大多成了脱离清政府、实现浙江自治的力量。"九九宪法"之后，各省掀起立宪潮流；半年后，浙江各县所起草的宪法竟达100部之多；不到一年时间，浙人又制定了《浙江省自治法》……激流澎湃，为浙江写下了一段色彩斑斓的宪政史。

考察那时省长与省宪的关系，从沈金鉴、张载阳到夏超，走过了对抗、合作和纷争的三步曲。沈金鉴是代表当时北京政府的，自然是反对省宪的出台与落实的；到了张载阳手上，则从对抗转向了合作，他表示逐步实行自治的目标，并赞同"财政公开"；而同样毕业于浙江武备学堂的夏超，素有独立的野心，一心想自治，他军事对抗孙传芳，结果兵败被杀。

春日载阳鸣仓庚——相比于他的前任沈金鉴，张载阳面对宪政新潮流，终归是开明很多；妥协与合作，是他的政治选择。在省长任上，张载阳重实业、重文教，身处军阀混战、政局动荡的乱世，他致力保境安民。他组织建设了杭临公路、绍曹嵊公路（绍兴—曹娥—嵊县）等；成立了杭州大学校董会，筹建浙江艺术专科学校；募款重修杭州岳坟、钱王祠、绍兴禹陵；倡议建设百姓文化娱乐设施，建成杭州大世界游艺场，并扩建多家剧院；他还在家乡新昌兴建先贤祠、大佛寺新社等，政绩斐然。张载阳看到，省宪与他的省政，本质上是相同的。

在"九九宪法"中，对教育、实业、交通等等都有分章规定，而更重要的是规定了事权、各部门权力、省长等领导人选举产生的程序方式，其中具体规定了省议院可以质问（即质询）省政院，可以弹劾省长等。但是，由于种种历史条件的限制，非同一般的浙江省宪法并没有真正逐一实施、化为现实，它只是蓝天上划过的一声响亮的鸽哨。

书家第四

不在其位，不谋其政。张载阳从军政岗位上退下来之后，淡泊宁静，绝不恋栈。上马能征战，下马可牧羊。在"暄庐"寓所，他悉心读书，精研书法。在生命的最后20年，成就了一代书法大家。

"峰峦或再有飞来，坐山门老等；泉水已渐生暖意，放笑脸相迎。"这是灵隐寺一副著名的楹联，系民国时期杭州最早出现的三家照相馆之一的英华照相馆老板胡瑞甫所撰，书写者正是张载阳，他俩是好友，时间在1930年。楹联上的字雍容大度，笔力圆润，厚重稳妥，还真是志气和平、不激不厉、风规自远。

将军出身的张载阳，字如其人，他是绝不会写那种"瘦金体"的；将军本色是诗人，张载阳"腹有诗书气自华"，笔到、意到、神到，横竖撇捺，温文尔雅。向晚时节，张载阳的书法已成法书，其炉火纯青之作，多为榜书楹联。经典如"至性至情得天者厚，实心实政感人也深"，宏深造诣，见诸每字，联句不仅富有哲理，而且道尽自己一生的品性与德政。

杭州西湖、灵隐、天竺、岳坟、九溪等地，均有张载阳题额书联。西湖孤山中山公园内武亭西侧，有他"众善流芳"的题刻，这四字正是他自己的写照。在葛岭抱朴道院南墙外岩壁上，有他题写的"枕漱亭"三字，意即"枕流漱石"。他题岳王庙联："皦日矢忠心，千古仰军人钜镬；栖霞新庙貌，万方拜中国英雄。"钜镬即规矩法度；他还以崇敬之心为《宋岳鄂王文集》题写书名。他应邀为绍兴稽山中学题写了校训"卧薪尝胆"匾额，曾高悬于府学礼堂正中，可惜"文革"时被毁。

"壁上琴弦外奏，书中玉纸背磨。"张载阳取法晋唐，直溯商周书法之源；他襟怀超逸，识者敬服，别人请他写字，几可随求随得——获赠吉光片羽，当然珍同拱璧。浙江省档案馆所藏的张载阳为许屺求职写给金润泉的推荐信，工整小楷,一丝不苟,可视为习书字帖。无论小楷榜书,今见其字,皆可感叹:大哉,载阳!

气节第五

载阳之大,尤在大节。1937年"八一三事变"爆发后,日军从杭州湾金山卫登陆,大肆入侵江南地带;在杭的浙江省级机关纷纷后撤,亲日派忙着筹备设立维持会,希望张载阳这位老省长"出山"来领导,被张载阳一口拒绝。

年逾六旬的张载阳率全家迁回家乡新昌,抗战时间,日军屡屡进犯新昌,县城先后三度沦陷。有一天,日本鬼子在汉奸的带领下,亲赴张家店"访问"乡居艰难、生活清苦的张载阳,诱邀他参加县里的维持会,当个理事,过个好日子。这天,张载阳老先生正坐在村中更楼下与乡邻们聊天,快到中午时分,鬼子进村了,说是专程来"拜访"将军的。兹事体大!在《新昌文史资料》第六辑中,"老底子"新昌人葛岳焕先生所撰的《铁骨铮铮的张载阳》一文有生动的描述:

> 张老听了,便起身回家,并令打开中门(平时只开侧门),自己在中堂的最上方正襟危坐,傲然不动。他早有成竹在胸,万一日人对村中父老实行掳掠残杀,或者对自己实施强迫、非礼,则拼一死以报国。
>
> 几个日本人见了这副模样,以为目的可以达到了,便在张老面前,满脸堆笑,磕头打躬。可张老不要说还礼,甚至连头都不点一下。日本人行礼毕,用手势比画着,意思是叫他返县城"日中亲善,理事共荣"。一个日本军官,还在纸上画了一顶轿子,意味着要用轿子抬他走,并保证日后荣耀发财。可张老二话没说,便拂袖而起,拄着拐杖,转身入室,严肃地拒绝了他们包藏祸心的"好意"。这伙日本佬,无论如何没有想到张老将军会要出这一手,便面面相觑,灰溜溜地退出张宅,并令部属不得扰乱张的家乡。

"岂能为汉奸，一死何足惧！"事后乡亲们为他捏了一把冷汗，张载阳说："总不能绝子孙后路，永远受人唾骂！"1943年8月，国民政府行政院给张载阳发了荣誉奖状。

抗日胜利后，1945年秋，身体日差的张载阳携全家返杭，然而井亭桥的"暄庐"旧居已破败不堪，家中旧物也被洗劫一空；国民党接收部队住在里头，拒不撤离，无一日得清静。国军当然不会睡到大街上，张载阳对此只能慨叹："我领兵数十载，哪想到劫后余生，却鸠占鹊巢，为兵所窘，窘困若此！"

这一年的11月17日，张载阳溘然长逝于杭州，享年71岁。因家无恒产，最后得靠亲友乡绅资助，才了结丧事——见此情景，有人感叹："廉吏之可为而又不可为矣！"春华秋实，求仁得仁，斯人之死，不说重于泰山，那也一定不会轻于鸿毛。

春曦载阳！张载阳留给后人的有形遗产，是他如椽之笔写就的书法；张载阳留给后人的无形遗产，是他正直一生铸就的清廉。少陵翰墨无形画，杜甫有名句"两个黄鹂鸣翠柳"——载阳之春日，黄鹂之鸣声，那正是春天的"呼吸"。

（原载于2014年11月2日《都市快报》）

史景迁：
追寻现代中国

写历史，史过景不迁；看未来，文存思永恒！

当地时间2021年12月26日，著名历史学家、耶鲁大学荣誉教授史景迁先生辞世，享年85岁。（澎湃新闻12月27日报道）

史景迁是蜚声国际的汉学家，本名乔纳森·斯宾塞（Jonathan Spence），"史景迁"是他在史学家房兆楹的帮助下取的汉语名字，"景迁"是对"乔纳森"的音译，"史景迁"三字亦可理解为"史家景仰司马迁"。

史景迁1936年生于英国伦敦，从英国剑桥大学毕业后，到美国耶鲁大学读博，专业方向从英国史转向中国史。太平洋战争以后，耶鲁大学是美国培养东亚语言人才的一个重要基地，杨联陞、赵元任这些大家都曾在耶鲁教过书。"话说50年前在耶鲁大学研究所，我开始师从芮玛丽（Mary Wright）读了点中国史，很快就对满人在17世纪中叶入主中原感到着迷……"兴趣满满的史景迁学得有滋有味，拿到博士学位后，耶鲁破例留他任教。因为研究中国史成就卓著，他曾经担任美国历史学会主席，在2018年荣获第四届"世界中国学贡献奖"。

史景迁酷似早年出演007系列电影男主角詹姆斯·邦德的肖恩·康纳利，他被称为"史学奇才""耶鲁怪杰"，因为他不爱写严格的学术论文，不喜欢出席大型的学术会议，不做系统的学术规划，也不注重培养自己的学术"梯队"。他非常投入地教书，教余则是"读万卷书，行万里路"——在尼克松访华不久后的1974年，他就进行了第一次中国行。与此同时，他不停地写作，写那些有关中国的书。可能谁都没想到，他的著作不仅美国读者喜欢，也深得中国读者的欢心。

史景迁妻子是美籍华人金安平，也是知名的汉学家、史学家，有名著《合肥四姊妹》(生活·读书·新知三联书店出版2007年12月第1版，2015年7月新版)。这本书写中国近代史上的名门贵族合肥张家才貌双全的四姊妹——张元和、张允和、张兆和、张充和，叶圣陶曾说："九如巷张家的四个才女，谁娶了她们都会幸福一辈子。"金安平1962年随全家从中国台湾台南迁居美国，"安平"正是台南一个重要的地名。金安平当年在哥伦比亚大学东亚所读博，专业方向是中国文化思想史，授业恩师就是房兆楹先生。房先生一度去澳大利亚从事教学和研究工作，史景迁也曾前往澳大利亚，住在房先生家，于是有了一段"师父带徒弟"的授业经历。史景迁与金安平是在房先生的葬礼上相遇相识的。而金安平与张家四姐妹的缘分，源于史景迁熟悉张充和，他们是耶鲁大学的同事。

史景迁是费正清之后美国第二代汉学家的代表人物，与孔飞力、魏斐德并称为"美国汉学三杰"。有论者认为，魏斐德以选题和史料取胜，孔飞力以方法和视角著称，而史景迁以叙事和文笔见长。史景迁先后写了10多部有关中国的历史著作，包括《追寻现代中国》《中国纵横》《改变中国：在中国的西方顾问》《大汗之国：西方眼中的中国》《王氏之死：大历史背后的小人物命运》《太平天国》《曹寅与康熙》《胡若望的疑问》《利玛窦的记忆宫殿》《前朝梦忆：张岱的浮华与苍凉》等，中译本最初多由广西师范大学出版社集中出版。史景迁被誉为"像天使一样在写作"，他"积学以储宝，酌理以富才"。比如他的博士论文《曹寅与康熙》，揭秘一个皇帝宠臣及耳目的生涯，在1965年甫一出版就成了名著，还荣获了波特论文奖。曹寅是曹雪芹的祖父，在红学中备受关注，可以说没有曹寅就没有《红楼梦》，曹家从兴起到衰落，正是《红楼梦》的大背景。史景迁在书中有这样形象的妙论："曹寅的孙子写出《红楼梦》这部中国最伟大的文学瑰宝之一，则是整个家族历史最奇特的转折。它也舒缓了历史的苍凉，因为它给这个家族处境的内在必然性，增添了偶然性的成分。"《曹寅与康熙》一书称得上是另一种曹学，史景迁偏重于文化学术建树，所以他的研究内容及方法和中国学者的大异其趣。

史景迁作为在西方书写中国历史的高手，有着独特的史学"秘方"。比如，在《王氏之死》中，他通过全译、摘译、概述、提及、合译五种方式，援引了百余篇《聊斋志异》故事，弥补了传统历史文献之不足，以文入史，阐明了"王氏之死"一个更加全面鲜活的社会历史背景。史景迁是怎么想到去写大历史背后小人物命运的？缘于1970年代他在耶鲁图书馆里读到大清《刑案汇览》，其中记录了一宗山东郯城王氏与人私奔后为丈夫所杀的命案，尸体是在雪地里被发现的。这个事件一下子就点燃了史景迁研究的兴趣，通过这本书，在历史意识上触及当时历史环境的"可能情况"。郯城正是清朝中国民生苦难的典型案例，所谓"康乾盛世"之下的灾难之城。有学者评价《王氏之死》："不管它被归于虚构还是历史重构，它是文体和叙事上的杰作。"

史景迁研究中国历史，观察视角独特，人文色彩浓厚，史学判断能力一流，擅长用丰富真实的细节构筑一个丰满真切的中国。比如他在2001年出版的《皇帝与秀才》，写皇权游戏中的文人悲剧，一如既往地秉承了他的"问题导向""问题意识"，从浩瀚的清宫谕旨、奏折等档案史料中，钩稽出清雍正年间著名文字狱——"曾静案"的来龙去脉。他用生动而不乏幽默的语言，将《大义觉迷录》的撰写、编纂、制作、发行、宣传乃至最终被禁的这桩匪夷所思的历史闹剧，活生生地呈现在读者眼前。另一位汉学家白亚仁教授所著的《江南一劫——清人笔下的庄氏史案》（浙江古籍出版社2016年9月第1版），利用史书、笔迹、诗文集、方志及家谱等资料，以严谨的写作，叙述了清初文字狱"明史案"的来龙去脉，可以对比起来看。

史景迁历史视域中的近代中国转型变局，正是"追寻现代中国"的意蕴，对当今仍有很大启示。《追寻现代中国》是美国大学里最受欢迎的通史教科书，历述明末以迄当代的政治经济变化，从晚明繁华到清兵入关，从康乾高峰到晚清颓败，从鸦片战争到康梁变法，从五四运动到改革开放……历史有很多迷人之处，史景迁看到了历史人物的"宵旰勉行"，以期"认识这个世界，免受此世摧残，更有效率地去构筑这个世界，使子孙免于饥饿和恐惧"。"在整个世界的版图上，中国是一个重要的、极有魅力的存在。西方人需要花长时间去消化分析他们拿到的资料。能一目了然的东西并不存在。我们对中国的看法越模糊，越多面化，离那最捉摸不定的真实性也就越近。"他曾这样表达对中国的研究心得，这可不是一般的跨文化认知。

史景迁的历史叙事，其实可以说是"历史叙人"，他最擅长从写人物的角度切入来叙事，搭建精密的线索与网络，从而深挖历史的真实内涵。比如《前朝梦忆》，写张岱的浮华与苍凉。张岱长时间沉浸在西湖的美好记忆里，他是何时"破防"、如何"破防"的？当年在接触到张岱《陶庵梦忆》一书之后，他感觉找到了方向，于是由此出发，通过张岱，去研究思索400年前的生活与美学以及背后的内涵。该书各章的标题翻译得很妙，分别是：《人生之乐乐无穷》《科举功名一场空》《书香门第说从头》《浪迹天涯绝尘寰》《乱世热血独怆然》《王朝倾颓乱象生》《散尽家产留忠心》《繁华靡丽皆成空》《寄诸石匮传后世》——张岱的一生跃然纸上。"如迷雾笼罩的路径，于眼前重现，诸多遗忘的嘈嘈低语，也咆哮四起"，这是写朝代更替背景下张岱失去了家园，丧失了生活的安逸，"明朝灭亡时，张岱48岁，尔后他得去面对一个残酷的事实：让他活得多姿多彩的辉煌明朝，被各种竞逐的残暴、野心、绝望、贪婪力量所撕裂，土崩瓦解，蒙羞以终"。通过张岱，史景迁拉直了一连串的问号：明朝灭亡原因何在？明朝士绅阶级失落了什么？他们为何宁愿家破人亡也不愿接受清朝统治？明朝遗民还有什么遗梦？……

史景迁的诸多不刊之论，胜过多少不堪之论！当然，他的立论都是建立在真实史料基础上的。史景迁写每一本书，都尽量使用存世的史料，"上穷碧落下黄泉，动手动脚找东西"，从中国史书方志档案到西方史志档案都不遗漏，努力做到"无一字无来历"。在此基础上向读者出示一系列问题，尤其是那些与之前研究者很不一样的问题，从而引领读者不断地往前走，在寻找答案的过程中发现并思考更多的问题。

史景迁最擅长"用事实说话"，于是有人认为，他的著作更多呈现的是中国文化的多样性和复杂性，而非进行制度性的深刻反思与犀利批判。这样的评价似乎有失公允，大抵属于皮相之论。史景迁其实对传统中国的"传统"很清楚：

缺乏讨论、批评乃至批判，正是产生一切历史悲剧的重要原因之所在；专制高压带给士大夫、大臣们的危险时刻存在——当事情进展顺利时，不需要批评；当事情进展不顺利时，不允许批评。在中国古代政治生活中，"文字狱"就是一个重要观察视点。"编修《四库全书》兼具文字狱的功能。朝廷下旨广搜私人藏书，凡私藏轻视满人的书籍者皆遭严厉惩处。"史景迁在多本著作中论及"文字狱"，他揭示说，"皇帝无远弗届的权力，编纂正史所使用的架构，以及罗织文字狱的阴霾如影随行……"

史景迁写史是妙笔生花，其作品就是岩中花树。作为"英语世界大众史学的文体家"，他总是喜欢以"讲故事"的方式写作，用通俗化随笔化来表达，文笔生动，富于灵性，娓娓道来，雅俗共赏——他将学术研究与通俗阅读兼顾得极好，从而让隔了好几层的西方读者能够"拨开云雾见青天"。从"文史哲不分"的角度看，司马迁的《史记》文采斐然，是"无韵之离骚"，而"景仰司马迁"的史景迁，在这方面可谓学得最好。这也使得他的作品顺利地走出书斋象牙塔，广泛进入读者的视野中，成为学术畅销书和常销书。

（简版原载于2021年12月28日"人民资讯"）

瓦西里·格罗斯曼：
一本被逮捕的书

A. 月光

《洛丽塔》作者、俄裔美籍作家纳博科夫，在美国给大学生讲授俄国文学时，在黑暗的屋里打开屋角的一盏灯，说："在俄罗斯的文学苍穹里，普希金是第一盏灯。"然后打开了屋子中间的一盏，说："这是果戈理。"接着又打开旁边的一盏灯，说："这是契诃夫，俄国文学悠远的余韵。"最后，他拉开全部窗帘，阳光顿时充满了屋子，喊道："这就是托尔斯泰！"

是的，托尔斯泰是灿烂的阳光。

我设想，如果改在漆黑的夜间，在中秋夜那样的时节，拉开全部窗帘，月光顿时倾泻进来，此刻可以喊道："这就是格罗斯曼！"

B. 犹太人·记者·作家

瓦西里·格罗斯曼是一位犹太裔作家。你看老照片上他那圆圆的眼镜后面清澈的眼睛，一定能够清晰地感受到他的聪慧。

1905年12月12日，格罗斯曼生于乌克兰。2023年是他118周年诞辰。乌克兰在1922年第一时间加入苏联，成为苏联加盟共和国之一，格罗斯曼也就变成了苏联人。1929年他24岁时毕业于莫斯科大学，念的是化学专业——是的，他是一个理科生，还当过化学工程师。

然而，高智商的格罗斯曼文理兼通，写作是他的特长。他后来去做了记者，而且是战地记者，因为波澜壮阔的、伟大而悲壮的卫国战争开始了。他以《红星报》军事记者的身份，上了前线，发回大量的战地报道，讴歌苏联人民抗击德国法西斯的英雄主义和大无畏精神；海量报道产生了巨大的影响，普通士兵和高级将领都爱看他报道的文章。

格罗斯曼成为全世界最早调查、报道纳粹灭犹的一位记者。这跟他的犹太人身份有关。他的出生地是乌克兰的别尔基切夫市，一个历史悠久的古老城镇，当时是欧洲最大的犹太人聚居地之一。他父母都是犹太人，家境殷实；起初给儿子起名叫约瑟夫，但这名字太"犹太"了，于是就改为俄语里对应的名字"瓦西里"。他母亲名叫叶卡捷琳娜·萨韦列夫娜，是法语教师，1941年死于别尔基切夫犹太人大屠杀。

年轻的格罗斯曼，尽管是书生，但他不仅在前线长期深入采访，还勇敢地参加作战。

优秀的记者，不能止于记者，要成为作家，成为优秀的作家。格罗斯曼就是作家记者、记者作家。1942年，他写出反映卫国战争的中篇小说《人民是不朽的》，由此蜚声文坛。第二年开始，他集中精力创作反映斯大林格勒保卫战的"两部曲"。

斯大林格勒保卫战，是卫国战争走向胜利的转折点。

历时9年之后，在1952年，第一部《为了正义的事业》问世，因为思想深刻、富有人性、不说恭维的话，小说受到读者交口称赞。他把人民群众摆在第一位，放在第一视角；其中心思想就是：建立伟大功绩的主要是人民群众，不是像另外一些作品，把一切功绩归于某一个人。这样的"百姓立场、公民写作"，很快就受到当局的严厉批判。

后果是：从1956年起，格罗斯曼的作品不准再版，他的名字要从苏联文坛消失。

而1956年苏联的大背景是：这一年的2月，苏共二十大已召开；众所周知，在二十大上，"一把手"赫鲁晓夫召集拿到"入场券"的人们，做了一个著名的秘密报告——《关于个人崇拜及其后果》。

C. 被"逮捕"的书稿

困厄中的格罗斯曼，绝对不会停止他手中的笔，否则就不是格罗斯曼了。

他专心苦干，创作"两部曲"中的第二部，它就是《生活与命运》，一部"宏大＋伟大"的长篇小说。

这是一部"为长眠者发声"的小说。为了写这部小说，从1953年至1961年，格罗斯曼经历了漫长的8年。写第一部《为了正义的事业》花了9年，那是因为战争时期有各种忙乱；现在好了，这8年，多数时间是万籁俱寂的，因为他在文坛"被消失"了，基本上没有人理他，他就孜孜矻矻、埋首写作。

作为能够一手拿笔一手拿枪的卫国战争的战士，格罗斯曼的性格特点，就是铁骨铮铮、坚韧不拔。当《生活与命运》基本完成时，他拿出小说的部分片段，让几家胆子大一点的报纸刊发。公众欣喜地看到格罗斯曼归来，欢欣鼓舞地期待小说出版。

格罗斯曼写的不是抽屉文学，而是要拿出来给大众看的，所以出版就很重要。

然而，格罗斯曼和读者们万万没有想到，事情的发展完全不是这样的。

格罗斯曼把《生活与命运》手稿交给《旗帜》杂志社之后，不承想，《旗帜》编辑部那批人看了之后，"吓都吓死"，他们唯恐受到牵连和指控，急忙将手稿"上报"了，交给了国家安全委员会——也就是令苏联人谈虎色变的克格勃。

于是，在1961年开年后不久，在2月14日上午11点40分，3名克格勃人员突然闯入格罗斯曼的住宅。他们的目的很明确，就是搜查这部书稿，以及相关的资料。他们要"逮捕"的，就是这本《生活与命运》的所有底稿！他们把相关的草稿、笔记也统统没收了，甚至就连打出书稿的打字机与打字纸都不放过！

只是，那时毕竟已经不是"大肃反"的年代。斯大林已于1953年3月去世，赫鲁晓夫在掌权。当局没有逮捕活人瓦西里·格罗斯曼，仅仅是"逮捕"一部书稿。在美国学者威廉·陶伯曼所著的《赫鲁晓夫全传》（王跃进译，中国社会科学出版社2009年3月第1版）中有这样的评价：20世纪50年代末，"让人从地球上消失"不再是苏联人的行事方式，这在很大程度上得益于赫鲁晓夫。

格罗斯曼自己总是说，《生活与命运》是被"逮捕"的；而其他苏联人说起这件事，通常也用"逮捕"这个词。

不逮捕人而"逮捕"书稿，这样"仁慈"的情形，在苏联历史上只发生过两次，此前的一次是：1926年5月，魔幻现实主义先驱之作《大师和玛格丽特》的作者布尔加科夫的住所被搜查，两份《狗心》手稿被"逮捕"。

可是，对于作者格罗斯曼来讲，这部书稿就是他的生命，"逮捕"书稿，本质上就是"逮捕"生命！

格罗斯曼说："他们在一个黑暗的角落，掐死了我。"

"一个社会离真相越远，它就越仇恨那些说出真相的人。"在那一个没有电脑的时代，往往只有一份手写稿或者打字稿，如果被毁了，那就彻底没有啦。而苏联当局负责意识形态的苏斯洛夫，则不客气地说，这本书"比帕斯捷尔纳克的《日瓦戈医生》更加危险"，"两三百年内都休想出版"。他自己并没有读过这本书，在接见格罗斯曼时，他还"宽大为怀"地指出：小说失败的原因，在于"作者对个人迷信时期的阴暗面怀有过分的、病态的兴趣"。

但是，但是，这部作品有一份复制稿，竟然被偷偷地、侥幸地保存了下来，后来拍成了微缩胶卷，偷运出国。

格罗斯曼其实知道自己有被捕的可能，所以他悄悄地把手稿复制多份，分别保存。他有两个知己密友：谢苗·利普金、叶卡捷琳娜·扎波罗茨卡亚。还有一个和文学界没有任何联系的学生时代的朋友：廖丽亚·多米尼吉娜。格罗斯曼在自己表弟家保存两份复制稿，再由谢苗·利普金保存一份，还有就是让廖丽亚·多米尼吉娜也保存了一份。

克格勃上门抄家之时，他不得不把那几个克格勃官员领到他表弟家，让他们抄走了那两份手稿。但是克格勃没发现由谢苗·利普金和廖丽亚·多米尼吉娜保存的另两份手稿——这样才奇迹般保留下了"种子"。

种子在了，春天一定会到来。跨过20世纪60、70年代，1980年，《生活与命运》终于在瑞士面世，而且是俄文版；接着又被译成法文、德文、英文等多种文字出版，就这样，在"墙外"引起很大轰动。

它，被誉为"二十世纪的《战争与和平》"。

D. 史诗与普通人

我们知道，在人类文学史上，在19世纪俄罗斯文学中，列夫·托尔斯泰的小说《战争与和平》，用559个人物完成了一场恢宏的叙事，成就了一部伟大的史诗小说。

个人命运，家族命运，国家时代的命运，交织在一起推进，那就是史诗。

《生活与命运》这样的书名，可以看成是向托尔斯泰史诗小说《战争与和平》的致敬。全书有名有姓的角色，尽管没有《战争与和平》那么多，但也超过了160人。

《战争与和平》的大背景，是1812年拿破仑率领60万大军入侵俄国；拿破仑自恃军队无比强大，企图在短时间内就歼灭俄军，占领莫斯科，迫使俄国投降，伏地称臣。

《生活与命运》的大背景，则是二战时期，希特勒在1941年撕毁《苏德互不侵犯条约》，这个人类史上的头号恶魔，开始实施"巴巴罗萨计划"，550多万人疯狂进攻苏联，同样企图速战速决、一举成功。

历史竟然是惊人相似的多幕剧：1708年，年轻气盛的瑞典国王查理十二世，率领强兵入侵俄国，不仅遭遇顽强的抵抗，而且遭遇寒冷漫长的冬天，结果大败而归。然后是1812年，拿破仑几乎一模一样地铩羽而归。最后是到了20世纪，希特勒的法西斯军队，在经历列宁格勒战役、莫斯科战役、斯大林格勒战役等一系列战役之后，也在冰天雪地里走向"气数已尽"。

面对史诗一般的战争，艺术家是不能缺席的。柴可夫斯基用一部杰作——降E大调《1812序曲》，让我们聆听了1812年的真炮声；而肖斯塔科维奇的C大调第七交响曲——《列宁格勒交响曲》则直接诞生于炮火中。它们都是艺术经典，我作为一位古典音乐的爱好者，曾无数次聆听。而托尔斯泰的《战争与和平》、格罗斯曼的《生活与命运》，则是百科全书式的壮阔史诗，在最广阔的领域写战争，写和平，写人道，写人性，成就了"能够引起后代共鸣"的伟大经典。

在托尔斯泰笔下，透过《战争与和平》，我们看到，拿破仑就是战争，而俄国士兵则是和平。

在格罗斯曼那里，透过《生活与命运》，我们看到，希特勒就是战争，而千百万普通苏军战士就是和平。

和荣获2015年度诺贝尔文学奖的白俄罗斯女作家阿列克谢耶维奇一样，格罗斯曼也是把普通人装在心里。只有他们——无数多的普通人，是真正的爱国者、战争的反对者、祖国的保卫和拯救者。而托尔斯泰在《战争与和平》创作谈中说："我认为，在历史事件中，所谓伟大人物只有微小的作用。"

为纪念斯大林格勒战役而设立的"斯大林格勒陵墓"，和莫斯科红场的无名烈士墓一样很著名。在通往"斯大林格勒陵墓"的花岗岩墙上，刻着一排大字："一个德国兵问道：'他们又向我们进攻了，他们能是普通人么？'"然后在陵墓的大厅内，一个苏联红军战士的回答用烫金大字刻在了墙上："是的，我们确实都是普通人，活下来的没有几个，但是为了神圣的俄罗斯母亲，我们都履行了爱国者的责任。"

这些讴歌普通人的话，正是从格罗斯曼最初发表在《红星报》的报道上摘录下来的。

E. 小人物·大领导

《生活与命运》就是一部"为小人物立传""为长眠者发声"的史诗小说。

事实上，格罗斯曼自己就是小人物。

但是，小人物也要有自由，野百合也要有春天。

经典电影《肖申克的救赎》中有经典名句：有些鸟儿你是关不住的，它们身上的每一片羽毛都闪烁着自由的光芒。格罗斯曼就是这样的鸟儿。

然而,专制的控制无孔不入,渗透到每一个角落。专制就是控制他人的自由,不让其拥有自由,哪怕一星半点。

格罗斯曼曾致信赫鲁晓夫,请求"还我的书以自由",信中说:如果他的书是谎言,就应把这一点告诉希望读到这本书的人们;如果他的书是诽谤,就应该公开宣布这一点。这个行为,可以看作书生意气,也可以看作顽强不屈。

赫鲁晓夫当时要么没有看过格罗斯曼的来信,要么没有弄清它的实质,总之,他没有给格罗斯曼回信。小人物作家,其实根本就没有进入赫鲁晓夫这个大领导的法眼;尽管赫鲁晓夫曾经参与指挥过斯大林格勒战役,但现在他高高在上、"日理万机"。《赫鲁晓夫全传》中写赫鲁晓夫1957年到1960年的这一章,标题就是《高高在上》。

赫鲁晓夫对作家的看法和态度,往往是纠结和矛盾的。他曾经这样说过:"只要是属于我们的作品,差点也无所谓;如果不属于我们,再好的作品也是有害的。"他也试图在自由主义与保守主义之间重新建立一种平衡态势。但是遇到具体的事情,当下面形成反对的意见向他请示,他也就顺着梯子上墙,对作品予以"枪毙"。

在赫鲁晓夫任上,遇到的一个重要文化事件就是:帕斯捷尔纳克在1956年写就小说《日瓦戈医生》,因为国内保守势力的反对,所以无法出版,结果到了境外在意大利首版,立马引起强烈反响,很快就在1958年获得了诺贝尔文学奖。《日瓦戈医生》也是通过小人物折射时代历史,但本身是"叹息"强过"反思"的作品。赫鲁晓夫只看过有关部门寻章摘句、从作品中摘出来的若干"坏话",就认定它是"不属于我们"的作品。苦闷的帕斯捷尔纳克,在压力之下,不得不谢绝前往领取诺贝尔奖。

这就是现实生活与小人物的命运。

F. 自由的传统

从俄罗斯到苏联，普希金开创的伟大的崇尚自由的文学传统，从火山喷发，变成了地火涌动。

格罗斯曼是继承者。他热爱自由，追求自由，讴歌自由；尽管他那时仅仅是个小人物，但他对自由的认识更朴实，也更深刻。他是苏联的第一个"自由之声"；他成为索尔仁尼琴的先行者。他是一位思想深远的人道主义作家，他以善的力量，对抗极权主义的人性丧失。

战争中的口号是："消灭法西斯，自由属于人民！"法西斯主义根本没有个性的概念，没有"人"和"人性"的概念。人类世界的任何法西斯，最终都是通向奴役之路。毫无疑问，法西斯和人类不可能共存，法西斯一定会灭亡，因为它是反人类的，它是反人性的，灭亡是迟早的事。

早在1847年，匈牙利诗人裴多菲就写下了著名的《自由与爱情》："生命诚可贵，爱情价更高。若为自由故，二者皆可抛。"里头取与舍的逻辑关系，翻译得直白一点就更清楚了："自由与爱情！我都为之倾心。为了爱情，我宁愿牺牲生命；为了自由，我宁愿牺牲爱情。"

《生活与命运》中的知识分子维克托，老是要"自由"，要自由地行使他"言论自由"的权利。然而，这些"小人物"面临最大的难题，却是如何得到"免于恐惧的自由"：

维克托还是大学高年级学生的时候，有一次忽然对一位同班同学说："真无法看下去，全是甜言蜜语，千篇一律。"他说着，把一张《真理报》扔到地上。他刚说过这话，就害怕起来，他捡起报纸，抖了抖灰尘，非常可怜地笑了笑……

维克托的妻子千嘱咐万叮咛："维克托，记住，你的话万一有一句传到那地方，你就完啦，我和孩子们也完啦……维克托，咱们生活在可怕的时代，你什么也算不上。记住，维克托，什么都别说，对谁都不要说……"维克托也曾发誓："要么沉默，不说危险的话，要么，说出来就不怕。"但是，这个好像并不容易做到。有一次，维克托当着助手的面，很轻率地开玩笑说："斯大林在牛顿之前很久就发明了万有引力定律。"年轻的助手赶紧说："您什么也没有说，我什么也没听见！"（以上细节详见该书第一部第六十六节）

格罗斯曼在书中激情地议论："啊，坦率地说话，说真话，这其中有多么神奇、光明磊落的力量呀！有些人因为说了几句大胆的、没有多加考虑的话，付出了多么可怕的代价！"

连肖斯塔科维奇这样的杰出作曲家，他也无法获得最"免于恐惧的自由"，都要时刻等着被逮捕。

在漫长的历史进程中，人类最大的恶，大多是专制独裁造成的；人类最大的灾难，大多是专制独裁带来的。让我一看到那形象就想起卓别林电影《大独裁者》的希特勒，可谓登峰造极，爬上了金字塔的塔尖，他通过疯狂的战争，给人类带来最巨大的灾难。但在非战争时期，极权统治同样带来巨大的灾难，而且不像战场上那样硝烟弥漫，而是无声无息、更具隐蔽性。

但是，无论环境如何恶劣、如何恐怖，人不会自愿地放弃自由。智性人类渴望自由的天性是消灭不了的，你可以压抑，但无法消灭。

"不自由，毋宁死。"没有自由的生活，要为自由而抗争，不管前面是什么命运。如果人格不独立，精神不独立，没有自由之思想，没有慈悲之情怀，畏惧失去，恐惧死亡，那就不可能成为真正意义上的伟丈夫。人类历史已经无数次证明：自由与暴力的对抗，自由对专制的抗争，最终必定都是自由获胜。

G. 中文译本

格罗斯曼的著作，其实很早就被译成中文，介绍到中国。早在1946年，哈尔滨万国书籍就出版了格罗斯曼的《生命》一书，是薄薄的一本小册子；1955年由作家出版社再版。茅盾译格罗斯曼的中篇小说《人民是不朽的》，也是早在1946年就由晋察冀军区政治部印行；1949年5月文光书店曾出版；2019年11月生活·读书·新知三联书店作为"俄苏文学经典译著"再版。1952年，格罗斯曼的《生命的胜利》与其他苏联作家的若干作品一起，由文化工作社出版了，书名即《生命的胜利》,译者是著名翻译家施咸荣。《生命的胜利》的结尾是那么的光明和有力:"这个恐怖的、荒芜的景色,并不意味死亡。它象征着生命的胜利,嘲笑着死亡,也征服了死亡。"(详见该书第60页)

而《生活与命运》一书,直到1988年终于在苏联出版了——老牌文学杂志《十月》分4期连载《生存与命运》,随即又出版了单行本,反响极其热烈。2013年,官方公开交还当年搜走的文稿。车轮滚滚,这是时代的发展、变化和进步。所有的光芒,都需要时间才能被看见。

本书先后有4个中译本出版:

其一,最早之一的中译本,是王福曾、李玉贞、孙维韬三人合译的《生活与命运》,标明"译自苏联《十月》杂志1988年1—4期",1989年5月——也就是苏联出版的第二年,由中国友谊出版公司分上下两册出版(内部发行),1991年再版。

其二,可能很多人都不曾想到,《生活与命运》中译本另有一个版本,名为《生存与命运》,差一个字,"生活"变成了"生存",同样早在1989年5月就由工人出版社出版了。《生存与命运》翻译者为严永兴、郑海凌,两位都是俄语文学专家,翻译得也不错。

其三,著名的俄苏文学翻译家力冈先生翻译的《生活与命运》,也早在1991年就出版了,书名是很普通很平淡的《风雨人生》,这是个失误。或许也是因为前面有了《生活与命运》和《生存与命运》,力冈才改用《风雨人生》的书名。《风雨人生》由漓江出版社于1991年10月首版。后来换出版社出版,才改回《生活与命运》的书名。

其四,翁本泽、陆肇明、冯增义、曹国维四人合译的《生活与命运》,按照本书的3个部分,很匀称地分为上中下3册,由上海译文出版社于1993年1月出版。

如今影响最大的,应该是力冈的译本。力冈(1926—1997),生前为安徽师范大学教授,被誉为中国俄语文学翻译界的泰斗。他所翻译的《静静的顿河》《安娜·卡列尼娜》《复活》《日瓦戈医生》《上尉的女儿》《当代英雄》《猎人笔记》

等名著，深深地影响了几代中国读者，至今仍在读书界和学界享有盛誉。

2015年8月，力冈翻译的《风雨人生》易名为《生活与命运》，由广西师范大学出版社出版。这一年，正是格罗斯曼诞生110周年。这本书由此广泛地进入了大众的视野，畅销一时，媒体也有诸多的报道。梁文道为新版的《生活与命运》写了长长的序言。

2018年1月，安徽师范大学出版社出版了《力冈译文全集》，收入了力冈先生翻译的全部作品，共19卷23册，800余万字；我家书柜上，有这套精美的精装书。全集中第11卷即《生活与命运》（上下册），单售定价为238.00元，封面勒口简介直言"《生活与命运》是一部几乎被时间湮灭的伟大著作"，"具有震撼人心的力量"。

2020年3月，力冈译本《生活与命运》改由四川人民出版社出版。

力冈以他力透纸背的笔，为当时的《风雨人生》、现在的《生活与命运》，写下了序言，所署时间、地点为"1989年6月10日于安徽师大"。其中写道："当人民处在苦难中的时候，特别需要作家的真诚和勇气！在所有的反思作品中，《风雨人生》是最应该称作反思作品的……如果一个政党是真心实意为人民服务的，而不是实际的法西斯独裁者的话，是不应该压制不同意见的。人民的天下，人民可以对任何问题进行随意的探讨，这是理所当然的事。这也许是鉴别人民政府与独裁政府的主要标志之一。"

严永兴、郑海凌翻译的《生存与命运》，在2000年1月改由译林出版社出版。2015年10月，在新版《生活与命运》出版后两个月，《生存与命运》新版由中信出版社出版，封面设计风格与《生活与命运》相近。

在这里，我们不妨比照一下这两个不同译本各有所长的开头。我们知道，《战争与和平》开头写的是彼得堡安娜·舍勒家的晚会；而《生活与命运》的开头，写的却是通往集中营的道路。

力冈的《生活与命运》是这样翻译的：

田野上雾气沉沉。顺着公路伸展开去的高压线上，闪烁着汽车车灯的反光。

没有下过雨,但黎明时的大地是潮湿的,在禁止通行的信号灯亮起的时候,湿漉漉的柏油路面上就会出现晃晃不定的红色的光斑。在很多公里之外就感觉到集中营的气氛:电线、公路和铁路纷纷朝集中营延伸,越来越密集。这是线路纵横交错的地区,一条条线路把大地,把秋日的天空和夜雾划成许许多多矩形和平行四边形。

远方的警报器送来长长的、低沉的鸣声。

而《生存与命运》是这样翻译的:

雾霭笼罩着大地。公路旁边的高压电线上,不时闪烁着汽车灯的反光。明明是无雨的天色,但黎明时分的大地却变得潮湿起来,禁止通行的交通信号灯亮起时,湿漉漉的柏油路面便隐约呈现一个微微发红的斑点。人们在几公里以外就感觉得到集中营的气息,因为通向这里的电线、公路和铁路愈来愈密集。这是由一排排火柴盒似的棚屋整齐排列的区域,棚屋之间形成一条条笔直的通道,上面是秋季的天空,地面上大雾蒙蒙。

远方传来漫长而低沉的汽笛声。

H. 绝笔

格罗斯曼的绝笔之作,是小说《一切都在流动》,中文版由南京大学文学院教授、博导董晓翻译,群众出版社2016年1月出版。

小说的主人公伊凡,大二时因莫须有的罪名被投监,在劳改营辗转30余载后终获自由。它一半是小说,一半是沉思,书中有对苏联劳改营的研究,关于1930年代大恐怖与大饥荒令人动容的描写,还有对俄罗斯"奴隶的灵魂"的深刻反思。格罗斯曼赋予了小说厚重的历史感,它延续了《生活与命运》的相关主旨:对极权制度毫不留情的批判,对俄罗斯民族劣根性及人性锥心透骨的剖析，对自由的无限渴望。

董晓的长篇译序，以《生命本身就是自由》为题，非常精彩，很有分量，一开始就说："俄罗斯民族是一个与苦难相伴的民族，20世纪的俄罗斯更是苦难深重。或许，上帝的这种'恩赐'反倒滋养了俄罗斯作家所特有的体验苦难的勇气。于是，在这片缺乏自由的土地上，反倒时常会响起深沉的自由之声。瓦西里·格罗斯曼正是这样一位于艰难岁月中执着于内心沉重的精神使命的苏联作家。"译者把小说《一切都在流动》看作《生活与命运》的姊妹篇，"历史的沉重赋予了整部作品沉重的基调……俄罗斯人身上存在着一种'在强力面前的奴性'……格罗斯曼进而反思了自彼得大帝以来俄罗斯所走过的发展历程。他深深地感到，'几百年来，俄罗斯只有一样东西没有见到过，那就是自由'……"（详见该书第1—14页）

有读者评价："这本书批判苏联社会，笔锋更犀利更直接。""强大的理性精神及深沉的思想勇气，让小说有着强大的内在逻辑及不可磨灭的吸引力。"

《一切都在流动》被称为小说版的《自由颂》、20世纪的《从彼得堡至莫斯科旅行记》。

《自由颂》是拉吉舍夫所写的俄国第一首革命长诗，主题是歌颂自由、批判专制独裁，认为"独裁是最违背人类本性的状态"（见吴育群著《拉吉舍夫》，辽宁人民出版社1988年版，第47页）。"解放一个习惯于被奴役的民族，比奴役一个习惯于自由的民族更难。"拉吉舍夫是俄国18世纪末期著名的启蒙主义者、进步思想家、诗人、作家，列宁把他看作"大俄罗斯民族的骄傲"；他在俄国历史上第一个提出推翻沙皇独裁、铲除专制农奴制，主张实行农民土地所有制，他的名著《从彼得堡到莫斯科旅行记》（中译本由外国文学出版社于1982年2月首版），是对专制农奴制的血泪控诉，是一部反封建专制的战斗檄文，其中收有《自由颂》。

无论什么时代什么形态的专制独裁，都要反对。格罗斯曼继承了拉吉舍夫的理性精神和思想勇气，用兼具文学和政论色彩的文体，反对专制，追求自由，对俄罗斯的命运做了深刻思考；文字的厚重历史感与思想的浓郁现代性相互交织，构成了猛烈的阅读冲击力。著名文学评论家王彬彬对《一切都在流动》的评说很精当："格罗斯曼以自己的方式证明：所谓没有国家和民族的自由便没有个人自由的说法，乃古今最大的政治谎言；没有人民的自由，所谓国家和民族的自由只是少数统治者的自由，甚至不过是暴君一己的自由。"

正如一位读者所评论的："拿起这本书很轻，读起来心情很重。"

I. 死与永生

生于1749年的拉吉舍夫，最后在1802年，以死抗议，用生命控诉了万恶的封建专制独裁。他在《自由颂》中这样写："他身为专制的阶下囚，戴着镀金的枷锁，第一个向我们预言自由。"（见《从彼得堡到莫斯科旅行记》第254页）这位只活了53岁的传统的俄国贵族，虽然死了，但还活着。

格罗斯曼的辞世，是在1964年9月14日晚间，是"别尔基切夫犹太人大屠杀"23周年纪念日前夕，是在莫斯科。他也只活了59岁。

那时他已罹患癌症。他死于肺癌，并非外界一直以为的胃癌。他当然没能看到《生活与命运》《一切都在流动》的问世。人死了，作品永生。

2015年7月，梁文道在北京为广西师范大学出版社新版《生活与命运》写序言，最后写到格罗斯曼辞世前的一个细节：1961年冬天，格罗斯曼拖着病躯来到亚美尼亚旅游。"他在朋友的车上忽然腹绞，可生性害羞的他不好意思张扬，眼看就要上吐下泻，尊严尽丧。好在朋友半途停车加油，他趁机奔去厕所。"事后，格罗斯曼在笔记里回忆："我记得莫斯科的作家都不喜欢我，认为我是个失败者，是个可怜虫。他们说得对，我完全同意。不过，就这件事看来，我倒觉得自己还是很幸运的。"他的身子开始破损，他倾其一生的巨著被捕，"但他竟然还是觉得自己幸运，就只是因为他来得及上厕所"。

肚子饿了想吃的时候有得吃，肚子痛了想上厕所的时候能够顺利上厕所——这是生活，幸运的生活。

时光进入2012年，俄罗斯将《生活与命运》改编成12集同名电视剧，收视率极高；在2013年上海电视节上，获得了最佳编剧奖。

真的，人类应该发给瓦西里·格罗斯曼最佳原著奖。

因为，世界上多少人，心，已为不朽的著作所捕获。

因为，远方那一堆万难点燃的篝火，是为遥远的今天燃烧的呀！

（原载于2023年12月11日日本华侨报网）

图图：
仇恨没有赢家，宽恕没有输家

"我说，卢旺达的历史是典型的人上人和人下人的历史。人上人紧紧抓住其既得特权不放，人下人则竭力要把他们推翻。得手后，新的人上人便开始反攻倒算，让新的人下人为他们高高在上时造成的所有痛苦付出代价。新的人下人像愤怒的公牛一样进行还击，试图推翻新的人上人，全然忘记了新的人上人认为自己是在为现在的人下人在位时所造成的痛苦而报仇雪恨。这是复仇与反复仇的悲惨历史。"图图在他的名著《没有宽恕就没有未来》中说的这番话，让人过目难忘。

他紧接着说："我提醒图西族人，他们等了30年才讨还了他们认为强加在自己身上的不公正。我说，胡图族人中的极端分子也完全可以等上30年甚至更长时间，推翻新政府，大肆反攻复仇……我告诉他们，必须打破贯穿其历史的报复与反报复的怪圈。要做到这一点，就必须放弃报复性的正义，实行复元性的正义，升华到宽恕，因为没有宽恕，就没有未来。"

这位想象并实现"另一种可能"的伟人，已经与世长辞。在他的《没有宽恕就没有未来》一书中，"宽恕"一词出现了110多次。

2021年12月26日，诺贝尔和平奖获得者、反种族隔离著名人士、南非前大主教德斯蒙德·图图（Desmond Tutu）去世，终年90岁。次日中国的《环球时报》报道说，南非总统府官网发表声明，对图图的去世表示深切哀悼。同一天，在中国外交部例行记者会上，发言人表示：图图是南非著名反种族隔离斗争领袖，中方对图图去世表示深切哀悼，向图图的家人表示诚挚慰问。

A

戴着眼镜，眼镜后面是明亮睿智的大眼睛——他是德斯蒙德·图图，1931年10月7日生于德兰士瓦省教师家庭。他于1986年当选南非圣公会开普敦大主教，成为南非首位黑人大主教。1995年领导"真相与和解委员会"促成南非的转型正义与种族间的和解。他是"国际长者会"成员，在这个由南非前总统曼德拉发起的智囊机构中，会集了一批世界领袖人物，以他们的智慧、善良、正直和领导力在全球倡导人权。

图图一贯支持黑人争取平等权利的斗争，致力用非暴力方式反对和废除南非种族隔离政策，是南非领导黑人反对种族压迫的坚强斗士，被广泛认为是"南非的道德良心"，于1984年荣获诺贝尔和平奖。2009年，荣获美国"总统自由勋章"。2013年，荣获邓普顿奖，该奖项旨在鼓励研究者探索"生命最重大的问题"，第一位获奖者是特蕾莎修女，奖金与诺贝尔奖等值。

图图具有非凡的正直、杰出的才智，他是那一代南非领导者的代表。作为开拓者的先驱，他们给后世留下了"一个解放的南非"。

南非曾是一片种族隔离和种族压迫最为深重的土地，是一个"黑白分明"的世界，少数白人统治多数黑人，黑人与白人之间堆叠了数百年的压迫、仇恨和冤冤相报的杀戮。图图对那些在种族隔离制度下遭受压迫、不公正和暴力的人，以及全世界受压迫的人民，表现出极大的关注和无限的同情。

图图获得诺贝尔和平奖，是因"用非暴力手段制止种族压迫，以和平方式反对种族隔离"，这里的关键词是"和平"与"非暴力"。1984年12月11日，图图发表获奖演讲，主题就是"控诉万恶的种族隔离制度"："在种族主义者追逐他们种族隔离的理想和美梦时，超过三百万的上帝子民被逐出自己的家园。那些种族隔离分子捣毁了他们温馨和美的家园，把他们成堆成堆地倾倒在班图斯坦老家的再安置营里……"图图在这里用了"倾倒"一词，真是触目惊心。在这个长篇发言的最后，图图呼吁：让我们一起努力成为和平的缔造者吧！让我们努力维护正义吧！让我们化剑为犁吧！（详见《诺贝尔和平奖获奖演说精编》，北方文艺出版社2010年1月第1版，第159—170页）从"反种族隔离"到"通过真相达成和解"，这是图图的又一次飞跃。南非不仅有曼德拉，还有改变了南非甚至也改变了世界的南非真相与和解委员会，而这个委员会的主席就是德斯蒙德·图图。这是南非的幸运。

B

图图是人类世界的图图，他以深邃的智慧和无畏的精神，向世界解答了南非在社会转型的关键时刻，何以在"纽伦堡审判"和"全民遗忘"之外，选择第三条道路，即"用特赦换取真相，用真相换取和解"，实现加害者与受害者的和解，走出冤冤相报的悲惨旋涡，走出以血还血的血海深仇，在被撕裂的历史中卸下沉重的包袱，一起修复过去、现在和未来。图图摆脱了"路径依赖"，避免了复仇与反复仇，带领南非实现了这个伟大的政治创举，为全世界提供了一个解决历史遗留问题的新路径。

和美国黑人民权运动领袖马丁·路德·金一样，图图也思维清晰、能言善行。1984年冬天，他在美国纽约的一次演讲中说："白人传教士刚到非洲时，他们手里有《圣经》，我们黑人手里有土地。传教士说：'让我们祈祷吧！'于是我们闭目祈祷。可是到我们睁开眼时，发现情况颠倒过来了：我们手里有了《圣经》，他们手里有了土地。"他有一个梦想，就是通过宽恕实现和解。

《没有宽恕就没有未来》是图图享誉世界的名著，该书中译本（江红译，阎克文校）先是由上海文艺出版社在2002年7月出版，后由广西师范大学出版社在2014年9月再版（被列为理想国 M 译丛系列 001 号），并多次重印。书并不厚，但内容极深厚、主题极明确：没有宽恕就没有未来！该著作与纳尔逊·曼德拉《漫漫自由路：曼德拉自传》、奥比·萨克斯《断臂上的花朵》，合称为南非"和解三部曲"，都是载入人类人权史册的名著。

C

没有真相就没有和解，没有和解就没有和平。真正的和解，首先要揭露恶行的真相。在长达40多年（1948至1993年）种族隔离制度的历程中，南非社会冲突不断。人类对自己的同胞曾经达到何等的凶恶程度？图图在书中转述了一个令人惊悚之事，那是开普敦一个名叫希茨维·孔迪勒的年轻人被处死并就地焚烧的经过。

由种族隔离制度造成的无处不在的不平等、不人道，制造了不少像这样触目惊心的悲惨故事，加害者是何等的邪恶、凶残与麻木。如何从如此的苦大仇深中真正摆脱出来？

真相、宽恕与和解。

D

南非历史的转折点，是在1994年4月27日——"这是我们苦苦等待了多年的日子。为了这一天，我们进行了不懈的反种族隔离斗争；为了这一天，我们有那么多人遭受催泪瓦斯的毒害、遭受警犬的撕咬、遭受警棍与皮鞭的毒打；为了这一天，有那么多人被酷刑折磨、被隔离监禁、被处以死刑或被迫流亡。"《没有宽恕就没有未来》一书，就是从写这一天开始的：

"这一天终于降临了，我们终于可以投票，可以在生我养我的土地上参加第一次民主选举。等到有权投票的日子，我已经62岁，纳尔逊·曼德拉则已近76岁高龄。"转折之后，图图看到并担心的是，"我们完全可以实行冤冤相报的正义，让南非倒在废墟中……"（见该书第1页）

而在若干年前，世界上许多人认为，南非"黑白"种族之间的矛盾不可调和，将会在这片共同拥有的国土上，通过"黑白战争"的方式来完成政权更迭。

从压迫到民主，这是一个国家的质的飞跃。然而，图图居安思危，深刻地意识到潜在的危险。他所担心的是，新生的南非因为受害者对加害者的清算而重新倒在废墟里。一个国家在对立的政权进行交替之时，往往会发生大清洗，将对手压服，将反对派清除。

次年——1995年，南非真相与和解委员会成立，图图担任委员会主席，12月16日召开了第一次会议，这一天如今叫作"和解日"。委员会的宗旨就是"在弄清过去事实真相的基础上促进全国团结与民族和解"。正是因为有了图图，南非不再有"大清洗"，而是"大洗礼"——施受双方都获得思想和心灵上的大洗礼，这样前面才有"和解"。在他的领导下，南非由此逐步建立起"人权文化"，通过宽恕和解，避免了灾难再度上演。

E

妥协、宽容、宽恕、和解、特赦，是南非为和平转型付出的努力，最终达到了影响深远的正义平衡。

宽恕当然不是"豺狼虐我千百遍，我对豺狼如初恋"，而是首先要让"豺狼"变回"人"。如果你感受到痛苦，那么你还活着；如果你感受到他人的痛苦，那么你才是人。坦白错误、感到痛苦、后悔或歉疚，是请求宽恕的大前提。

宽恕如登，仇恨如崩；一念地狱，一念天堂。"吸尘器吸入所有的尘埃并保留在袋中，而洗碗机则在洗净脏盘子后，立即将污秽排泄进了下水道。"图图在书中提到的这个比喻，形象地揭示了"排掉"之重要。放下、排掉，不再被痛苦和仇恨吞噬。

1902年度诺贝尔和平奖获得者埃利·迪科门，在他的《历史证明：战争终将一无所获》的获奖致辞中，早就已经证明了今天我们经常说的"战争没有赢家，和平没有输家"。战争，冲突，对抗，持续下去能赢得什么呢？

拥抱和平，总能找到路口；拥抱仇恨，总能找到借口。"人们只记得恨是爱的邻居，却忘记了爱也是恨的邻居。"当今世界上，多少人成了仇恨的奴隶？世上有大量证据表明，仇恨只是为下一场仇恨创造了条件。

"看起来是人与人之间的和解，实质则是一个人与自己和解，征服自己内心中的魔性，恢复人性。"宽恕他人也是因为自己更需要宽恕。时代的每一点进步，都是一步步执着追求所取得的，功不唐捐；同理，时代的一次次退步，也都是一步步实施实行的，处心积虑——路径与后果都是泾渭分明。

天地万物都渴望阳光普照、雨露滋润、安宁幸福，人类更是如此；天演过程中有竞争，但更多的是合作；人类和平的合作，带来更大的发展、进步与和谐。

F

宽恕，不仅是一种美德，更是一种智慧、一种能力。

"上世纪80年代末我访问伟大的中国时，就被中国人民的勤劳刻苦深深地打动了。譬如为了工作，工人们到晚上还在探照灯下忙碌于建设工地上。更使我感动的是中国人民的慷慨大方……"在《没有宽恕就没有未来》中译本序言中，图图说。

图图还说："没有宽恕，真的就没有未来。"

宽恕，成就巨大，成本最低。图图的宽恕的力量，是人类进步的重要力量。在图图成为南非首位诺贝尔和平奖获得者近十年之后，"黑白双星"曼德拉和德克勒克，超越种族主义，拥抱和解未来，于1993年一起走上诺贝尔和平奖领奖台，这何尝不是"有宽恕就有未来"的典范？

从20世纪80年代以来，真相与和解的理念和实践，逐渐成为民族政治领域中致力解决民族纠纷和冲突的重要路径选择，真相与和解委员会在很多国家相继出现：在非洲不仅有南非，还有卢旺达、塞拉利昂、苏丹、科特迪瓦等；在美洲，不仅有阿根廷、巴西、智利、秘鲁、萨尔瓦多、巴拿马、哥伦比亚，甚至还有加拿大；在亚洲，则有泰国、缅甸、韩国等。而极端狭隘的民族主义，是对宽恕与和解的反动。

宽恕之道，道阻且长，行则将至，行而不辍，未来可期。

世界不是非此即彼的。爱，是解决人世间冲突的良方。仇恨没有赢家，宽恕没有输家。永远要给宽恕与和平一个机会！

（原载于2023年5月31日日本华侨报网）

辑四　傲然之立

西奥·贝克：
新闻的杠杆与辞职的校长

西奥·贝克，真的好帅。

从18岁到19岁，那可是"早晨八九点钟的太阳"。

是他的一组报道，让大名鼎鼎的斯坦福大学校长下台了。

A

2023年7月19日，这是载入美国斯坦福大学历史的日子。校长马克·泰西耶-拉维涅宣布将辞去校长职务，将于8月31日正式离职。

著名的斯坦福大学，建校138年，总共只经历了11届校长，而马克·泰西耶-拉维涅成为第一个因涉嫌学术不端而辞职的校长。

他下马，有内因外因综合因素，但第一个扯住他的腿往下拉的，是他做校长的学校的学生——18岁的大一学生西奥·贝克。

嗯，这是贝克战胜了马克。

马克·泰西耶-拉维涅校长，今年63岁，加拿大裔美籍科学家；他是美国国家科学院院士，属于世界顶尖的神经生物科学家，是大脑发育和修复研究领域的领军人物。

早在20世纪90年代，他就发现了连接大脑神经回路引导轴突所需的分子，为学界开辟了全新的研究领域。他领导的实验室，是世界一流的；他先后发表了220多篇论文，学术成就巨大。

在研究、教学、行政领导方面，他都是一把好手。他曾在加利福尼亚大学旧金山分校和斯坦福任教，曾担任洛克菲勒大学第10任校长。

在写给全校师生的"辞职"邮件中，马克校长说，尽管特别委员会的调查明确否定了他本人存在学术欺诈和不当行为，但他自己确实没有做到位，懊悔在论文纠错过程中没有足够的细心。

他说得坦荡而恳切："斯坦福比我们所有人都更伟大，它需要一个不为这类问题所影响的人来领导。"马克校长也研究"老年痴呆症"，但他自己一点都不"痴呆"。

校长职务辞掉了，但他依然在斯坦福教书育人，担任生物学的终身教授，这已得到斯坦福大学董事会主席杨致远的确认。毕竟"学术瑕疵"不能否定他的整个学术成就。

与此同时，西奥·贝克也成为学校风云人物，具有了"学生英雄"的色彩。

B

2022年9月，18岁的西奥·贝克考入了斯坦福大学读本科。

除了学习好，贝克的长处在于新闻报道。贝克这个大男孩，喜欢汽车、烹饪和漫画书，对神经科学与新闻报道着迷。他一入学，就加入了《斯坦福日报》。

这跟他的老爸老妈有"基因关系"：西奥·贝克的父亲是彼得·贝克，大名鼎鼎的《纽约时报》的首席白宫记者；母亲是苏珊·格拉瑟，是著名的《外交政策》杂志的前主编。父母的熏陶，一定很重要。

《斯坦福日报》是斯坦福大学的校园报，编辑记者都是大学生，并没有什么薪水可领。它其实是一份创办50周年的"老报纸"了，办公地点就在校园内。有意思的是，《斯坦福日报》是独立运营的，不受学校管辖，校方无权干涉。它也是靠广告收入维持运营，是一家商业化但非营利的独立媒体。

"初生牛犊"西奥·贝克入学才两个月，就从2022年11月29日起，连续在《斯坦福日报》上发表针对校长大人涉嫌学术不端的报道，共计17篇。这不仅在斯坦福大学引起轰动，在全美都引发了关注。

西奥·贝克的报道揭示，马克·泰西耶-拉维涅在《科学》《自然》《欧洲分子生物学组织杂志》等著名学术刊物上发表的论文中，部分试验结果配图存在包括复制、人为修图等操纵行为。最早的"问题论文"，可以追溯到20年前。

风起于青蘋之末。质疑马克·泰西耶-拉维涅操纵论文的传言，其实早在互联网上流传了很多年。它们出现在科学论坛、博客帖子中。早在2015年，科学研究和同行评审网站PubPeer上，就有科学同行对其论文进行质疑。但很遗憾，这事从来没有被认真地、深入地、广泛地报道过。

西奥·贝克对神经科学着迷，这大大有利于他对这个领域进行深度调查。他"在校长头上动土"，除了自己悉心钻研，还花费了1000多个小时采访了数十位专家，终于弄清楚了基本情况，写出了翔实的系列报道。

他虽然是学生记者，但同样拥有揭露曝光的"第四权力"。

C

西奥·贝克开始做调查时，就遵循新闻采访的原则，把问题直接发至校长邮箱，但马克校长完全没有重视，不直接回应，而是让学校的新闻发言人迪·莫斯托菲予以回复，给出的理由主要是：校长本人没参与、不知情实验照片存在人为操纵的情况；就算实验照片出现问题，也不代表实验结果有问题。

对于这套冠冕堂皇的官方说辞，贝克当然不买账。他认为，作为世界顶尖的研究者，有着崇高的学术地位，如果其研究出现问题，可能影响整个领域的研究方向。贝克这段质疑的话，可谓振聋发聩：

"谁应该对错误数据负责？谁应该对数据的准确和真实性做最后一道保障？有很多高级研究者和科学家，把自己的名字放在论文中，他们甚至没有参与写作甚至实验。有了权力，当有利可图时，论文唾手可得；当出现问题时，就撇清关系。我希望人们更多地看到关键问题：在科研中，谁来真正负责？"

很快，在2022年12月，斯坦福大学董事会就成立了由顶级阵容组成的特别委员会，进行全面审查。审查历时8个月，先后审阅了5万多份文件，完成了50多次访谈，最终发表了一份长达89页的调查报告。此可谓史无前例。

报告表明，是实验室成员对研究数据进行了不当操纵，存在有缺陷的实验操作，多张实验照片存在复制或者拼接剪辑的情况。合计有5篇论文存在重大缺陷。但同时确认：没有证据表明马克·泰西耶-拉维涅本人参与了对实验照片的人为修改，也没有证据表明他发现问题而置之不理。

自然科学领域的论文，往往是多人合作的成果。在联合署名中，马克·泰西耶-拉维涅主要承担失察之责，毕竟那是他领导的实验室做出的研究成果和发表的论文，他未能及时发现其中的错误并果断纠正，同时对实验室的监管存在疏漏。

西奥·贝克赢了，这就是新闻的力量。新闻所具有的是"杠杆"的力量，如果看成是"支点"也行。

D

2023年4月，在特别委员会调查报告发布之前，"富有胆略"的西奥·贝克就获得了著名的乔治·波尔克新闻奖，成为有史以来最年轻的获奖者——他可谓是"好兵贝克"。

乔治·波尔克是美国哥伦比亚广播公司的著名记者，在20世纪三四十年代，他的足迹遍布全球，最终在报道希腊内战时不幸遇害。美国知名记者沃尔特·李普曼曾前往希腊调查，没能挖出真相；乔治·波尔克死亡之谜，至今没有完全水落石出。

为纪念他，美国新闻界设立了"乔治·波尔克新闻奖"。与全面性的"普利策奖"有所不同，"乔治·波尔克新闻奖"着重奖励那些在挖掘真相方面做出杰出贡献的新闻工作者。

将来，西奥·贝克会研究新闻学、从事新闻行业吗？或者，成为作家也行。美国优秀的记者，有一个崇高的理想，那就是写着写着，从记者变成著名的作家。西奥·贝克只要持之以恒，完全可以成为优秀的记者作家。

新闻是有能量有力量的，只要新闻是真正的新闻。

（原载于2023年8月1日日本华侨报网）

陆谷孙：
时代燃灯者

"有涯之生的欣慰相逢，混蒙时代里的粲然明灯"——76岁的陆谷孙先生告别了人间。那是2016年7月28日，人们正在纪念唐山大地震40周年。

陆谷孙是浙江余姚人，是全国政协委员，是复旦大学杰出教授，是博士生导师，是著名翻译家，是莎士比亚研究专家，是《英汉大词典》的主编。陆谷孙这名字好，一看就能记牢。《英汉大词典》更好记，在知识界，如今不知道《英汉大词典》的人恐怕是不多的。

陆谷孙先生学贯中西，词海编舟。他的身段很低，低到他自己喜欢、别人感到讶异的程度。这么一位著名的大家，他喜欢给本科生上课，还努力上得每堂课要"至少让学生笑三次"；他埋头批改学生的作业，密密麻麻的修改中饱含心血，作业本倒是被许多学生当成珍品珍藏；一位勤杂工的孩子生病住院，他二话不说拿出1000元送到系里，一再叮嘱"一定要交给他"；他照常给人家当口语翻译，没觉得自己是陪在人家身后的"小兵"；他常常躲着大奖不去露脸，并且不怎么喜欢去当评委评审，名气越大之后越不喜欢去出席各种风光的会议；他常写微博议论时弊，和网友探讨"萌""小清新""剩男剩女"之类网络语怎么翻译最好，没把自己当成"德高望重"的终身教授；有记者来采访他之后，他给人家题的字竟然是"多几分书生之气"……

还有，他把自己看作一个"厨子"，大有"上得了厅堂、下得了厨房"的意味。他不是说了吗：编词典就像做厨子，受不了做饭做菜的热气，就不要轻易进词典编纂的厨房。"你要是想惩罚谁，就让他去编词典吧。"这话是第一部《英语词典》的编者塞缪尔·约翰逊在其书大功告成时说的，编词典真当是日复一日、年复一年、烦琐细碎如厨师反反复复的切菜做菜。其实，编词典可是比厨师做菜要来得枯燥且漫长的好吗，而且那是"遗憾的艺术"，是"无偿劳作，虽成无荣"，可是陆谷孙一做就是30年，大半生都与词典为伴。《英汉大词典》的规模是词条20万，共5000页，近2000万字；它是联合国必用工具书之一，被外国人誉为"远东最好，也是世界范围内较好的双语词典之一"；钱锺书先生称赞它"细贴精微，罕可伦偶"，董桥先生拍着词典说"不可一日无此君"。有"此君"才不会"无此君"啊！

陆谷孙先生还是莎士比亚教学和研究专家，著有《莎士比亚研究十讲》(复旦大学出版社2005年11月第1版)一书。他讲授莎士比亚，"内容丰赡，会意深邃，穷文尽义，曲说毫芥"。教学、研究莎剧半个世纪，不少工作是开创性的。我国大陆学者在国际论坛发表的第一篇莎学论文，就是他的《逾越时空的汉姆雷特》，含义深邃，不仅从文化移植的视角考察了中国对《汉姆雷特》(即《哈姆雷特》)的接受过程，更放眼时代思潮嬗变，辟出解读该剧的崭新途径。

复旦大学出版社先后为陆谷孙先生出版了《余墨集》《余墨二集》《余墨三集》，书中所收的是"非学术类文章"，其中有的是纯英文文章，以及多首诗作，读者从中可以一睹陆先生的真性情。

陆谷孙1965年复旦大学外文系研究生毕业，曾任复旦大学外国语言文学学院首任院长；因为学术交流，他曾多次因公外访。他的夫人林智玲是翻译过《蝴蝶梦》的英语翻译家，和女儿在美国定居，可陆先生硬是不肯去，一人独居在复旦教工宿舍，孜孜矻矻，忘我工作。"独颜回饮水啜菽，居陋巷，无假于外而不改其乐，此孔子所以叹其不可及也。"身虽囿桃核，心为无限王。他写有《九零年作于香港》一诗，首联、颔联为："清歌曼舞正繁华，我尚漂摇未有家。身似孤鸿悬海上，心随明月到天涯。"

"不是因为我留下了有什么大钱可以赚，而是实在因为我就应该属于这里……你说是家国情怀也好，故园情结也好，总之这是很难描述的情感，像脐带一样无法割断。"在生前，陆谷孙曾这样述说不肯去国外定居的缘由，"一到秋天，秋虫鸣叫，这时故乡的草木风物，那声音、颜色、光线融合成的氤氲，就像海妖的歌声一样，有说不出的牵引力，即使远行，也要催着你回来"。

"学好外国语，做好中国人。""在学好英语的同时，一定要把汉语作为维系民族精魂的纽带。""中文都没读好，怎么读得好英文？"这是陆谷孙教育学生时常说的话。陆谷孙自己平衡中外，方得成为大家；而他以自己的人生感受、为学经验，告诉学生告诫他人。是为心声，更是初心。对于一己之人而言，最爽是按自己的兴趣生活，最穷是听不到真理的啼声。陆谷孙先生讲的其实也只是常识，但恰恰就是常识无价。

国人学英语，有不少是为学而学，或者就是为应试而学，学得犹如"把果冻钉在墙上"。而且，越是没本事的人，自尊心往往就越强，陆谷孙先生形象地告诉我们，什么叫学好了外国语、什么叫"一等一"好的中国人。

（简版原载于2016年8月1日《杭州日报》，并收入西苑出版社《知知而行行》一书）

巴木玉布木：
"春运母亲"的如山肩膀

春节，是几千年前我们的祖先早就定好的假期。因为亲情，回家是本能；因为疫情，留下是责任。

此刻，2021春运进行时。一张11年前的"春运母亲"的照片，再次刷屏。那是2010年1月30日，春运第一天，新华社记者周科在南昌火车站广场拍下的照片：一位年轻的母亲匆忙赶车，肩背上巨大的行囊压弯了她的身躯，她左手提着一个破了个大洞的背包几乎拖地，而挂在胸前揽在右臂中的婴孩温暖而整洁。母亲面色红润，眼神坚韧，屈身抬头前行……

肩上是生活，怀里是希望。这些年来，不少母亲与小孩的旅途照片感人至深，比如还有一张是母亲带小伢儿吃方便面，孩子张嘴迎接的情景，让人过目难忘。新华社记者历经11年找寻，终于找到了压弯腰的那位"春运母亲"，她叫巴木玉布木，32岁，彝族人，家住四川省凉山彝族自治州越西县瓦岩乡桃园村。不是她"大隐隐于山林""世无遗草能真隐，山有名花转不孤"，而是大凉山真的太偏僻了。如今周科终于与她再次相遇，拍下她如花的笑靥。

贫困会限制一个人对富裕的想象力，但富裕也会限制一个人对贫困的想象力。你想得到的情景叫童话，你想不到的状况叫生活。有一位城里的女作家，在1986年夏天，因为拍纪录片去到神农架农村，请了3个农民帮背东西，结果发现他们从来没有用过自来水、没有见过自来水龙头，在住宿的旅店里他们一脸茫然地说：我们不知道水从哪里出来。

人跟人之间，差距是很大的。同一天，另有一条消息刷屏，来自凉山彝族自治州北侧的甘孜藏族自治州，有一个假活佛，十年敛财近两亿！这个假货，真名王兴夫，是个所谓的"气功大师"，来自山东，早年是被济南监狱开除的。他其实是汉人，弄虚作假变为"藏人"，取了个藏名"洛桑丹真"，通过层层包装，摇身一变成了转世活佛，进而在内地敛财骗色，近两亿入兜，还强奸猥亵数名女弟子，最终被判有期徒刑25年！和巴木玉布木相比，真可谓判若云泥。

人的差异巨大，城乡的差距更大。当年的桃园村，处于全国"三区三州"深度贫困地区，自然条件差、经济基础弱、贫困程度深，过苦日子的并非巴木玉布木一家。她曾在土坯房住了30年，"童年的家在半山腰，出嫁后家到了山脚下，变的是海拔，不变的是漏雨的土坯房"。那时候家里没有通电，漆黑的雨夜，"夫妻俩就在屋里摸来摸去，凭着感觉找漏点接雨水"。村里土地贫瘠，她家有6亩旱地，祖上一直以种植玉米、荞麦和土豆为主，每年的收成勉强能让一家人填饱肚子。

心中若有方向，眼中就有希望；心中若有希望，眼中就有方向。2009年，二女儿出生，没念过一天书更不会讲普通话的巴木玉布木，做出了一个大胆的决定：出山去打工！她打工搬砖："一个月能挣五六百块钱，比家里种地要强！"她以如山的肩膀，扛起一家老小。她在南昌打工，孩子就带在身边，她还学会了普通话。在5个月的打工生涯结束后，她赶回老家过春节，并且要给孩子治病，没想到在火车站被新华社记者遇见，于是有了那张著名的照片。看她肩背上裹着被子衣物的行囊，就知道她为了省一点寄包裹的邮资，自己扛着。那时，家乡还没有通高铁，她花了三天两夜才回到大凉山的家里。而10多年来，在新华社记者找到她之前，她都不知道自己这张照片已红遍网络、感动中国。

经历艰难困苦的人生，一如经历风霜的种子，有两种方式：腐烂或者新生。巴木玉布木怀抱中的二女儿，因为肺炎，回家后不到半年就去世了；后来，她的第三个孩子在出生后10天也不幸离世。现在的她，依然养育了4个孩子。对于贫困地区的人来说，生不容易，活不容易，生活真不容易。然而，生生不息，生生不息！后来，是"精准扶贫"帮助了她家：6亩地全部改种了烟叶，后来又增加到15亩，年收入也从几千元增加到几万元，成功实现脱贫，家里也盖起了一栋钢筋水泥结构的新楼房……

巴木玉布木的智力、素质、能力并不低。新华社记者在报道中这样记述：看着孩子们一张张可爱的面孔，巴木玉布木说："希望他们好好读书，平平安安。无论是生活的贫困，还是遭遇的不幸，我们都要勇敢向前！"无论巴木玉布木说的原话是不是原原本本一字不差就是这样，但我相信她说的那层意思。不久看到《新京报》的手机视频采访，已再次外出打工的巴木玉布木满脸笑容，她非常乐观，非常质朴，非常可爱，而且表达很流畅，普通话也不差。如果不是处于大凉山那样贫困的环境，而是在城市里跟我们一样成长，我相信她完全有可能比一般人都出色。

大凉山地区贫困落后的原因复杂多元，不是单一因素。过去8年，我国近1亿贫困人口实现脱贫。要知道，许多国家的总人口都不到1亿。公益性的资助只能救一时，在"冷度"贫困中体现"温度"；而扶贫和发展做好了，才能真正让一个家庭、一个地方摆脱贫困。

扶贫需要政府的力量，扶贫更需要民间的力量、企业的力量、市场的力量。农村脱贫，一定要跟城市、跟市场发生"链接"。电商拼多多，注重农产品的销售，助力大凉山95后空姐何爽返乡卖石榴，生意做得大，果农受益多；云南大理的大山深处有个千年古寨诺邓村，所产诺邓火腿可谓"中国的西班牙火腿"，味道绝佳，电商平台帮扶诺邓火腿走出深山，畅销中国，成为一个经典案例……扶贫是为了立业，农村农业当然也是可以立起来的业。巴木玉布木家种的烟叶，虽然不直接通过电商销售，但内在道理是一样的。

不仅要"物质扶贫"，而且要"精神补白"——巴木玉布木的坚韧坚强，恰是对所有人的"精神补白"和"意志补钙"。

（原载于2021年2月3日《杭州日报》）

玛丽亚·索：
活成文化

被网友称为"中国最后一位女酋长"的鄂温克族老人玛丽亚·索，于2022年8月20日2点27分仙逝，享年101岁。

玛丽亚·索是著名女作家迟子建荣获茅盾文学奖的小说《额尔古纳河右岸》女主角的原型。额尔古纳河是黑龙江正源，中俄界河，河右岸居住着一支数百年前自贝加尔湖畔迁徙而至、与驯鹿相依为命的鄂温克人。

"鄂温克"的意思是"住在大山林中的人们"。历史上，鄂温克族是东北亚地区的一个跨境民族，他们开枝散叶，形成了"大分散、小聚居"的分布格局。如今鄂温克族是我国唯一饲养驯鹿的民族，被称为"中国最后的狩猎部落"；他们有自己的语言，没有文字，人口有3万多。

玛丽亚·索带领的敖鲁古雅使鹿部落，是一个只有200多人的微型族群。他们善良淳朴，热爱林海雪原，长期安居于大兴安岭的大自然深处，有着自己独特的文化。

使鹿部落是与大自然最亲近的群体，对大自然有着最纯粹的热爱。正如玛丽亚·索所说的，"我们跟大自然非常亲近，过着自己的生活，我们并不需要太多的钱，大自然里什么都有。""鹿角的森林"，正是大自然最美的产物。孩子们趴在草地上，满地都是野生的蓝莓，随手一摘就塞进口中。玛丽亚·索习惯了与森林为伴，与驯鹿为伴，很少在山下生活。

玛丽亚·索生于1921年。她是鄂温克驯鹿人的精神支柱，是"驯鹿文化"和"狩猎文化"的象征。她是内蒙古非物质文化遗产传承人，曾被评为内蒙古第三届"感动草原十杰母亲"。而今称玛丽亚·索是"鄂温克族最后一位女酋长",这当然是民间的说法,因为氏族酋长制早已被废除,现在叫"女酋长"可谓一种尊称。

玛丽亚·索勤劳能干,多才多艺,兽皮和桦树皮经她编制后,就能成为美丽的实用品和艺术品。"老人总有讲不完的民间故事,美妙的歌声时常在林间回荡,口弦琴的节奏在她的唇间传递着鄂温克民族悠长的历史。百年间,玛丽亚·索成为生活在敖鲁古雅的鄂温克族发展的一个缩影。"

鄂温克的文化,是勤劳聪慧的鄂温克人在漫长历史中创造的,其最重要的就是"驯鹿文化"与"狩猎文化"。

"驯鹿文化"是鄂温克文化的精魂。"鄂温克驯鹿习俗",是国家级非物质文化遗产。玛丽亚·索说:"驯鹿就像我的孩子一样,我非常爱它们。"驯鹿性情温顺,以森林里野生的苔藓、石蕊、蘑菇和嫩枝条为食,善于在沼泽、森林、深雪中行走。驯鹿被誉为"林海之舟",像马可载人,像骆驼可载物,是鄂温克猎民必不可少的交通工具。珍稀的驯鹿,早就被列为国家二级保护动物。

截至2021年,敖鲁古雅鄂温克民族乡共有鄂温克族316人,其中使鹿部落211人,饲养驯鹿1200余头。过去是驯鹿很珍稀,现在是人比鹿还少,同样很珍稀。在该乡有驯鹿文化博物馆,成为人们了解使鹿鄂温克人的一扇窗口。

在《敖鲁古雅风情》(刘云山著,内蒙古人民出版社2010年5月第2版)一书中,写道"有名的养鹿能手"玛丽亚·索:"她带领着七名妇女饲养七百只驯鹿,每年都获得好收成。她有一手拿手的技术,哪只驯鹿病了,她从山里采来一些野草,一治就能治好。去年一只就要生羔的母鹿突然生了病,躺在地上打滚,玛丽亚索一看,发现是鹿羔死在肚里,她用桦树杆削了一把尖尖的木刀,把死鹿羔取了出来,母鹿得救了。大伙高兴得围着得救的母鹿跳起'欢乐之神'舞……"

树林里驯鹿集中在一起,头上的鹿茸,就形成一堆美丽的"珊瑚礁"——这是顾德清在《猎民生活日记》一书中令人难忘的一句话。作者在20世纪80年代初寻访兴大安岭森林中的鄂伦春族和鄂温克族猎民,见证了"狩猎文化"与

"驯鹿文化"。

顾德清的儿子顾桃，是著名纪录片导演、摄影师，长期追踪记录鄂温克族的故事，拍摄了著名的"鄂温克三部曲"——《敖鲁古雅·敖鲁古雅》《雨果的假期》《犴达罕》，多次获奖。他最熟悉在镜头下的玛丽亚·索："她每天不说话，但是猎民点的所有人都得听她的，包括去哪找路，往哪搬家，哪里有驯鹿喜欢的最新鲜的苔藓；哪里有水，哪里是相对安全的地方，都是老太太'酋长'来定这些事。因为她在森林里90多年了，这是接近一个世纪啊。玛丽亚·索一辈子都生活在森林里，她就是森林的样子……"

人和文化，都是环境的产物。鄂温克人爱太阳，爱月亮，爱星星。有一次，在猎民点，玛丽亚·索老人说了一句："月亮戴头巾了，最冷的时候到了，你们赶快出去多找点死掉的树来取暖。"顾桃感慨："她说的'月亮戴头巾'，指的就是月亮周围有一圈光晕，她就形容是一个头巾，一种很诗意的表达。"

"我不敢相信自己的眼睛，虽然鹿铃声听起来越来越清脆了。我抬头看了看月亮，觉得它就像朝我们跑过来的白色驯鹿；而我再看那只离我们越来越近的驯鹿时，觉得它就是掉在地上的那半轮淡白的月亮，我落泪了，因为我已经分不清天上人间了。"这是小说《额尔古纳河右岸》结尾的文字。迟子建用第一人称，以诗意的笔调，为鄂温克族写了一部诗史。

保护自然和保护文化，有时候是一对矛盾。

迟子建在《额尔古纳河右岸》跋文中，有一番深切的剖析："始于六十年代的大规模开发开始后，大批的林业工人进驻山林，运材路一条连着一条出现，铁路也修起来了……伐木声取代了鸟鸣，炊烟取代了云朵。其实开发是没有过错的，上帝把人抛在凡尘，不就是让他们从大自然中寻求生存的答案吗？问题是，上帝让我们寻求的是和谐生存，而不是攫取式的破坏性的生存。"

事实上对森林的大规模的砍伐，才使野生动物大量减少，这远比猎人打倒的多。

"稀疏的林木和锐减的动物，终于使我们觉醒了：我们对大自然索取得太多了！受害最大的，是生活在山林中的游猎民族。具体点说，就是那支被我们称为最后一个游猎民族的、以放养驯鹿为生的敖鲁古雅的鄂温克人。"迟子建写道,"有关敖鲁古雅的鄂温克人下山定居的事情,我们从前两年的报道中已经知道得太多了。当很多人蜂拥到内蒙古的根河市,想见证人类文明进程中这个伟大时刻的时候,我的心中却弥漫着一股挥之不去的忧郁和苍凉感……"

下山定居,人方便了,鹿不方便了。替别人做选择,可能是一种错误。"山养鹿,鹿养我,我不下山。"玛丽亚·索只在需要出席重要场合时,才会到敖鲁古雅的定居点小住几日,其余时间多在山上,与驯鹿为伴。驯鹿习惯于林中自由自在的生活,玛丽亚·索离开山林也难以适应。山林就是最大的家。她的一生其实都已融入山林:"我不愿意睡在看不到星星的屋子里,我这辈子是伴着星星度过黑夜的。"

当地禁止狩猎,"狩猎文化"淡出了现实,隐入了历史。玛丽亚·索不会说汉语,作家乌热尔图记录了她的口述回忆《我的驯鹿,我的梦想》,汉语译本收录在顾桃的《敖鲁古雅·敖鲁古雅》(北京联合出版有限公司2022年7月第1版)一书中。玛丽亚·索心心念念的,就是驯鹿与狩猎。

其中讲到,年轻时她跑得可快了,"抓小鹿的时候,我跑得飞快,连男人都佩服";讲到"人会懒得干活,驯鹿就不会懒","我们就是这样打猎,放驯鹿,过了一年又一年。过去,打猎、放驯鹿的地方挺大的,方圆上千里……"也讲到搬迁时心里的难受,"现在又从敖鲁古雅搬到了根河定居点。这几次都不是鄂温克族人自己想要搬的。要说那几个地方,还是敖鲁古雅好……最重要的是,驯鹿没有吃的东西……现在最紧要的,就是给驯鹿划出个地方来……"

玛丽亚·索最后这样倾诉:"一想到鄂温克人没有猎枪,没有放驯鹿的地方,我就想哭,做梦都在哭!"这句话成了传播广泛的名言。

对独具魅力的"驯鹿文化"与"狩猎文化"的保护,就是对文化多样性的保护。

文化是民族的根脉。鄂温克这个民族的人数很少,但是艺术家的比例很大,有很多诗人、画家、作家、歌手……这是特有的民族气质孕育出来的。鄂温克族有很多非物质文化遗产,其中国家级的除了鄂温克驯鹿习俗,还有鄂温克族桦树皮制作技艺、鄂温克族（叙事）民歌、鄂温克族民间故事等。

鄂温克族著名作家乌热尔图，在20世纪80年代初写出一系列反映鄂温克猎民生活的短篇小说：1978年《森林里的歌声》发表于《人民文学》杂志，反响强烈；之后《一个猎人的恳求》《七叉犄角的公鹿》《琥珀色的篝火》连续获得1981年、1982年、1983年全国优秀短篇小说奖，都是感人至深的作品。

鄂温克族著名歌唱家乌日娜，是中央民族大学音乐学院声乐学教授，歌曲《吉祥三宝》演唱者之一，著有《鄂温克音乐文化》一书。玛丽亚·索曾把100多首民歌传给了乌日娜。2010年，由乌日娜担任总导演的鄂温克大型歌舞剧《敖鲁古雅》，在北京保利剧院上演；之后她还走出了国门，把鄂温克音乐文化带向世界。

7年前，乌日娜和94岁的玛丽亚·索，都应邀参加了北京卫视《传承者》节目。玛丽亚·索还带着一头自己饲养的驯鹿而来，她用鄂温克方言演唱了民歌《古佳耶》，声音之美好，震撼人心。唱完后，玛丽亚·索露出了害羞的笑容。

笑容，是"心里乐了，就从脸上溢出"；歌声，是"心里满了，就从口中溢出"。

顾桃导演说得好：这个世界最伟大的民族特质，都在使鹿部落人身上得以体现——坚韧，悲悯，宽宏，聪慧……101岁辞世、已活成文化的玛丽亚·索，正是这些优秀特质的集中体现者。

民族的，亦是世界的。

（原载于2022年8月29日《杭+新闻》）

陈慧：
"度你"的菜场女作家

太励志！浙江宁波余姚梁弄镇的菜场里，出了一位女作家，她是43岁的陈慧，她每天上午摆摊下午写作，已经出版了两本书。2021年4月出版的第二本书《世间的小儿女》，还冲上了5月"浙版好书榜"。7月11日，央视新闻频道做了长达12分钟的专题报道。

陈慧生于1978年，26岁之前她生活在江苏如皋，27岁那年远嫁到浙东小镇。她的人生平凡中有坎坷：

小时候她被养父养母抱养，少年时又返回亲生父母身边；中考时差1分没能读上普通高中，进了一所职业高中学习"服装设计"——其实就是学裁缝。毕业后她的裁缝小店才开两年，"巴尔扎克"还没有遇上"小裁缝"呢，她突然间"生了一场缠绵悱恻的大病"，裁缝店只好关门歇业。嫁到余姚梁弄镇这边，先是开了个小杂货店，因为怀孕了，身体吃不消，店关张了。孩子出生后不久，为拮据的现实所迫，她摆起了地摊，摆摊的位置不固定，常常凌晨3点多就得起床去菜市场抢地盘；后来自己动手组装了一部简易的卖货手推车，成了一个"女货郎"，沿街兜售，"招摇过市"。在陈慧眼里，每天谋生的菜市场虽然繁芜嘈杂，却是一个热气腾腾、有付出就有回报的好地方。

后来没有想到的是，持续了13年的婚姻也解体了。

"我的内心可能有猛虎，但绝对没有蔷薇。"2010年冬天，她无意间创作了几篇"不着调"的小文章，写作的天赋一下子就流露了出来。摆摊是生活的来源，写作是她的副业。精神面的追求，成就了"野生女作家"陈慧。正是"写作",将两种看似不搭界的职业无缝衔接在一起。

底层生活是丰沛的,普通人的生活也是一部史诗。陈慧写人,写普通人,写人生,写人性。正如著名女作家迟子建所说的:"一个作家写人性永远是不错的,因为人性是最复杂的。"

她的第一本作品集《渡你的人再久也会来》,在2018年6月由宁波出版社出版,已经两次印刷。编辑推荐语说的是:"33个温情又残酷的人生故事,每个平凡人都要面对的生活;在粗糙的生活里,用文字抚平褶皱。"书中所写的,都是她熟悉的身边的人与事,绝无"言必希腊";在她笔下,底层人物、底层生活真实残酷,纤毫毕现。

尤为可贵的是,面对"潦草"的人生与生活,陈慧时不时有生动幽默的语言从笔端流淌出来。比如写邻居万红旗,在她盖新房时无理取闹害得她梨花带雨抱头大哭,之后,"每当他从我家门前经过而我恰巧又站在自家屋檐下,我那一对犀利的白眼就如李寻欢的小刀子似的嚓嚓地飞到他的脸上、身上……"后来两人很快和解了,许多交往的细节读得你忍俊不禁。

《世间的小儿女》一书中,陈慧写养母,写养父,写姚木匠,写昌铜匠,写棉田里的男孩,写卖笋的老人……这样的身边的人事题材,很容易让人想起女作家萧红。这个世界是有疼痛的,文学要发现这种疼痛;这个世界是有温暖的,文学要表达这种温暖。从两本书看,人生生活同样粗粝鲜活,作者文字同样澄净温暖。文学是度己度人的——通过度己来度人。

不过,陈慧总不承认自己是"作家",反倒很诚恳地说:我不是一个好的写作者,只能诚实地叙述我的生活。

陈慧拥有最可宝贵的"积极思维""成长思维",她并不怕自己十几年"混迹"菜市场的历史,她说的是:"人间值得,菜市场值得!"这是如何的积极和励志。她生活在基层底层,她何尝不是"精英"。在我看来,"精英的利己主义"比"精致的利己主义"更可怕,而女作家陈慧可不是那样的人。

(原载于2021年7月14日《杭州日报》)

梁江波：
另一种"置黑暗而生孤勇"

37岁，视障，如何圆梦清华？

2022年7月10日央视新闻客户端报道：视障小伙成功考研清华！

他叫梁江波，罹患先天性视力障碍，从年少起就生活在黑暗中；但他渴望溯光而上，一如他的名字，能够"江横天下，波行千里"。

1985年，梁江波出生在安徽蚌埠市一个普通家庭。他的童年没有玫瑰花，在拍百日照时，第一次被发现"有些怕光"。这是眼睛有问题，父母带着他奔波于多地大大小小的医院。然而，随着一天天长大，他眼里的世界却一天比一天暗淡。

到了入学年龄，却没有学校愿意接收他。幸好他有好父母，成为他的启蒙老师；在他6岁那年，父母借来旧课本，家里挂起一块小黑板。这让人想起新东方的俞敏洪，他曾说他是继承了父亲的宽厚，又从母亲身上学到了坚韧不拔、锲而不舍的精神，"是我的父母成就了我"。

黑板上的字很大，小江波一开始还能模模糊糊看个大概。其间他还曾唯一一次参加小学竞赛考试，是拿着放大镜抵住眼睛来答题的。但很快黑暗就彻底吞噬了他所有的光明——那一年他13岁。

上天在关门之时打开了一扇窗，梁江波的记忆力变得越来越好——不能做到"过目不忘"，但几乎可以做到"过耳不忘"，这让他树立了继续念书的信心。

梁江波的求学经历，是另一种"置黑暗而生孤勇"。1998年，他顺利通过南京市盲人学校的入学测试，入学开始学习盲文。该校前身是南京市立盲哑学校，始建于1927年10月3日，是中国第一所公立特殊教育学校。

到了2003年，一封来自青岛市盲校的招生函，让梁江波有了飞跃的希望。始建于1932年的青岛市盲校，设有普通高中部，这是受教育部和中残联委托试办的全国唯一一所盲人普通高中。梁江波成功入学，读上了高中；前面，就是读大学之路了。

3年之后的2006年，梁江波成功考入北京联合大学特殊教育学院，开启为期5年的大学学习生涯，就读的是针灸推拿专业。彼时，囿于政策规定，他无法参加全国普通高考，只能参加针对盲人的特殊高考，而且只能选择针灸推拿专业或音乐专业。但梁江波并没有失望，入读大学后，更加努力学习。

命运的敲门声，总是刺耳惊心的，但是，真正的"孤勇者"，能够扼住不幸命运的喉咙，奏响非凡的"命运交响曲"，唱响最终的"欢乐颂"。正如罗曼·罗兰评价贝多芬所言的："一个不幸的人，贫穷、残疾、孤独，由痛苦造成的人，世界不给他欢乐，他却创造了欢乐给予世界！"

有一位与梁江波情况非常相似的女大学生，名叫叶景芬，是浙江丽水龙泉市人，她在2021年考取北京联合大学特殊教育学院中医专业硕士研究生，成为这一年里浙江唯一一名考上研究生的视障学生。在此前的2016年，叶景芬考入长春大学特殊教育学院，就读针灸推拿学专业——该学院不仅是国内第一所，而且也是亚洲第一所高等特殊教育学院，由中国残疾人联合会与吉林省人民政府共建，它开创了我国听障、视障群体接受高等教育的先河。

我国有8500多万残疾人，平均每16个人中就有一名残疾人；其中视障人士有近1800万人。可是，全国高校开办"特殊教育学院"的，仅有两所——长春大学和北京联合大学，这与庞大的残障人士数量很不相称。这是一个"连盲人都无法忽视"的存在，需要引起国家和社会的高度重视。

北京联合大学特殊教育学院，一直倡导"残健融合"的理念。大学5年，梁江波不断尝试由"残"向"健"的突破。他的刻苦努力，非一般人能想象。为了学英语，他用盲文抄写的6本英语单词册，厚达600多页。读大二的2007年，他报名了北京电台培训中心等合作开办的普通话培训项目，学习普通话的播音主持。没有盲文教材，他将60篇文章的示范音频，听了上百遍，还逐字逐句写成盲文，正是用这种"笨"办法，他掌握了播音咬字的技巧，由此考取了普通话一级甲等的证书，为今后主持各类文艺活动打下了坚实基础。

所有的耕耘，其实都有收获。2013年第八届全国残疾人艺术会演"我梦最美"优秀节目展演，是由中央电视台录制播出的大型综艺主题晚会，梁江波是主持人之一，他落落大方的主持风格，得到观众的广泛认可。2017年，他开办了个人公众号"爱读诗词"，通过朗读古诗词，抵达美好。

"假如上天能让我兑现梦想，我会毫不犹豫选择去拥抱梦中寻找过千万次的太阳。"梁江波2011年从北京联合大学特殊教育学院毕业后，先后在中国盲文出版社、北京市心目助残基金会工作。他从一名"受助者"变成了"助人者"，致力推动各类公益项目，把助残理念和方法带给大众，从改善视障者境况出发推动社会融合发展。

逆境不是绝境，这也是"行到水穷处，坐看云起时"的意蕴。遥想12岁时，梁江波第一次"听"到一部介绍清华大学的纪录片，从此心中就埋下了去清华读大学的梦想的种子。"学习总是没错的，从那时起，我就会抓住一切机会提升自己。"

本科毕业后，至今度过了11载，梁江波在工作之余没有放弃学习。他渴望继续到大学求学，那么考研就是必由之路。2021年10月，他首次致电清华大学，咨询是否可以接收视障人士报考硕士研究生，招生办老师回复"符合条件即可报名"，一句话，八个字，让他泪流满面。

清华大学是少数接收视障人士报考硕士的高等院校之一。学校为梁江波设置独立考场，在考试当天专门开通了绿色通道，考试时长也从3个小时延长至4个半小时。不承想，考研的每科试卷是近5厘米厚的"盲文书"，首场考试就使他的中指被盲文笔磨出了血。最终，梁江波以初试379分、复试445.4分的好成绩圆梦清华，成为该校社会学系社会工作专业的硕士研究生。

"不认输，就可以更进取。"自从12岁埋下梦想的种子，梁江波孜孜矻矻，跋涉前行，至今已跨越了25个年头。所以他说："为了这一天，我准备了25年。梦想终于照进了现实，所有的付出、等待、坚持，在这一刻都值了！"

而更有意义的是，作为视障人士，梁江波从本科时期就读特教学院的针灸推拿专业，到如今入读清华大学社会工作的专硕，这是一次质的飞跃。梁江波期待通过两年读研，提升自己的社会学学术水平，然后可以用所学的知识，助力残疾人平等权利的保障，促进残疾人事业的融合发展，尤其是要帮助更多的视障人士走出家门、融入社会。

人的心不一样，境界也就不一样；以什么样的明亮之心看世界，世界就会明亮成什么样。对于视障人士而言，"心"就是更需要用功的地方。如果说你永远叫不醒一个装睡的人，那么你也永远催眠不了一个清醒的人；如果说你永远无法让一个一心"装瞎"的人看见真正的光明，那么你也永远无法让一个心存光明的视障人士永留黑暗。在黑暗中溯光而上，追随光，成为光，发出光，这就是梁江波！

视障人士都能如此励志，那么，我们健全人士更应该努力。好在这个高考录取季不时有励志青年的消息传来，其中一位名叫高帅旗的外卖小哥，26岁，河南郑州人，7月7日这天在送餐路上，收到了上海交大法学院研究生录取通知书。高帅旗在边疆当过兵，因为父亲脑出血的家庭变故，为了养活一家四口，他选择送外卖。他被称为"骑手阿甘"，边送外卖边备考。他送外卖保持了"零差评"的纪录；而他为了考研，会强迫自己学到凌晨1点多——这种学习劲头更应该"零差评"！高帅旗和梁江波的"勇者故事"，都冲上了热搜，他们是"弄潮儿向涛头立，手把红旗旗不湿"，谁看了都会入眼入耳入心，感佩不已。

这些日子，陈奕迅演唱的《孤勇者》刷屏，那是动画《英雄联盟：双城之战》的中文主题曲，成为许多小朋友最爱唱的"儿歌"；它仿佛像个"暗号"，突然打开了小朋友们情感情绪的开关："爱你孤身走暗巷，爱你不跪的模样，爱你对峙过绝望，不肯哭一场……致那黑夜中的呜咽与怒吼，谁说站在光里的才算英雄……"是啊，无论是对于小朋友还是成年人，无论是对于残障人士还是健全人士，"谁说站在光里的才算英雄"，"谁说污泥满身的不算英雄"，"谁说对弈平凡的不算英雄"！

面对梁江波这样的"置黑暗而生孤勇"的故事，我们每个人都要努力做"孤勇者"，千万不要成为"蛄蛹者"呀！

（原载于2022年7月10日《杭＋新闻》）

陈经纶：
经纶济世

香港著名实业家、爱国爱乡的慈善家和社会活动家陈经纶，2022年1月16日在香港辞世，享年97岁（《南方都市报》《杭州日报》1月18日报道）。陈经纶辞世的消息，还冲上了热搜第一。

1925年9月22日，陈经纶生于香港，祖籍广东新会。父亲陈瑞祺以"经纶"给儿子命名，源于《周易》"君子以经纶"、《礼记·中庸》"唯天下至诚，方能经纶天下之大经，立天下之大本，知天地之化育"之句。在现代汉语中，"经纶"一词本义是整理蚕丝，比喻规划、管理国之大事；"经纶济世"恰是陈经纶一生的写照。

陈经纶的祖父陈澄波早年从广东至香港打下家业，父亲陈瑞祺经商做实业，主要做大米生意；陈经纶17岁时开始随父学习经商，1950年父亲病逝后，25岁的陈经纶子承父业，成为新一代"米王"；之后转向房地产，拓展实业。

"当时搞建筑是很辛苦的。每天8点开工，我要提前到地盘，安排一天的工作，一直待在现场，晚上5点收工。工人到哪里，我就要跟到哪里，我既是老板，也是工人。每天至少要干十三四个小时……"陈经纶有"完美主义者"的特点，在搞建筑造房子中充分体现，"瑞祺大厦"楼梯扶手都用纯铜来打造。最终陈经纶实现了从"米王"到"建筑地产巨子"的转变，成为香港地产业"领跑军团"中的一员。

陈经纶读书于香港、奋斗于香港，然而他是内地多所"陈经纶学校"的捐建者，被评选为"中国最具影响力百位慈善人物"之一，被誉为"爱国爱乡的典范""兴学育才的旗帜"。

我经常说，一个人二三十岁是职业境界，"四十不惑"之后要进入事业境界，上了50岁年过半百了，要进入公益境界。陈经纶1978年53岁上，捐款15万元给澳门青洲伯大尼安老院，用作补助建楼，这是最早的主要捐赠，然后一发而不可收。

陈经纶先生原配夫人是陈钰书，澳门人，在1948年成婚；1981年发妻不幸病故。1988年，陈经纶与张蓓瑛小姐结婚，张蓓瑛是浙江杭州人，所以陈经纶对杭州特别有感情。

他捐资2000万港币，将杭州市少年儿童业余体育学校扩建成了陈经纶体育学校，于1993年8月竣工，地点在黄龙洞对面，非常黄金的地段。与北京陈经纶中学培养过郎平一样，杭州陈经纶体校多年来培养了大批体育人才，其中包括罗雪娟、吴鹏、孙杨、叶诗文、杨雨、傅园慧等奥运冠军和世界冠军，被誉为"游泳冠军摇篮"，有道是"中国游泳看浙江，浙江游泳看杭州，杭州游泳看陈经纶"。1999年他还捐资50万元人民币，建了淳安县陈经纶希望小学，并受聘为名誉校长。

1994年10月，因"热忱公益，造福桑梓"，浙江省人民政府授予陈经纶"爱乡楷模"荣誉称号。2007年，陈经纶和金庸、斯蒂芬·霍金、丘成桐一起，被授予"杭州市荣誉市民"称号。

陈经纶人生所实践的，正是中国文化的基本精神品格——做天地间一完人，孔子所谓仁、孟子所谓善、中庸所谓中庸，都鲜明呈现了这一精神。千百年来，陈经纶家族形成了极好的家风，慈善精神源远流长。几代人都是不计得失地救济苍生，前赴后继地捐输教育——因为"天地之化育"离不开教育。陈家几代人都致力改变国人七种"不均"——"教育不均、物理不均、才智不均、生活不均、文武不均、劳逸不均、男女不均"。

陈经纶的父亲有句名言："凡恶切勿作，系善要奉行。"陈经纶这样质朴地阐述："'善'是很高的人生智能，是福气的源头。为善最乐。有的人有困难，希望别人帮忙，我如果能够帮助他解决了困难，他开心了，我也很开心。我们将心比心，如果我们自己有困难，也希望有人来帮助。"

慈善公益就是"美能量""善能量"。古道热肠、乐善好施的陈经纶，处世哲学是4句话16个字："以善为怀，以俭为荣，以勤为本，以诚为信。"在这里"善"字当头。他捐资办学一掷千金，然而个人生活十分简朴，绝不浪费一粥一饭，出差在外，喝剩的矿泉水也舍不得丢掉。

"当然，这个世界上也有的人喜欢自己享受，不管别人；还有的人不但自己享受，还要把别人的想办法剥夺了。岂不知：一人肥，肥层皮，大家肥，才算肥。"他幽默地说，"其实，一天三餐，一两碗饭就够了；一张床，也就睡半张，另外一半还是太太睡的。"

仁者寿。陈经纶信奉"忍能养福，乐能益寿，动能强身，静能养心"，他有极好的生活方式，不吸烟，不饮酒，早眠早起成习惯，晚上10点前睡觉，早上7点前起床；晨练半小时，步行、游泳、打太极，而且出入多用自行车。他认为，人生既要有进取心，也要有知足心，知足常乐，"要以感恩的心融入社会，要以知足的心面对人生"。

先贤有言："你希望别人好，别人未必会好，但你肯定会好，因为你内心美好。"利他是最好的利己，陈经纶成功的人生最终归于"济世"的慈善公益，是真正的大家名家慈善家。

（原载于2022年1月19日《杭州日报》）

方爱兰：
最彻底的"裸捐"老人

杭州老人方爱兰走了，103岁。那一天是2022年7月24日。在生命的最后时刻，方老完成了最令人动容的最后一捐——捐献遗体用于医学研究。她成为浙江省年龄最大的遗体捐献者，这是用"最后的力气"去帮助别人。《杭州日报》、杭州网、澎湃新闻、新华网等诸多媒体刷屏报道。

"散去身前身后物，一片冰心在人间。"方爱兰一生未婚，所有的余钱都陆陆续续捐出去了，合计近40万元。1980年代，她就开始资助湖州两名患了肌萎缩侧索硬化症的兄弟，每个月从40多元工资中给他们寄10元生活费。1998年长江发生特大洪灾，她看到消息，马上通过新闻机构捐助灾区3万元。从2016年起，她开始资助寒门学子，几年间陆续将30余万元积蓄全部用于助学……

方爱兰出生于1919年，就读于东吴大学法学院社会学系，当时的系主任，是著名的教育家、社会学家雷洁琼先生。方爱兰后来成为一位优秀的英语教师，在漫长的教育生涯中，她主要在铁路系统的学校任教，所以辗转多地就职于多所学校，培养了无数的学生。早在1980年她就退休了，由于退休较早，退休金并不高。岁数大了之后，她一直生活在养老院。

她独自生活，向来简朴；她对自己很吝啬，对他人很大方。她有着极为通透的金钱理念："我一个孤老太太，要那么多钱有什么用，还不如多做点有意义的事。"她认为"人各有归宿之时，金钱亦然"，钱要用于更重要的事上。

金钱要有最好的归宿，"身体"亦然。方爱兰生前在给学生的信中说："器官捐献是废物利用，又是爱国的表现，如果老年枯骨同样能达到此目的，我诚愿死后履行器官捐献……"器官捐献、遗体捐献，这是多么可贵的"废物利用"！人活着，身体是有尊严的；人死后，遗体也是有尊严的——而最大的尊严，就是把遗体或器官捐献出去，把"废物"变成"活物"、变成宝物……

方爱兰这样的捐赠捐献行动，就是最简单、最纯粹、最本真、最善良、最美好的公益慈善行为。

慈善公益，事实上有着"纯公益"和"经营性公益"之别。有组织的慈善公益，就需要经营，否则恐怕难以运转，当然经营要合法，尤其要符合《慈善法》。而像方爱兰那样，个人出来做纯捐献，就是最朴素、最本真的"纯公益"。

与此同时，慈善公益也有"私益"与"公益"之分。当今通过互联网进行的募捐，由几家公司发动的"个人求助式"筹款，金额高达五六百亿元；而《慈善法》规范之下的互联网公益募捐，要投入政府指定的二三十个平台和数百家基金会等，筹款总额仅为个人求助式捐款的20%。前者是"私益慈善"，后者是"公益慈善"，两者没有对错之分，只有力量大小的区别。在今天，我们不要忽视"个人"的力量。

方爱兰个人做最纯粹的慈善，最后甚至捐出"自己"——还有比这样的"裸捐"更"裸捐"的吗？这实在是无与伦比，动人心魄！

一生为师，一生行善；先生之风，山高水长。

（原载于2022年7月27日杭州有理网）

王泽霖：
裸捐近亿　泽霖大地

公益慈善，永远行进在时间之上。

他叫王泽霖，是河南农业大学教授、博士生导师，现年80岁。他被称为"抠门"教授，却"裸捐"了近亿元：之前他把毕生科研成果转化费8208万元捐给学校，现在又把河南省颁发的科学技术杰出贡献奖300万元奖金捐给学校；其他还有各种各样的捐赠，今后有相关收入还会捐……

2022年7月1日的这条消息，感动了无数人。

王泽霖是中国著名的禽病防治专家，是世界禽病学会会员。他1942年出生于苏州，1967年从北京农业大学（现中国农业大学）兽医专业毕业，1970年到山西临汾从事兽医工作；1978年至1981年在南京农业大学攻读传染病专业研究生，获硕士学位；1982年在山西农业大学牧医系任教；1984年调到河南农业大学牧医系任教。

对于从教30多年的河南农业大学，王泽霖充满深情。即将迎来120周年校庆的河南农业大学，源自1902年创办的河南大学堂；1912年改办农业专门学校；后历经变迁，在1952年全国高校院系大调整之时，由河南大学农学院独立改建为河南农学院，1984年更名为河南农业大学。

王泽霖教授入职该校后，曾任禽病研究所所长，在国内率先开展禽用高效浓缩多联疫苗的研制，解决了长期困扰我国养禽业的疫苗免疫效力低下的难题。他曾获国家科技进步二等奖，先后获得3项发明专利和12个新兽药证书；他的科研成果先后在全国20多家知名生物制品厂规模化生产，成果转化率100%，平均每年为社会增加100多亿元的经济效益。

我国是世界第一养禽大国，疫病一直是养禽业和食品安全所面临的最大挑战。王泽霖给"鸡宝宝"当起了"保护伞"，"禽病防疫就找河南农大王泽霖"成为业界共识。由于科研成果转化的收益巨大，如同种下一棵棵"摇钱树"，王泽霖也成了教授中的"富豪"。

可是，人们没有想到的是，他一生极其节俭，节俭到简直就是"抠门"。王泽霖出身寒门，小时候生活十分困苦，一直靠着14岁就参加红军的姐夫赵福仁周济，自小就养成了"一粒米都不能浪费"的观念。他结婚时，穿的棉裤上居然打着十几个补丁。

后来成为教授，各方面条件好了，可他秉性不改，至今仍住在几十年前的旧楼中。有一次到全国禽病大会上做报告，他依旧穿着旧衣服。有人劝他，作为大专家，得弄套好的西装穿穿。他回答："我一辈子当马医生、猪大夫，这几十年是给小鸡看病的，你让我穿那么好给谁看？关键是耽误干活啊！"年届八旬，他的出行原则还是：能步行不骑车，能骑车不坐公交，能坐公交车绝不打出租车……

然而，为了公益事业，王泽霖教授则是"挥金如土"，那种大方超出了人们的想象。他的捐赠，最简单，最纯粹，也最本真。这和当下不少一心求名求利的"砖家"形成鲜明对比。王泽霖教授远离了"精致利己主义""精致利权主义"，他真正是"一个高尚的人，一个纯粹的人，一个有道德的人，一个脱离了低级趣味的人，一个有益于人民的人"。

慈善公益，人生志业。"志业"一词，包含两层意思，一是职业，二是天职。德国思想家马克斯·韦伯有著名的"志业演讲"——《以学术为志业》；王泽霖教授不仅以学术为志业，而且还以公益为志业——这样的人生，才是最成功、最完满的人生。

以公益为志业，在情怀、伦理、责任背后，还有一个更深层的召唤、更深刻的"元问题"——元者，始也；元是"头部"，亦有"大"之意；公益的"元问题"，有关发心元起，是有关最基本和最根本的"目的性"的大问题。而王泽霖教授所想的，其实也最简单：目的就是支持人才培养和科研创新。

最初"赚"到第一个400万元的时候，他就用这些钱为学校盖起了两座实验楼。2020年，他将毕生科研成果转化费8208万元"裸捐"给学校，则是用来建设高水平的生物安全防护三级实验室（P3实验室）。他表示："P3实验室，对于河南农大有关学科的发展将具有划时代的性质，我希望尽快将这笔资金用到它需要的地方去；我已经老了，但是科研事业一定得后继有人，这些钱只有用到更需要的地方去才有价值。"在责任伦理的背后，正是王泽霖教授的专业精神；把钱花在这样的"刀刃"上，正是他"朴素公益"观念的直接体现。

心怀日出，世界生辉；泽霖大地，万物生长。对于社会而言，慈善公益就像水和空气对于生命一样。从慈善文化到公益文明，人类的美好就是由一个个具象的个体所创造的，王泽霖教授就是典范。

学习王泽霖，公益行不停！

（原载于2022年7月3日《杭＋新闻》、7月4日《杭州日报》）

陆松芳：
树要根好，人要心好

这是平凡孕育的伟大。

2023年1月17日环球网报道：浙江湖州，92岁的"卖炭翁"陆松芳去世。陆松芳生于1931年，长期以拉煤饼为生，是位再普通不过的"送煤工"，所以他被称为"卖炭翁"。他一直干到88岁才结束这份工作，之后住进了养老院。

陆松芳一次次感动中国，因为他把主要收入一次次捐出去，而自己过着清贫的生活——你难以想象，长时间里，他每天给自己定的生活费标准是1块钱。他先后获得全国道德模范提名奖、感动中国年度候选人、全国助人为乐模范候选人、首届浙江省道德模范、德清县劳动模范等荣誉。

凡人名言：树要根好，人要心好

陆松芳穷苦出身，老家在德清县新市镇厚皋村。德清是"人有德行，如水至清"；新市镇是著名的江南古镇，是中国历史文化名镇；厚皋村位于新市镇南大门，紧靠京杭大运河。陆松芳是"人有德行，如水至清"的典范。

陆松芳的童年当然没有玫瑰花。他从小丧父，母亲在苦日子里艰难地抚养两个儿子长大。陆松芳常常念叨：如果没有周围邻居的帮忙，我也许活不到今天……都说童年影响一生，其实更重要的是，童年影响一个人的品德品性。他母亲是个勤劳善良的人，常跟他说，以后长大了，要报答大家。陆松芳，老伴多年前就过世了，有两个孩子，他总是对孩子说："我们吃百家饭长大的，要记着好人们的大恩。"

陆松芳有一句"凡人名言"——"树要根好，人要心好"，让人过耳不忘。"树要根好"，陆松芳自己就是一棵"根好"的松树，一如其名，松树散发出无尽的芬芳。他个子不高，搁在山间，就是一棵普通平凡的"松树"；但在人间，他是一个真正大写的人。

打58岁起，陆松芳便离开厚皋村，在新市镇租房独自生活。那间小木屋是租来的，每月房租30元，听起来够便宜的，其实只有5平方米，只能搁下一张床、一张小矮桌，里头没有电视等家电，更没有电话。

陆松芳每天要干的活，就是拉一车煤饼，共800多斤，走街串巷地出售；许多是老街坊老客户，煤饼烧完了就由他送来。这位拉煤炭的"卖炭翁"，每卖光一车煤，大概能赚到16块钱，也就是每卖出1斤约有2分钱的收入。拉煤车送煤饼的活又脏又累，但无论严寒酷暑，他从不停歇；长年累月的辛劳，他的腰也佝偻了……

这是平凡孕育的伟大

这是平凡孕育的伟大。2008年汶川大地震发生后，陆松芳老人在路边店里看到了电视报道。他回到家里，摸出了3本共计1万元的存折和手头的1000元现金，到银行排队将存折里的钱换成了现金，一共为地震灾区捐出了11000元。

11000元！那是他弯下腰辛苦拉煤两年才有的收入！普通人捐1万元，可能比富豪们捐1个亿还难。按照每卖出1斤煤有2分钱的收入计算，陆松芳得拉55万斤煤、行走2000多里，才有这点辛苦钱。当年我第一时间捐赠的也只有11111元，只比陆松芳老人多了111元；我妻子、女儿和老母亲每人也捐赠了11111元，全家合计才44444元，多么惭愧！

陆松芳说："我看见地震中那些受灾的人，他们都是我们中国人，我们都好比是兄弟。现在这个兄弟出事了，没有饭吃了，而我这个哥哥身边还多一碗饭，我是不是该把这碗多出来的饭给他吃呢？"真是真挚到极点。

这是平凡孕育的伟大。捐赠是陆松芳的常态：雅安地震发生后，他又捐了1.2万元善款；到了2020年，面对疫情，陆松芳又捐出了多年积攒的2万元，支援抗疫一线。这些年来，梅林村造凉亭他捐了9000元，觉海寺修大雄宝殿他捐了1000元，为新市大桥捐了600元，为景民桥捐了1000元，为总管桥捐了500元……他还拿出1.5万元，专门设立了松芳助人为乐奖。真是奉献到极点。

　　这是平凡孕育的伟大！由新华社等单位主办的"2008年度真情人物"，主题就是"真情，站立成树"，陆松芳入选。当年有1万元奖金，他死活不要，他说："我本来就是帮人的嘛，怎能拿好处？"主办方好说歹说："你先收下钱，然后再去捐给别人。"陆松芳一听更"不理解"，他又急又梗："你们把我看成是什么人了？我捐钱当然得是我自己劳动所得，拿别人的钱再去做好人，我老陆是绝对不做这种事的！"真是淳朴到了极点。

平凡孕育的不凡，是真正的不凡

　　"只要自己有口饭吃，就要帮助有困难的人！"能够帮助更多的人，是陆松芳老人最大的愿望和快乐。他说，做人要有良心，这样才活得踏实。

　　陆松芳的慈善大爱，简单、纯粹，从来不求回报。这一切的选择与行动，都源于爱，对于人间的大爱。"人间天使"奥黛丽·赫本曾说："我有两只手，一只手用来帮助自己，一只手用来帮助别人。"并不知晓赫本事迹的陆松芳，与星光闪烁的赫本本质上是一样的。

　　陆松芳老人辞世后，全国网友刷屏致敬，在感动中纷纷留言："爷爷是被天使邀请到天堂常住了。""他用土地般的慈悲告诉我们：天使曾经来过！""拉最黑的煤，挣最干净的钱，做最纯粹的事，树最高尚的德……"

　　而"2008年度真情人物"的颁奖词是这样写的："陆松芳就像一株历经沧桑的老槐树，遍布城市乡村、田间地头，他普普通通、貌不惊人，但这个世界正是因为有了这一株株滋养大地、不求回报的槐树，才撑起了一片片茂密的森林。"写颁奖词的大约是北方人，槐树在我国北部较集中，南方常见的则是松树，我还是更愿意把陆松芳看成是一棵松树——芬芳的松树！

公益慈善，乃是美好私德在公共领域的绽放。我曾说过：对于国际，要和平主义；对于自然，要环保主义；对于社会，要慈善主义。善良是有穿透力的，"心好"是有感染力的；像陆松芳这样的善良好人，一定能够穿越时空，永远活在人们的心中。他用善良的一生印证了：平凡孕育的不凡，是真正的不凡；平凡孕育的伟大，是真正的伟大！

陆松芳那辆木制老式拉煤车，应该进入博物馆，让人们世世代代铭记他！

（原载于《杭州》2023年第5期）

辑五　翱翔之人

安妮·埃尔诺：
社会自传与诺贝尔文学奖

北京时间2022年10月6日晚上7时，2022年度诺贝尔文学奖如期揭晓，万众瞩目的获奖者，是法国女作家安妮·埃尔诺，获奖评语为：

"以勇气和临床医生般的敏锐，揭示了个人记忆的根源、隔阂和集体约束。"（For the courage and clinical acuity with which she uncovers the roots, estrangements and collective restraints of personal memory.）

新华社报道：瑞典文学院常任秘书马茨·马尔姆在新闻发布会上说，埃尔诺因文学创作的"勇气和敏锐度"而获奖，但他很遗憾未能与埃尔诺取得电话联系。看来埃尔诺"藏"得比较深。

出身于法国贫民阶层的安妮·埃尔诺，是法国当代一流的女作家，曾多次获得法国文学大奖。她生于1940年，老家就是著名的诺曼底——诺曼底是二战的转折地——1944年6月6日这一天，盟军成功实现诺曼底登陆，为最终消灭德国法西斯奠定了基础。在诺曼底老家，埃尔诺的父母经营着一家小小的咖啡食品杂货店。大学毕业后，埃尔诺起初在中学任教，后来在法国远程教育中心工作，退休后继续从事写作。

1974年，埃尔诺以自传体小说《清空》开启文学生涯，迄今发表了20多部作品。她的诸多著作有着广泛的影响，比如：回忆自己成长的《空衣橱》（1974），回忆父亲的《位置》（1983），回忆母亲的《一个女人》（1987），回忆童年的《单纯的激情》（1992），回忆堕胎的《事件》（2000），描绘嫉妒的《占领》（2002）等，此外还有《外部日记》（1993），《耻辱》（1997），《悠悠岁月》（2008），等等。

安妮·埃尔诺的著作，大多从自己的经历中汲取题材，写童年，写父母亲，写秘密堕胎，写结婚，写狂爱，写嫉妒，写破裂，写耻辱，写与社会的决裂……她的"贴身"写作和亲历生活，是密切地结合在一起的；那是个人记忆、集体记忆、历史记忆的多重书写。

从1983年的《位置》开始，埃尔诺放弃虚构的叙事，建立了一种文学写作范式，创造了"无人称自传"这种前所未有的体裁；她的"自传"，从头到尾都不用第一人称"我"，而是采用第三人称，也就是无人称的泛指代词来表达。

她的作品"介于文学、社会学和历史之间"，语言简洁、精练、不带任何多余修饰，风格独特。她擅长采用白描的、碎片化的创作手法，通过探索人的内心世界来探索社会的发展变迁——"碎片化"正是她最为显著的叙事策略。

文学关切个人，通过关切个人来折射社会，正是其深刻的价值所在。埃尔诺认为，写作"让我们看到了社会的不平等"；为此，她把语言当作"一把刀"，用来"撕开想象的面纱"。

埃尔诺著作的中译本并不太多，除了代表作《悠悠岁月》，还有《一个女人》。上海人民出版社将于10月底推出她的3部重要作品：《一个女人的故事》《一个男人的位置》《一个女孩的记忆》。其中《一个女人的故事》，由天津外国语大学法语系教授郭玉梅翻译，此前百花文艺出版社于2003年出版的《一个女人》就是郭玉梅的译本，早已脱销，如今化身《一个女人的故事》再版，挺好。

埃尔诺的代表作《悠悠岁月》，是一部涵盖法兰西民族当代历史、政治、经济、文化和科技等领域的"百科全书"，一经出版就获得了法国"杜拉斯文学大奖"，被法国杂志《读书》评为"年度20部优秀作品"之一。之后入选中国评选的2009年度"21世纪年度最佳外国小说"。这项评选，由人民文学出版社主办。随后在2010年1月，该书由人民文学出版社翻译出版（吴岳添译）。

"21世纪年度最佳外国小说"评选委员会的颁奖词如是说："作者把个人的私事与时代的大事融合在一起，在自己回忆的同时促使别人回忆，从而使这部自传成为整整一代法国人，特别是法国妇女的集体记忆。崭新的风格和出色的语言使《悠悠岁月》成为一部杰作，安妮·埃尔诺也因此当之无愧地跻身于法国当代第一流作家之列。"

译者吴岳添是中国社会科学院外文所研究员、湘潭大学外国语学院特聘教授、博士生导师。当听闻安妮·埃尔诺获了诺奖，他激动地说："作者年龄很大，一直坚持创作，很令人敬佩！……她用集体回忆录的方式，描写法国人特别是法国女性的集体经历，并与当时的国内国际形势结合起来，每代人都能从中看到自己的生活和记忆。"

在《悠悠岁月》一书的"译者前言"中，吴岳添说道：《悠悠岁月》不是一部严格意义上的自传，而是通过作者自己的经历来反映时代和世界的进程，实际上写出了法国人的"集体记忆"；她从80年代中期开始酝酿，在退休后经过充分思考和推敲，用她创造的名为"无人称自传"的新体裁，写出了被称为"社会自传"的杰作。"大到国际风云，小到商场购物，乃至家庭聚会和个人隐私，事无巨细无不简洁清楚、一目了然，生动直观地反映了从第二次世界大战结束直到今天的时代变迁。"

《悠悠岁月》书写悠悠的历史岁月，主要写的是20世纪下半叶，以及21世纪初，写出了"一甲子"时代的"常"与"殊"。当然，对于中国读者而言，从可读性来讲，远不如莫言、余华的小说。读《悠悠岁月》，就会清晰地感受到，这可不是作者的法国老乡普鲁斯特"意识流"的《追忆似水年华》，而是与"意识流"对应的"现实流"。

这是安妮·埃尔诺的独特的"现实流"：现实的法国，现实的世界，现实的人们；这是历史的现实，这是现实的历史，切合"社会自传"的本质特点。

作者在书中写道："家庭的叙述和社会的叙述完全是一回事……所有的声音都在把战争和各种食品配给制以前的贫困和匮乏传给后代，都沉浸在一个远古的黑夜里……"（详见该书中译本第18页）这是个人、家庭与社会的现实契合。

作者"视通万里"，在书中写到越南战争，写到中国的"百花齐放"，写到英国披头士四人爵士乐队（第76页）；写到另一位诺贝尔文学奖获得者索尔仁尼琴和他的《古拉格群岛》，也写到拒领诺贝尔文学奖的萨特（第106页）；写到"新鲜的事情来自东方"——"我们没完没了地为改革和公开性这类不可思议的词语而沉浸在喜悦之中。我们对苏联的想象改变了，布拉格的集中营和坦克逐渐被遗忘"（第147页）；写到1991年对伊拉克实行战略打击的"沙漠风暴"，以及萨达姆许诺的神秘的"战斗之母"并没出现（第149页）……这让人恍惚感到作者仿佛是女记者出身的。

作者写身边最现实的社会："现在社会有了一个名称，叫作'消费社会'。这是一个不争的事实，一种我们为之庆幸或哀叹的确信，这是摆脱不了的。石油价格直线上升。空气也要花钱……"（第100页）这样的"现实流"，就是贴近实际、贴近生活、贴近民众，完全没有"隔靴搔痒，水浇鸭背"之感。她看得细，写得深，想得远，不仅对历史如数家珍，而且对内涵的揭示入木三分。诚如瑞典文学院在新闻公报中所说的，"安妮·埃尔诺相信写作的解放力量。她的作品毫不妥协，用平实的语言将一切讲得清清楚楚"。

《悠悠岁月》的篇幅并不长，中译本只有区区211页，然而，其个体与社会的内涵着实丰厚。从开头一句"所有的印象都会消失"，到末尾一句"挽回我们将永远不再存在的时代里的某些东西"，完整构成了一个"社会自传""现实流"的认知闭环。

而从文本表达的角度看，《悠悠岁月》不算是很正经的小说，更像是一部社会历史随笔；其叙事风格比较直接、客观而平实，结构具有复调性。在《悠悠岁月》中译本出版时，我国女作家、《小说选刊》杂志主编徐坤曾撰文，评价这是一本"不能错过的书"："行云流水般的抒情、感怀、追忆，与冷嘲热讽般的讥诮、嘲弄、对历史的冷幽默混合在一起，构成了一部奇特的法国二战以来的草根民间史。"她说这部发人深省的书，"是对历史教科书的补充"。

安妮·埃尔诺几乎所有作品，写的都是她自己——她的卑微出身，她的父母，她的婚姻，她的情人，她的堕胎经历……然而，她的作品并非自恋之作，因为她并不把自己看成是单一的个体，而是社会、人间、历史、时代的一种融合式的集合。她的写作原则是"不评价、不暗示、不比较、不做褒贬"，由此衍生出她的中性的语言特色。

最让人难以释怀的，是埃尔诺开启的写实主义的"耻辱写作"——当然，这并非纯粹是一种个人的诉求，而是一代"阶层背叛者"的心声。她深受法国社会学大师布迪厄社会批评理论的启发，甚至于写了一本直接命名为《耻辱》的书，讲述成长经历中一直深藏于身体之中的羞耻感。正如瑞典文学院在新闻公报中所说的，"凭借着巨大的勇气和敏锐的观察力，安妮·埃尔诺揭示了阶层经历的痛苦，描述了羞耻、羞辱、嫉妒以及无法看清自己是谁的困境，她取得了令人钦佩和持久的成就"。

改编自埃尔诺的同名小说的电影《正发生》，2021年在第七十八届威尼斯电影节上，夺得金狮奖。《正发生》正是"耻辱"的充分表达。埃尔诺在学生时期那段血淋淋的堕胎经历，让她痛苦万分。在电影里，学霸"安妮"的未来被意外怀孕所打断，在禁止堕胎的社会，自行完成了一场血淋淋的堕胎⋯⋯埃尔诺说："我想记录下女性没有自主决策权是何感觉，如今你很难想象堕胎并不合法是何种景象。"在"爱与高墙"的二律背反中，主人公历经艰难"一生悬命"，其抗争无比艰辛却富有价值意义。

埃尔诺对中国亲切而友好。"中国，我在童年时就多少次梦想过的地方，我在想象中在那里漫步⋯⋯晚上，我常常以为看到了被夕阳映红的云彩里的长城。"在《悠悠岁月》卷首，埃尔诺写了一封致中国读者的信，讲述了2000年春天她第一次来到中国，先到北京，后到上海，应邀到大学里发表演讲，谈自己的文学创作⋯⋯在信的最后，作者真诚地说："愿你们能感到，其实我们完全是在同一个世界上，时间同样在无情地流逝。"

时代与时光，需要文学的燃灯者。当然，不是所有的灯，都是灯塔。安妮·埃尔诺就是法国当代文学璀璨的灯塔。当今世界，写作者千千万万，如果成不了灯塔，那么成为灯盏也是好的——因为"一灯照寓，万灯照世"。

（原载于2022年10月13日杭州网）

约恩·福瑟：
诺贝尔文学奖并不是"奖了个寂寞"

A

诺贝尔文学奖颁奖机构周四宣布，挪威作家、剧作家约恩·福瑟，获得2023年诺贝尔文学奖。该奖由瑞典文学院颁发，奖金为1100万瑞典克朗（约700多万元人民币）。在得知获奖消息后，福瑟对路透社说，获得诺贝尔文学奖"既令人不知所措，又令人惶恐"。（《参考消息》10月5日援引路透社报道）

福瑟是诚实的。他不是那些心心念念惦记着诺贝尔文学奖的作家。他不是很有准备。所以他说"我不知所措""惶恐""我认为这个奖是颁给这样一种文学的：它首先要是文学，没有其他考虑"。

我们站在世界看文学，同时也站在世界看文学奖、看获奖人和未获奖人，差别真的挺大的，有的是"熊猫"，有的是"家猫"，有的是"鳄鱼"，有的是"壁虎"。

这些年来，有人批评诺贝尔文学奖越来越搞成"偏门奖"，因为许多得奖作家公众不熟悉、不了解。确实，如果获奖作家太"偏门"，对于公众而言会"无感"。但总体而言，诺贝尔文学奖并不是"奖了个寂寞"，至少今年的约恩·福瑟，很多人是知道并熟悉的。

B

诺贝尔奖官网显示，将文学奖授予约恩·福瑟，是表彰他"创新的戏剧和散文，为不可言说的事情发声"。诺奖的"获奖理由"，总是这样高度概括。

约恩·福瑟出生于1959年，现年64岁。家乡是挪威西海岸文化名城卑尔根以南的小镇豪格松德。整整40年前的1983年，他开始出版作品。

与众不同的是，福瑟以挪威语中最不常用的版本——"新诺斯克语"写作。挪威语有两种官方版本，这种"新诺斯克语"，是19世纪以农村方言为基础发展起来的，仅有10%的挪威人在使用。

福瑟把获奖归功于这种语言本身，认为这一奖项是对这种语言，以及对推广这种语言的努力的认可。

使用"新诺斯克语"，福瑟创作了大量作品，涵盖了各种体裁，包括戏剧、小说、诗集、散文、儿童读物和翻译作品。虽然他的散文已越来越得到认可，但最杰出的成就是戏剧，他被誉为"挪威新易卜生"，尽管福瑟自己并不认可这种说法。

一个伟大的作家，往往会成为一个国家的形象标志。一说到挪威，就会想到易卜生；一说到丹麦，就会想到安徒生。娜拉、卖火柴的小女孩、戳穿皇帝新装的孩子，才是不朽的形象。放眼全球，有谁记得历史上挪威、丹麦的国王、皇帝、"一把手"是谁呀？

易卜生是"现代戏剧之父"，被称为"世界戏剧史上的罗马"和"伟大的问号"，但他落选诺奖。1903年，瑞典文学院把文学奖颁发给易卜生的同胞——同为戏剧家，也是诗人兼小说家的比昂斯滕·比昂松，获奖理由是"以诗人鲜活的灵感和难得的赤子之心，把作品写得雍容、华丽而又缤纷"。对于比昂松这老兄，如今大概鲜有人知了。

可见诺贝尔文学奖既是一世之选，也是一时之选；它是权威的，但也是有缺陷的。

C

和"老乡"易卜生相比，约恩·福瑟应该知道，如果两人是同时代的，那么，更应该获奖的是易卜生，而不是他福瑟。

但福瑟毕竟也是当代戏剧界负有盛名、作品被搬演最多的在世的剧作家，他的作品迄今已被译成50多种文字。他曾多次获得各类国际艺术大奖，包括2010年获得"国际易卜生奖"，评委会授奖词是："约恩·福瑟是当代戏剧界最顶尖的名字之一。他创造了一个自成一格的戏剧世界，他是一个宇宙、一片大陆，自他居住的西挪威延伸至亚洲、南美、东欧和世界其他区域。"

福瑟也是近几年来诺贝尔文学奖的热门人选。上个月，中国的译林出版社总编辑袁楠，就曾准确预判约恩·福瑟最有可能摘得桂冠。这位总编眼光独到，她认为福瑟是一位文豪；译林出版社将与上海戏剧学院合作，为读者带来"约恩·福瑟作品"，包含福瑟最偏爱的小说《晨与夜》，以及近年最重要的长篇代表作"七部曲"。至于中文版本的译者，是福瑟钦定的邹鲁路。

约恩·福瑟在中国并不寂寞。此前，上海译文出版社已翻译出版了他的戏剧选《有人将至》（2014年11月第1版）和《秋之梦》（2016年4月第1版）。译者正是邹鲁路女士，她多年来一直与福瑟本人保持着密切联系。作为"易卜生中国"项目的重要组成部分之一，译著得到挪威王国驻上海总领事馆的鼎力支持。

《有人将至》中的5个剧本，都是福瑟的代表作，包括《名字》《有人将至》《吉他男》《一个夏日》《死亡变奏曲》。

《名字》是一部所有主要角色都没有名字的作品，人物就是女孩、男孩、妹妹、母亲、父亲。它讲述了"同个屋檐下，相互却疏远"的家庭故事：怀孕的女孩与孩子的父亲走投无路，不得不回到女孩父母家中——城外一个离海很近的地方。男孩在担当与逃避中摇摆不定，而怀孕女孩其实非常不想待在这里。在这个功能缺失的家庭，对话几乎无法进行，每个人都感到孤独……

《有人将至》一如其名，有着贝克特经典戏剧《等待戈多》的影子，是一种对位变体。《有人将至》同样是人物不多、剧情简单：一个男人和一个女人，买下一座海边的老房子，为的是远离生活的纷扰，准备抛弃过往的一切，开始无人打扰的新生活，却经历了一次次意外，面对无尽的大海，事实上他们无法摆脱"有人将至"的念头……

福瑟的描述能力是一流的，《有人将至》开头对场景和人物形象的描述，就让人过目难忘：

> 一所老旧、几乎有点儿摇摇欲坠的房子前的花园。房子的油漆剥落，有些窗玻璃已经碎了。它面朝大海，寂寥凄凉地坐落在陡峭悬崖一块突出的岩石上。尽管如此，这所房子却依然有着自己独特的饱经风霜的美。一男一女自房子的右手转角走进花园。他年约五十，身材稍嫌矮胖。头发花白，有点过长。眼神游移，行动迟缓。她年约三十，身材高大笨重。中等长度的头发，大眼睛，行动有点孩子气。这对男女沿着房子的边缘走着，手拉着手，久久地凝视着房子。

有意思的是，福瑟开始写剧本，并不是"自发"的：一次，有人问他想不想写戏，他从未想过自己会写戏剧，可因为需要钱，就硬着头皮接受了邀约。他只用了短短一周时间，就写出了《有人将至》这部处女作，没想到这"一炮而红"，这部作品也成为被搬上舞台次数最多的一部。他说："在小说里，你只能运用词语，而在戏剧里，你可以使用停顿、空白还有沉默：那些没有被说出口的东西，一种启示。"

福瑟使用的是极简主义洗练的语言，却蕴含着巨大的情感张力，悲悯的共情引发动人的共鸣。他的写作，关乎最本源的生活、最基本的情感、最本质的处境。他擅长发现人性中的个体性，这些剧中人，一遍又一遍地经历着同样的孤独、疏离、误解与悲抑。有分析认为，"世界尽头与冷酷仙境"是他戏剧作品中的关键意象。在对白中，则有着强烈的节奏感与音乐感，诗意的暗涌无处不在，并置的时空、交缠的现实与梦幻，都呈现了独特的"福瑟式"美学与戏剧风格。

D

在福瑟的作品中，正因为人物形象具有模糊性、人性情感具有普世性，这让他的剧作在全球各地都容易找到观众。

"在亚洲,第一个演出我剧作的国家是日本。当时我前往东京观看了《有人将至》。这个版本展现了对我剧作的深层次理解。当时我就觉得,东方人仿佛能比西方人更好地理解我的作品。"在《有人将至》一书中译本的序言里,福瑟一开始就这样说。作品有人喜欢并理解,对于作家来说是至关重要的。

然后他说到中国:"数年后,我前往中国上海,观看同一个剧作的中国版本。类似的感觉又出现了,但这次,这种感触甚至更为深入和震撼:这一版本对我剧作的理解是那样的透彻、完整。在对原作理解的精准度上,在你所能够想象到的任何戏剧层面上,这一版本的《有人将至》都达到了我前所未见的、难以企及的艺术高度。"

1999年,《有人将至》在巴黎首演,40岁的福瑟跻身当代戏剧名作家行列。这部剧作在中国的首演,是在2010年金秋的北京。不久前,福瑟话剧的另一个代表作《一个夏日》,也在上海话剧艺术中心·D6空间上演。下个月,还将连续上演5场福瑟的作品,其中当然少不了《有人将至》。

戏剧和电影,让诺奖作家不寂寞。

福瑟认为:"戏剧的本质,决定了每一部舞台作品所存在的时间都是有限的,并将最终消失,即使是那些最伟大的作品也不例外。"所以,需要剧本以书籍的形式存在,包括不同译本。

中文译本里,人物对话都是诗句般的排列,一眼看去还以为是诗剧的剧本。简捷明了的句子、大片的空白和停顿,构成了"生命的基本乐音",又不失动作性与可表演性,看文字就如同在看戏,比如《有人将至》的开头:

她
(快活地。)
很快我们就可以住在自己的房子里了
他
我们自己的房子

她

一所古老美丽的房子

远离其他的房子

和其他的人

他

你和我孤零零的两个人

她

不是孤零零的

是我们两个人单独在一起

（她抬起头注视着他的面庞。）

我们自己的房子

在这房子里我们会一起相守

你和我单独在一起

他

而且没有人会来

……

约恩·福瑟的作品侧重于人类性，并不是某些人所想的政治性。与其说福瑟是"为不可言喻的事物发出声音"，不如说是"为难以言说的人物发出声音"。

（原载于2023年10月8日日本华侨报网）

米兰·昆德拉：
玩笑笑忘录

A. 告别与评价

"这是一个流行'离开'的世界，但是我们都不擅长告别。"说这话的作家米兰·昆德拉，与这个世界永远告别了。

2023年7月11日，欧洲知名作家米兰·昆德拉在法国巴黎的住所去世，享年94岁。（新华社7月12日报道）

昆德拉是典型的东欧人的形象，他的作品则是异彩纷呈的。中国诸多的学者、读者、网友，纷纷发表对昆德拉的怀念：

——终于，生活在别处了。他悄悄地走了，正如他悄悄地来，他挥一挥衣袖，不带走一片云彩。

——昆德拉是20世纪小说美学革命的伟大探索者，创造了"思索的小说"的高峰，将哲理小说提高到了梦幻抒情和感情浓烈的一个新水平。

——与音符相比，昆德拉更喜欢文字。他擅长把生命之沉重化为文字之轻盈。从80多岁的院士到10多岁的孩子，都能在昆德拉的作品中找到生命体验与意义。

……

墨西哥诗人奥克塔维奥·帕斯，写过一首献给米兰·昆德拉的诗《在走和留之间》,开头写道:"在走和留之间,日子摇曳,沉入透明的爱。"昆德拉曾经在祖国和异乡之间"走和留",而现在是在人世与天堂之间"走和留"——"留"是暂时的,"走"是永远的,而"爱"是永恒的。

B. 经历与创作

了解一个作家,最好先看看其年谱。昆德拉一生跌宕起伏,自己的一生就是一部传奇:

1929年4月1日,昆德拉出生于捷克斯洛伐克的布尔诺市。受音乐家父亲卢德维克的影响,最初他是学音乐、学作曲的,1948年进入布拉格查理大学,就读音乐专业,同时在布拉格电影学院听课。1947年还是学生的昆德拉加入了捷克斯洛伐克共产党。1950年,因"反党言论"和"个人主义倾向"被开除党籍,并离开查理大学。

昆德拉最早是写诗的,那是一个人人都是诗人的"青春万岁"的时代。1949年昆德拉发表诗歌处女作,后来在1953年出版第一部诗集《人,一座广阔的花园》,在1955年出版第二部诗集《最后的五月》,在1957年出版第三部诗集《独白》。当年昆德拉自己可能也没想到,自己今后会以小说家的身份名世。

1952年,昆德拉从著名的布拉格电影学院毕业,然后留校当老师,讲授世界文学史以及小说理论。1956年,因为政治环境变得宽松了许多,他自动恢复了捷共党籍,后来是在1970年再度被开除。

1959年,昆德拉发表短篇小说处女作《我,悲哀的上帝》,小说创作生涯从此开始。1960年出版了关于捷克斯洛伐克作家弗拉迪斯拉夫·万丘拉的专著《小说的艺术》,他自己后来对这部带有学术性的著作并不满意,看成是"不成熟的学生之作"。有意思的是,1986年他将随笔、演讲和访谈结集成册时,取名是同样的《小说的艺术》,这显然是他对往昔的怀想与纪念。

1967年,昆德拉第一部长篇小说《玩笑》出版,引起了轰动。6月27日,捷克斯洛伐克第四次作家代表大会在布拉格召开,昆德拉在大会上发表题为《论民族的非理所当然性》，在思想文化领域成为"布拉格之春"的"急先锋"。

之后，捷克斯洛伐克迎来沉重的1968年。这一年，亚历山大·杜布切克成为捷共中央第一书记，以改革实验为主旋律的"布拉格之春"开始。8月，苏联入侵捷克斯洛伐克，杜布切克被捕。这一年，昆德拉的《玩笑》获得捷克斯洛伐克作家协会奖，之后法文版在巴黎出版。

1969年，杜布切克下台。昆德拉完成了长篇小说《生活在别处》，但已经无法出版。1970年，他失去了在电影学院的教职，作品遭到封禁。1971年写出剧本《雅克和他的主人》和长篇小说《告别圆舞曲》。1973年，《生活在别处》在巴黎出版，并获得法国美第契奖——该奖是仅次于龚古尔奖的法国文学第二大奖。1974年，《生活在别处》在美国出版。

1975年，是昆德拉人生中重要的一年，他成为"流亡者"，携妻子薇拉移居法国。最初他在法国西北部的雷恩大学做助教，慢慢安顿下来，渐渐融入法国文化和生活。"流亡"对昆德拉而言，其实是一种"解放"。1978年他定居巴黎，最初在巴黎社会科学高级研究学校教课；这一年，《告别圆舞曲》获得意大利蒙泰洛文学奖。后来他告别母语，开始用法语写作。

1979年对于昆德拉来讲也是很重要的一年。由于小说《笑忘录》在巴黎出版，捷克斯洛伐克政府剥夺了他的公民身份——这事"伤害性不大，侮辱性很强"，昆德拉由此成为"清醒而拒不回归的昆德拉"。1981年，昆德拉获授法国国籍。到了2019年，在整整40年之后，捷克共和国重新恢复了昆德拉的公民身份。

1982年，昆德拉完成重要的长篇小说《生命中不能承受之轻》，1984年在法国和美国出版。在汉语中，书名又译为《不能承受的生命之轻》《难以承受的存在之轻》等。

1989年，捷克斯洛伐克发生了"天鹅绒革命"，剧作家、思想家瓦茨拉夫·哈维尔当选为总统。生于1936年的哈维尔，比昆德拉小7岁，两人年轻时有交集，也有分歧与论争。

1990年，《不朽》在法国出版，次年在美国出版。1993年随笔集《被背叛的遗嘱》在法国出版。1995年，用法语写出的长篇小说《缓慢》在法国出版。同年，获得捷克政府颁发的捷克国家功勋奖。1996年长篇小说《身份》在法国出版。2000年长篇小说《无知》在西班牙出版。2013年小说《庆祝无意义》在意大利初版，2014年法文版出版后，陆续在世界各地出版……

C. 风格与诺奖

极负盛名的昆德拉，是世界上读者最多的作家之一。他的小说独具风格，"世情洞穿，睿智非凡"。他是一个思想性的作家，作品富有哲思。他所思考的，注重于"人生的意义危机"，有着非一般的生命追问；"反抗极权"其实并不是他的作品的"主旋律"。

文学是人学，昆德拉坚持认为，文学不是"介入"性的，小说家的任务也不是去拯救人类，而是探寻人的本性、人的境况、人的行动、人的命运。

昆德拉构建了一个关于"存在"的小说世界，而他自己就是"在场"者。他的小说中，呈现了"政治乌托邦""人性乌托邦""情欲乌托邦""宗教乌托邦"等图景，最终成为"存在乌托邦"。

"我深深渴望的唯一东西就是清醒、觉悟的目光。"目光犀利的昆德拉，总有一种批判的视角，通过对人的生存状态的批判、对社会制度环境的批判，揭示人类的生存处境，时时处处表现出对既定规则的蔑视和挑战。面对乌托邦式的表象世界，他总是有着深刻的洞察力，始终对所有"一致性"的主张，敏锐地保持怀疑。

令人感到比较意外的是，具有很高文学成就的昆德拉，获得过很多重要的文学奖——1973年的美第奇文学奖，1978年的意大利蒙泰洛文学奖，1985年的耶路撒冷文学奖，2001年的法兰西学院文学大奖，2020年的卡夫卡国际文学奖，等等，却一直是诺贝尔文学奖的"陪跑者"，多次与诺奖擦身而过。

这很像日本作家村上春树——昆德拉和村上春树如果获诺奖，那完全是对得起这个世界头号文学奖项的。诺奖错过的文学大家太多了，比如托尔斯泰、契诃夫、易卜生、普鲁斯特、卡尔维诺、博尔赫斯、卡夫卡、里尔克……

1970年度诺贝尔文学奖获得者索尔仁尼琴，擅长于从社会学的角度描写社会；而昆德拉是从美学和心理学的角度描写社会——那社会，都是他们亲历过的。索尔仁尼琴庞大而粗粝，昆德拉匀称而细腻；索尔仁尼琴是重型轰炸机，昆德拉是轻型步战车。

在昆德拉小说的创作艺术中，"复调式书写"占据了重要地位。复调的叙事手法，独特而高超，使小说更具音乐性、层次性和包容性，这与昆德拉年轻时学音乐出身不无关系。他的《笑忘录》就是一部关于存在之思的"变奏曲"，通过"复调"进行富有哲理和诗意的思考。

2015年诺贝尔文学奖获得者，是记者出身的白俄罗斯作家斯维特兰娜·阿列克谢耶维奇，授奖词是："她的复调式书写，是对我们时代苦难和勇气的纪念。"与昆德拉不同，阿列克谢耶维奇所写的，是纪实文学。

D. 时代与著作

其实昆德拉不需要诺奖承认。他的一部部作品，就是一部部传奇。而一个国家的起伏变迁，投射到他这个作家身上，使其传奇色彩更为浓郁。

1962年，昆德拉开始创作他的第一部长篇小说《玩笑》。激发他灵感的，是一个小镇上发生的一件小事：一个姑娘从公墓里偷花，把花作为礼物献给情人，结果被警察逮捕……这样一个"社会新闻"，使得青年昆德拉"脑洞大开"，两个人物形象——露茜娅和卢德维克出现在他眼前；一部关于"灵与肉分裂"的伤感而沉重的二重奏，在他耳际萦绕。

开个玩笑，就可能被陷害。明信片上包含着一丝爱意的几句玩笑话，竟会引发出一连串的灾难，完全改变一个人的命运。面对社会和时代的制度环境，个人毫无抵抗能力。这样的"玩笑"，真是不好玩。故事的"隐性进程"与"显性叙事"，互为补充，又相互颠覆。作为长篇小说处女作的《玩笑》，最终成为昆德拉的一部"最像小说的小说"。

《玩笑》散发出的批判精神，与当时官方的意识形态大相径庭。写完《玩笑》后，昆德拉怀着侥幸心理，将它交给了捷克斯洛伐克作家出版社。没想到，两年后的1967年，《玩笑》竟然问世了，而且立刻引起了巨大反响，成为畅销书，一时"洛阳纸贵"。

又过了一年——1968年，捷克斯洛伐克的自由化社会主义运动"布拉格之春"，被苏联轰隆隆的坦克镇压。"子弹击不落声音"，但书的查禁就比较容易。昆德拉所有的作品悉数被禁，谋生之道也断了。

1979年，"流亡"的昆德拉两年前完成的《笑忘录》在法国出版。小说涉及"布拉格之春"、苏联的镇压等重大历史事件，描写了在跌宕不安的时代里社会不同阶层知识分子的命运。当时的捷克斯洛伐克政府恼羞成怒，由此剥夺了昆德拉的公民权。当政者绝不是"开玩笑"，但就是一个笑话。

而昆德拉笔下这样的故事，真是让人笑不起来：当一个人想把危险的文稿转移至一个安全的地方，想要回当年写给旧情人的情书，想要抹去那个恋爱史上的污点——可就是没想到，旧情书没要回，回到家时，警察已等着将他逮捕，他本人却像一个"污点"被历史给抹掉了……

昆德拉曾说，《笑忘录》是一部以"变奏曲"形式写成的小说。"不像小说的小说"，既是昆德拉的优点，亦是他的缺点。在由7个独立部分构成的小说中，昆德拉重点探讨了"笑"和"忘"这两个主题，涉及了历史、边界、极权、性爱、天使、儿童统治等副题。苏联的入侵，让昆德拉意识到，捷克斯洛伐克民族随时都有可能被悄悄抹掉；甚至整个欧洲都相当脆弱，在劫难逃；所以作者有着深深的忧虑感和幻灭感。

笑有多种：凡人的笑、天使的笑、魔鬼的笑，以及混合了天使与魔鬼两种笑的笑。至于"玩笑"呢？"玩笑是人与世界的一道屏障。"对于"玩笑"，真该记下"笑忘录"。

昆德拉笔下的知识分子，在乌托邦年代其境遇是悲惨的，存在着种种悖谬。"毁灭的作者也是牧歌的作者"，昆德拉是不是这样的呢？

对于中国读者来说，最熟悉的是最早译介过来的长篇小说《生命中不能承受之轻》。这部名著迄今被翻译成30多种文字，属于世界级的"超级畅销书"。

《生命中不能承受之轻》恰巧于1984年出版，自然让人想起奥威尔的讽喻小说、反乌托邦杰作《1984》。在1988年上映的电影《布拉格之恋》，改编自《生命中不能承受之轻》，也相当精彩可看，"个人主义"的男主托马斯演绎得尤其到位。

个人、家庭、婚姻、爱情、性，都会被政治的巨轮无情地碾压。和《笑忘录》一样，《生命中不能承受之轻》也是以"布拉格之春"为背景。但小说的主要关注重点，并不在"布拉格之春"本身，而在人的基本境况。作者通过两对人物的情爱故事，探讨了"轻与重""灵与肉""空虚与意义""真实与媚俗"等一系列哲学问题，层次丰富、意象繁复。

"那么，到底选择什么？是重还是轻？"永恒轮回的谵妄之下，人的生命分量几何？"身体叙事"的精彩背后，蕴含着多少丰富的隐喻意义？

小说中涉及的"Kitsch"一词，究竟该如何翻译，曾经引起学界和翻译界的争议。作为《生命中不能承受之轻》最早的中译者，作家韩少功将其翻译成"媚俗"，"媚"即谄媚、讨好、迎合；"俗"，关乎俗气、习俗、世俗……而学者景凯旋，则译为"刻奇"，属于音译+意译；所谓"刻奇"，就是没有任何超越维度的抒情和崇高，是对生活中无价值事物的蔑视。

后来众所周知，发生了东欧剧变、苏联解体，身处法国的昆德拉已然是"局外人"，否则可能有更多更直接的相关作品问世。

E. 隐者与故乡

生活在别处，定位在边缘。昆德拉"单一而丰富"，他是当代"大隐隐于市"的典范。除了1975年刚"流亡"到法国时做了一段时间的公众人物，之后他长期隐居在巴黎第六区，深居简出。

"写米兰·昆德拉传，是件艰难而又冒险的事，甚至是件不太可能的事。"翻译家、《世界文学》的副主编高兴，在所著的《米兰·昆德拉传》(现代出版社

2018年5月第1版)一书的开篇就直言,"这涉及昆德拉的基本姿态:把自己的私生活划为谁也不能闯入的禁区,始终顽固地躲在作品背后。已经不仅仅是低调的问题了……"

作者告诉公众:在流亡之初,有相当一段时间,昆德拉成了地地道道的公众人物。他上电视,接受采访,发表谈话,撰写文章,利用各种场合向人们讲述苏联入侵后捷克斯洛伐克的情形。他自己后来在解释这一行为时说那完全是形势所迫,因为当时,他也许是"唯一面对全世界报纸的捷克人",有可能解释一切,说明被苏联人占领的叫作捷克斯洛伐克的国家究竟怎么了……

但是,之后昆德拉就"销声匿迹"了,大家见到的只是他的著作。昆德拉坦言:"我不喜欢让自己的生活变成情景剧。"30多年来,他一直拒绝在媒体上露面,几乎从公共视野中完全消失……昆德拉认为:"私生活与公开生活是本质上截然不同的两个世界,尊重这一不同,是人之所以能自由自在地活着的不可或缺的条件;分割这两个世界的'帘子',是神圣不可侵犯的,而撕'帘子'的人是有罪的。"

对于读者而言,昆德拉就是一个典型的"熟悉的陌生人"——只知道"鸡蛋"好吃,就是见不着"母鸡"真身。

生活在法国,其实昆德拉感到非常快乐,就是那种"乐不思蜀"的状态。他不要回到布拉格:"一生中移居国外一次已经够了。我是从布拉格作为移民来到巴黎的。我永远不会有精力再从巴黎移居布拉格。"对于"捷裔法国作家"昆德拉来说,还真是"吾心安处是故乡"。

有意思的是,昆德拉在小说中从不使用"捷克斯洛伐克"这个词,而是用一个老词"波希米亚"来代替。因为他觉得,"捷克斯洛伐克"这个复合而成的国名太年轻了,仅仅诞生于1918年,没有时间根基,也没有经过时间的考验。这似乎成了昆德拉的"神预言":在"天鹅绒革命"之后,"捷克"与"斯洛伐克"这个联合体宣告解体,从1993年1月1日起,重新成为两个独立的国家。

法国记者作家让-多米尼克·布里埃,著有《米兰·昆德拉:一种作家人生》(刘云虹、许钧译,南京大学出版社2021年1月第1版)一书。在译序中,许钧教授问：在"天鹅绒革命"之后，为什么昆德拉用捷克语写的那些重要作品，比如《笑忘录》和《不能承受的生命之轻》，在捷克斯洛伐克还是没有出版呢？

布里埃从昆德拉的精神诉求与身份认同出发，剖析了其中深刻的原因。1989年"天鹅绒革命"之后，昆德拉没有迎合政治与制度的变化，也不顾捷克斯洛伐克境内出版商和读者的要求，一直不同意他那些用捷克语写的作品在捷克斯洛伐克出版。"有的人认为昆德拉的所作所为是一种报复，更是一种背叛。"昆德拉对这样的反应没有在意，因为他知道，对于一个作家来说，应该对历史的发展有着清醒的认识，应该有自己的精神追求；"他不想让他的作品成为政治的注脚，也不想让他的作品成为他个人经历的附录"。

法国另一位记者作家阿丽亚娜·舍曼，著有《寻找米兰·昆德拉》（王东亮译，上海译文出版社2022年4月第1版）。舍曼从20岁起，就渴望能与昆德拉相遇。为了追寻昆德拉的足迹，她一直走在寻找的路上，从东欧到西欧、从布拉格到雷恩、从科西嘉到美丽岛，她穿梭往返。

舍曼很不容易，她不仅采访了大量外围相关人物，重要的是，她结识了昆德拉的夫人薇拉，与她一起追忆作家的往昔岁月；同时结合阅读昆德拉的作品，来解读他的人生，好不容易完成了这幅"人生拼图"。

昆德拉很喜欢福楼拜的一句名言："艺术家应该想方设法，让后人相信他不曾活在世界上。"这对昆德拉而言，其实是做不到的。

F. 作品与中国

在中国，首次出现米兰·昆德拉的名字，是在1977年，在第2期《外国文学动态》杂志的公开报道中。

而最早向中国比较完整介绍昆德拉的，是美籍华人学者李欧梵先生。1985年，他在武汉一学报上发表了一篇学术性文章，谈到南美的马尔克斯、东欧的昆德拉，认为他们是当代两个最重要的作家。在李欧梵看来，"昆德拉写的是小人物，运用的却是大手笔"。

1987年，作家韩少功译出昆德拉的代表作《生命中不能承受之轻》，学者景凯旋译出《为了告别的聚会》，昆德拉作品正式引入中国。之后，景凯旋又翻译了《玩笑》《生活在别处》。

昆德拉一进入中国读者的视野，就掀起了一股"昆德拉热"。那时智能手机尚未占领中国读者阅读的主阵地，昆德拉的作品给读者带来了耳目一新的惊喜，仿佛在不同的窗子里看到了不同的风景。

诺贝尔文学奖获得者莫言评价昆德拉："小说中的讽刺有一点儿像黑色幽默，又不完全是，形成了一种独特的味道。"作家王安忆说："没有哪个作家像昆德拉那样做了对个体的感情的关怀，这些都会让人感到温暖，这也是昆德拉的文学价值之一。"

昆德拉的作品，对中国当代文学产生了不小的影响。王小波与王朔的小说，都颇得昆德拉的神韵，可以从中看到昆德拉的影子，以人的境遇揭示世界的荒谬。王小波说："没有犀利的解析，也就没有昆德拉。"在《时代三部曲》(《黄金时代》《白银时代》《青铜时代》)中，王小波用黑色幽默将人类生存的荒诞放大给人看。

著名作家陈忠实十分喜欢昆德拉。昆德拉作品中译本甫一出现，陈忠实一读就爱上了。昆德拉小说中独特视角和新奇写法，给了陈忠实很大启发，这种启发熔铸在陈忠实后来的文学创作中，成为一种最成功的借鉴。

昆德拉作品当年的中译本，我是买齐的。我曾经在一本杂志上开设一个专栏，谈新闻采写编评的经验，因为特别喜欢《笑忘录》这个书名，于是就给专栏取了个"笑忘录"的名称。《笑忘录》译者王东亮，凭借该译本获得第四届鲁迅文学奖之文学翻译奖。

昆德拉在中国的影响度很高，其作品的传播影响力也很大；学界也多有研究，不谈论文的质量，至少数量是不少的。

学者蔡俊所著的《米兰·昆德拉在中国的传播与变异》(新视阈文丛，江西人民出版社2012年11月第1版)，源于作者的博士论文，首次全面、综合地梳理了昆德拉作品在中国的传播过程、影响情况与翻译变异等。

书中讲到，昆德拉的作品在20世纪80年代中后期被介绍到大陆，而港台地区的译介稍早。作者认为，昆德拉作品进入中国，"是特定文化语境下过滤选择的结果"；从接受者方面看，因为昆德拉小说描写了东欧社会主义国家的背景，"尤其是中年读者中多数人都会因相似的历史背景引起共鸣"。

昆德拉深受中国读者喜爱，他同样对中国也充满着好奇，曾在一次谈话中说："这个世界上，假如还有一个让我感兴趣的地方，那么它就是中国。"

"玩笑笑忘录"记下了，"告别圆舞曲"跳过了，昆德拉再也没有机会来中国了。

G. 先贤与骄傲

一个人的生命到底有多重？看看米兰·昆德拉。

昆德拉在世时，就进入了法国的"先贤祠"——这里安葬着伏尔泰、卢梭、维克多·雨果、爱弥尔·左拉等不朽的先贤。昆德拉是法国的骄傲。

同样，和作家卡夫卡、哈谢克、伏契克一样，昆德拉也是捷克的骄傲。

其实，昆德拉是世界的骄傲。

（原载于2023年7月18日日本华侨报网）

三毛：
自由的精魂

一个自由的精魂，离开我们整整30年了。

时光悄然进入2021年1月4日，这是三毛逝世30周年纪念日。三毛祖居地浙江舟山定海、出生地重庆、生长地台北、恋爱地西班牙等许多地方，举办各种纪念活动。西班牙方面的纪念活动名称为"三十年，三毛"，主旨是"三毛何以能够凝聚不同的地域和文化"，开幕式在三毛生活过的西班牙加那利群岛举办。

在华人世界，没有几个人能像三毛一样，逝世后每一年都被纪念，持续至今。那是无边的灵地的缅想。遥记30年前三毛辞世的时候，我业余在中学高复班教语文，三毛最后写给贾平凹的那封信，是"绝笔信"之一，信写得有"义"有"情"，成了我每年作文教学的范文，不仅感动了我，也感动了每一位学生。贾平凹在获知三毛去世时写下了《哭三毛》，在收到三毛1991年元旦写给他的信之后又写了《再哭三毛》，文中情愫，感人至深，过目难忘。

三毛老家在定海小沙镇陈家村，她于1943年3月26日出生在重庆的黄桷垭小镇，那是烽火连天、艰难抗战的年份。正是在1943年，罗斯福、丘吉尔和斯大林三巨头在德黑兰会晤，决心在欧洲开辟第二战场，后来有了著名电影《德黑兰四三年》。1948年5岁时，三毛随父母迁台，入台北中正国民小学念书。在未满48岁的1991年1月4日，因为多种疾患以及重度抑郁症，三毛在台北荣民总医院以丝袜自缢，辞别了人世，震惊了世界。

三毛自小就是一个自由的精灵。她原名陈懋平，属于家族里的"懋"字辈，可这个字实在难写,她在3岁时就自作主张把它去掉了,改名"陈平"。19岁发表处女作《惑》,用的名字就是"陈平";"陈平"这个名字当然是太平淡,31岁发表作品《中国饭店》时,她首次使用笔名"三毛"——笔画更简单了。

三毛爱看书,不喜欢课堂,上学挤上公交车就看书,很痴迷地翱翔在文学的天空上。与许多有写作天赋的孩子一样,学生时代的三毛,数学比较差。当年在名校台北省立女子中学读初二时,数学老师怀疑她作弊,在课堂上单独拿出一张试卷给她考,三毛面对没有学过的难题,交了白卷。数学老师用毛笔蘸墨,在12岁的三毛脸上涂画眼圈示众,全班哄堂大笑。受"墨汁涂面"打击,三毛选择逃学,之后休学,之后正式退学,前后历时3年,随后多年也没有正经就学,主要在学画画。她还一度割腕自杀,幸而获救。

直到1964年21岁时,经作家陈若曦介绍,三毛得到创始校长张其昀的特许,成了台北中国文化大学的选读生,她选读哲学系,没有正式学籍。1967年因初恋失败,24岁的三毛远赴西班牙留学,在马德里大学文哲学院念文学和艺术。随后开始了她的"世界自由行"。1971年和1981年三毛曾两度返回台湾,在中国文化大学中文系任教过一段时间。我的女儿徐鼎鼎,出生于1994年,2012年赴台湾读本科,就读的就是中国文化大学中文系,与三毛是校友。

三毛呈现的生活形态,首先是一位自由自在的旅行者,一生走遍50多个国家。三毛永远是移动的风景,她不倦地寻找那"梦中的橄榄树",是真正的"行万里路"。"不要问我从哪里来,我的故乡在远方,为什么流浪,流浪远方,流浪……"她在《橄榄树》的歌词中写的是"流浪",而在我看来,她的"流浪"可不是一般意义的流浪,而是人生自由的行进,为了心中那"诗与远方"。卧而神游虽好,终归不如亲临名山大川,或者沙漠。万水千山我独行,不必相送,无论远近!

三毛一心向往自由,浪漫是表,自由是里。"为了天空飞翔的小鸟,为了山间轻流的小溪,为了宽阔的草原,流浪远方,流浪……"这里飞翔的小鸟、轻流的小溪、宽阔的草原,都是自由的象征。她能够踏上广袤的撒哈拉,那一定不是"流浪",而是对自由的向往,去追寻前世的乡愁、今生的梦想。

"行万里路，著等身书"，尽情地做她想做的事，表达她想表达的话，这样成就了三毛。三毛的天赋在写作，她把她的经历、她的感受淋漓尽致地展现在大家面前。她的语言很亲切，作品有一种个性、一种特殊的品质，所以喜欢者众；文字带来了辉煌，成为一代人的青春记忆。她"不求深刻，但求简单"，那正是一种大道至简。她心里的那一亩田，种桃种李种春风，种遍每个读者的心田和梦田。

三毛的写作是自由自在的，没有人可以约束她，一如"台湾新文学之父"赖和的著名诗句——"自自由由幸福身，欢欢喜喜过新春"。她的散文集《雨季不再来》《撒哈拉的故事》《稻草人手记》《温柔的夜》《梦里花落知多少》《万水千山走遍》《送你一匹马》《亲爱的三毛》《我的宝贝》《你是我不及的梦》，以及电影剧本《滚滚红尘》、演讲录《流星雨》……哪一部著作，不是自由心灵的产物？

"我是一个像空气一样自由的人，妨碍我心灵自由的时候，绝不妥协。"她那心中的自由世界，如此清澈而高远。

"每想你一次，天上飘落一粒沙，从此形成了撒哈拉。每想你一次，天上就掉下一滴水，于是形成了太平洋。"这是三毛写给爱人荷西的话。荷西·马利安·葛罗，潜水工程师，西班牙大男孩——三毛生于1943年，荷西生于1951年，三毛大荷西8岁。荷西的家乡遍布橄榄树，三毛和荷西是偶然相遇的，荷西对三毛一见倾心。那是1967年的平安夜，三毛去朋友家参加聚会，而朋友就住在荷西楼上，是邻居；电光石火之间，读大学的三毛怎么就遇见了这位高中生小朋友！

经过7年的聚散离合，1974年，三毛与大胡子荷西终于走在了一起，他们迁居撒哈拉沙漠并结婚。没有想到的是，婚后未满6年，1979年9月30日，善良、温和、坚毅、帅气的28岁的荷西，在拉帕尔马岛潜水工作时意外溺水身亡！

荷西热爱大海，三毛喜欢沙漠，那时他们决定搬到远离西班牙本土、大西洋上加那利群岛中的拉帕尔马岛，是因为荷西在这里找到一份维修海底工程的工作……荷西走后，三毛曾再回拉帕尔马岛，望向那蔚蓝的、绝美的大海说："这片海没有你了。"他们的爱情，成为千古绝唱！如今拉帕尔马岛上修有荷西之墓，在墙式墓园的一个转角处，荷西三毛的照片刻印在玻璃框内，前方摆了许多写有汉语的石头，最醒目的话是"自由的灵魂"。

为三毛拍下最后一张肖像的摄影师肖全说得很准确："三毛最大的精神，是决定自己的人生。"即使爱情是一种"迎向他者的冒险"，那也是三毛的自由选择。爱得太深，所以三毛能看见死去的荷西那流出的眼泪……

三毛潇洒而不羁，可以为爱"千里走单骑"。后来，三毛与王洛宾的情感故事，让人唏嘘不已。晚年独居新疆的"西部歌王"王洛宾，年长三毛30岁。如果说三毛对王洛宾是恋恋不舍，那么王洛宾对三毛则是小心翼翼。三毛来新疆与王洛宾相见，两人相谈甚欢。回台北后，三毛先后给王洛宾写了15封信，其中说道："万里迢迢，为了去认识你，不是偶然，是天命，没法抗拒的……你无法要求我不爱你，在这一点上，我是自由的。"在那遥远的地方，半个自由的月亮爬上来……

最后的最后，面对疾病，三毛的死，也是自己自由的选择。

"三毛，一个自由住进灵魂的女子。"这些年来，大陆有大量的三毛传记书籍出版，几乎每一本都不约而同地在"三毛传"三个字之外再取个名字，比如：《愿你遍历山河 觉得人间值得》《你是锦瑟 我为流年》《流浪一生 花落多少》《世间所有流浪 都抵不过深情》《流浪是灵魂最好的安放》《流浪是最好的疗伤》《一个人的流浪和远方》《一个人的撒哈拉》《撒哈拉不哭泣》《我是凡尘一粒沙》《千山万水的离歌》《做一个特立独行的女子》《来不及好好告别》《活着就是要纵情绽放》，等等。取书名也真是为难了，可就是没有一个想到"自由""自在"的关键词。

"小姑喜欢自由的心。"在三毛逝世30周年前夕，三毛亲侄女陈天慈出版了《我的姑姑三毛》（上海文艺出版社2020年11月第1版）一书，贾平凹在序言里褒扬"这是我读过写三毛最好的一本书"。双胞胎中的妹妹陈天慈，以22篇散文，回忆小姑三毛。"三毛不在的日子，我们，还在一起。"书中的三毛，"自由"无疑是一个关键词，比如其中写道："想起小姑在台北的房子，客厅也都有几个窗户，那是她喜欢的，她总说窗户是代表自由和希望。'人有时候不能完全自由，但是至少要看到希望。'小姑常常说""很多人都想活出像她一样的自由灵魂""愿你珍藏这位专属于你的三毛，也愿你因她而美好，因她而自由"……

"来易来去难去，数十载的人世游。分易分聚难聚，爱与恨的千古愁。"三毛编剧、林青霞主演的电影《滚滚红尘》，使她们成为好友。林青霞业已完成了她的散文三部曲——《窗里窗外》《云去云来》《镜前镜后》，在《窗里窗外》中，有一辑集中写友人，前4篇是逝去的好友：《沧海一声笑》写黄霑，《演回自己》写邓丽君，再就是《三梦三毛》和《宠爱张国荣》。在《三梦三毛》中，她回忆："……当我坐定后，她把剧本一页一页地读给我听，仿佛她已化身为剧中人。到了需要音乐的时候，她会播放那个年代的曲子，然后跟着音乐起舞。相信不会有人有我这样读剧本的经验。因为她呕心沥血的写作和全情的投入，而产生了《滚滚红尘》，也因为《滚滚红尘》，我得到1990年第二十七届金马奖最佳女主角奖项。这个奖，是我22年演艺生涯中唯一的一座金马奖。没有三毛，我不会得到这座奖，是她成就了我。"

三毛一生真实、善良而温暖，正如侄女陈天慈所说的，她永远把阳光洒在别人身上，把阴影留给夜晚的自己。台湾作家隐地这样形象地评说："三毛岂仅是一个奇女子？三毛是山，其倔强坚硬，令人肃然起敬。三毛是水，漂流过大江南北，许多国家。三毛是一幅山水画，闲云野鹤，优哉游哉。三毛当然更是一本书，只要你展开，就能浑然忘我，忧愁烦恼一扫而空……"因为自由自在，所以才有三毛的可爱。

自由产生美。文字之美，性情之美，爱情之美，"流浪"之美，生命之美……这，就是自由的精魂——三毛！

（原载于《芝田文学》2021年第2期）

杨苡：
104 岁的等待和希望

可以称为"先生"的女士，真的不多了。

著名翻译家杨苡于2023年1月27日逝世，享年104岁。杨苡首创了《呼啸山庄》的译名，并翻译出多部经典作品，得到广泛赞誉。(新华每日电讯1月28日报道)

杨苡被尊称为"先生"。杨苡先生女儿赵蘅说："妈妈了不起，坚持到了癸卯兔年。她精彩一生，顽强而充实，终于可以休息了！此刻她已进入光明而美好的天国，和外婆舅舅姨妈、那么多她敬爱的思念的师长朋友们团聚了！"

生如夏花绚烂，逝如秋叶静美，一如她的本名"杨静如"。2022年8月，央视专门到南京杨苡先生家里采访了她，播出了半个小时的专题片，那时她依然健康、健谈，不承想，不到半年她就静静地离开了我们。

杨苡先生最喜欢的名言是：人类的智慧就包含在两个词中，等待和希望。出自法国作家大仲马的长篇小说《基督山恩仇记》(又名《基督山伯爵》)的末尾。等待，是一种耐心和静心；希望，是一种期盼和追求。人生成长、事业成就、社会进步，无不需要等待和希望。而等待和希望，正是杨苡先生一生的写照。

杨苡是"五四"同龄人，1919年出生于天津一个大家庭，父亲杨毓璋、母亲徐燕若，"巴金《家》里写的，和我的家太相像了"。少女时代的杨苡，对自由的向往无与伦比，她渴望自己像《家》中的觉慧那样出走，所以17岁的她开始给巴金写信；巴金的一封封回信，像一位兄长敦厚地勉励她，她把巴金视作一生的师友。

巴金希望杨苡先要好好读书，她听进去了。她受到了良好的教育，先后就读于天津中西女校、昆明西南联大外文系、重庆国立中央大学外文系，那时就打下了坚实的外语基础。她离开天津前往昆明，是1938年7月7日，在那个抗战的艰苦岁月里，她开启了她的大学岁月。

在1949年前，她历任中学教师，南京国立编译馆翻译委员会译员；1949年之后，她的本职角色就是老师，历任语文教师、南京师范学院（今南京师范大学）外语系教员。

是的，她只是一位教员，后来是退休教员，连教授都不是。对于杨苡来说，身外名利不是"看"淡的，本身就是淡的。有人称她"教授"时，她一定要指正："我不是教授，我是教员。"这种"名利"，并不是她的希望和追求，她总是那么宁静、淡泊，一如她的本名。

所以，杨苡先生的人生并不"呼啸"，呼啸的是百余年经历的时代。

"时代不是她的人生背景，她的人生就是时代本身。"2022年，杨苡先生口述、南京大学教授余斌撰写的《一百年，许多人，许多事》由译林出版社推出。这是杨苡先生目前唯一的口述自传，内容截至1949年前。她的记忆力极好，而且善于讲述，诸多细节描述得绘声绘色。她说："人的一生不知要遇到多少人与事，到了我这个岁数，经历过军阀混战、抗日战争、解放战争，以及新中国成立之后发生的种种，我虽是个平凡的人，却也有许许多多的人可念，许许多多的事想说。"

因为长寿，她见证了时代变迁、人事更迭、生老病死、荣辱浮沉。而她的讲述，常常充满"少女心"，因为她是大家族里出来的"小女生"，一直有一种女生的状态，简单而单纯。

后来，在特殊的年代，本是杨苡人生的黄金时代，却被耽误和浪费了太多时光，那也只能抱着希望耐心等待……

杨苡先生以翻译家名世，而翻译正是希望的寄托。她的译著有《呼啸山庄》《永远不会落的太阳》《俄罗斯性格》《伟大的时刻》《天真与经验之歌》，以及与杨宪益的合集《兄妹译诗》等。她家还真是翻译"名家"：她哥哥杨宪益有"译界泰斗"之美誉，其与夫人戴乃迭合作翻译全本《红楼梦》、全本《儒林外史》等多部中国名著；她从小就最崇拜哥哥，称他为"了不起的杨宪益"。她的先生赵瑞蕻，是西南联大的学长，翻译了《红与黑》。

"呼啸山庄"，是杨苡首创的经典译名。当年在她之前，是梁实秋先生一个比较潦草的译本，翻译为《咆哮山庄》。试想，把自己山庄命名为"咆哮"，那是不是很奇怪。《呼啸山庄》中这样介绍："呼啸山庄是希刺克厉夫先生的住宅名称。'呼啸'是一个意味深长的内地形容词，形容这地方在风暴的天气里所受的气压骚动。的确，他们这儿一定是随时都流通着振奋精神的纯洁空气。房屋那头有几棵矮小的枞树过度倾斜，还有那一排瘦削的荆棘都向着一个方向伸展枝条，仿佛在向太阳乞讨温暖，由此就可以猜想到北风吹过的威力了。幸亏建筑师有先见把房子盖得很结实：窄小的窗子深深地嵌在墙里，墙角有大块的凸出的石头防护着……"

杨苡先生回忆："我那时也住个破房子，没人要的丙种房，一塌糊涂，厕所什么都是坏的，楼下有个大院子，当时正好拿了笔稿费，两百块钱，我就瞎搞，建设起来，种了点树。每晚坐在那儿，外头刮大风，对面山上像闹鬼一样，尤其我一个人带着孩子在家，有点瘆人。那晚风雨飘摇，一阵大风呼啸而过，雨点打在玻璃窗上，宛若凯瑟琳的哭泣，觉得自己正住在约克郡旷野的那所古宅子里，不自觉地念着 Wuthering Heights，灵感从天而降！"于是，她兴奋地写下"呼啸山庄"四个大字。

翻译之外，杨苡先生还著有《青青者忆》（散文集）、《雪泥集》（巴金致杨苡书简，编注）、儿童文学《自己的事自己做》等。

"爱国、进步、对真理与正义的追求，血液般融于杨苡先生的人生选择，那明亮的人格让世人看见：被文学生活、文学事业、文学追求所浸润的人生是如何饱满与光洁。"杨苡先生103岁之际，中国作家协会领导发出恳挚的祝愿信，"时间呼啸而过但生命始于百岁。我们要把最亲切美好的祝愿献给杨苡先生，愿您的眼眸永远洋溢青春的明亮，愿您每一天的生活安宁丰盈、溢彩流光！"

她总是很天真，很开朗，很细腻，很敏感，很灵动。上了岁数，无论是口头表达还是文字表达，都很年轻，很活泼，一点也不老气横秋，更不会倚老卖老。她喜欢看书，珍惜阅读的时光；喜欢跟人聊天，很关心体贴他人。她总是充实地过每一天，而每一天都是欣喜的、含着希望的一天。

呼啸的是山庄，宁静的是人生。杨苡先生是在"等待和希望"中淡泊与宁静的典范。

（原载于《东瓯》2023年第3期）

张洁：
玫瑰与枪炮

沉重而飞翔的翅膀，终于可以歇下了。当地时间2月6日，著名作家张洁在美国的家人发布讣告：张洁于2022年1月21日因病在美逝世，享年85岁。

张洁是中国新时期文学的重要代表性作家，她1937年生于北京，1960年毕业于中国人民大学，1978年开始发表文学作品时已过不惑之年——她的写作，是"一出世就成熟了"。

张洁著有长篇小说《沉重的翅膀》（获第二届茅盾文学奖）、《无字》（获第六届茅盾文学奖），《只有一个太阳》《知在》《灵魂是用来流浪的》《四只等着喂食的狗》；短篇小说《从森林里来的孩子》（获第一届全国优秀短篇小说奖）；中篇小说《祖母绿》（获第三届全国优秀中篇小说奖）；长篇散文《世界上最疼我的那个人去了》；以及作品集《爱，是不能忘记的》《方舟》《我们这个时代肝肠寸断的表情》《一生太长了》等。人民文学出版社于2012年出版了9卷本《张洁文集》。张洁曾获得诸多国际文学奖，她还是美国文学艺术院荣誉院士。

张洁是迄今唯一两次荣获茅盾文学奖的作家，加上全国优秀短篇小说奖和中篇小说奖，是一位获全国大奖"全满贯"作家，她的作品影响了不止一代人。

评论界认为，张洁创作风格的变化历经四个时期：初始阶段是审美期，表现为对理想的憧憬与赞美，对人的尊严与价值的张扬；第二阶段是变奏期，现实变化促使写作产生变化，在感伤中寻找生命的方舟；第三阶段是审丑期，聚焦于批判，笔锋变得犀利；第四阶段为平和冲淡期，创作归于平静、超脱世俗。

不管风格如何变，生命体验、现实关怀、真诚写作没有变。张洁的作品是玫瑰与枪炮的组合，前者关乎人心人性，后者关乎改革进步。

在"玫瑰"的意象中，张洁用写作践行"爱是不能忘记的"，她有着诗化的语言、柔和的语调、温馨的主题、美好的人物、理想的王国。写于1978年左右的散文《挖荠菜》，主人公就是孩提时代的张洁自己——一个饥饿的小女孩的形象，读过那么多年了，至今记忆犹新。她写母亲的长篇散文《世界上最疼我的那个人去了》，感人至深，让人泪目……"玫瑰"的张洁、张洁的"玫瑰"，充溢着璀璨夺目的人性人情之美。

"枪炮"当然是一个形象的说法，是为改革开道。1981年，张洁创作完成第一部长篇小说《沉重的翅膀》，这是我国新时期反映经济改革的首部长篇小说，它聚焦工业改革，为改革疾呼呐喊，有着"枪炮和子弹"的力量。这部激动人心的杰出作品，深切关注国家和民族的前途命运，一问世就引起广泛而强烈的反响，先后被10多个国家翻译出版，赢得了世界性的声誉。书前写着："谨将此书献给为着中华民族的振兴而忘我工作的人。"小说主线就是改革与反改革的斗争。老作家张光年在序言中说："改革难。写改革也难。不但工业现代化是带着沉重的翅膀起飞的，或者说是在努力摆脱沉重负担的斗争中起飞的；就连描写这种在斗争中起飞的过程，也需要坚强的毅力，为摆脱主客观的沉重负担进行不懈的奋斗。"

改革开放是一次伟大的觉醒。觉醒的年代，不仅仅是电视剧《觉醒年代》所描述的五四运动前后的年代，改革开放的伟大年代也是觉醒年代。透过《沉重的翅膀》，可见改革起步的艰难。有读者评价说："喜欢这部书，一个时代的形象，有血有肉，不像现在有的速读小说，只有情节，千篇一律，看了就忘；而这本小说深入描述了那个时代，想要飞翔，但却沉重，虽然沉重，定要飞翔。"今天我们的改革继续往前走，不能忘记最初用文字为改革大声呐喊的人。

人性的进化、时代的进步，都离不开张洁式的"玫瑰"与"枪炮"。张洁是"痛苦的理想主义者"，始终坚守着伟岸的精神内核。

张洁的写作，总是尽可能缩小感受与表达之间的距离。为了写《灵魂是用来流浪的》，她在耄耋之年登上秘鲁海拔4300米的高原，去寻找原住民，了解印加文化。她坦言，博尔赫斯是她最喜欢的南美作家，而马尔克斯则是"大排档"似的作家。与莫言在文字上追求"夸张的流畅的滔滔不绝的语言流"有所不同，张洁的表达是极其真切而明快的，读来同样很愉悦。

  晚年的张洁主要从事油画创作，岁数大了之后，她进行"断舍离"，然后去美国和晚辈生活在一起。

  "我吹过你吹过的风，这算不算相拥；我走过你走过的路，这算不算相逢。"面对杰出女作家张洁，还要加上一句：我读过你写过的书，这算不算相通……

（原载于2022年2月9日《杭州日报》）

黄宗英：
不落征帆丽人行

爱舞台、爱电影、爱文学，爱笑、爱美、爱艺术，一辈子都年轻而蓬勃，95岁的美丽女神、著名表演艺术家、作家黄宗英，于2020年12月14日凌晨辞世。她的儿子转达母亲遗愿："人活着或者死了，都不要给他人带来痛苦；丧事从简，不设灵堂，不开追悼会……"

黄宗英祖籍是浙江温州瑞安，于1925年7月13日生于北京。有人用一句话来形容温州人的聪明："头发都是空心的。"黄家是书香门第，瑞安望族，祖上三世翰林；才女黄宗英传承了聪慧的基因。父亲黄曾铭是赴日攻读电机工程的"洋翰林"，归国后任电话局总工程师。在孩提时代，父亲就带领他们兄妹"纵横天下"——爬墙、上树、跳沟，说："孩子小时不淘气，大了没出息。"

不幸的是，在黄宗英9岁时，父亲因伤寒不幸病死，家道中落。但是，黄家兄妹后来个个都很厉害。他们合著有《卖艺黄家》（生活·读书·新知三联书店2017年7月第1版）一书，可以窥一斑而见全豹。书中还收了子女的文章，一个个都文笔了得。著名杂文家邵燕祥先生题曰："劫余世纪欣头白，笑看长安似弈棋。"

在《卖艺黄家》中，老大黄宗江、"小妹"黄宗英、老三黄宗洛是真正"卖艺"的，老二黄宗淮其实是一位历史学者，老四黄宗汉则是一位实业家。黄家这一代的兄妹各有千秋，各自精彩。按照黄家传统，从小聪慧、天分极高的大哥黄宗江，应该走上学者之路，但他在1940年中断燕京大学外文系的学业，只身南下，去上海当了一名职业演员，从此"卖艺"，自诩"艺人"，还带着妹妹、弟弟都走上了这条路。黄宗洛后来成了电影里的"配角大王",我最佩服他的三言两语的非凡表演。

上台演戏,下笔作文。绝代芳华的黄宗英,一生充满了激情:演艺的激情,写作的激情,阅读的激情,爱的激情,生活的激情……她提笔所写的"一息尚存,征帆不落",就是见证。

黄宗英16岁时,是大哥黄宗江一封信将她招到上海的。她先是在新组成的上海职业剧团打杂,随后踏上了演艺之路。不久,她在话剧《甜姐儿》中主演"甜姐儿",一时风靡上海,"甜姐儿"也成了她的代名词。黄宗英先后出演电影《追》《丽人行》《乌鸦与麻雀》《武训传》《为孩子们祝福》《家》《聂耳》《一盘没有下完的棋》等。尤其是她与赵丹搭档主演的电影《丽人行》《乌鸦与麻雀》《武训传》成为电影史上的经典。

人们没有想到的是,黄宗英的文才非同一般,写作也充满激情。黄宗英常说自己是属云的,天南地北,行踪不定;行走其实是为了写作,写报告文学。在改革开放之初的1980年代,她创作的报告文学《大雁情》《美丽的眼睛》《橘》《小木屋》,文采飞扬,感人至深。

1977年至1980年全国优秀报告文学评选,是首届,获奖报告文学共30篇,其中前5位作家各有两篇获奖,带头的是徐迟的《哥德巴赫猜想》和《地质之光》,黄宗英名列第三,获奖的是《大雁情》和《美丽的眼睛》(见《1977—1980全国优秀报告文学评选获奖作品集》,人民文学出版社1981年12月第1版)。1981年至1982年全国优秀报告文学评选,黄宗英获奖的是《橘》;1983年至1984年的评选,获奖的就是《小木屋》。这些报告文学后来都收进了黄宗英《大雁情》(中国当代报告文学精品书系,人民文学出版社2005年5月第1版)一书中。

黄宗英写报告文学,那可是心中有人、下笔有神,她看得深,写得细,想得远,所以文章有高度、有深度、有广度、有力度、有纯度、有温度、有鲜度,"度数"都很高。她的《大雁情》写得最深情最跌宕,《小木屋》写得最激情最跳跃。《小木屋》风靡全国,感动了万千读者。女主人公徐凤翔是"森林女神",她从南京林业大学援藏,深入西藏林海,拓荒高原生态研究。她的故事后来拍成了专题纪录片。1994年，69岁的黄宗英第三次跟随徐凤翔入藏考察，出现了严重的高原反应，几乎跨进鬼门关，仍坚持前往世界第一大峡谷雅鲁藏布江大拐弯地带。躺在病榻上，她写文章，题目叫《我不后悔》。后来又写了《该死不死》，写得豪气干云：

  在壮行座谈会上，此片策划之一"京都文丐"黄宗汉（我小弟），冒出一句惊人之语："如果我姐黄宗英在世界第一大峡谷'光荣'了，这片子就好看了。"举座哗然，有人怪他不该说不吉利的话，我则带头鼓了掌。我想：若须以人血祭摄像机，当然我最合算。可此番我没立遗嘱……

  与某些矫情人的矫情不同，黄宗英就是那种洋溢着激情的知识分子，这在她的文笔当中得到充分的体现。20世纪80年代末，我的好友、杭州作家大元受到黄宗英的《小木屋》的感召，来到西藏，循着《小木屋》去采访徐凤翔教授，写下《遥寄小木屋》。人类建过无数小木屋，而黄宗英抒写的小木屋，是世间最美的小木屋。黄宗英没想当演员却当了演员，没想当作家却当了作家，成为影坛和文坛的"两栖女神"，而且被公认为演员中文章写得最好的。她说："我的艺术在过去、现在、将来，都是我真实不变的人生！"

  2019年，黄宗英荣获第七届上海文学艺术奖终身成就奖。此前在2017年，《黄宗英文集》由深圳海天出版社出版。文集分为四卷，分别为：《存之天下》，亲人好友的往事特写；《小丫扛大旗》，报告文学、电影剧本等；《我公然老了》，散文随笔合集；《纯爱》，黄宗英与冯亦代黄昏恋情书精选。在上海新书分享会上，黄宗江女儿丹青这样幽默地说爸爸和姑姑："他们的写作是不按套路的。他们就是活得乱七八糟，没章法，没套路，他和我姑姑都是凭着朴素的资产阶级感情在行事、在写作。他们就是率真、随性、乱七八糟，把周围人搞得很狼狈，最后当然也被人原谅了。"闻者大笑。

  黄宗英能演能写，敢爱敢恨。她与著名演员赵丹的恋爱和结合，成为电影界的美谈。这是一对神仙眷侣。黄宗英说："我做的最成功的事情，就是嫁给了赵丹。他一生坎坷，运动一个接一个，我也不知道怎么办好，就在他身后紧紧地抱住他，为他分忧。"赵丹在1980年辞世后，有人问黄宗英："赵丹演得最精彩的戏，是哪一出？"因为赵丹临终遗言文章发表在《人民日报》上，黄宗英的回答极为著名："是他的死。"

到了20世纪90年代，她与冯亦代的"黄昏恋"，更是出乎意料的激情飞扬。著名翻译家冯亦代1913年出生，正宗杭州人，与戴望舒是旧友。细读两人的情书集《纯爱》，那纯真的、动人的、炽烈的爱情，会让多少年轻人都感到自愧弗如！黄宗英喊冯亦代为"二哥"，冯亦代喊黄宗英为"小妹"，1993年6月16日，黄宗英给80岁的冯亦代写了两封情书，一封的称呼是"二哥，亲亲爱爱的二哥，陌生的二哥，梦中的二哥，我的好二哥"，一封的结尾是"吻你的头发、额头、眉毛、眼睛、鼻头、嘴……"——那么勇敢，那么热烈，那么潇洒！他们在北京的小家，两人共用客厅兼书房，冯亦代的书架上摆着他和已故前妻郑安娜的照片，黄宗英的这边摆着她和赵丹的合影。

聪颖过人的黄宗英一生好学。她在回忆文章中，曾写到青年时代的求学激情："……我越来越成熟。我身边的男友多了起来。我的私生活复杂了起来。青春戏越演越腻味，趁我不当主角的档期，悄悄离开了上海，留了封信：'我回北方读书去了。'不久，我就去北京辅仁大学旁听，选读三门课：中国文学史、左传、世界美术史。"她真是"活到老，学到老"，作家李辉是黄宗英的忘年交，他的《活在纯爱中》一文有写道："在我眼里，黄宗英更是一个对知识永远充满好奇的人。初秋九月的上海，当我到医院里探望她时，她正在阅读。"

岁月从来易老，无情最是时间。面对不可避免的衰老，黄宗英曾经洒脱地说："钟走着，表走着，我停了；花开了，叶绿了，我蔫了。"

两栖女神黄宗英，不落征帆丽人行。打开人生，自然自由自在；挥洒激情，如江如河如海。

（原载于《芝田文学》2021年第2期）

秦怡：
把苦难熬成美丽

2022年5月9日，母亲节过后的第二天，中国百年电影史的见证者和耕耘者、"人民艺术家"、"最美奋斗者"、一位非凡的母亲——秦怡，在上海辞世，享年100岁。

1922年1月31日，秦怡出生于上海，她比著名影星玛丽莲·梦露还要大4岁。她曾饰演过诸多经典的女性角色：《铁道游击队》中宁死不屈的芳林嫂、《马兰花开》中性格坚毅的马兰、《篮球5号》中饱受苦难的篮球运动员林洁，等等。秦怡并非科班出身，她没有学过表演，靠观看电影来"偷艺"，凭借天赋与努力，先后饰演塑造了近百个人物形象。

上了岁数之后，秦怡满头银发，风采依旧，美丽依然。"我不怎么保养，也不关注自己美不美。"秦怡曾说，"一个人长得怎么样并不重要，重要的是她的精神世界。"央视撒贝宁曾经对话秦怡，说"周总理都曾经说过，您是中国最美丽的女性"，秦怡的回答堪称教科书："我可没有听见过哦！"在场观众都乐了。

秦怡是把种种苦难熬成非凡美丽的中国女人。她的个人生活经历非常坎坷。她曾在接受采访时说，自己一辈子有三大遗憾：没有领略过甜蜜的爱情，儿子生病，以及，没有塑造过一个真正的角色。

秦怡一生有过两段婚姻，但都不幸福。"我这一辈子，好像从来没有对哪个男人有过多么强烈的感情。我儿子说我，两句话，总是'工作啊工作啊'，总是'算了啊算了啊'。"早年，夏衍说年轻的秦怡"糊涂又大胆"。

17岁时，秦怡嫁给话剧演员陈天国，但对方有严重的酗酒和暴力问题，秦怡是逃出来的。

1938年,陈天国对秦怡展开追求。1939年,秦怡在陈天国的以死相逼下被迫与其完婚。婚后,陈天国嗜酒如命,并对秦怡实施家暴。

"结婚第二天晚上,他一直不回来,他喝酒啊,结婚后他更有理了嘛,他可以一直喝到天亮。我睡了,困得不得了,他敲门了,敲门当然听不见了,女孩子这个时候是最要睡的时候。大概有两点多钟了,听不见。"秦怡讲述了那个可怕的情景,"后来忽然听见那个敲门声,去开门,没有见他人,他一把雨伞从我头顶上飞过去。因为我没有开门,他火了,他喝醉了,拿雨伞打我……一天到晚醉酒,怎么能跟他一起生活。"

1944年8月,秦怡生下一女,产后一病不起,因为交不起奶粉和抚养费用,陈天国准备将孩子送人,导致秦怡无法忍耐,两人正式结束婚姻关系。

25岁时,秦怡嫁给比她大12岁的"电影皇帝"金焰,但经历了短短的"七年之痒"后便分居。后来身体欠佳的金焰常年卧病在床,婚姻家庭有名无实。

秦怡自己身体其实也并不好,然而她成了"抗癌英雄":20世纪60年代中期,她就被查出患有直肠癌,做了手术。2008年,再次做了大手术,康复后,她继续活跃在演艺大舞台上。

更没有想到的是,她的宝贝儿子金捷,年轻时就不幸得了精神分裂症,间歇性狂躁曾频繁发作,动不动就会把身边人打伤,秦怡自己就曾一次次被打得鼻青脸肿。在20世纪80年代初,经过住院治疗,金捷的病情终于稳定了下来。秦怡把儿子接回家,始终践行着"做个好母亲,不让孩子受苦"的诺言。儿子长得人高马大,但智商一直停留于孩子的阶段。在秦怡悉心照顾下,金捷终于渐渐康复,还学会了画画。曾经山重水复,终究柳暗花明!直到2006年,金捷告别了人世,秦怡先后花了整整42年时间照料儿子。

秦怡最美的角色,就是"母亲"。为母则刚。在银幕上,她留下了很多光辉的"母亲"形象,而在生活中,正是"母亲"这一角色,让她变得坚韧,特别坚韧。

秦怡另外一个美丽的角色,是慈善家。她从影几十年,但家境并不富裕,

2008年汶川地震后，她捐出了21万元，这几乎就是她一生的积蓄。她还几次拍卖儿子的画作，用于公益慈善；她担任中国电影基金会理事，不顾年迈，不停地参加各种慈善演出……秦怡的容颜之美，源于她的爱心之美。这样的心灵之美，才能真正跨越时间的河流。

"如果生命还能反复一次，我一定不会像今生这样活着，但既然生命不可能反复，那么我还是面对现实吧。"晚年的秦怡说，"做任何事情都不可能不劳而获，一个人只要自己的心是大的，那么事情就没有大小之分；只要自己的心是重的，那么事情就没有轻重之分；只要自己的心是诚的，那么即使事情成败有别，也多少有些安慰了。一生都在追求中，活得越老，追求越多。由于时日无多，也就更加急急匆匆。"

2009年，秦怡获颁上海文学艺术奖终身成就奖，颁奖词写道：秦怡始终活跃在大时代的洪流中……她像疾风中绽放的玫瑰，以岁月无法改变的不老的美丽风采，感动着每一个中国人。

这，就是把人生种种苦难熬成美丽的秦怡。她总是那么谦逊，说自己就是个"跑龙套"的，她的艺术自传书名就是《跑龙套》，她阐释"龙套精神"是：干一行、爱一行、专一行、精一行，认真对待每一个角色，每一次演出……

舞台小世界，世界大舞台。秦怡在现实舞台上的演出，最美最精彩。

（原载于2022年5月10日杭州政协网）

王文娟：
天上多了个林妹妹

曾经，天上掉下个林妹妹。

如今，天上多了个林妹妹。

著名越剧表演艺术家、一代越剧宗师王文娟，于2021年8月6日0时25分去世，享年95岁。王文娟演绎的越剧林妹妹，曾是几代人念念不忘的经典。（8月6日澎湃新闻报道）

当今许多年轻人可能不知道王文娟是谁，她，可是我们这一代人的"越剧女神"！她是国家级非遗项目越剧的代表性传承人，她创立了"越剧王派"——越剧旦角艺术流派。她曾饰演《红楼梦》中的林黛玉，《春香传》中的春香，《孟丽君》中的孟丽君，《追鱼》中的鲤鱼精，《西园记》中的王玉珍，《忠魂曲》中的杨开慧，《则天皇帝》中的武则天……她在2019年荣获第七届上海文学艺术奖"终身成就奖"，当年中国文联还授予她"终身成就戏剧家"荣誉称号。浙江、上海、中国文联、中国越剧，都应该为拥有王文娟而骄傲。

王文娟出生于"越剧之乡"浙江嵊县（现嵊州市）。"1926年农历十二月的一个大雪之夜，我出生在浙江省嵊县黄泽镇坑边村。"这是王文娟在自传《天上掉下个林妹妹：我的越剧人生》（上海文艺出版社2012年8月第1版）中的自述。1938年8月，王文娟离开嵊州家乡到上海学戏，那时候越剧已经走过了"落地唱书""小歌班""绍兴文戏"等阶段，"女子越剧"已渐成气候。去大城市上海，是王文娟一生重要的转折。

在自传中，她概括了近一个世纪的人生历程，坎坷而丰富：从"乳燕离却旧时窠"的童年岁月（1926—1938），到"人海浮沉天涯行"的从艺学戏（1938—1942）；从"好风来时篷才张"的初露头角（1942—1947），到"眼前仿佛换人间"的解放前后（1947—1952）；从"并蒂花开在沙场"的从军入朝（1952—1954），到"愿为春蚕自作茧"的潜心创作（1954—1958）；从"天上掉下林妹妹"的梦圆红楼（1958—1962），到"七条琴弦谁知音"的喜结连理（1962—1966）；从"风刀霜剑严相逼"的十年浩劫（1966—1976），到"雪里梅花早知春"的重上舞台（1977—1985）；还有"鬓毛渐衰心犹赤"的改革探索（1985之后）……

越剧《红楼梦》里的"林妹妹"，是王文娟的代表作，深入人心，影响何止一个世纪。多少人因为王文娟而爱上《红楼梦》，爱上"林妹妹"，爱上越剧；我也一样，由喜欢越剧开始，爱上京剧、昆曲、黄梅戏等。越剧《红楼梦》是1955年3月上海越剧院成立之后，一代越剧名家的巅峰之作：徐玉兰饰贾宝玉，王文娟饰林黛玉，周宝奎饰贾母，陈兰芳饰宝钗，唐月英饰王熙凤，郑忠梅饰王夫人……那是国庆十周年的献礼剧目。也是在1955年，编剧徐进就着手筹划改编《红楼梦》；因为喜爱，我曾买来徐进的剧本书籍欣赏研读。

1958年2月18日，越剧《红楼梦》在舞台上首演。1962年，越剧电影《红楼梦》拍成，王文娟也"双喜临门"，完成了人生中的另一件大事：与电影演员孙道临结婚。"那年他41岁，我36岁，是名副其实的大龄青年。"

20世纪80年代初，我们都是在电影院里看的越剧电影《红楼梦》，那是"重放的鲜花"。

那时，我的初恋女友也是年轻的越剧演员，是上海戏曲学校的学生，是浙江青田老乡。她后来放弃了越剧的事业出国去了，很遗憾，我的初恋也变成了"啼笑因缘"。她如果坚持下去，说不定在上海会成为王文娟的弟子。我印象极为深刻的是，她在老家的乡村广播站录制越剧《红楼梦》中林黛玉《葬花吟》的唱段，就是模仿王文娟的唱腔；徐进编的唱词多好，而王文娟的演唱让它成了经典中的经典：

绕绿堤，拂柳丝，穿过花径；

听何处，哀怨笛，风送声声。

人说道，大观园，四季如春；

我眼中，却只是，一座愁城。

看风过处，落红成阵，

牡丹谢，芍药怕，海棠惊……

这短句、整句构成的好词，如今成了我在大学兼授新闻评论课时讲"言之有文"的教例。当年我自己读大学时，哲学课的论文写的就是"越剧之美"，越剧《红楼梦》是重点之例，论文得分89分，属于较高的分数，我印象很深刻。

当年年轻的王文娟出演林黛玉，当然是个大挑战。王文娟重新认真研读《红楼梦》，有关章节仔细地反复地读，还把不同人物的对话，用不同颜色的笔标出来……也由此，她深深地爱上了林黛玉。

对林黛玉的理解深刻到位，是王文娟准确把握角色的关键所在。王文娟认为林黛玉具有追求自由幸福的理想生活和不满封建礼教的叛逆性格，是一个内心处于自我矛盾中的人物："林黛玉的可贵之处，在于她的感情非常真挚和纯洁，特别是她对贾宝玉的爱情。她要争取自己的理想生活，她的争取，不是去投靠别人，讨好别人，而是用自己的真诚感情去换取真诚感情。由于受到身份教养的约束，她徘徊，她痛苦，对待自己的爱情，内心设想得很大胆，行动上却犹豫难决。但她坚持自己的理想，始终毫不妥协，她的叛逆性格，无疑是黑暗中的一星灿烂的火花……"

王文娟常常说："台上演戏要复杂些，台下做人要简单点。"这就是"认真做事，轻松做人"。千锤百炼，才能修成炉火纯青。而对于自己的艺术成就，王文娟总是那么谦和谦逊："我天生资质平平，无非是肯下一些纯粹的'笨功夫'，如果算是侥幸有所成就的话，只不过是这一辈子没有太多杂念，把有限的能力，全部投入到演戏这一件事情上而已。"她总是那么谦虚好学，客厅里，挂着她亲手写的对联：学如沧海勤舟渡，书似云山曲径通。

就这样，王文娟一辈子只专注地做了一件事——执着追求她所热爱的越剧事业；每当人生道路面临选择时，她始终遵循内心的声音。

回顾一生，王文娟说："人生犹如一杯茶，茶叶在沸水中沉沉浮浮；而流逝的时光就像沸水，在它的冲刷和激荡下，每个人的生命才最终散发出属于自己的清香。"

有先哲说，艺术是唯一能抵抗死亡的东西。艺术表现的动人，一定是从心灵的真善纯洁而来的。王文娟是真正德艺双馨的艺术家。

当年明月在，曾照彩云归。

万众迷越剧，千里共婵娟！

（原载于2021年8月6日澎湃新闻）

黄永玉：
生·老·死

"不要留骨灰，不要进祠堂，我死了之后，先胳肢我一下，看我笑不笑。"曾经如此笑言的黄永玉，永远离开我们了。

著名画家、作家黄永玉，因病于2023年6月13日3时43分去世。以中国人虚岁习惯计算，他活了100岁。

子女黄黑蛮、黄黑妮、李洁琴携孙黄香、黄田敬告："我们尊重他的意愿：不举行任何告别、追悼仪式。"

甚至骨灰也不取回。黄永玉的法律顾问陈汉，是遗嘱执行人及遗产管理人，日前发表声明：

"黄永玉生前最后一份遗嘱明确：待我离去之后，请将我的遗体进行火化。火化之后，不取回骨灰。任何人和机构，包括我的子女、孙子女及亲朋友好，都不得以任何理由取回我的骨灰。我希望我的骨灰作为肥料，回到大自然去。请所有人尊重我的这个愿望。我离去之后，任何人不得办理各种类型的纪念活动，我的家人不得去支持或参加其他人组织的纪念活动。"

黄永玉是一个"鬼才"，一个"老顽童"，一个"无愁河的浪荡汉子"。他把自己活成一部历史，非常旷达，超级可爱，可谓人人都喜欢他。

生得活脱，老得洒脱，死得超脱——这就是我心目中的黄永玉。

A

其一曰：生得活脱。

黄永玉是土家族人，祖籍是湖南凤凰，1924年出生在湖南常德。他是中央美术学院教授，曾任中央美院版画系主任、中国美术家协会副主席。他先后3次获得意大利政府官方授勋，包括最高等级的大十字骑士勋章。

他的笔名是黄杏槟、黄牛、牛夫子。作为画家，首先他以画作名世。他的画，大俗大雅。他追求自由，画画一向比较放肆。他的画作就是调皮、顽皮之作，爱开玩笑，不那么正经，有很多漫画笔法。如此有个性、有特色、不拘谨、不约束，是典型的"活脱"。

黄永玉小时候就是个"大顽童"，不爱读书，喜欢习武，顽皮得不行，屡屡闯祸，老是挨老师的揍，戒尺没有少拍他的巴掌。他有时闯祸后，会逃出去躲在荷塘中的澡盆里，倒是聪明。

少年时代，他留级也创了纪录，在华侨陈嘉庚创办的集美学校，"留了5次级，49、50、51、52组，前后的同学就有几百人"。真是一个"超级留级生"。好在学校有一个大大的图书馆，成了他的乐土，他也因此养成了酷爱阅读的习惯。加上他天赋超众，自学美术和文学，成了大家。

沈从文与黄永玉，两个相差22岁的表叔侄，性格相差挺大，沈从文不善言辞，黄永玉能说会道，他一开口就能说得很生动，而且到老思维都很清晰。

黄永玉的本名是"永裕"，沈从文建议改为"永玉"，这一下子就有了艺术家的气息。

有一次，沈从文对黄永玉说："我一生，从不相信权力，只相信智慧。"

沈从文对黄永玉的教诲是5个字：爱，怜悯，感恩。"他说一个人，第一是要充满爱去对待别人；第二，摔倒了爬起来，赶快走，别心疼摔倒的那个坑；第三，永远抱住自己的业务不放。我自己的成长中，遇到多少对我好的老前辈，他们帮助我，所以要感恩。而怜悯，是对待那些残忍的人。"

事实上，黄永玉的活脱潇洒，是从艰难曲折的经历中超脱出来的，饱含着怜悯的情怀。他自己有着"悲风"的生命底色,"而他的不凡,就是跃出这生命底色的太阳的温暖和灿烂"。

"文革"期间,沈从文难得遇见黄永玉。有一天忽然在胡同相遇,沈从文装着没看到黄永玉,擦身而过的瞬间,他头都不歪地对黄永玉说了四个字:"要从容啊!"面对各种折磨,黄永玉有应对的一招:"……像拿破仑说的'对待魔鬼要采取魔鬼手段'。我就采取'魔鬼手段',解脱一下。"

还有一个"解脱"的手段也挺高明:那时黄永玉一家被赶到一间简陋的小房子里,光线极差,他于是画了一个两米多宽的大"窗户","窗外"阳光灿烂、鲜花怒放……

"我们这个时代好像一个眼口很大的筛子,筛筛筛,好多人都被筛下去了,剩下几个粗的,没有掉下去。"他曾对媒体记者说,"我们是幸运的,漂泊了这么多的地方,都没有死,经过多少你们很难想象的磨难,最后活下来……"

黄永玉说话与作文,总是以幽默为底色,能够化解沉重,让快乐更加熠熠生辉。他希望大家都能过"正常的生活",后来他这样谈"快乐":"大家都过正常的生活,正常的思维,少一些忧愁,那就快乐了。"

B

其二曰:老得洒脱。

黄永玉说,人只要笑,就没有输。他到老都爱笑,可爱得不行。现如今多少年轻人的嘴角两边是往下挂的,不是往上翘的。你不大看得到"老顽童"黄永玉的嘴角往下挂。

黄永玉不仅"少不正经",而且"老不正经",他笑言:"你们都太正经,我只好老不正经。"2009年,黄永玉写了一幅字——"世界长大了,我他妈也老了"。他到老都是一位清醒明智、幽默风趣的老汉,至死都是一位不说假话、善说真话的好汉。

两年前我曾写过一篇"热点热评"《为老当学黄永玉》(详见2021年8月17日

杭州新闻客户端），赞赏黄老"老得可爱"，有关新闻是他的长篇小说《无愁河的浪荡汉子》第三部《走读》付印。那时他身体还挺好的，没想到现在已经驾鹤西去。

　　对一般人而言，年过六旬就算进入老年了，但黄永玉不知啥时候才算"老"。他这样自述：余年过七十，称雄板犟，撒恶霸腰，双眼茫茫，早就歇手；喊号吹哨，顶书过河，气力既衰，自觉下台。残年已到，板烟酽茶不断，不咳嗽，不失眠数十年。嗜啖多加蒜辣之猪大肠，猪脚，及带板筋之牛肉，洋藿、苦瓜、蕨菜、浏阳豆豉加猪油渣炒青辣子，豆腐干、霉豆豉、水豆豉无一不爱。爱喝酒，爱摆龙门阵，爱本地戏，爱好音乐，好书……

　　说是"残年已到"，其实依然厉害得很。

　　作为精通木刻、绘画、文学的艺术家，黄永玉曾创作中国生肖邮票开山之作——庚申年猴，让人过目不忘。成为"百岁老人"之后，他担任2023年兔年生肖邮票的设计，画了一只"蓝兔"，没承想，遭到全网群嘲，甚至吵上热搜，可谓"社死"了一次。人们有说兔子笑容狡黠，不够呆萌；有说兔子蓝皮红睛，透着不吉；甚至大学教授出场批评："兔子颠覆了传统审美，是失败之作。"

　　这些海量的声浪，简直就是网络"软暴力"嘛！黄永玉却是淡定得很，他窝在沙发里，慢吞吞地回应说："我这个兔子大家都会画，祝贺新年而已，谢谢大家！"

　　嗯，拥有这样心态的人，才不会因为网暴而寻短见呢！

C

　　其三曰：死得超脱。

　　"我活一天干一天活，不能工作的时候就死了，死了怎么办呢？跟真正的人民群众在一起。"黄永玉说，"我的骨灰不要了，跟孤魂野鬼在一起，自由得多。不要固定在一个地方。你想我时，就看看天，看看云。"

　　比较搞笑的是，他曾经和爱人以及朋友们半开玩笑半正经地讨论"骨灰怎么办":"我呢,就是说呢,送到火葬场就算了,也不要带东西回来了。"有人认为还是带回来好,黄永玉立马就来了主意:把骨灰带回家,放到水箱里,然后在厕所举行一个告别仪式,拉一下水箱,冲一下骨灰……他爱人反对说:骨灰渣会塞到水管,比较麻烦,那样水管就不通了。于是否定了这个想法,因为"不能用"。

他甚至出"馊主意",说把骨灰分送给朋友,每人分一小包,用来栽花,"因为那个营养,很营养的"。转念一想,也不行,"那个花开得很好的时候,晚上看见有你的影子在里头,有点恐怖,不行"。

"你留一个骨灰在家里,你儿子对它可能还尊敬,你孙子可能还稍微有点珍重,重孙子扔到哪去就不知道了。"他面对媒体记者一本正经地说,"人生就是这样,又不是你一个人死,别人都不死。年年都死这么多人,李太白、苏东坡也没有怎么样,活着的人欣赏的东西不过就是他的文章而已。"

从死亡中超脱出来,可不容易。现在有人说,"人生除了死亡其他都是擦伤",这说明还是没有看透生死,比黄永玉差了一大截。

"行矣且无然,盖棺事乃了",盖棺论定,称黄永玉为"大师"大抵是可以的吧?可是,他毫不客气地拒绝任何大师头衔,"我算什么大师?"据说,在他自印的名片上,没有电话,没有单位,没有官职,只有一个他自创的头衔:黄永玉享受国家收费厕所免费待遇(港、澳、台暂不通用)。我没见过他的名片,不知是真是假,哈哈!

"一个士兵,要不战死沙场,便是回到故乡","传奇"黄永玉,死了连骨灰都不让回家乡,这也是一个"传奇"。相信他去到天堂,一定会更加自由自在,泼墨挥洒,嬉笑怒骂,续写至性至情的来生趣事。

D

黄永玉是率真通透的文化人,他说:"文化之间要互相照耀,而不是互相排斥。我很尊重文化。我们既是文化的创造者,又是文化的欣赏者。"

梁羽生曾称黄永玉为"怪侠";黄霑给他题词"你是个妙人,你是个少年狂";汪曾祺对黄永玉的作品发自内心地赞美:"永玉的画永远是永玉的画,他的画永远不是纯'职业的'画。"

黄永玉曾经为一些文化人的经历感到可惜,"为势位所误,从海洋萎缩成小溪"。如今进入歌舞升平的时代,可是文化界多少人蝇营狗苟,为一点小小名利争来斗去,本来有可能成为小溪的,结果只变成"山涧"——变成"山涧"还算好的,不少成了"水沟",甚至"阴沟"。

黄永玉去世后,留给世人最大的遗憾,应该是他的体量极其巨大的自传体小说《无愁河的浪荡汉子》,没能竣工;这是一个持续了十几年的浩大工程,无法"结顶"了。他是用最传统的方式,一字一字写出来的,没能用电脑打字,速度提不上来,因为他说自己"所有电器只会用手电筒"。其实,他此前自己也已预感到"完不成",但他好像也是"没所谓"。

生得潇洒,死得磊落,一蓑烟雨任平生!今天,我们学习"老顽童"黄永玉,不仅要学他"活"出一种境界,更要学他"死"出一种境界!

(原载于2023年6月16日日本华侨报网)

黄宾虹、吴山明：
大师的相聚

A

"向世界伸开臂膀，准备着和任何来者握手。"这是大师黄宾虹的一句名言。2023年9月26日，"不朽的遗产——黄宾虹与二十世纪中国美术"特展，在杭州市吴山明美术馆开展，展览将持续到11月10日。（据潮新闻客户端报道）

这是一场为庆祝第十九届亚运会在杭州召开、向世界介绍中国艺术的特展。体育盛会，正是体育与文化交相辉映的舞台，大量的文化活动遍布"天堂"杭州，人文气息扑面而来。来自亚洲各国的人士，随时可参观、可参与、可融入，文化交流美美与共。

韵味杭州，诗画江南；人文亚运，薪火相传。大气开放的杭州，"向世界伸开臂膀"，笑容满面地"和任何来者握手"。

B

吴山明美术馆地处钱塘江畔，六和塔旁，近旁有著名的钱塘江大桥、浙江大学之江老校区，之江文化中心、中国美院象山校区也在不远处。到这里可以听涛、观潮、登塔、游校，尤其是可以看展，和大师亲密接触，是妥妥的人文之旅、文化熏陶。

吴山明先生是中国著名美术家、美术教育家，中国美术学院教授、博士生导师，当代中国画坛重要领军者、浙派人物画杰出代表；曾任民进浙江省委会副主委、中国民主促进会中央委员。他1940年生于"书画之乡"浙江浦江；少年时接触黄宾虹、潘天寿、吴茀之等老先生，开启了中国传统书画学习之路；自1955年考入中国美院附中，历本科，度"文革"，领改革，攀高峰，至2021辞世，毕生未曾离开中国美术学院。

吴山明美术馆收藏有吴山明艺术生涯中各个时期的重要作品，包含人物、花鸟、山水、书法、瓷画等作品。2021年6月19日，美术馆开馆，同时启幕"赤子之心——吴山明美术馆开馆暨捐赠作品展"，展览分为"高格写魂""墨意文心""蔼然师者""赤子人生"四大板块，展出了吴山明艺术生涯中各个时期的重要作品，包括早期《小菊》《傣家少女》《饱经风霜的老人》，中期《农家》《风雪牧牛人》《大雪压青松 青松挺且直》，晚年耗时两年完成的12幅大型组画创作《香格里拉》以及《知白守黑——黄宾虹像》等力作。

之后又展出"造化为师——吴山明与他的课堂·教学文献展"，展览分"求学""授业""为道"3个主题板块，展出吴山明绘画手稿文献80余件以及图书著作文献200余件，完整展现吴山明在各个艺术教育时期的教学思考轨迹、个人艺术探索的演进风格，以及对中国水墨人物画教学未来发展的思考。吴山明描绘黄宾虹肖像的作品有多幅，其中代表作《造化为师》入藏中国美术馆。

是的，造化为师！"人不能胜天，是自然；天不能胜人，是艺术。"黄宾虹曾将中国自然风景分为四类典型——浙东山水、蜀江山水、新安山水、桂林山水，并言浙东以瀑布胜，蜀江以屋宇林壑层峦叠嶂胜，新安以黄山白岳胜，桂林以岩洞胜。他热爱山水，足迹所至，遍及名山大川，黄山、泰山、华山、庐山、桂林、罗浮、峨眉，无不登临。

北宋范宽曾说，"师古人不如师造化，师造化不如师心源"，其实自然造化和思想心源都是极重要的。

C

"不朽的遗产——黄宾虹与二十世纪中国美术"特展如今在吴山明美术馆展出，是两位大师的相聚。

黄宾虹（1865年1月27日—1955年3月25日），原籍安徽歙县，生于浙江金华；他不仅是国画家、书法家，而且是金石学家、诗人、艺术教育家，是20世纪中国画承上启下、向现代转型的重要奠基人，是一代宗师。

"不朽的遗产——黄宾虹与二十世纪中国美术"特展，展出了黄宾虹的《叠嶂亭林》《灵峰秋霁》等名作，同时还会集了与黄宾虹有学术关联的书画家及晚辈后学们的作品、手稿和文献，时间的纵轴跨越了宋、元、明、清、近现代和当代。其中书画作品30余件（含复制品），手稿档案和研究类文献200余件。

展览设为"笔墨乾坤"和"学泽艺韵"两大主题板块，同时设有两个特别板块："世界的宾虹——黄宾虹的海外影响"和"黄学的纽带——黄宾虹研究者的往来信件"。

"笔墨乾坤"板块从"师法古人""自出机杼""学脉流芳"3个方面阐述了黄宾虹师法古人、师法造化，从中国画内部寻求突破，终于创造出"浑厚华滋、凝重高古"的独特画风，并影响了杭州国立艺专一大批教师和学生。而"学泽艺韵"板块中的"向黄宾虹致敬"部分，正是吴山明通过深研笔墨、承续传统，与大师黄宾虹对话，回应大师的艺术文脉，向大师致敬。

参观特展，也是在不确定性的时代寻找确定性的历史文化大师。

黄宾虹与齐白石并称"南黄北齐"。齐白石简，黄宾虹繁，对照鲜明，然而都营造出不同凡响的意象之"势"。黄宾虹的中国画，"为二十世纪开一纪元"，然而，"五十年后方识我"，随着时间的推移，人们日渐清晰地看到他的笔法意蕴、墨法意蕴、审美意蕴。

在艺术品拍卖场上，黄宾虹的作品屡创新高，2017年中国嘉德春拍，他的《黄山汤口》以3.45亿元成交。2023年嘉德春拍，他的《画学篇》手稿以2300万元成交。

黄宾虹不仅是国画大师，而且是书法大家，书法与绘画始终伴随一生，并互相滋养，相互融合，以书入画，以画养书，晚岁已臻"人与书画俱老"之境；尤其是小小手札，自然随性、不事雕琢，是为高格。

黄宾虹还是杰出的学者。他毕生致力在理论和实践两个层面探索中国画的发展与转型。他所撰的《古画微》，是专门阐释中国古代绘画之幽微的通史著作，是中国绘画史上的经典读物，是"微见端兆，实名不欺"的典范，贯穿着"以中为主，融汇中西"的画学思想。

黄宾虹站在世界看国家，有很高的认知水平，他曾说："吾国科学，远逊西人，而卓立于世界者，厥为艺术。"他还坚定地说："画者欲自成一家，非超出古人理法之外不可。"

黄宾虹和杭州的不舍相聚，是在他的晚年。1948年，84岁高龄的黄宾虹先生受邀从北平南下，出任中国美院前身杭州国立艺专的教授。来到杭州，黄宾虹先生住在西子湖畔、岳王庙后侧的栖霞岭，1955年3月他在栖霞岭31号的小院与世长辞，如今这里成了"黄宾虹纪念室"，由书法大家沙孟海先生题写。他的遗作及收藏一万余件，全部由家属捐给了国家。

不远处的西湖边，立有一座黄宾虹雕像，是一个戴着老花眼镜的可爱老头，站在西湖岸边写生，你从旁边走过，一定过目难忘。黄宾虹曾作西湖山水画多幅，他有句名言是"愿作西湖老画工"。

D

"不朽的遗产——黄宾虹与二十世纪中国美术"特展，不仅仅有黄宾虹的名作展出，还有研究性成果的展示，以及相关的历史因子。

吴山明先生的夫人、画家高晔对记者说："这个展览，中国美术学院能够把它放在吴山明美术馆来举办，这是一个非常重要的安排。吴山明先生很小的时候就受到过黄宾虹先生的鼓舞，他说'画画好'，还摸了他的头，我们说他是'被黄宾虹摸过头的那个少年'；所以他画了无数的黄宾虹的肖像，表示对他的尊

重。"(据"中国蓝国际"微信公众号9月28日报道)

与黄宾虹大师"向世界伸开臂膀"的心意相通,吴山明在艺术上也是坚持走"以中为体、中西融合"之路,创立了个性化风格的"吴家样"。

作为艺术家,继承性、独立性与开拓性,三者缺一不可。中国水墨人物画,五代石恪开创先河,南宋梁楷推动,之后起起伏伏,创新似乎不多。吴山明的"出古创新",不仅做到了,而且做得很好,尤其是将高超造型与宿墨晕化完美融合,开创了一条融通中西的水墨人物画的崭新道路。

笔墨不仅是中国画的技法,也是中国画的本体。黄宾虹提出"五笔七墨"之说,五笔:一曰平,二曰圆,三曰留,四曰重,五曰变;七墨:浓墨法,淡墨法,破墨法,泼墨法,积墨法,焦墨法,宿墨法。

宿墨早在北宋就被注意到了。所谓"宿墨",是隔夜的墨,是墨分子与胶分子有所脱离的墨,墨性在变性而没有完全变性之间,不易控制,长期以来,少有人用。直到黄宾虹在山水画中破天荒地开发了比焦墨还黑的层次,发挥了宿墨的潜能。

一墨一江山,一笔一风景。黄宾虹对宿墨的开发,给了吴山明极大启发。也是在不断探索中,吴山明发现宿墨除凝重外还有晶莹的一面,如宿墨中的水法、淡宿墨、色宿墨、特殊的水渍美……他曾说:"我喜用淡宿墨,以取其晶莹之特性,并在水法上下了一点功夫,以大水大墨表现大结大化。"他的意笔水墨艺术,追求"帖"的灵动、"碑"之凝重,"结"中有"化"、"化"中留"结"。他清晰地阐释:"宿墨所形成的线、点、面,借助于水的作用,所产生既大结又大化,既凝重又灵动的特殊的艺术效果,呈现出常见的笔墨形式所没有的艺术趣味。因为它具有更多的肌理性、自然性与偶发性。"

艺术灵感需要艺术实践。在20世纪80年代,吴山明去了呼伦贝尔,体验生活,采风画画。"记得有一次在大草原上小憩,主人的小女儿提着奶茶壶,端着一叠碗从帐篷中走出来,突然沐浸在强烈的阳光之中,几乎一半身影被直射下来的阳光融化了,湛蓝的天空、广阔无垠的草原与阳光下的少女所形成的鲜明影像,顿使我产生一种天人合一的永恒之感,我立即在速写用的生宣纸上,以砚中残存的宿墨,和着大量的水,用毛笔,将此难忘的印象记录了下来。"

是的,宿墨,宿墨!"宿墨在水的冲渗下,特别是画头部时用的淡宿墨,竟产生了晶莹的光感,画女孩身上时的宿墨线与块面,又显出屋漏痕味而特别凝重。"吴山明说,"偶得的这种苍润兼有,笔墨痕迹所产生特殊的美感,特别是与生活本身的美的和谐,使我兴奋不已。"从此,吴山明的创作离不开宿墨法,并将其日益发扬光大。

在吴山明的心中,宿墨是单纯的。既知白,又守黑——"知其白,守其黑,为天下式"。他看到,"宿墨中的水法、淡宿墨、清宿墨、色宿墨、特殊的水渍美等,都是前人未能去正面涉足与关注的墨法,而这些恰恰可在人物之塑造中发挥极其华彩的作用"。在宿墨法的"可控与不可控"之间,他独树一帜,化宿墨为神奇,尤其是将水分含量很多的淡宿墨与人物画结合,将之运用得炉火纯青,实现了水墨语言的别开户牖,从而创新性地留下了招牌式的"吴氏印记",将浙派水墨人物画推上了一个新的高度。

"起于一笔,终于一笔",在"五笔七墨"中,相比"笔笔分明",更重要的是"笔笔精彩",吴山明追求的正是"笔笔精彩"。在意笔人物画中,吴山明所创建的"蚕形线",独具审美意趣,展现了融通中西的全新面貌,将淡宿墨的特殊功能和独特美感推向极致。

黄宾虹浓,吴山明淡——两者其实异曲同工。"雨淋墙头月移壁",黄宾虹山水画中,墨色斑驳,黑密见亮,朴厚华滋;而吴山明的水墨人物画,化入了自然氤氲,简率淡雅,轻灵透明,气韵生动,意笔赋神,神形兼备。

吴山明总是平视待人,既非"居高临下"的俯视,亦非"居下临高"的仰视,从而以仁爱之心、笔墨之美,画出人心之暖、人性之美。

体正,气长,格清——画之大者,吴山明也!

E

吴山明画黄宾虹,可见大师天真自在的气质:"黄宾虹沉浸于自然山水中随手记录，犀利眼神四处环顾，不拘一山一水，尽收神韵气象。"

这次展出的一幅吴山明画黄宾虹的《造化为师》，系吴山明赠予浙江作家陈军的藏品，题记由著名作家贾平凹书写，内容为："山明教授为黄宾虹造像，作草图三幅。赠我一幅，赠陈军一幅。陈军所得之头逼真，然我所得之衣著妙。今夜夺教授之美物，实为强盗。教授痛煞，吾辈则狂喜。数百年后，若有人见教授一幅，又得寻平凹陈军，世上宾虹造像真三也。"

那是1996年秋天，也是桂香满城的日子，贾平凹到访杭州西湖，拜会了住在西湖边的巴金老人，造访了站在西湖畔的黄宾虹雕像；他和陈军在大华饭店巧遇吴山明夫妇，于是"南北相会"，到吴山明画室看为黄宾虹造像的《造化为师》，贾平凹和陈军各得草图一幅。虽为草图，亦是佳作，让人过目不忘。后来被中国美术馆收藏的《造化为师》正稿，让贾平凹感慨"真不知这般墨气淋漓的大画，是咋作出来的"。

作家贾平凹也是书画中人，陈军在回忆文章中描述，贾平凹面对窗外一轮满月，轻声叹息道："山明先生是画家中的文学家，自古以文学眼光入画者，必然独立机杼，比同道多一份发现和超越。"

先生当然是先生，吴山明在中国美术学院执教55年，是一位谦逊内敛、宅心仁厚的师者。吴山明老师爱学生，对学生的责任心令人感动，他说："能帮到学生画好，比自己画得好还要高兴！我是真的很尊重每个学生自己的实践的。教师最好是启发学生按照他们自己的路走下去。"他以承上启下的使命感，推动了当代中国水墨人物画教学体系的完善建构，促使中国传统绘画内核与西方写实绘画教学体系相通融。

造化为师，"你浇灌了玫瑰花，所以那朵花才不一样了"。

高格为师，只要"师师而不泥师"就行。

尽管范宽说"师古人不如师造化，师造化不如师心源"，但他的《溪山行旅图》一直是标杆，熏陶了不知多少人。在这次特展上，在悬挂着吴山明《造化为师》的展厅对侧，就是一幅《溪山行旅图》的复制品。《溪山行旅图》被称为"宋画第一"，巨幅画作撼人心弦，画面巍峨高耸，巨障森然，高山仰止，壮气夺人。

我在台北故宫博物院"妙合神离——董其昌书画特展"上看到过《溪山行旅图》的真迹。时在2016年年初，展出的63件书画作品是从院藏300件与董其昌相关的作品中挑选出来的，因为董其昌收藏过《溪山行旅图》。相比于巨幅画作，董其昌题跋"北宋范中立溪山行旅图"几个字未免显得虚弱，当然你说他"似拙实巧"也可以。

古今中外，艺术在本质上都是相通的。

F

吾道至简，重返单纯；冲淡旷达，以墨养情。

吴山明先生曾说："一个人一辈子只要做成一件事就很满意，我，选择了艺术。"由此成就了"你的真实而惊人的存在"。

与黄宾虹先生不同，吴山明赶上了整个"鸟在高飞，花在盛开，江山壮丽，人民豪迈"的时代。即使是在"祖国山河一片红"的年代，他的艺术诗意依然悄然存在。

吴山明不仅是杰出的艺术家、教育家，也是慈善大使，曾被中国民主促进会中央委员会评为"全国抗震救灾优秀会员""全国社会服务先进个人"。

云山苍苍，江水泱泱；先生之风，山高水长。

（原载于2023年10月5日日本华侨报网）

傅聪：
赤子孤独了，会创造一个世界

聆音如颜，傅聪辞世震惊世界乐坛；见字如面，傅雷家书已成一代经典。

2020年12月28日，"钢琴诗人"——世界著名的钢琴家傅聪，因感染新冠病毒，不幸在英国逝世，享年86岁。

真没有想到啊，前面是金基德，现在是傅聪，新冠感染夺走了人类两位杰出的艺术家。生于1960年的韩国导演金基德，于12月11日在拉脱维亚去世，年仅60岁。傅聪向来身体较好，年届八旬仍活跃在世界乐坛，忽然就传来了令人震惊的辞世消息，网络上瞬间刷屏。

20世纪80年代，我们首先通过1981年初版的《傅雷家书》认识了傅雷、傅聪。生于1908的傅雷，是杰出的翻译家、文艺评论家。大儿子傅聪，1934年3月生于上海，在《傅雷家书》中有一张傅聪半岁的照片，小伢儿坐在婴儿车中，笑得迷人，让我过目不忘。

傅雷、傅聪，都是一代精英，都是真正的"赤子"。傅聪从小就呈现了非凡的音乐天赋，三四岁时已经可以安安静静听古典音乐，8岁半开始学习钢琴，1954年赴波兰留学。傅聪有一种中国人特有的纯粹的坚韧的性格，他非常刻苦，每天练习超过8小时。

1955年1月26日，傅雷在给傅聪的信中说："赤子孤独了，会创造一个世界，创造许多心灵的朋友！永远保持赤子之心，到老也不会落伍，永远能够与普天下的赤子之心相接相契相抱！"赤子之心，心无纤尘。赤子傅聪，创造的是钢琴音乐的世界。这一年的3月，21岁的傅聪在波兰华沙荣获"第五届肖邦国际钢琴比赛"第三名。后因为父亲的意外境遇，也为了自己的艺术追求，傅聪1959年起背井离乡，轰动一时；他从此以英国为大本营，只身驰骋于国际音乐舞台。1966年9月3日，傅雷和夫人朱梅馥在无边的平静中一起告别人世，那是真正的"于无声处听惊雷"。他们的选择，都关乎人的尊严，而在心灵深处，则是葆有真正的赤子之心。

《收获》2000年第6期《人生采访》专栏，刊载了香港女翻译家、傅雷所写英文和法文书信的翻译者金圣华教授到英国探访傅聪后所写的文章，标题就是《赤子之心中国魂》，文中说："傅聪令人印象最深刻的，除了他的超卓琴艺与洋溢诗情，就是他那极其恳挚的性格。傅聪是个绝对真诚的人，在他那纯洁无瑕的音乐里，容不下半点真实世界的虚情与假意……傅聪的性格，其实可说是'又热烈又恬静，又深刻又朴素，又温柔又高傲，又微妙又率直'。"

多年来，在我国长销不衰的家书有两种：《曾国藩家书》和《傅雷家书》。《傅雷家书》首先是家教之书。傅雷是严肃严谨到十二分的人，为了培育好家风，他的家教极严。那种严厉，打下了深深的时代烙印，今人通常恐难承受。傅聪谈起钢琴，关键词是"神圣"，他常常形容自己是音乐的奴隶，每一次上台前情绪都紧张，上台之时的心情是"从容就义"，是"抱着走钢索的心情上去，随时准备粉身碎骨"。这大概和早年受到父亲严厉的管教有一定关系。

其实傅雷自己的精神状态也不是普通人的精神状态。傅雷对待儿子，从严厉到慈爱，从专制到平等，有个发展变化的过程。

傅雷家风底色，是东西方文化的融合；其家教底线，乃是平凡而重要的"先做人"。先做人，然后才做艺术家，才做音乐家，才做钢琴家。这，就是"立人教育"。1965年5月18日，傅聪在给父母的信中说："我一天比一天体会到小时候爸爸说的'第一做人，第二做艺术家……'，我在艺术上的成绩、缺点，和我做人的成绩、缺点是分不开的。"

"做人"是基础，是本质，是前提，是带头的"1"，"1"之后才跟着一个个把"1"撑大的"0"。那么"做人"究竟是做什么样的人？最集中的答案，其实就是"赤子"二字。唯赤子方有伟大的人格。赤子傅聪，德艺具备，人格卓越。

著名女钢琴家阿格里奇的艺术基金会在转发傅聪离世消息时说："我们将永远记住他，他是一位具有伟大人格的伟大音乐家。"

《傅雷家书》亦是谈艺之书。傅雷毕竟是非凡的文艺评论家，艺术造诣极为深厚，家书中处处可见他的艺术见解。傅雷说："艺术表现的动人，一定是从心灵的纯洁来的！不是纯洁到像明镜一般，怎能体会到前人的心灵？怎能打动听众的心灵？"傅雷认为："做艺术家一定要做第一流的，做二流、三流的艺术家是很痛苦的。"所以他希望把傅聪培养成为第一流的音乐家。

"一个人没有性灵，光谈理论，其不成为现代学究、当世腐儒、八股专家也鲜矣！"傅雷说，"成就的大小、高低，是不在我们掌握之内的，一半靠人力，一半靠天赋，但只要坚强，就不怕失败，不怕挫折，不怕打击。"为人为艺，很可怕的是"两知"出问题，一是认知错误，二是良知缺失，这在傅雷那里是决不允许出现的。

傅聪1958年1月8日给父母的信中说："除了音乐，我的精神上的养料就是诗了。还是那个李白，那个热情澎湃的李白，念他的诗，不能不被他的力量震撼；念他的诗，我会想到祖国，想到出生我的祖国。"这就是赤子的艺术追求和家国情怀。

傅雷傅聪父子俩，毫无疑问都是艺术完美主义的追随者。1956年傅聪和父亲谈音乐时说道："艺术的境界无穷无极，渺小如我，在短促的人生中永远达不到'完美'的理想的；我只能竭尽所能地做一步，算一步。"金圣华这样评说："父子二人在艺术天地中，对学问的追求与交流，如高山流水，泉声淙淙，清冽而甘芳。"傅聪1960年在英国结婚，妻子弥拉·梅纽因，是小提琴大师耶胡迪·梅纽因的女儿。金圣华翻译了傅雷致梅纽因夫妇的多封信函，其中有一封提到傅聪"对自己演奏成绩，尤其是灌录成绩，总不满意"，那种追求完美的精神，留给我深刻印象。

傅雷认为，东方的智慧、明哲、超脱，要是能与西方的活力、热情、大无畏的精神融合起来，人类可能看到一种新文化出现。在傅聪身上，我们多少看到了这样的融合。

我的书柜里有一套安徽文艺出版社1998年出版的《傅雷译文集》(精装本，共15卷)，这是荣获第一届国家图书奖的书籍。傅雷的译笔优美流畅，译文神似原文。其中第7卷是《约翰·克里斯朵夫》的第一册，页首是傅雷的著名的"译者献辞"："真正的光明决不是永没有黑暗的时间，只是永不被黑暗所掩蔽罢了。真正的英雄决不是永没有卑下的情操，只是永不被卑下的情操所屈服罢了。所以在你要战胜外来的敌人之前，先得战胜你内在的敌人；你不必害怕沉沦堕落，只消你能不断地自拔与更新……"

这是傅雷在20世纪30年代所写下的献辞，现在读来仍然让人心潮澎湃。

——赤子孤独了，会创造一个世界。

面对疫情在这颗蓝色星球上的起起伏伏，我的一位好友说：世界快点好起来吧！

（原载于《芝田文学》2021年第2期）

乔羽：
难忘今宵

可爱的"老顽童"乔羽"乔老爷"，很喜欢"喝一杯"，而且始终都把握得挺好，不会醉到云里雾里。到了80多岁，因为突发脑血栓，"乔老爷"进了医院，被告知不能再饮酒，他感觉天都塌了。一天护士小姐来给他输液，"乔老爷"笑眯眯地说："给我换个液输。"护士问他要输什么液，他笑言"五粮液"……

2022年6月20日凌晨3时，著名词作家、剧作家乔羽因病在北京辞世，享年95岁。不管是不是"五粮液"，他都输不成了。

乔羽一生创作了1000余首歌词，有"词坛泰斗"之誉，在文艺界被尊称为"乔老爷"。《让我们荡起双桨》《我的祖国》《人说山西好风光》《牡丹之歌》《思念》《说聊斋》《难忘今宵》《夕阳红》《大风车》《爱我中华》等经典作品的歌词，都出自他的手笔。在剧作方面，他创作了《刘三姐》《红孩子》《杨开慧》等多部优秀作品。乔羽曾任中国歌剧舞剧院院长、中国音乐文学学会主席、中国社会音乐研究会名誉会长、第八届全国政协委员等职务。

乔羽原名乔庆宝，1927年生于山东济宁。幼时家庭拮据，幸好他有个好父亲，使他在4岁时就能阅读《三字经》《百家姓》《千字文》；他很早就读过格律诗、乐府和古今民歌，高中期间还当过小学教员。1946年，他离开家乡去了太行山，进入晋冀鲁豫边区的北方大学学习，开始在报刊上发表诗文，还写过秧歌剧。

行万里路的乔羽，阅历不是一般人所能拥有的。他形容自己的童年是在"中华民族到了最危险的时候"中度过的，民族的危亡感，像一座大山一样压在一代中国人的心头。他在秘密奔赴太行山时，恰逢大雨，全身透湿，于是想改名为"乔雨"，又觉得"雨"字太俗，不如"羽"字有意思，于是改名为"乔羽"："中国古代的关羽、项羽人都不错，还有写《茶经》的陆羽，现在又有个乔羽。"

"让我们荡起双桨，小船儿推开波浪；海面倒映着美丽的白塔，四周环绕着绿树红墙……"陪伴了几代人童年的歌曲《让我们荡起双桨》，是1955年拍摄的新中国第一部儿童故事片《祖国的花朵》的插曲，由乔羽作词，刘炽作曲。2019年6月，不朽的歌曲《让我们荡起双桨》入选"庆祝中华人民共和国成立70周年优秀歌曲100首"；进入新世纪，《让我们荡起双桨》入选北师大版小学三年级语文课本。

到了第二年1956年，电影《上甘岭》在拍摄，导演沙蒙同样邀请乔羽、刘炽为电影作词、作曲。插曲《我的祖国》，成为"经典中的经典"。乔羽本想给歌起名为《一条大河》，发表时被编辑改成《我的祖国》。乔羽当年是"三十郎当岁"，他一开始想破脑袋都想不出歌词怎么写。有一天，在无比苦闷中他出门散步，来到一条孩子们在戏耍玩水的小河旁，灵感突然迸发，"一条大河波浪宽，风吹稻花香两岸……"，歌词喷涌而出！许多电影或许你已不记得了，但电影插曲却一直在唱——这，就叫经典。

进入改革开放的伟大时代，乔羽的创作激情不断喷涌。如今每年央视春晚结束时都会演唱的《难忘今宵》，歌词就是他创作的。那是1984年的春晚，总导演黄一鹤突然觉得需要一首与整台晚会相衬的歌曲，就请乔羽现写一首。乔羽凌晨3点接到任务，凌晨5点就交了稿，这就叫"倚马可待"。想到大年三十是家家户户阖家团圆的日子，乔羽一气呵成："难忘今宵，难忘今宵，无论天涯与海角，神州大地同怀抱，共祝愿祖国好，祖国好……"

写出经典歌曲很难，作词与作曲两者都得强；事实上，歌词是很容易露馅、露怯的。很长时间里，我们许多好歌曲，都是曲调旋律胜过歌词。行进在时代的序列中，"乔老爷"众多的歌词里，有的同样有着不可避免的时代局限。然而，他的经典歌词，思想性与艺术性并重，你还真找不到多少缺陷。

乔羽作词，如古人书法作品中的信札，没有表演感，更无做作感，心之所思，兴之所至，如行云，似流水。他曾说："我素来不把歌词看作是锦衣玉食、高堂华屋，它就是寻常人家一日不可或缺的家常饭、粗布衣，就是虽不宽敞却也温馨的小小院落。说到底，写歌词要从自己的经历出发，没有真切体会是写不出好歌词的。"所以，他不故弄玄虚，而是语言鲜活，生动易懂，朗朗上口，与读者有共情，与听众能共鸣。

典型如1988年春晚谷建芬作曲、毛阿敏演唱的《思念》，乔羽所写的歌词是这样的亲切美好："你从哪里来，我的朋友？好像一只蝴蝶，飞进我的窗口……"央视《夕阳红》栏目主题曲："最美不过夕阳红，温馨又从容；夕阳是晚开的花，夕阳是陈年的酒……"还有《爱我中华》的歌词："五十六个星座，五十六枝花，五十六族兄弟姐妹是一家……"在作曲的加持下，他的歌广为传唱，百听不厌，不会过时。

而当今一些歌曲，才华不够，胡诌来凑，比如某电视剧有一首主题歌，写的歌词竟然是"须臾的年风干泪痕"——"须臾"和"年"的搭配不知所云；还有"凉凉天意潋滟一身花色"——这里每个词分开来看你都懂，拼凑在一起就莫名其妙，"潋滟"是水波流动，"天意"怎么就"潋滟"了"花色"？这是东施效颦，"古风变抽风"，让人看了心里直凉凉。

难忘乔羽，难忘今宵。生当快乐，死亦安详。大师写的经典歌词，永远留在一代代听众的心坎中。致敬"乔老爷"，天堂里一定会有美好的歌词、美妙的旋律！

（简版原载于2022年6月22日《杭州日报》）

坂本龙一：
音乐大师中国缘

A

艺非技巧，实属心灵。在音乐作品中，最富有价值的部分，一定是普遍技巧之外的个性成就。有个性之激情，才有音乐之生命。

坂本龙一就是这样一位音乐大师。从1952年1月17日在东京出生，到2023年3月28日因罹患癌症在东京的医院中辞世，他在人世间度过了71年。他的极富个性特色的音乐作品，将永远留在人类世界。

清明节，我写文章第一个怀念的人，就是坂本龙一。"万物生长此时，皆清洁而明净"，人物长辞人间，亦可清洁而明净。中国影星周星驰发文悼念，心中的千言万语凝聚成一句"can't let you go"——不能让你走！

此前，4月3日那天，在中国外交部例行记者会上，有记者问：坂本先生热爱并尊重中国历史文化，曾为荣获奥斯卡金像奖的中国影片配乐，关心支持中国的抗疫事业，身体力行抱病参与中日文化演艺交流活动，因此广为中国各年龄段民众熟知和热爱。发言人对此有何评论？

发言人毛宁说，坂本先生是享誉国际的作曲家，其音乐作品文化内涵丰富，传递人文关怀，感动人们心灵。坂本先生热心中日人文交流，创作了不少包含中国元素的优秀音乐作品，他以实际行动为两国友好交流做出了贡献。"国之交在于民相亲，希望更多的中日有识之士继往开来，积极投身到促进中日友好事业中来。"

B

坂本龙一是个音乐天才,而且"我就是我,是不一样的烟火"。他早年的经历,即人生的"第一乐章",一直被人津津乐道:

幼时的他,在幼儿园所作的一曲《小兔之歌》,使他头一回强烈地体会到"音乐带来的强烈冲击";念小学时,他"随波逐流",学起了钢琴与作曲,但是给"我的志愿"所填的竟是"没有志愿";到了中学,他非常叛逆,变成一个"彻头彻尾的愤青",罢课抗议、游行示威,一度甚至连音乐都拒绝学习了,差点"半途而废";可正是这次"拒绝"带来的虚空,让他"因祸得福",使他意识到"自己原来是如此喜爱音乐啊"——这里的"啊"可以重复拉长无数次。

语言无法到达的地方,音乐可以抵达。坂本龙一说:"我想制作我死了以后还会有人听的音乐。"作为一位让人尊崇的日本音乐家、艺术家,坂本龙一的音乐作品自1987年传入中国至今,备受中国听众喜爱。

此刻,我就是一边听着坂本龙一不朽的代表作《圣诞快乐,劳伦斯先生》,一边在写作的。

整整40年前的1983年,在大导演大岛渚执导的反战影片《圣诞快乐,劳伦斯先生》(中文亦译为《战场上的快乐圣诞》)中,坂本龙一头一回为电影配乐。影片故事发生在1942年爪哇日军战俘营——大岛渚以东方视角,通过透视战俘营里的同性行为来透视战争与人性,是一部让人过目难忘的好电影。

其实,坂本龙一一开始是作为演员被大岛渚选中,出演男主的。年轻的坂本龙一,表演深沉而到位。然而,作为一位才华横溢的作曲家,他毛遂自荐为电影配乐,没承想"一曲成名天下知",许多中国人可能没看过这部电影佳作,但反复听过这部音乐杰作,被那朝气蓬勃的充盈活力所感动。

音乐是有声的画、无字的诗。坂本龙一总是那么谦逊,没想到他这样评价配乐《圣诞快乐,劳伦斯先生》:"我觉得它作为音乐还不错,但作为电影配乐其实并没那么好,太高调了。它甚至不需要画面就已经自成一体了,这反而说明作为电影配乐其实不太好。"他甚至认为,"电影也不是非有配乐不可"。

坂本龙一的配乐细腻、敏感，是从心里流出来的那种。他对声音、音乐之美，有着极致的追求和追寻——追求是精神层面的，追寻是实践层面的。

C

语言多羁绊，音乐即自由。坂本龙一的音乐，是在自由驰骋了全世界音乐之后的驰骋音乐的全世界。歌德曾说："大自然创造了花卉，把它们编成花环的是艺术。"这就是艺术的魅力。

如果说为宫崎骏电影配乐的久石让是明媚的、纯真的，如果说以一首《星》就能征服全中国乐迷的谷村新司是深情的、真挚的，那么，坂本龙一的音乐，则是丰富的、广阔的、自由的、富有个性的——听他的曲子，尤其会想到印象派的德彪西，他简直就是德彪西的转世。

时至1986年，正因为《圣诞快乐，劳伦斯先生》惊艳了音乐世界，坂本龙一被意大利杰出导演贝纳尔多·贝托鲁奇看中并看重，成为电影《末代皇帝》的3位配乐之一。

这是轰动电影世界的"实至名归"：在1988年3月16日举行的第六十届奥斯卡金像奖颁奖礼上，《末代皇帝》创下了包括最佳影片在内的9项提名、9项获奖的"百分之百获奖"的非凡纪录。其中"最佳原创配乐"和"最佳音响"两项大奖，为影片大大地加分添彩。坂本龙一和戴维·伯恩、苏聪一起，荣获了"最佳原创配乐"，捧起了金光闪闪的小金人。

在影片中，坂本龙一的配乐分量更多一些，共有9段，都和影片画面丝丝入扣、浑然天成，其中的代表作是"溥仪登基曲"。坂本龙一说，日本离中国很近，所以中国音乐对日本音乐家来说并不遥远，很容易吸收。

"中西交融，引商刻羽"，由于坂本龙一本身就是"融合西东"的音乐人，"处在中间的位置"，所以配乐既充满东方色彩的神秘，又贯通西方音乐的魅力，呈现出东西方文化撞击之后水乳交融的神奇效果。如今是"融媒体"流行，当年是"融音乐"闪光。坂本龙一的电影音乐之所以个性鲜明、极具辨识度，与

"融合"二字紧密相关。

《末代皇帝》是第一部得到中国政府许可，能够在紫禁城内拍摄的故事片，它是电影史上的一部巅峰之作。

多才多艺的坂本龙一，还是个优秀的表演艺术家。在《末代皇帝》里，他出演了甘粕正彦——这个法西斯分子，是伪满洲国警察最高头目，"统治'满洲国'的，白天是关东军，夜里是甘粕正彦"。

正是在拍摄《末代皇帝》时，坂本龙一第一次来到中国，待了一段时间。他记得当年北京自行车的声音。"那时候中国的社会面貌和人民生活状态，都让我很有兴趣。"坂本龙一后来接受中国媒体采访时回忆道，"特别是长春……我还记得应该是现在的长春大学那儿，有一条主干道叫作斯大林大街。第一次接触作为社会主义国家的中国，让我觉得很有趣。"

那时为了给电影配乐，他需要钢琴，发现并不容易找到。他打听到了当年"满洲电影协会"的片厂——正是甘粕正彦干过的地方，"我在那儿见到了一位七八十岁的老人，他曾是电影协会里的乐团长笛手，非常了解甘粕正彦，也给我说了很多往事，这种历史向我走来的感觉，让我不禁有些发怵到起鸡皮疙瘩"。他们帮助坂本龙一找来了一架钢琴，令他写完了那支配乐。他请中国的乐手进行演奏，尽管彼时他们都不太熟悉坂本龙一的"表现主义音乐"，"不过最后还是顺利完成了"。

国之交，民相亲。从那时起，坂本龙一与中国结缘。

D

坂本龙一第二次来中国，是在1996年，是到北京保利剧院演出。他由此结识了中国第一代电台DJ和俱乐部DJ张有待，一直保持着友情。

不幸的是，2014年坂本龙一被诊断出患有咽喉癌三期，音乐生活不得不按下了暂停键。他本来期待能到中国来开大型演奏会的，但"体力不允许了"。之后又罹患直肠癌并转移，晚年时光，他一直在与病魔作抗争。

2018年，身体稍有恢复，应好友张有待之邀，坂本龙一来到中国，抵达北京。他参观了美术馆，并在九霄俱乐部举办了一场小型演出，与常静率领的群仙乐队、朱哲琴等中国艺术家交流。他在现场使用的那架钢琴，有点走音。钢琴走音不要紧，人不"跑调"是最重要的。

音乐家是用声音来理解世界的人。2019年，著名对谈节目《十三邀》主持人许知远，前去采访了坂本龙一，访谈的对话，温暖而亲切。许知远特意在北京街头录了一段声音，放给坂本龙一听，坂本龙一那一刻欣喜的表情如同遇见知音。

之后是"一衣带水，隔洋相望"，新冠疫情把人给隔远了，坂本龙一却把心拉近了：2020年2月29日晚，身在美国纽约的坂本龙一，在线上为中国人民做了一场长达半小时的特别演奏，为中国祈福，为大家早日战胜疫情加油打气。有一个吊钹上，印着"中国武汉制造"的字样。末了，他不忘用中文说："大家，加油！"这就是"山川异域，日月同天"。此外，坂本龙一还默默地做了一些和中国有关的慈善活动。

确实，"爱音乐的中国人，都爱坂本龙一"。在2021年3月20日——"国际幸福日"那天，北京木木美术馆展出了"坂本龙一：观音·听时"，这是一个规模大、研究型的特别展览，结合声音艺术作品，呈现坂本龙一过去20余年来的重要创作，还有特别为本次展览创作的特定场域装置。在这里，观众不仅可以睁开眼睛看，而且可以打开耳朵听。

"从几年前起，我便开始计划此次在北京的大规模展览。我原本是要亲自去北京布置作品，迎接展览开幕的。"坂本龙一说，"但由于一场突如其来的疾病，我接受了一次大手术，并因为并发症开始了长期住院疗养生活，为此不得不放弃了北京之行。这对我而言是极其遗憾的事。"

坂本龙一有一个非常有名的作品是"海啸钢琴"——2011年东日本大地震海啸的冲击中，有一架被福岛海啸的水浸泡过的钢琴，他说这是"被大自然调过音的钢琴"，而走音却是钢琴最自然、最放松的状态。

"艺术千秋，人生朝露。"2021年，坂本龙一为许鞍华执导的电影《第一炉香》配乐。该片改编自张爱玲的小说，由王安忆编剧。与中外合作电影《末代皇帝》有所不同，这是坂本龙一首次为纯粹属于中国本土的电影配乐，这也成了他在生命最后阶段的作品之一。

业内人士对这部电影的评价似乎比较一般，但评价音乐"远超常规水准"。2022年7月，在第四十届香港电影金像奖中，不出意料获得了最佳原创电影音乐奖——与坂本龙一荣获无数多的国际大奖相比，这是一个"小奖"，但也证明了坂本龙一一直宝刀不老。

E

音乐不仅要观照心灵，也要观照现实。"音乐宽广如海洋，我的声音是小岛"，音乐之外，坂本龙一还是一位和平主义者、环保主义者。到了四十不惑的岁数，他意识到"自己也是自然的一部分"；他爱读中国的《老子》，因为"老子是一位重视生态环境的哲学家"。

他主张"非战（no war）"，他认为"自然唯一的敌人就是人，人类对于大自然来说就像是患了癌症"。他不仅围绕着这样的主题进行创作，还投身于实际行动中。"环境问题让我对未来悲观"，他强烈地感觉到有重大的责任去减少这些问题，"哪怕我能做的不多，但也比不做要强"。2011年福岛核电站泄漏事故发生后，他不顾危险，前往那里为灾民演奏音乐，表达了他的环保和反核立场。

"坂本"之根本，就是对自然、对人类、对艺术之爱；"龙一"之第一，就是世界级的至高站位，无论是作为音乐大师，还是作为和平主义者、环保主义者。

在《末代皇帝》中饰演"最后一位皇后"婉容的陈冲，撰文悼念坂本龙一，准确评价了坂本龙一的"激情"一生："我怀念坂本龙一，并不是因为我们的生命轨迹在某个时空有过短暂的交错，而是因为他是一位难得的艺术家，他永远在虔诚地探索并勇敢地拥抱自身内外的变化——新的声音、新的思想、新的感知。他的创作激情一直燃烧到最后。"

高山峻朗，大河入江，回溯一生，荡气回肠——有着不一般的中国缘的坂本龙一，安息！

（原载于2023年4月6日东瀛面面观微信公众号）

高迪：
建筑艺术领域的伟大、杰出、非凡、永远

伟大的建筑艺术，杰出的世界遗产，非凡的工匠精神，永远的大师高迪——这说的是西班牙巴塞罗那的圣家堂，一座世界上唯一尚未完工就被列入世界文化遗产名录的著名建筑。当地时间2021年12月8日晚7点50分，在举办亮灯仪式之后，圣家堂首次点亮了第二高的圣母塔顶上的一颗十二角星，标志着该塔完工。这颗"伯利恒之星"，重5.5吨、点到点长7米，圣家堂称它会"带来光明和希望"。因为时差，在后半夜两点多，我握着手机收看澎湃新闻的直播；当看到那颗星亮起来的时候，不知道多少人都不自觉地"哇"了出来！

圣家堂是西班牙著名建筑大师安东尼·高迪的遗作，始建于1882年，到2021年已经修建了整整139年；它占地面积4500平方米，全面完工后可容纳1.4万人。原预计于2026年即高迪逝世100周年之际竣工，但因为疫情等原因，计划一再推迟。

圣家堂延续了新哥特式建筑的设计风格，那一个个高耸入云的尖塔，是"天与地的竞赛"。按照高迪最初的设计，圣家堂将拥有18个尖顶，迄今完成了一半——9个。其中12个尖顶代表12使徒，4个代表大福音书作者（马太、马可、路加、约翰）；1个为圣母玛利亚之塔，就是现在亮灯的第二高塔，高达138米；最高的则代表基督耶稣——最高塔一俟建成，圣家堂终极高度将达172.5米，超过梵蒂冈的圣彼得大教堂，成为世界上最高的教堂，将永久改变巴塞罗那的天际线。

圣家堂的建设经历了风风雨雨，建建停停，停停建建。时间持续这么长，

其实也成了佳话：除了战争等历史原因，精益求精的工匠精神，是圣家堂建了一个多世纪都没有完工的关键。他们慢慢打磨，不急于求成，一定要把高迪的设计完美地呈现。

高迪是西班牙历史上最伟大的建筑大师。他生于1852年6月25日，在1926年因遭遇车祸不幸去世。他的出生地是加泰罗尼亚大区塔拉戈纳省一个名为雷乌斯的小镇，他是家里5个孩子中最小的一个。他的家族属于手工艺世家，祖父家是铜匠，外婆家是铁匠，他父亲是锅匠，工匠精神早已流淌在血液里。高迪总是沉默寡言，他不善交际，而且一直单身。他喜欢独自工作，默默钻研；他爱阅读，也爱自然，他相信："有一本伟大的书，它就打开在那里等待着我们全心去阅读，那就是自然。"在台湾翻译出版的《神圣艺术》（阁林国际图书股份有限公司，2014年10月初版）一书中，用4个页码来介绍高迪和他的圣家堂，其中突出讲到高迪在建筑中师法自然的艺术特征（详见该书第732—735页）。

西班牙，尤其是西班牙的巴塞罗那，为拥有高迪而无比骄傲，因为高迪为之赢得了无上荣光。高迪的建筑作品中，竟然有7项被联合国教科文组织列为世界文化遗产，同时有17项被西班牙列为国家级文物，其成熟期的大部分作品都集中在巴塞罗那，而巴塞罗那的圣家堂成了高迪的"标签"。

1882年，圣家堂刚开始建设时，首任建筑师是高迪的老师比利亚尔，并非三十而立的高迪。建了一年之后，比利亚尔因故辞职不干了，年仅31岁的高迪获得了这个难得的机会，出任首席建筑师，从此圣家堂的建设就一直陪伴着他，直到他生命的最后一刻，前后历时43年，但在高迪有生之年仅完成不到四分之一，包括一个立面和一座钟塔。那个中央正门的立面，上面有"天使报喜"，那是刻画基督诞生场景的雕塑。

高迪是建筑天才，他的作品不仅仅是带来一场视觉上的盛宴，在令人称奇的造型背后，有着缜密的设计逻辑，有着理性的结构思考，他精益求精地将艺术与技术熔于一炉。高迪建筑设计的名言是"直线属于人类，曲线属于上帝"，圣家堂的建设几乎汇集了他各个时期独特的建筑风格，将哥特式教堂的特点与新艺术风格的曲线结合在一起。在建构上，他创造性地提出了一种全新的结构形式，从而使整个圣家堂内部宛如一座梦幻森林，林立的石柱如同密布的大树，分叉的枝丫从柱顶伸出，承接着如片片花朵般的双曲面结构拱顶，阳光进入，五彩斑斓，绚丽夺目……2018年金秋，我曾进行西班牙文化之旅，第一站来到巴塞罗那，就被圣家堂深深震撼。

圣家堂是巴塞罗那的地标，1992年巴塞罗那奥运会，让许多未到现场的世界各国公民熟悉了它。英国DK公司编著的《伟大的建筑：图解世界文明的奇迹》（北京美术摄影出版社2014年5月第1版）一书，选介了全世界最经典的53座地标建筑，其中用6个页码图文并茂地详细介绍了圣家堂："这座教堂气势非凡，而风格特立独行，对空间、形式、结构和装饰的把握都充满了创意……教堂的尖顶纤细高耸，通体镂空雕刻，轮廓独特，气势雄伟，矗立在巴塞罗那市中心，令人过目难忘。"（详见该书第180—185页）

在《有生之年非看不可的1001座建筑》（欧文主编，中央编译出版社2014年10月第1版）一书中，这样评价："这座20世纪教堂展现了高迪的表现主义想象力，通过许多视觉象征标志表达了基督信仰的神秘之处……即使尚未完工，圣家堂仍然是一个建筑奇迹。当高迪的愿景被实现时，它必然是一部杰作。"（详见该书第392页）

建筑的多样性，源于世界各地多姿多彩的文化传统。从古典到哥特，西方建筑的风格一脉相承，几成传统，富有特色。高迪是在秉承传统的基础上，进行最具特色的独特创新。

学者张一梦在《一本书读懂安东尼·高迪》中，对高迪代表作品进行了解析，从高迪第一个重要作品文森之家，到巴特罗之家，再到米拉之家；从古埃尔（亦译作"奎尔"）庄园，到古埃尔宫，到古埃尔公园，再到古埃尔工业园区教堂，最后就是伟大非凡的圣家堂。对于圣家堂的设计建设，作者认为，高迪的结构方案即使以今天的技术来看，也是一项相当有难度的工程；"创新的结构与象征性的装饰紧密结合在一起，高迪的想象力在他的时代无疑是超前的"。

在西班牙文化之旅中，我们重点看了一家、一园、一教堂，即巴特罗之家、奎尔公园、圣家堂，我的感慨就一句话："高迪啊高迪，真的爱死你！"在巴特罗之家,当时我实在有点想不明白,这是怎么造出来的房子,充满了童话色彩,那么可爱——要知道,生活中的高迪是那么自律隐忍的人,几乎不苟言笑,可他营造出来的"之家",却洋溢着天真、浪漫、温柔、甜蜜、热情、温暖,有论者说,他应该是把内心最柔软的部分搁在了这里。

与我们所说的"魔鬼就在细节中"不一样,德国现代主义建筑师路德维希·密斯·凡德罗有句名言是——"上帝就在细节中",意思是建筑的方方面面,乃至最微小的细节,都是至关重要的。异想天开的创意、富有美感的设计,要一一落实到建筑的细节上。高迪对细节的认真态度,令人敬佩。比如制作门把手,他运用人体工学原理,先用黏土捏出造型,再用黄铜浇筑而成;做椅子也一样,先用黏土做出一个舒服的模型,然后再用橡木制成真椅子。这就是高迪的"一把椅子造两次",可不是"空椅子"式的想象。

建材当然很重要,圣家堂的石料都取自当地独有的蒙特惠奇砂岩块,但随着采石场的永久关门,圣家堂无料可用;为了不损坏整体颜色效果,他们从全世界寻找最接近的石材,有来自世界各地36个不同采石场的石头被运送到这里,进行精心选择、精细加工后派上用场……

圣家堂从外立面到内部的空间,细节之繁多,简直空前绝后。然而在高迪的引领下,一代代艺术家和工匠们一起,就是将其建构打造得无与伦比,应该是高迪不朽的精神在源源不断地激励着他们。

看老照片,知道高迪长得很帅,就是有点严肃。"要么是天才,要么是疯子",这是高迪从巴塞罗那建筑学校毕业时校长的评语。高迪其实并不是一个传统意义上的好学生,他从小只学习那些自己感兴趣的科目,几何、绘画、建筑等方面他兴趣盎然,而许多不感兴趣的科目则"挂科"。天才从来是某一方面的天才,不是样样都拿高分。有兴趣,有热爱,才能有成长。

生活的最高境界是艺术,而艺术的最高境界是信仰。从15世纪末到16世纪初,西班牙完成了国家的统一,逐步成为欧洲的强国,开始了文艺复兴的时代;到了19世纪,则是西班牙逐渐取得世界影响的时期。相比于文艺复兴三杰之一的米开朗琪罗的时代,高迪所处的时代要更加自由。他设计建造圣家堂,是典型的"从心所欲不逾矩"。"从心所欲"是艺术创新,"不逾矩"是宗教信仰。他把虔诚的信仰的力量,全部倾注到了这座圣殿中;那43年里,他大部分时间都住在教堂的工地上。艺术创新的灵感不断涌动,汩汩而出。在他看来,建筑就是雕塑、交响乐,也是绘画、写诗,所以他的建筑有了多元素的融合。信仰、自由与艺术的叠加,成就了圣家堂。从任何意义上看,它都是世界上独一无二的。

伟大的艺术作品是高贵的,能够让人的心灵经由物质进入真理。当有人看到圣家堂进展缓慢,问他何时能完成,高迪说:"我的'客户'并不着急——上帝有的是时间。"1926年6月7日的黄昏,高迪完成了在圣家堂的一天工作后,在路上仍然思考着圣家堂的设计,不幸被飞驰而过的电车撞倒;当时穷困的高迪衣衫褴褛,还被误认为是个乞丐,血迹斑斑的他仅被拉到附近一家医院进行简单的治疗,3天后孤独地辞世,享年74岁——他的"时间"就这样没了。直到下葬那天,才被一位老妇人认出;后来他被转葬至圣家堂的地下墓室中,长眠于自己未完成的伟大作品中。

幸好,高迪生前就深知圣家堂是一个浩大的工程,在自己有生之年难以完成,所以他制作了教堂各个部分的设计图,还有大量缩小比例的建筑模型;以此为凭依,后续的建筑师充分了解他的天才构想,从而实现他的绝世宏愿。中国的曹雪芹著《红楼梦》未完工,但他未能留个详细的大纲给后续者,后人也只好"狗尾续貂"了。

非凡的工匠精神,在东西方其实是相通的。比如同为世界遗产的我国四川乐山大佛,开凿于公元713年,历时90年才告完成。"佛是一座山,山是一尊佛",佛像高达71米,是世界最高的大佛,其中鼻长就达5.6米——光一个鼻子就相当于现代住宅两层楼高。90年接近一个世纪,需要子子孙孙多少代锲而不舍的持续努力!这样的执着,就是最可宝贵的工匠精神的精魂。

"书痴者文必工,艺痴者技必良。"工匠制造器物,而工匠精神就不仅仅是物的制造,必须有精神,有信仰,有思想,有文化,有内涵,有追求,有创造,有责任,有担当。高迪和圣家堂的奇迹,对于今天的我们,有着深远的启示、无穷的启迪。

高迪是伟大的,是杰出的,是非凡的,是永远的。

在此,借用著名作家乔治·奥威尔的名著《向加泰罗尼亚致敬》的书名——向加泰罗尼亚致敬,向高迪致敬!

(简版原载于2021年12月13日《杭州日报》)

小岛康誉：
中日友好的民间使者

A

2023年是《中日和平友好条约》缔结45周年，81岁的小岛康誉再次从日本来到中国，来到新疆，将他源源不断的爱，播撒到这片美丽的土地上。

《访疆超150次的日本人：新疆是第二故乡，死后想葬在塔克拉玛干》，这是2023年11月10日环球时报报道的标题，几个元素都是那么夺人眼目、动人心魄。

小岛康誉这次用了22天走访新疆天山南北。报道说，在新疆行中，他乘坐世界首条沙漠铁路环线——塔克拉玛干沙漠铁路环线一周，这让他开心无比，他动情地说："有人只坐其中一部分，坐火车连续环线一周的可不多见呢！"

小岛康誉是个传奇，跨越国界的传奇。"千里一步，还有一步。"小岛康誉的人生大片，在新疆的大地上演绎。

B

小岛康誉是谁？除了新疆人民、业内人士，对于大多数普通中国人来说，"小岛康誉"恐怕都是一个比较陌生的名字。

1942年，小岛康誉生于日本爱知县名古屋。他是日本净土宗僧侣，日本佛教大学客座教授；他是文化使者，是日本佛教大学尼雅遗址学术研究机构代表；

同时，他也是中国新疆维吾尔自治区人民政府文化顾问，乌鲁木齐荣誉市民，新疆大学名誉教授，清华大学客座研究员，曾获中国政府颁发的"文化交流贡献奖"。

小岛康誉是公益慈善家、中日友好的民间使者，是当代的"阿倍仲麻吕"。阿倍仲麻吕是日本奈良时代的遣唐使，中日文化交流史上杰出的使者，有着非凡学识和高尚品德，是王维、李白的好友，仕于唐，最后在中国辞世。

在皈依佛教之前，小岛康誉原本是企业家。1966年，在24岁的时候，小岛康誉创办了鹤龟公司，经营珠宝。小岛康誉和中国、和中国新疆结缘，就是因为珠宝。

1972年10月，也就是中日邦交正常化后的第二个月，他就来中国参加广交会，此后还到北京、上海、天津购买宝石等。

小岛康誉第一次到新疆，是十年后的1982年，也是为了采购和田玉等。

和田古称于阗，是中国玉石之路的起点。小岛康誉自己也没想到，不仅仅是新疆的宝石"诱惑"他，新疆淳朴的民风和丰富的文化遗产更是深深吸引了他，从此"一发而不可收"。

1986年，在鹤龟公司创立20周年之际，小岛康誉在新疆大学设立了"小岛康誉奖学金"；第二年对他来说尤为重要——他削发为僧。

他向经营大师松下幸之助先生学习经营之道，经过多年的不懈努力，从名古屋到大阪再到东京，建立了一家家珠宝首饰专卖店。到1996年鹤龟公司30周年之际，已经拥有了160多家分店。小岛康誉决心退居"二线"，专心于文化遗产保护，致力中日友好交流。

正因为有小岛康誉的资助，才有"五星出东方利中国"汉代彩色织锦护臂的发现。那是国宝级的文物，是中国首批"禁止出国（境）展览文物"。在这首批"禁出"的64件（组）一级文物中，有大名鼎鼎的后母戊鼎，有曾侯乙编钟，有相伴兵马俑的铜车马，有西汉的金缕玉衣，有良渚玉琮王、战国水晶杯等。

C

小岛康誉是真爱新疆啊！他自1982年以来，访问新疆达150多次。

新疆，成了他的"第二故乡"。他曾说："我的后半生将把全部精力投入中国的文物研究保护事业上去。死后骨灰要埋在新疆，埋入塔克拉玛干沙漠。"

人家走过千山万水，小岛康誉则是走过"千山万沙"。

最近这次来到新疆，是在2023年9月。从2019年9月访问新疆之后，已中断了4年。

小岛康誉觉得不能再等了，"目前的日中关系相对较为冷淡，我虽然年迈，但愿意身体力行"。所以，时隔4年之后，小岛康誉再一次访问了新疆。22天的日程排得满满当当：

9月11日，小岛康誉从日本东京羽田机场出发，飞往北京，再转乌鲁木齐。一路陪同他的，正是来自杭州的青年才俊姚鑫燊。

9月12日，新疆维吾尔自治区领导接见了小岛康誉。小岛康誉说，这次来新疆，除了继续支持当地的教育、文化、文物事业发展，还将到更多的地方走一走、看一看，亲身体验新疆的新发展新变化，今后在日本更好宣传新时代的新疆；在"一带一路"倡议下，新疆的地位和作用越来越重要。

这天，第二十届"小岛康誉新疆文化·文物事业优秀奖"颁奖仪式在新疆美术馆举行，小岛康誉给获奖的24个单位和个人颁奖。该奖项设立于1999年，源于小岛康誉对新疆文化的挚爱。

9月13日，小岛康誉兴致勃勃地参观了新疆文物考古研究所，了解文物保管状况，还参观了新扩建搬迁后的新疆档案馆。这一天还有另一个重要的颁奖活动，就是新疆大学举行的第三十五届"小岛康誉新疆大学奖学金"颁奖仪式，小岛康誉向47名品学兼优的学生颁发了奖金和证书。

"小岛康誉新疆大学奖学金"设立于1986年，37年来已奖励了4679名师生，资助金额达4700余万日元。小岛康誉激动地说："中国新疆是一个充满希望的好地方，青年人正逢其时。希望同学们珍惜时光好好学习，努力使自己成为有用之才、栋梁之材，为中国新疆奉献智慧和力量。"

9月14日，颁发第22届"丝绸之路儿童助学金"，给乌鲁木齐市第141小学捐赠图书；在新疆博物馆举办了"新疆各族人民与小岛康誉40年"纪念讲演。

9月15日，乘火车到达库尔勒，驱车前往克孜尔千佛洞，进一步了解壁画保护现状。之后几天，参观库车、孔雀河夜景、巴州博物馆；乘火车去若羌，参观若羌文化公园、楼兰博物馆、农场，进行家访等；乘坐火车前往且末，参观且末博物馆、集市、玉石街；直到9月20日乘坐火车前往民丰，参观818水利工程等。

9月21日，乘坐四轮驱动车和小型沙漠车当天往返尼雅遗址，这是他最为念念不忘的地方。

9月22日，乘火车到和田，参观和田博物馆新馆及老馆旧址；随后又乘火车到喀什，参观喀什古城和农贸集市；之后再乘火车前往阿克苏，参观柯柯牙绿化工程纪念馆和湿地公园；之后再乘火车前往库尔勒，完成了"环塔克拉玛干沙漠铁路"一周行。

9月26日，乘火车前往乌鲁木齐，"小岛康誉与新疆40周年答谢晚宴"在这里举行，宾主共欢。次日乘火车到哈密，参观文博园和大河唐城。28日乘火车返回乌鲁木齐。

9月29日，在乌鲁木齐市内参观，受邀出席新疆维吾尔自治区人民政府外事办公室"中秋节"送行晚宴，席间共唱《北国之春》和《星》。

10月1日，从乌鲁木齐飞往杭州，参观河坊街、胡雪岩故居以及新修复的德寿宫。

10月2日，从杭州飞返日本。从10月5日开始，写作发表"新时代的新疆"系列文章10篇……

对于热爱之地，去多少次、行程安排得多密集，也不觉得累；这是文化之旅，更是热爱之旅，每一处都是他热爱的地方。"通过这次参观访问，我再一次深入了解到新疆的稳定与发展。"小岛康誉高兴地说，"聚会时不供应酒类，用象征团结的'石榴'汁代以敬酒。看到各地有很多'五星锦'的照片，甚至有冰激凌的'五星锦'文创产品……"

D

在中外文化交流史上，中国的西域有着珠峰般的地位。

著名文化学者季羡林先生在《敦煌学、吐鲁番学在中国文化史上的地位和作用》一文中曾说："世界上历史悠久、地域广阔、自成体系、影响深远的文化体系只有四个：中国、印度、希腊、伊斯兰，再没有第五个；而这四个文化体系汇流的地方只有一个，就是中国的敦煌和新疆地区，再没有第二个。"（详见《佛教与中印文化交流》一书第148页，江西人民出版社1990年6月第1版）

敦煌与吐鲁番，同为古丝绸之路上的交通要道，几千年来的商贸交往、文化交流、文明交融，在这两个地区沉淀下了极为丰富多彩的历史文化遗产，反映了中华文化兼容并蓄、中华文明融会贯通的特点。同时在学界诞生了双璧齐辉的学科——敦煌学与吐鲁番学，构筑了世界学术新高地。然而，在敦煌学成为国际显学之际，吐鲁番学的声名似乎变得没那么响亮，尽管在中国学界往往将两者合称为"敦煌吐鲁番学"。

吐鲁番出土文书中，有大量非汉文文献，包括梵、佉卢、粟特、突厥、于阗、龟兹、焉耆、波斯、叙利亚、吐蕃、回鹘、西夏、蒙古等文字与文献。吐鲁番学，内容涉及历史、考古、宗教、壁画、语言文字等多门学科。历史文化总是无比迷人的。

小岛康誉最初爱上新疆，与第一次新疆行来到吐鲁番，看过柏孜克里克千佛洞密切相关。

"北疆看风景，南疆看人文。"以美丽的天山为界，新疆分为北疆和南疆。吐鲁番盆地位于新疆中部、天山东部，形如橄榄，东西横置。吐鲁番不仅有美味的葡萄，而且有深厚的文化。作为古丝绸之路上的重镇，吐鲁番早在新石器时代，就有了人类活动。这里的文化"代表作"，有柏孜克里克千佛洞、吐峪沟石窟、西旁景教寺院遗址、交河故城遗址，等等。

柏孜克里克千佛洞，位于吐鲁番市东45公里的火焰山下，木头沟西岸的悬崖上，始凿于南北朝后期，是西域地区的佛教中心之一，共有洞窟83个，现存57个，其中有壁画的为40个。

小岛康誉在1982年6月第一次踏上了新疆的土地。那时是中国改革开放之初，乌鲁木齐都没有高层建筑，小岛康誉在这里没能买到理想的珠宝和工艺品。中国工艺品进出口公司新疆分公司有关人士于是带他去吐鲁番看看，参观了交河故城遗址和柏孜克里克千佛洞等地，这下小岛康誉就被新疆的历史文化给迷住了。他后来深情回忆说："新疆方面为客人着想的温暖与热情，当地人的淳朴善良，深深地打动了我；丰富的文化遗产，也吸引着我。之后我便数次前往新疆，人生不可思议——美妙缘分构筑多彩人生。"

那次让他难以忘怀的一个细节，是从吐鲁番回乌鲁木齐的经历。因为在返回途中，突降大雨，结果道路被封。第二天他要从乌鲁木齐飞回北京，那时航班很少，夜间如果回不到乌鲁木齐，那可麻烦了。小岛康誉回忆道：

> 带我参观的工艺品公司的龚科长说："夜里12点左右有一班货运列车经过，我们截停上去吧。"40年前的新疆，一个外国人要登上货运列车是相当困难的事情。在盐湖货运站，我们交涉了两个多小时。他首先说服了老站员，接着又说服了乌鲁木齐铁路局，最后解放军方面打来了电话，允许我们一行乘坐货运列车返回乌鲁木齐。
>
> 随后便传来了火车的汽笛声，我们在密集的雨中跑向站台，老站员举灯叫停列车，我们登上了最后一节车厢，车上有解放军战士，到达乌鲁木齐时已是凌晨5点。顾不上在迎宾馆打盹小睡，就匆忙赶往了机场……

E

如今敦煌学很辉煌，随着新疆各地越来越多文化遗址的发现、文物的出土，比如克孜尔千佛洞、尼雅遗址等，"吐鲁番学"其实已难以覆盖。

1986年春天，小岛康誉首次到克孜尔千佛洞参观。克孜尔千佛洞即克孜尔石窟，位于阿克苏地区拜城县克孜尔镇，始凿于东汉末年，是中国开凿最早、地理位置最西的大型石窟群，和敦煌莫高窟同享中国"四大石窟"之美誉，堪称"中国第二敦煌"。

在现有236个石窟中，尚有壁画的石窟为80个，壁画面积达1万多平方米，在世界上是仅次于敦煌壁画的艺术宝库。这里的壁画不仅包括飞天、伎乐天、佛塔、菩萨、罗汉、天龙八部、佛本生故事、佛传故事、经变图画，而且还有大量的民间习俗画：生产和生活场景、西域山水、飞禽走兽等等。

克孜尔石窟是龟兹石窟艺术的发祥地之一，无论是石窟建筑艺术，还是雕塑艺术和壁画艺术，都在世界佛教艺术中占有极其重要的地位。早在1961年，克孜尔千佛洞就被公布为第一批全国重点文物保护单位。

龟兹国是《汉书》里记载的西域三十六国之一。中国古代著名高僧、四大佛经翻译家之一的鸠摩罗什，就出生在龟兹。如今，鸠摩罗什的铜像就矗立在克孜尔石窟前。

作为鸠摩罗什第109代弟子，小岛康誉一次次合掌膜拜。"克孜尔千佛洞，以青金石蓝描绘的释尊前世故事强烈地震撼了我。千佛洞在抵御风雪侵蚀、遭到破坏和盗掘中，历经一千多年的历史，依然色彩鲜明，传达着人们内心的祈愿……"

1986年，新疆计划修缮克孜尔千佛洞。当时小岛康誉并不知道这个计划。他从克孜尔千佛洞参观回来，除了赞叹石窟壁画的精美和重大历史价值外，决定为保护它捐资人民币10万元。"在克孜尔千佛洞参观时，直觉告诉我：这是人类共同的文化遗产。"

鹤龟龟兹手拉手，小岛千佛心连心。这是外国友人第一次对新疆文物保护捐款，而且小岛康誉原本与石窟文物毫无关系。要知道，1986年的10万元可是巨款，让人感到很意外。说个对比数据：1986年是我大学毕业留校工作的第二年，月工资只有50元人民币。今天我们可能想不到，那时新疆还没有人敢接受来自外国的巨额捐款，最后是主政新疆的王恩茂书记特别批准的。

1987年夏天，小岛康誉第二次到克孜尔石窟参观。彼时龟兹石窟研究所刚刚宣告成立，修缮克孜尔千佛洞的项目也获得国家文物局的批准。小岛康誉得知消息很高兴，又一再表示，去年捐的10万元人民币太少了，他要再设法多捐一些。

到了年底，小岛康誉与新疆文保部门签订了日方协助修缮克孜尔千佛洞的协议。小岛康誉最喜欢"说干就干，即刻行动"，而且"说到做到"。他回到日本后，就发起成立了"日中友好克孜尔千佛洞修复保存协力会"，开始了长达一年半的募集捐款活动，共募捐到1亿多日元。

2014年6月22日，"丝绸之路：长安—天山廊道的路网"成功申报为世界文化遗产，成为首例跨国合作而成功申遗的项目，克孜尔石窟是其中的代表遗迹之一。

这时距离克孜尔千佛洞修复保存协力已经过去了28年。小岛康誉当时在家里通过网络观看实况转播，得知申遗成功，他和妻子不禁高呼"万岁"。

接下来在2015年和2016年，他又分别出资出版了摄影集《新疆世界文化遗产图典》中文版和日文版，日文版书名为《新疆世界文化遗产图鉴》，由日本侨报社出版发行。2016年9月，在克孜尔召开了"小岛康誉投身新疆文化文物事业30周年纪念座谈会"，并举办了图片展。

《新疆世界文化遗产图典》（新疆美术摄影出版社2015年9月第1版）是一本图文并茂的好书。"丝绸之路：长安—天山廊道的路网"世界文化遗产中，属于中国的共有22处，其中河南有汉魏洛阳城遗址等4处，陕西有汉长安城未央宫遗址等7处，甘肃有玉门关遗址等5处；新疆则有6处：克孜尔石窟、苏巴什佛寺遗址、克孜尔尕哈峰燧、交河故城、高昌故城、北庭故城遗址，该书都有清晰的分析介绍。

F

日本文学巨匠井上靖的小说《楼兰》，曾获"每日艺术奖"等荣誉。井上靖的历史小说，讲述着神秘楼兰古国的变迁，充满了浪漫的想象及对中国西域的憧憬。

在新疆已经消失的西域古国中，罗布泊西北岸的楼兰无疑是最有名的，在日本也几乎是家喻户晓。楼兰也是唐朝玄奘西天取经回来经过的地方。

1900年3月28日，瑞典地理学家斯文·赫定最先发现楼兰古城，并于次年进行了发掘。之后，英国的斯坦因、日本的橘瑞超、中国的黄文弼等，相继对楼兰遗址进行了考察、发掘，出土了一批文书文物，轰动了国际学术界。楼兰出土文物分散于世界各地，其中著名的纸本墨迹"李柏文书"，就收藏在日本龙谷大学图书馆。

公众对楼兰遗址印象深刻，是因为出土了"楼兰美女"干尸。那是1980年，一具女性干尸在楼兰出土，据鉴定距今约有3800年的历史。在大众传播中，她被描绘成"楼兰美女"，从而更是引发了无数多人的想象和向往，包括日本民众。1992年，包括女干尸在内的楼兰文物展在日本举办，参观人数众多。

小岛康誉1987年夏天再次到克孜尔石窟参观时，在一次古今中外的闲谈中，议论到楼兰遗址。时任新疆维吾尔自治区文化厅文物处处长的韩翔听后，就对小岛先生说："我是文物保护管理干部，新疆境内的重点保护文物单位我几乎都去过，类似楼兰也处在沙漠腹地的著名遗址，就有尼雅、克孜尔、热瓦克等。新疆有三大著名遗址，克孜尔在日方援助下已开始修复，楼兰考察也基本完成，只有尼雅遗址规模宏大却没有实施正规考察。由于盐碱、风蚀相对来说小一些，尼雅遗址的保存状况要比楼兰好，从地表看到的尼雅遗迹规模，比楼兰遗迹更大、更集中。"

韩翔等许多小岛康誉的新疆友人，写了诸多有关小岛康誉的记叙文章，都挺感人的，文章以及相关报道收录在《小岛康誉之谜》（新疆人民出版社1998年9月第1版）一书中。

韩翔的这番介绍，深刻地印在了小岛康誉的脑海中。从那以后，小岛康誉满脑子就是"尼雅"了，开始筹划尼雅遗址的考察与研究，他建议中日共同对尼雅遗址进行学术考察发掘。

尼雅位于新疆和田地区民丰县境内，在塔克拉玛干大沙漠的南侧，为两汉魏晋时期精绝国遗址。精绝国也是西域三十六国之一。史书所描述的精绝国，本是一片绿洲，"泽地湿热，难以履涉，芦苇茂密，无复途径"。但在公元3世纪以后，精绝国突然消失了。20世纪初，英国人斯坦因在尼雅河畔最先发现这座古城遗址，挖走各种珍贵文物12箱之多，在西方引起轰动，尼雅遗址由此被称为"东方庞贝城"。

经过数月筹备，成立了中日共同尼雅遗迹学术考察队，小岛康誉为日方队长，首任中方队长由韩翔担任。1988年11月3日，考察队一行出发，深入塔克拉玛干沙漠腹地对尼雅遗址进行预备性调查，目的就是逐步弄清遗址的范围、规模、构造等。

塔克拉玛干是中国最大的沙漠，其面积大约是日本国土面积的90%，大得超乎想象。进入浩瀚无边的沙漠腹地进行考古科考，那真不是玩的，非常困难，非常危险。

尼雅早已是被流沙埋没的废墟，也正是常人难以进入的沙漠废墟，所以地下保存着珍贵的文物。然而，大沙漠中的考察调查非常艰苦，行进主要靠骆驼，常常一天要骑十几个小时的骆驼，骑在驼背上是"全方位摇晃"，回到营地下了骆驼甚至都累得难以迈开步子。

在沙漠里，可没有"静坐听雨"的浪漫。"在严酷的沙漠遗迹中考察，有人生病，有人因从骆驼上摔下来而骨折。日本没有如此广袤的沙漠，所以也有人对沙漠怀有憧憬。"小岛康誉后来回忆说，"短暂的春季风沙漫天、夏季气温超过40度、冬天气温低至零下30度。实施调查的10月和11月的日温差，也将近40度。忍受粗略的食物，在酷暑中工作、没有淋浴、咸鱼般挤在帐篷里睡觉、没有任何娱乐，这样的生活要持续3周……"

好在小岛康誉年轻时经受过登山攀岩的训练，身体挺棒，能够适应沙漠的恶劣环境。

第一次进尼雅时，为了安全，政府还配备了无线电技师，使用摩斯码联系，每次架设天线就需要1个小时，所发信息大多是"所在地不明但全员平安"。

中日两国约有60人协同奋斗。中方专家，除了来自文物考古领域，还来自国家文物局、中国社会科学院、北京大学等单位；日本专家则来自多所大学——佛教大学、龙谷大学、关西大学、京都造型艺术大学、京都大学、早稻田大学等。

在考察过程中，小岛康誉是一位出色的组织者和协调者。"沙漠调查中结下的友谊是很特别的。"作为日方队长的小岛康誉，他的回忆不是一般的生动："因为我叫小岛，所以外号'小队长'；最后一天捡拾垃圾是惯例，我又十分热衷捡垃圾，又称'垃圾队长'；因我和驼工们的关系也很好，还被称作'骆驼和尚'；虽身为僧侣，却不忌喝酒，人称'花和尚'……"

从1988年至1997年的十年间，中日共同尼雅遗迹学术考察都是小岛康誉资助的，他为这项活动提供了几乎全部经费，共出资1.9亿日元；另外还有一部分是日本文部省提供的国际学术研究补助费。

考察队对遗址共进行了9次大规模的全面考古调查、发掘。其中，在1995年第七次考察时，取得了重大成果。

对于两座男女合葬王侯墓发掘的成果，获评"1995中国十大考古新发现"，还被评为"中国20世纪100项考古大发现"之一。因为从这里出土的"王侯合昏千秋万代宜子孙"和"五星出东方利中国"两件彩色织锦，被定为国宝级文物。

1995年10月12日那天，考察队骑着骆驼在前往遗迹北部的途中，发现了从沙漠中裸露的部分木棺，与曾发现的几处裸露的墓地明显不同。他们将该墓地取名为95MN1号墓葬。

考察队在中方学术队长、时任新疆文物考古研究所所长王炳华的指挥下，谨慎地进行发掘。两天后的10月14日，终于迎来开棺日。小岛康誉回忆说："时任新疆文物考古研究所副所长于志勇，把盖子稍稍掀起，向棺内探查时，读出'王侯合昏千秋万代宜子孙'这几个字，当时包括我在内的双方队员都举起拳头欢呼……"

另一件"五星出东方利中国"汉代彩锦护臂，被国家文物局指定为64件禁止出国展览文物之一，堪称"国宝中的国宝"。

小岛康誉当时想，这是自1988年中日共同开展尼雅遗址学术考察以来最好的一天，"直觉告诉我，出土的是反映西域与中原王朝在政治、经济、文化方面密切关系的国宝级文物"。"当天晚上，宿营地被异常的兴奋所包围。中方队长、时任新疆文化厅文物处处长岳峰接连和我干杯，我那天一口气喝了好几杯平时不喝的白酒。"

小岛康誉如果会唱中国改革开放之初的名曲《祝酒歌》，那一刻一定可以高歌一曲！这也让我想起俄罗斯女诗人吉皮乌斯的诗句：

"我在世上只懂一点真髓：不论喝什么，都要——干杯！"

G

"五星出东方利中国"彩锦护臂，简称为"五星锦"。如此色彩绚烂、纹样诡秘、织造复杂、文字激扬、意蕴神奇，是精绝国留下的最精绝的文物。"五星锦"一经发现，立即轰动了全国。

汉代的丝绸，最重要的有3种：锦、绮、绣。其中又以织锦最为高贵。在古代丝绸之路重要节点城市的遗址，发现精绝的织锦，出乎意料，更合乎情理。

在著名学者王力先生主编的《中国古代文化常识》（插图修订第4版，北京联合出版公司2014年11月第1版）一书正文中，第一幅插图就是"五星出东方利中国"彩锦护臂——该书称之为"彩锦护髆"，日常也称"锦护髆"，因"锦"本身带"彩"而省略"彩"字。《中国古代文化常识》是极为畅销的名著，也曾被译成日、韩等语言流行于海外。

"五星出东方利中国"彩锦护臂的面积并不大，呈圆角长方形，纵11.2厘米、横16.5厘米。出土时，它绑在逝者的膊肘上；陪葬品中有一件陶器还带"王"字题记。在彩色织锦边缘镶缝的织物是白绢，因是护臂，要系在臂膊上，所以两个长边上各缝缀有3条白色绢带，有的已残断。这块彩锦，是五重平纹经锦，使用了蓝、绿、黄、红、白五种颜色的经线。锦上织有日月、云朵、孔雀、仙鹤、辟邪和虎的纹样，以及让世人震惊的"五星出东方利中国"汉文字，其字体融合了篆隶楷三书特色，而且是上下两行并行出现。

这里的"五星"，会让人联想到"五星红旗"，当然不是那五星之意。"五星"是先秦所谓的太白、岁星、辰星、荧惑和镇星；秦汉以后，由于五行说的普及，它们又被称为金星、木星、水星、火星和土星。"五星"当然是美好的意象。

所谓"中国"，是星占学分野概念里的"中国"，泛指黄河流域的中原地区。而"中国"之外，就是"西方""夷狄"或者"外国"。

根据《中国古代文化常识》的介绍："五星出东方利中国"是古代星占学上很常见的占辞。《史记·天官书》上说："五星分天之中，积于东方，中国利；积于西方，外国用兵者利。"在《汉书》《晋书》《隋书》《新唐书》的"天文志"以及《开元占经》里都能见到类似的记载。

"五星积于东方"和"五星出东方"，是指五大行星在某段时期内，在日出前同时出现在东方。这种天象非常罕见，所以引起古人的好奇与重视，想成某种"天意"。五星聚合，一般要几十年乃至上百年才能出现一次。中国上一次出现聚合是在公元1921年；根据天文学测算，下一次聚合的时间，要到公元2040年了。

"五星出东方利中国"彩锦护臂，现藏新疆维吾尔自治区博物馆，是"镇馆之宝"。2018年，该馆举办"尼雅·考古·故事——中日尼雅考古30周年成果展"，这件国宝级文物吸引众多参观者驻足观看。2019年，央视《国家宝藏》第二季节目，重点介绍了入选文物"五星出东方利中国"彩锦护臂。2022年2月，以"五星出东方利中国"彩锦护臂为题材的大型舞剧《五星出东方》，在中国国家大剧院演出，来自日本等国的60余名外国记者前来观看……

不要说实物，每个看过"五星出东方利中国"彩锦护臂照片的人，相信都会过目不忘。

野外考古其实特别有意思啊，尤其是有了"超越时空"的重大发现。在中井真孝、小岛康誉联合编著的《尼雅遗址之谜》（天津人民美术出版社2005年1月第1版）一书中，收录了小岛康誉《从遗址遗物推测当时人们的生活》一文，文章的开头是："茫茫沙漠绵延不断，塔克拉玛干沙漠的面积几乎与日本相同，沙丘之间星星点点地残存着遗迹……"结尾尤其意味深长:"伫立于尼雅遗址,我们忘记了自己生存的时代,忘记了我们来自遥远的外国,我们的存在已经超越了时空。"(详见该书第122—125页)

我在想,对于大多数不方便抵达尼雅遗址的人来讲,看着"五星出东方利中国"彩锦护臂,就可以感受到"我们的存在已经超越了时空"。

尼雅的考古发现,是举世瞩目的历史性成绩,小岛康誉也因此被喻为"日本的苏利曼"。海因里希·苏利曼是19世纪德国实业家,他发掘了著名的特洛伊遗址。

H

在尼雅遗址考察结束后,从2002年起,小岛康誉组织中日共同丹丹乌里克遗址学术考察,对丹丹乌里克遗址进行了4次考察。

2002年10月25日,小岛康誉一行8人从日本出发,前往丹丹乌里克遗址。它是唐代遗址,残存于塔克拉玛干沙漠南缘的小城镇于阗西北,也是古丝绸之路上的重要节点城市,8世纪左右灭亡。1900年,因为斯坦因在这里发掘了大量壁画和"桑种西渐传说"板绘而一举成名。

丹丹乌里克遗址,主要有寺院和民居等遗迹,平面呈"回"形,中央土台塑有佛像,土台四周是回廊,回廊墙壁上有壁画。这是时隔一千多年再露真容的佛像尊颜和壁画精品,从其内容来看,当时的居民信奉大乘佛教。这里还出土了大量的珍贵文物,有木版画、古钱币,还有众多的汉文、梵文、于阗文和婆罗迷文文书。

"中方队员发现了裸露的壁画,应该是淘气的风让佛像面露真容了。"小岛康誉回忆道。考察中最珍贵的发现,就是被誉为"西域蒙娜丽莎"的壁画,这是用"屈铁盘丝"画法绘就的。这种画法在唐代《历代名画记》里有记载:"用笔紧致如屈铁盘丝。"它也是日本法隆寺金堂"屈铁盘丝"画法的源头;遗憾的是,法隆寺金堂的壁画在70多年前被烧毁。而中国长安的"屈铁盘丝"壁画,也在很久以前的战乱中丧失。所以，这次"西域蒙娜丽莎"的发现，完全出乎预料。

壁画中的"西域蒙娜丽莎"，双眸炯炯有神，微笑的嘴角微微翘起，非常美丽迷人，这是佛教壁画中的精品。

正因为中日联合考察的重大成果，丹丹乌里克遗址在2006年被列为全国重点文物保护单位。

从克孜尔千佛洞修缮保护，到尼雅遗址考察发掘，再到丹丹乌里克遗址考察研究，至此小岛康誉完成了中国新疆历史文化考古保护的"三部曲"。

2005年，包括"西域蒙娜丽莎"在内的4幅壁画，在日本东京、神户和冈山举办的"新丝绸之路展"上展出。同时展出了尼雅遗址考察队发现的"王侯合昏千秋万岁宜子孙"织锦；并且在"楼兰美女"之后，再次有干尸参展。

I

"丝绸之路"这一概念，最先由19世纪德国著名地理学家李希霍芬提出，他多次来中国考察。之后，德国著名史学家赫尔曼把"丝绸之路"这一概念在地域上准确反映出来。再后来，日本思想家池田大作提出了"精神丝绸之路"的概念。

众所周知，古丝绸之路是连接亚、欧、非三大陆的大动脉，是古代中国实施对外开放、交流融合的经典线路。丝绸之路是经贸之路，更是文化之路。这里头的历史文化遗存，是全人类共同的遗产，是无价之宝。

"我经营企业的目的，就是'贡献社会'，保护文化遗产也是其中一环，因此我长期从事文物保护工作。"小岛康誉曾经恳切地说，"我认为保护研究文化遗产是人类生存不可或缺的事业，这个信念支撑我坚持下去。"

小岛康誉最具坚韧的坚持精神。有人问他一趟趟来新疆是为了什么，他认真回答："为人民服务！为了大家！"

缘分连接世界。小岛康誉是真正站在世界看国家、看人类、看人类共同文化的人。他还说:"我认为保护与研究世界遗产对人类来说不可或缺。不仅是考古,其他领域的国际合作也越来越重要。新疆的世界文化遗产、世界自然遗产以及非物质文化遗产也会在今后愈显重要。"

2010年6月,小岛康誉获得"薪火相传——中国文化遗产保护年度杰出人物奖"。

人类文化,比权力更有尊严;学术成就,比财富更有生命。小岛康誉不是学者胜似学者,不是考古学家胜似考古学家。他编著出版了多本纪实类、学术类和感悟类的著作(含合编、合著),其中有《新疆世界文化遗产图典》《中国新疆36年国际协力实录》《见证新疆变迁》《丝绸之路——尼雅遗址之谜》《谜之王国"精绝国"》《日中共同尼雅遗迹学术调查报告书》《近代外国探险家新疆考古档案史料》《对西域龟兹佛教灭亡的研究》《丝绸之路的点与线》《丝绸之路——新疆之旅》《燃烧生命》《大爱无疆:小岛精神与新疆30年》《迷路悟道》等;另有多部汉语著作由他翻译成日文在日本出版。

他主编的《中国新疆36年国际协力实录》(日本东方出版社2018年10月第1版),图文并茂,用日语、汉语、英语3种语言详尽介绍了国际协力进行新疆文化考古的36年历程和成就。小岛康誉写了很诚恳的序言,其中讲道:世界上约有3300个民族、76亿人口,宗教、历史、体制、文化、国情各不相同,各地战争、纠纷、恐袭、歧视频繁发生,相互理解十分困难,因此才需要为相互理解而努力,作为其中一环的国际合作,意义深远。"笔者不是学者,应该说是'国际合作长期自费实践家',愿意为守护和平之国际合作贡献绵薄之力。"(详见该书第10页)这样的"自费实践家",真可谓是"国际第一人"。

中国北宋时期张载的名言"横渠四句"——"为天地立心,为生民立命,为往圣继绝学,为万世开太平",也是世界级的眼光;几十年来小岛康誉的思想与实践,和每一句都吻合。

这是热爱的力量,交流的力量,文化的力量,信仰的力量。矢志不渝,并且付诸一次次行动。

J

爱心最难沉静。

小岛康誉是慷慨的公益慈善家。"大爱无疆",他曾在中国巨笔写地书,在地上蘸水写下这4个硕大的中国汉字。他还曾写汉语诗《大爱无疆三十载》:"新芽化木终成林,大德汤汤汇清流。小善躬行得圆满,岛洞山谷藏喜悲。"

从1982年为了一个临时寺院的建设"略捐薄款"开始,小岛康誉为新疆捐赠累计达3500多万元人民币,资助了100多个项目。

他支持了新疆克孜尔千佛洞的保护修复事业,支持了尼雅遗址、丹丹乌里克遗址的考察工作,支持了和田博物馆的建设。

他资助了南疆改水工程和扶贫工程。

他为出版介绍新疆的书籍、举办的有关展览捐款。

他在1999年设立了"小岛康誉新疆文化·文物事业优秀奖"。

他先后为新疆大学、清华大学设立"小岛康誉奖学金"。

他为新疆捐建了5所中日友好希望学校。小岛康誉最喜欢新疆的哈密瓜,他给新疆的孩子们带来哈密瓜一般的甜蜜。

他为乌鲁木齐市、和田、民丰等地的残疾人、孤寡老人捐款。

在日本国内,还资助着好多位中国留学生。

他为南疆地震灾区捐款,后来不仅个人为汶川大地震捐款,还在日本发起募捐善款。

……

小岛康誉面容慈善,笑容可掬,和蔼可亲,看起来就是个普普通通的日本老人。他常说自己是穷人出身,现在也不是富翁,因而处处勤俭节约。他自己平日几乎没有什么花费,在日本每天上下班都是挤地铁,从来不舍得乱花一个钱,完全没有奢侈之累。从1988年起,他常年的穿着,主要是袈裟,或者是几十块钱的优衣库服装,一件衣服超过100元他就觉得贵了。

这次到新疆视察旅行的归途,他选择经杭州中转回到日本,主要也是为了避开乌鲁木齐飞北京航班"满座的高价",节省一点旅费。

他深知创业之艰辛,发展之不易,所以他要把钱花在他认为最有意义的事业上,"利他"成了最好的"利己"。

小岛康誉有个好妻子——小岛聪子。在《大爱无疆:小岛精神与新疆30年》(韩子勇主编,新疆美术摄影出版社2011年8月第1版)一书中,小岛康誉写了真挚的"感谢词":

"最后,我强烈地想拥抱一直支持和支援我的妻子,不,是伙伴——小岛聪子。从钱财到身心,我不遗余力地投入到了新疆,对此,她也没有提什么意见。她两次到过新疆,在纪念30周年活动的时候,她将再次访问天山南北。小岛热爱新疆,康誉热爱聪子。"(详见该书第166页)

K

小岛康誉热爱中国文化、执着追求中日友好,全心全意为第二故乡新疆所做的努力、所做的贡献、所体现的精神,被概括为"小岛精神"。这在《大爱无疆:小岛精神与新疆30年》一书中有全面的呈现。

书中《小岛之最》一文,概括了小岛康誉十几个"之最":走访新疆次数最多的外国人,最早获得国家文物局发掘许可的外国人,为新疆捐助时间最早也最长的外国人,最早设立奖学金的外国人,受媒体关注最多的外国人,在中国演讲次数最多的外国人,受到表彰最多的外国人,宣传新疆最多的外国人,邀请新疆各界代表团访问日本最多的日本人,组织日本各界代表团访问新疆最多的日本人……(详见该书第143—158页)

诗文画册《外国友人中国情:小岛康誉与新疆》(刘宇生、杨新才编著,新疆人民出版社2001年4月第1版)后记中说:"小岛先生是一个中日友好的民间使者,他奉献的不仅是资金,更多的是爱心、智慧、时间与精力。"是啊,就像书中诗句所说的:"无法丈量的一步,不知磨穿了多少双木屐……"

小岛康誉始终在费心劳力地做事,那是不肯停息的大地上的文化劳作。从新疆这个空间来看，他是"一所悬命"；从毕生这个时间来讲，他是"一生悬命"。这，就是"小岛精神"。

《新疆世界文化遗产图典》附有《小岛精神与新疆文物的保护研究》一文，文章说得真诚诚恳："当丝绸之路新疆段上的6个遗址被联合国教科文组织确认为世界文化遗产时，我们不会忘记一个外国友人30多年来持续地对新疆的文化、文物、教育等事业所做出的奉献，他就是日本友好人士小岛康誉先生。"（详见该书第92页）中日和平友好，是文化交流、文明互鉴的大前提。小岛康誉是中日友好民间使者中最非凡者。

在日本，小岛康誉也经常参加日中友好活动，比如：

2018年11月22日，中国驻日本大使馆举行"难忘的旅华故事"征文比赛颁奖仪式，小岛康誉以中日友好协会顾问的身份，出席了颁奖仪式。（据日本华侨报网2018年11月23日报道）

2021年10月30日，爱知华侨总会成立50周年祝贺会在名古屋全日空饭店举行，在家乡的小岛康誉也参加了此次盛会。他在宴会中致辞，对中日民间友好寄予希望。（据日本华侨报网2021年11月8日报道）

2022年3月25日，"新疆是个好地方"文化和旅游周日本专场，以及2023年8月31日，新疆文化和旅游海外交流活动日本专场，都是在大阪启动，小岛康誉都出席并致辞……

从成功的企业家，到虔诚的僧侣，再到卓越的文化使者，小岛康誉其实也是日本的骄傲，他在日本受到政府表彰，先后获得外务大臣奖、文化厅长官奖。

从1972年到2022年，中日邦交正常化跨越了半个世纪；到了2023年，则是《中日和平友好条约》缔结45周年。法国历史学家托克维尔说过："当历史不再照耀未来时，人类的心灵就会在茫然中游荡。"我们记住中日之间曾经惨痛的历史，但更要记住半个多世纪以来和平友好的历史，从而笃定地走向更加美好的未来。

2023年金秋，第十九届亚洲运动会在我所在的中国杭州举办，而下一届亚运会将在小岛康誉的老家举行。在杭州亚运会闭幕式上，爱知·名古屋的"8分钟"展示，留给人们深刻的印象：在阳光下锻炼，在草地上起舞，邀请大家相约下一届亚运会，表现了对奥林匹克精神的传承与发扬、"亚洲一家亲"的美好寓意以及"体育无国界"的深厚友谊……更和平、更团结、更包容、更美丽的亚细亚，依靠每一个人的悉心建设。

期待2026年爱知·名古屋亚运会期间，能有更多的中国人，包括运动员、教练员在内，会想到、见到这片土地上这个热爱中国、挚爱中国文化的现代"阿倍仲麻吕"——小岛康誉。

他是日本的小岛，他是中国的康誉，他是世界的小岛康誉！

（原载于2023年11月29日日本华侨报网）

林巧稚：
定位在平凡

2021年12月23日，是中国现代妇产科奠基人林巧稚大夫120周年诞辰；24日，北京协和医院隆重举办了纪念大会。2021年也是协和建院100周年，协和医院是中国现代医学的发祥地，是中国现代妇产科的摇篮。

林巧稚大夫是"协和之光"，她毕生致力中国妇产科学事业，构建了完整的学科体系，培养了一代又一代优秀接班人，为改善中国妇幼健康做出了突出贡献。她是"万婴之母"，她为冰心、林徽因接生过孩子，袁隆平就是她接生的。她一生未婚，但她是世界上最伟大的母亲之一。

1901年，林巧稚出生于福建厦门鼓浪屿，父亲给她取名"巧稚"，寓意她一生灵巧而天真。5岁时，她的母亲因患妇科肿瘤病故。年轻时她就树立了一个终生理想——怀着平凡的爱，去做平凡的事。1921年，林巧稚进入协和，她的从医活动与协和医院同龄。1929年毕业时，拿到的是纽约州立大学的文凭；1932年到英国进修，1933年去奥地利维也纳，1939年去美国芝加哥大学医学院学习。她多次推辞海外的重金约聘，回到祖国，服务同胞。1955年，她成为中国科学院第一批学部委员（院士前身），且是其中唯一的女性。

林巧稚的一生，习于协和，作于协和，卒于协和，只有特殊的历史阶段不得不暂时离开。她当年报考协和医预科的故事，传颂了百年，今天依然津津乐道：1921年的夏天，林巧稚从家乡鼓浪屿来到上海，进入协和医预科的考场，最后一门是英语笔试，一位女生突然中暑晕倒被抬出考场。林巧稚立刻放下试卷和手中的笔，跑过去急救，结果英语没有考完。那届只招25名学生，林巧稚以为自己必定落榜无疑了。可一个月后，她却收到了协和医学院的录取通知书。原来，监考老师极端负责，给协和医学院写了一份报告，称林巧稚这个女孩乐于助人，沉着处理问题，表现出了优秀的品行。协和校方看了报告，认真研究了她的考试成绩，认为她的其他各科成绩都不错，于是决定录取她。

林巧稚在1929年从协和毕业，获得博士学位，还荣获毕业生最高荣誉——"文海奖学金"；那时的400美元奖金，相当于一个普通医生一年的工资。文海是早年协和的一位美籍教会医生，他捐出全部财产，作为对协和最优秀毕业生的奖励。

林巧稚成为医生后，她对自己的定位，是"一辈子的值班医生"。定位在平凡，这就是"林巧稚精神"的根本。在她的床头，始终有一部老式拨盘电话，休息时也随时听从召唤；她的狭小的办公室，就在产房对面，有情况可以立刻冲过去，所以她一辈子都守候着产程。没有成家的林大夫，让医院和病房成了她的家。

妇科、妇产科，其实挺复杂，绝不是接生个孩子那么简单；妇科有各种病征，林大夫的诊断往往是一语中的，迅速而准确。她经验极丰富，思维极活跃，看病极用心，而且一直保持着真诚、睿智和敏锐。有一次正在查房，后面一个孕妇发出屏气的呻吟声，林大夫警觉地一回头，"快生了！"立即将孕妇推进产房，果然是"说生就生"。

平凡孕育了伟大。林大夫对工作极端负责，毕生践行"不为良相，当为良医"，这是"林巧稚精神"的内核。她有许多医疗专业的名言，表达很质朴，内涵很深刻，比如："临床医生不要脱离临床，离床医生不是好医生。""妊娠不是病，妊娠要防病。""看病不是修理机器，医生不能做纯技术专家。""时间催我们衰老，科学使我们年轻。""百年协和，一切为民"，林大夫就是杰出代表。

林大夫对病人极端热忱，她给病人的第一张"处方"是关爱，这是"林巧稚精神"的灵魂。她是医学人文精神的典范。"关系到病人的，哪怕再小，也都是大事，病人永远最重要！"善良的林大夫，"一切为病人着想"，她是妇女和婴儿的保护神，她对病人有着发自内心的同情和关爱。查房时，她会走到病人床边，拉拉病人的手，掖掖病人的被角，把耳朵贴在孕妇的腹部听听胎心，微笑着说："挺好的！"她时时刻刻、全天候掌握病人的情况和变化，夜里如果不知晓情况，就会一夜不能入睡。当晚期癌瘤病人因医治无效而去世时，她往往会流下爱与同情的泪水。

"大夫的时间属于病人，不属于他自己。"这是老协和医生常说的一句话。常青在《协和医事》（协和百年纪念版，北京联合出版有限公司2017年9月第1版）一书中，写到林巧稚"无我"的一件小事：林巧稚从美国芝加哥访问回来，在老协和的阶梯教室10号楼223室讲演，用英文演说近两小时，却唯独没有一个"我"字。"她的82年生命历程，也只有妇女和儿童，唯独没有她自己。"书中还写道：在1957年的风暴中，林巧稚在"大鸣大放"中，关心的是最实际的问题，即中国妇女的健康问题，她对放宽人工流产限制这样的专业技术性问题提出了意见。……

林巧稚是"世纪智者"，她一直葆有热情活跃、纯真无邪的"童子之心"，一如她的"巧稚"的名字。在她眼中只有病人，而不是什么官员身份。在林大夫的同事郎景和院士所著的《协和的守望：林巧稚和她的医生们》（生活·读书·新知三联书店2021年5月第1版）一书中，我读到这样一个细节：20世纪60年代，北京市委书记彭真莅临协和造访林大夫，林大夫正忙着看病人，居然没有迎见。后来，彭真的夫人身体不适，来请林大夫看病，林大夫当然是没有二话。所以彭真夫人笑言："我这个病人比你这个市委书记面子还大！"

"林大夫有一种特别的吸引力！"这是邓颖超说过的一句话。韩小蕙在《协和大院》（人民文学出版社2020年5月第1版）一书中，写到这样"一件小事"：新中国建国初期的一天，林大夫诊室进来了两位中年妇女，穿着朴素的灰布列宁服，挂的却是专家号。专家号要比普通号贵10倍，林大夫便对她们说："以后别挂这种号了，这要多花好多钱。我也看普通门诊，都是一样的，只不过多等一会儿。"她们很客气地点头应道："好的，谢谢林大夫！"等她们走后，护士过来问林大夫："您知道刚才的病人是谁吗？是周恩来总理的夫人呀！""哦？"林大夫笑笑，拿起刚才的病历看了一眼，果然上面的名字是邓颖超。

后来邓颖超与林巧稚成为好友，林巧稚大夫逝世后，追悼会是邓颖超主持的。

"林巧稚精神"更体现在奉献很多，获取很少。身外之物对她来说根本不重要，她一直过着简单的生活。辞世后，遵照她的遗嘱，一部分资金给了幼儿园的孩子，一部分留作奖掖青年医生的基金；遗体供医学解剖，骨灰撒向大海……

都说"人无完人"，但要选择相对而言的完人，林巧稚一定是其中的一位。高山仰止，景行行止；协和之光，山高水长！

当今大多数医生并没有见过林大夫，但每一位良医都会真切地感觉到她的存在，始终沐浴在她在目光中。今天我们纪念林大夫，是为了学习林大夫，从思想到行动都要弘扬林巧稚精神，为增进人民的健康福祉而不断精进。

（简版原载于2021年12月28日《杭州日报》）

贝利：
永远的球王，永远的贝利

精彩的球赛，能够"带走观众的呼吸"；死神的命令，却带走了球王的呼吸。

82岁的一代球王贝利，没能熬过2022年。北京时间2022年12月30日凌晨，终场哨响，巴西传奇足球运动员王贝利告别了人世。2021年9月，他被确诊为结肠癌，并接受了手术。卡塔尔世界杯期间，就传出他身体状况不好的消息。

全世界无数多的球员、球迷，纷纷悼念球王贝利。"我向全巴西、特别是贝利的家人表示最深切的哀悼。"C罗深切地写道，"只对永远的球王贝利说一声再见，远不能够表达出此时笼罩在整个足球世界的痛苦。他是无数人的灵感来源，昨天、今天以及明天永远的榜样！"

1940年10月23日，贝利出生在巴西小镇科拉索斯，父亲是贫困的黑人球员。贝利的童年没有玫瑰花，幸好有足球。作为一个穷孩子，他没有受到良好的学校教育。他就读的学校"简直就像监狱"，他在自传里写到这样一个细节：上课讲话，老师就往他嘴里塞满纸团，一直塞到两颊疼痛；后来聪明的他趁老师不注意，就把纸团给嚼碎，一点一点咽下去，老师转过头来看他，他就鼓起双颊，装出痛苦的样子……

嘴里的纸球是痛苦的，脚下的足球却是快乐的。正是足球救了贝利。受父亲熏陶，他从小酷爱足球，天赋惊人。他当过擦鞋童，踢过破布团外裹袜子的自制土足球。他职业生涯共打了1283个进球，获得26个冠军，并成为唯一三夺世界杯冠军的球员。

这三届世界杯分别是：1958年，未满18岁的贝利首次征战瑞典世界杯，他带伤上场，决赛巴西5比2大胜东道主瑞典夺得冠军，创造了有史以来世界杯决赛的最大比分，其中贝利攻入两球。1962年，22岁的贝利出征智利世界杯，巴西蝉联冠军。1970年，30岁的贝利出征墨西哥世界杯，巴西第三次夺冠，使当年的雷米特杯永归巴西所有。

"光明的翅羽，在无极中飞舞！"当漫长且辉煌的20年职业生涯落幕时，贝利被全世界公认为头号"球王"。20世纪末，国际奥委会选举他为"世纪运动员"，国际足联选举他为"世纪最佳球员"。

技能是力量，良知是方向。贝利不仅球技精湛，而且品德高尚。爱与鼓舞人心，是他整个人生的标志。他退役后，更加热心社会公益事业，继续推动各国足球运动的发展，为促进国际交流与和平发展不遗余力，书写了同样精彩的人生下半场。一个人生命过了一半，余生就没有那么多来日方长，贝利把时间和精力都投入"爱"的事业中。

"从生命中所能得到的最重要的东西，就是爱，因为其他一切事物，都会成为过去。让我们共享这份爱的感觉吧！爱！爱！"贝利在他的自传中，这样热情地讴歌人类之爱。

他关心球员的权利利益和健康，推动国家专门为足球运动员利益而立法。他反对金钱对足球的腐蚀，自己则非常自律，同时尽可能在退役运动员中倡导健康的生活方式和明智的理财计划。

他关心青少年的成长。他帮助各地的贫苦少年通过足球重燃对生活的热爱，他在全世界范围内激励了亿万儿童的梦想和行动。他曾出任丹麦童话作家安徒生200周年诞辰庆祝活动的首位亲善大使，他动情地说："安徒生是鞋匠的儿子，而我以前是个擦鞋童。"对年轻运动员，也劝告他们及早避免不良习惯，在个人健康和经济保障方面都未雨绸缪。

他关心巴西贫困人口的脱贫。他慷慨解囊，捐建小学、乡村诊所、儿童足球场等。他参与"关注巴西穷人"计划，将援助目标锁定在印第安土著居民、失地农民和失业黑人这些弱势群体上，外援与自救双管齐下。

他关心世界和平发展。他是联合国和平大使，甚至是国际战事的停战调停人，屡屡被派往动乱的非洲和交恶的南美洲国家扑灭战火。他参与了难以统计的众多国内外公益活动。1997年7月，世界卫生组织就任命他为"消除麻风病友好使者"。他应南非黑人领袖曼德拉的敦请，谴责南非白人当局残酷的种族隔离制度。2002年62岁他再次访华，并在八达岭长城与中国球员同场表演蹴鞠。

……

无论在哪个领域，奇迹都不会随便发生，都要依靠不断努力。一如当年中国的钱穆先生在《新亚校歌》中所写的歌词："艰险我奋进，困乏我多情。"贝利是巴西版的"美国梦"的最好象征。他被誉为"有史以来最伟大的运动员"，当之无愧；他精湛的球技与优秀的品行，应该为全世界所尊崇。

永远的贝利，永远的球王！

（原载于2023年1月3日杭州网）

郎铮：
"敬礼娃娃"，青春再出发

A

还记得"敬礼娃娃"郎铮吗？2008年，从汶川大地震废墟中得救的他，只有3岁，他向解放军敬少先队队礼，这一幕让无数人感动落泪。

15年过去，"敬礼娃娃"已然长大，今年走进了高考考场，考分达到637分的高分，在四川省排名前30名。（据新华社报道）

语文129分、数学126分、文综239分、英语143分——这个成绩杠杠的！郎铮是羌族人，按照少数民族加分政策，总分还可加上20分。他收到了北京大学、清华大学和中国人民大学等一些高校的招生邀请。

6月25日，郎铮的父亲郎洪东告诉记者，目前郎铮已经跟北大的招生老师进行对接，具体的专业选择还没有确定。（据正观新闻报道）

在汶川大地震抗震救灾过程中，涌现了诸多感人的人与事。在绵阳市北川羌族自治县灾区的一片废墟中，年仅3岁、才刚上幼儿园、被埋20多个小时的小郎铮获救。他被发现时，已处于虚脱状态，生命体征很弱，救援人员大声叫唤他，他才慢慢恢复意识，清醒过来，缓缓睁开了眼睛……

获救后，左臂严重受伤的他，躺在一块用小木板制成的临时担架上，举起稚嫩的右手，敬礼！这一幕被记录了下来，通过照片和影像，迅速刷遍全网、感动全国。

郎铮的家乡北川羌族自治县，是"中国大禹文化之乡"。郎铮的爸爸名叫郎洪东，在家乡北川当警察，性格坚强。当郎铮开始学走路时，爸爸就开始教他敬礼了。让孩子学会敬礼，也就是让孩子学会尊重、学会感恩——是"礼"就要"敬"，以"礼""敬"之。

当年我写过抗震救灾的系列评论，其中一篇《中国"温柔的心"》就评到"敬礼娃娃"：

"孩子的笑，是消解地震之痛的最微弱又最强大的力量。而且他们那么懂事，记得3岁男孩小郎铮吗，他刚被救出来，躺在木板做成的担架上，向救他的战士们敬礼，那个镜头感动了无数人；总理去看他、亲他，多少中国人爱他、喜欢他。还好郎铮的父母都健在，否则不知道有多少人想养育他。关爱地震孩子，形成了一股无形而巨大的力量。"

B

当年的"敬礼娃娃"，是从"废墟"出发的。年幼的郎铮，前前后后经过5次手术，才得到治愈。

在很长一段时间里，他被地震的阴影笼罩。"遇到刮风下雨都害怕，上厕所也不敢关门，睡觉都要开着灯，"郎铮说，"震后一段时间，我总要抱着老妈，让她讲故事哄着才能睡着。时常在睡梦中惊醒，哭闹着不肯再睡，害怕一个人待在房间里……"他曾被送去做心理疏导，直到9岁以后，才慢慢好起来，他战胜了各种艰难困苦。

这就是：当你觉得自己快坚持不住时，困难也快坚持不住了。

15年来，郎铮和家人一直记得帮助过他们的所有人。"感恩"成为郎铮人生中的第一课，他说："感恩，是我们所有遭受地震灾难的人，学到的最重要的两个字。"他总是乐于关心、照顾、帮扶同学，对个别压力比较大的同学，他非常乐意陪伴和疏导……是的，人生要做520，不做250。

汶川地震10周年之际，《人民日报》（海外版）曾刊发报道，讲到发现郎铮的是《绵阳晚报》摄影记者杨卫华，郎铮一家和杨卫华结下了生死之缘。

地震发生之后，杨卫华第一时间进入灾区采访。他在废墟中发现了受伤的小郎铮，立即找来正在附近救灾的解放军官兵予以营救，5月13日早晨成功救出小郎铮。正是杨卫华拍摄了著名的照片《敬礼娃娃》。

2013年10月，杨卫华确诊患上肝癌。2015年2月14日，郎铮一家去探望杨卫华，杨卫华鼓励郎铮：一定要好好学习，锻炼好身体，全面发展。他说还想看着郎铮娶媳妇……2月26日，杨卫华辞世，郎铮哭倒在沙发上；告别仪式上，郎铮像儿子一样双膝跪下，送别杨卫华最后一程。

郎爸爸说得好："在我看来，孩子尤其男生，只要有坚强的意志，与人为善，学会感恩，以后无论他做什么，都不会平庸。"真是善良的一家人。

从小学一年级开始，郎铮一直在绵阳东辰学校就读，平时主要是外公外婆在照顾他。对于学习，郎铮有自己的规划，总能找到适合自己的学习方法和节奏，大人几乎不用操心。高中分科时，因为喜欢政治、历史，他选择了文科。他是班上的学习委员，学习成绩总是名列前茅。

学习之外，郎铮喜欢看书，哪怕是上厕所都会带上一本；一有闲暇，就跑去图书馆，一待就是一整天。"我非常喜欢看书，最喜欢的是名人传记，也喜欢军事战争以及历史书籍。"同时，他热爱运动，尤其喜欢篮球、足球和乒乓球，是个多面手。

这正是我多次说过的：人生从小要有"两个养成"：一是养成好的品格——尤其是养成善良的、坚韧的品格；二是养成好的习惯——尤其是养成爱阅读、爱运动的习惯。

"郎铮属鸡，经历大地震后，算是'凤凰涅槃'。"妈妈吴晓红是当地的乡镇干部，她说，"郎铮得到全国那么多人关爱，但我们全家依然把他当作普通孩子，生活中不给他丝毫娇纵。"

品学兼优的郎铮，已经长成一名身高1米85的阳光大男孩——从"敬礼娃娃"，变成了活力青年。他不仅高大，而且帅气，他还有个特点——"爱笑"，他说"笑容能让自己更好地笑对生活"。

如今"敬礼娃娃"青春再出发，祝贺他，祝福他，期待他的未来越来越好！

C

　　人生会有一次次的"再出发"。设想4年之后，郎铮从北大毕业，又会是一次"再出发"。

　　这些日子，恰好毕业季和招生季交替在一起。6月24日，在浙江大学2023年夏季研究生毕业典礼暨学位授予仪式上，校长杜江峰发表演讲，引用了罗曼·罗兰名言："世界上只有一种英雄主义，就是看清生活的本质后，依然热爱生活。"我想，经历过地震被埋废墟的郎铮，更应该具有这样的英雄主义。杜江峰校长还着重提到：

　　认清世界是我们开启征途要面对的第一个问题。未来的世界有两个急剧变化的图景，一是全球治理和国际局势不断发生深刻变化，二是科技变革和人类文明加速迭代演进，并且这两种图景是交织在一起的。"这是一个奔竞不息的时代，希望同学们听从内心召唤，保持追求理想的笃定和清醒。"

　　是的，内心的召唤远比外在的诱惑来得重要。如今，"敬礼娃娃"已被多方抢注商标，涉及服装鞋帽医药等。郎铮妈妈曾告诉媒体，近些年来，外界的各种"邀请""合作"一直以来都有，但他们都婉拒了；"我们始终认为，郎铮只是一个普通的孩子，应该把精力放在学校学习上。他也认为自己只是一个普通人，并不是什么名人，没有什么了不起的。"保持追求理想，需要这样的清醒和笃定。

　　一个人，始终要有自己的追求与奋斗。人跟人的差距是很大的，"人家一出生就在罗马，你要奋斗一生，可能最后才去了一趟罗马"。但是，人生的快乐，不就是奋斗一生吗？那样，远比你待在罗马无所事事快乐有劲啊！

　　6月21日，在中国农业大学人文与发展学院2023年毕业典礼上，叶敬忠院长的演讲，标题就让人眼睛一亮：在权力的包围中不要熄灭真善美的光！他说，"面对时代并与之较真，常常需要有扛着痛苦的勇气。"他说，"今天，我们需要再次用冷静的眼光看待我们的处境，需要再次面对一百零五年前梁漱溟之父梁济因迷茫未来而投湖殉清的生死之问：'这个世界会好吗？'"

　　叶敬忠院长直言："我很担心，你们会在权力的包围中'入乡随俗'，渐渐地迷恋上权力，迷失了自我，迷茫了人生。"郎铮在接受媒体采访时说，大学毕业后，他想从事公务员之类的工作，更好地为人民服务，回报社会对他的关心关爱。不承想，这个"理想"立刻遭到了网络上的一番"软暴力"。所以，即将入学的郎铮，要听听叶敬忠院长的忠言。

即使上了北大这样的名校，最终人生事业做得很平凡，这也是完全可能的。西南大学校长张卫国在毕业典礼上叮嘱同学们：平凡是生活的"本色"，不凡是生命应有的"成色"！在平凡中追求不平凡，为"本色"添"成色"，给本无意义的人生增添意义，那就对得起名校的栽培了。

D

在这里，我将北大中文系当年的高才生卢新宁的名篇《在怀疑的时代依然需要信仰》，推荐给未来的北大学子郎铮。卢新宁曾经担任过《人民日报》的评论部主任、编委、副总编，现在是中央人民政府驻香港特别行政区联络办公室副主任。她的这一名篇，是回母校为即将毕业的学弟学妹发表的演讲，她说道：

"我唯一的害怕，是你们已经不相信了——不相信规则能战胜潜规则，不相信学场有别于官场，不相信学术不等于权术，不相信风骨远胜于媚骨。因此，在你们走向社会之际，我想说的只是，请看护好你曾经的激情和理想。在这个怀疑的时代，我们依然需要信仰！"

（原载于2023年6月28日日本华侨报网）